ハヤカワ文庫SF
〈SF1305〉

スコーリア戦史

稲妻よ、聖なる星をめざせ！

キャサリン・アサロ
中原尚哉訳

早 川 書 房
4533

CATCH THE LIGHTNING

by

Catherine Asaro

Translated by
Naoya Nakahara
First published 2000 in Japan by
HAYAKAWA PUBLISHING, INC.
This book is published in Japan by
arrangement with
TOM DOHERTY ASSOCIATES, INC.
c/o ST. MARTIN'S PRESS, INC.
through TUTTLE-MORI AGENCY, INC., TOKYO.

本書は、わたしの人生に大きな転機をもたらしてくれた
二人の有能な教師である
シャロン・トッドとデビッド・ダンスキーに捧げる

謝辞

この本の執筆に貢献してくれた以下の人々に感謝する。ウィリアム・バートン、デビッド・バークヘッド、ジェームズ・カニッツォ、ルイーズ・カニッツォ、アル・チョウ、ポーラ・ジョーダン、フランシスとノーム・ミラー、リン・ニコルズ、ニコラス・レタナ、ジョーン・スロンシェフスキー、バド・スパーホーク、デビッド・トルーズデール。ドリームウィーバーズの人々―ジュリーン・ブランティンガム、ジョー・クレイトン、スーズ・フェルドマン、エリザベス・ギリガン、ロイス・グレッシュ、ブルックとジュリア・ウエスト。ＧＥｎｉｅのＳＦＲＴとインターネットでわたしの質問に答えてくれた人々。カリフォルニア工科大の学生であるブレイディ・ホンシンガー、スティシー・カーケラ、ジェフリー・ミラー、ディビヤ・シュリニバーサン、シュルツ・Ｈ・ワン。スコビル・チカク・アンド・ガレン・エージェンシー社のショーナ・マッカーシーと、ラス・ガレン。トー社のタッド・デンビニスキー。そしてとくに編集者のデビッド・Ｇ・ハートウェル。夫のジョン・カニッツォには、その愛と応援に特別の感謝を。

目次

稲妻よ、聖なる星をめざせ！

第一部　カリフォルニア

1　夜の雷

わたしが最後に地球を見たのは一九八七年、十七歳のときだ。それ以後の年月にあまりにも多くの変化を経験してきたので、ロサンジェルスに住む少女だった頃の自分など、まるで他人のように思える。しかし生体増強手術を受けたいまのわたしの記憶は、鮮明なままたもたれている。

あの夜、わたしは都市そのものを感じていた。LAは決して眠らない街だが、その夜は、なぜか静かで、内省的に感じられた。まどろみ、だれかに揺り起こされるのを待っているようだった。

レストランでのわたしの勤務時間が終わったところへ、ちょうどジョシュアが来てくれたので、いっしょにバス停まで歩いていった。霧雨が降ったあとだったので、通りは薄く水の膜をかぶったように濡れ、浮いた油のせいでにじんだ光を反射していた。見あげると、街の明るさと汚染された大気のせいでやや琥珀色がかった夜空に、なお果敢にひかる星がいくつか見えた。深夜なので行きかう車も少なく、暗闇のあいだを猫が、なにやら目的ありげに忍び足で歩いていた。

ジョシュアの上機嫌な気分が、わたしには見えた。薔薇色の霧が曖昧にかたちを変えながら、声にならない言葉のように漂ってくるのだ。音としては砂浜に打ち寄せる波のように聞こえ、匂いとしては海草のようで、味としては塩辛く感じる。わたしにはいつも人の感情が見えたり聞こえたり、ときには肌にふれるようにわかったりするのだが、匂いや味まで感じることはまれだった。当時はクーロン力などという概念は知らなかったが、べつに困らなかった。経験的に、離れれば効果が弱まるのはわかっていた。ジョシュアと別れるまではこれを感じるはずだ。あるいは彼のこの気分が弱まるまで。もちろん本人にそんな話はしなかった。頭がおかしいと思われたくはないからだ。

わたしたちはバス停で腰をおろし、ジョシュアは肩に腕をまわしてきた。ボーイフレンドのようにではなく――かつてそういう関係だったことは一度もない――親友として、だ。ジョシュアとは、ジャマイカがアメリカで五十一番めの州になり、ＬＡを見おろす丘に建つハリウッドという文字の看板が焼け落ちた一九八一年以来、六年間にわたって親しくしていた。乱れた金髪が額と眼鏡の銀縁にかかっている。ジョシュアとわたしはいろいろな点でまるきり違っていた。あらゆる点でわたしと正反対だ。ジョシュアのカールした金髪は太陽のように輝いているが、わたしのは腰までとどく黒髪だ。彼の瞳はいつも空の切れはしがはいっているかのように青く透明だが、わたしの瞳は黒い。

そのとき、わたしたちの気分を荒々しい感覚が切り裂いた。どこから来たのかわからないが、とにかくナイフのように鋭い。

「ティナ、あれを」ジョシュアが通りのむこうを指さした。

見ると、赤いスポーツカーがサンカルロス・ブールバードから脇道へはいっていくところだった。「あれがどうしたの？」

「ナグが運転していた」

ナグの名前を聞くと、冷や水を浴びせられたように背中がぞっとした。「運転していたって、べつにそれだけでしょう」

「こっちを見ていたんだ」ジョシュアはわたしの肩ごしに目をやると、表情をやわらげた。

「バスが来た」

立ちあがると同時に、バスが目のまえに停まった。わたしは乗りこみ、ふりかえった。ジョシュアがふる手は、運転手がドアをとじると見えなくなった。

車内ではひとりで席にすわり、窓にもたれた。数人しかいない乗客はそれぞれもの思いにふけっている。彼らは家族のもとへ、なじみのある世界へ帰るところなのだろう。

わたしにとってロサンジェルスは、なじもうと努力すればするほど疎外感に襲われる場所だった。わたしはメキシコ南部チアパス高原の、シナカンテコ族が住むナベンチョク村で育った。ひんやりとした常緑樹の森や、乾いた冬と雨がちの夏が恋しい。わたしのいちばん古い記憶は、夜明け前に裸足で石臼《メタテ》のわきにしゃがみ、玉蜀黍《とうもろこし》を挽いている母の姿だ。母は、どこをとっても伝統的なマヤ族の女だ。だから、十四歳の彼女がいったいどうして、ナベンチョクに村の絵を描きに来たメキシコシティ出身の画家の子種でわたしを身ごもったのか、不思議だった。

わたしが八歳のときに高原を襲った地震で、伯父と伯母が亡くなり、その息子である十一歳のマヌエルが残された。母は数年間逡巡したあと、わたしの父を探す決心をし、わたしとマヌエルを連れてパンアメリカン・ハイウェイぞいにメキシコシティへむかった。当時のわたしにとっては宇宙の果てへおもむくような旅だった。結局、父はみつからず、わたしたちはめぐりめぐって、この眠らない堕天使の街へ流れ着いた。

バスは、わたしが住む部屋から数ブロック離れたサンカルロス・ブールバードぞいに停まった。角のドラッグストアはしまっていて、ひとけがない。従兄のマヌエルは前年、わたしが十七歳の誕生日を迎えるすこしまえに亡くなり、それ以来、わたしはロス・アルコネス——英語流にいえば鷹《ファルコンズ》で、世間でいうスパニッシュ・ギャングのグループのひとつ——に身辺を守ってもらっていた。いまでもマヌエルがスラングまじりにマリオと軽口をきいていたさまが、昨日のことのように思い出される。マリオが、「おい、相棒《バトー》、映画でも観にいこうぜ」というと、マヌエルは、「ばかいうな。おれはそのへんを車で流して、好きものの女《フィルメ・ルカス》をひっかけてくるぜ」と答えるのだ……。しかしあいにくその夜、彼らの姿は見あたらなかった。一ブロック先の深夜営業の店に明かりがついていた。そこからマリオに電話するという手もある。しかし寝ているところを起こしてしまうはずだし、マリオはいつも仕事探しで朝早く起きている。そんな彼を午前一時にベッドから引きずり出したくはなかった。

わたしの部屋まではほんの数ブロックだ。近所のようすはよく知っているし、住人はほとんどが知りあいだ。そこでわたしは、人生を一変させるひとつの決心をした。無意識のうちに、その夜はなにかがちがうと感じていたのかもしれない。神経科学者ならこの決心をするにいたるわたしの神経プロセスを分析できたかもしれないし、物理学者ならわたしの脳がつくりだす電磁場の変化を読みとれたかもしれない。理由はともあれ、わたしは一人で歩いて帰ることにしたのだ。

脇道へはいっていった。両側には、安アパートや薄汚れた一戸建てなどが立ちならんでいる。明かりのともっている街灯はほとんどないが、いくつかが歩道に光の輪をつくっている。コンクリートはあちこちでひび割れ、雑草がはびこっていた。ごみがちらかっている。石ころ、漆喰、新聞、飴の包み紙、煙草の空き箱、ファーストフードの容器などが、風に吹かれて通りをころがったり、建物の陰に吹きよせられたりしている。どこかのカーテンが風を受けてぱたぱた鳴っている。湿った紙の匂いが鼻をくすぐった。

母に連れられてLAにやってきた当初、わたしたちは郊外のもっと貧しい地区に住んでいた。物質的にはめぐまれていなかったが、母は安心できる家を用意し、あふれるほどの愛をあたえてくれた。しかし母が亡くなったあと、マヌエルとわたしは家賃以上の稼ぎを得るために、このあたりへ移ってこざるをえなかったのだ。

家路をたどりながら、奇妙な感覚に気づきはじめた。滴のようにこぼれてくるなにかだ。まるで近くに渓谷があって、熱い空気の奔流が流れ、その一部がわたしの腕の上にあふれてきているかのようだ。ただしその渓谷はこの街にではなく、わたしの頭のなかにある。

二ブロック歩いたところで、その姿が見えた。

男は一ブロック先で、道路のほうをむいて立っていた。背が高く、髪はカールしている。

見覚えのある顔ではない。道路のこのあたりできちんと点灯している街灯は、わたしの数フィートうしろの一本だけなので、男がこちらをむいたらわたしに気づくはずだ。立ち去ったほうがいい。しかし男のやっていることがとても奇妙だったので、ためらい、じっとそのようすを見てしまった。

男は箱をもっており、それはぶーんとうなりながら、赤、青、緑、紫、金、銀など、さまざまな色の光をまたたかせていた。男はそれをじっと見つめたまま、ゆっくりその場で回っているのだ。その服装からすると、ただ機械をいじっているというより、これから店に押し入ろうとしている男のようにも見えた。ロス・アルコネスのメンバーだった頃のマヌエルもこんなベストを着て、ズボンの裾をブーツにたくしこんでいたのだ。ただし、この男の服は黒一色だ。マヌエルはTシャツと色の褪せたジーンズを好んでいた。

マヌエルのことを考えたおかげで、はっとわれに返った。みつかるまえに立ち去ろうと、あとずさりした。ところが遅かった。男はその場で回るのをやめ、ふと顔をあげたのだ。はじめはじっとその場から見ているだけだったが、やがてこちらへむかってきた。長い脚で急速に距離を縮めてくる。

しまった……。わたしはきびすを返して走りはじめた。

「待って《エスペラテ》」男は呼んだ。「わたしに話して《アブラ・コンミゴ》」

どうしてそんなひどいスペイン語にふりむく気になったのか、自分でもわからない。言葉として意味をなさないのだ。声もおかしい。〝話して《アブラ》〟というところでは、ピアノの低い音のような深い響きがあった。しかしさきほどから感じていた熱い空気の流れのようなものが、より強く肌にぶつかってきていた。もはや滴ではなく、川が押しよせてくるようだ。

男はまた立ち止まり、こちらを見ていた。わたしはいつでも逃げ出せる体勢で相手を見た。

男はまたいった。「頼む《プレグンタル》、わたし《ミ》、あなた《チュ》、教えて《デシル》」

文法がめちゃくちゃだ。「なに《ケ》？」

「めざめさせて《デスピエルト・ミ》」そこで間をおいた。

なにをいってるのか。下手どころではない。「わたし《ヨ》、スペイン語《エスパニョル》、下手《マル》」

「ああ」顔に安堵が浮かんだ。「もっとよくわかる」ずいぶん訛った英語だが、わかりやすさという点ではましだ。とはいえ、ときどきまだ楽器のような奇妙な響きがまじる。まるでピアノの一オクターブ下の鍵盤をいっしょに押さえているようだ。

「なんの用？」わたしは訊いた。

男は、武器をもっていないことをしめすように両手を広げてみせたが、安心はできなかった。どこかにナイフや銃を隠しているかもしれない。それに、手にはまだその箱をもっている。

「迷った」男はいった。「助けて、できる、きみ、わたし？」

「なに？」

男は黙り、コンピュータ画面を消去したように表情がなくなったが、そのあとまたいった。

「助けてほしい。道に迷った」

「どこへ行くつもりだったの？」

「もともとは、ワシントンへ」

わたしは身をこわばらせた。ワシントンズ酒店といえば、ナグとその仲間がいつもたむろしている場所だ。彼らもこの男とおなじように黒ずくめで、手首にリストバンドを巻いている。わたしは一歩退がった。「ワシントンズはずいぶん遠いわよ」

「そう」やや間をおいて、つづけた。「結局、大陸の首都には降りないことにしたんだ」

ワシントンDCのことをいっているのだろうか。もしかすると、頭がおかしいのか。しかし言葉にそんな響きは感じられない。舌はもつれていないし、話が脱線していくわけでもない。たんに英語が下手なのだ。

「ワシントンでなにがあるの？」わたしは訊いた。

「歓迎式典だ」

笑いだしそうになった。「その恰好でパーティに出るつもりだったの？」

「これは略装だ。礼装軍服は船にある」

自分が突拍子のない話をしていることを、わかっているだろうか。近所にこんな住人がいるなんて聞いたことがない。「あなたの名前は？」

「オルソーだ」

ニックネームのようだ。ナグの手下たちもみんなニックネームをもっている。ただし、ほとんどはもっと想像力貧困だが。「雷神《トール》のこと？　槌をもった神さま？」名前の後半の発音が、北欧神話に登場する神とよく似ていたのだ。

「悪いけど、それはすなわちだれのことかわからないんだ」

〝それはすなわち〟なんて、そんな堅苦しい言葉遣いをする人は初めてだ。用心するつもりでいながらも、わたしはしだいに興味を惹かれていった。手にした箱を指さしてみた。

「それはなに？」

「多元通信機だ」

「なにに使うの？」

「各種の波を発信したり受信したりできる。いまは電波信号を調べていたところだ」オルソーは近づいてきて箱を見せようとしたが、わたしはあとずさった。そうやって街灯の光の輪のなかにはいると、オルソーははっと足を止め、初めてわたしを見たように目をみはった。たしかにわたしはそのときやっと明るいところに移動したので、初めてわたしの顔を見たというのは、ある意味で本当だろう。

「なんてきみは美しいんだ」オルソーはいった。

わたしはそのままドラッグストアのほうへあとずさった。

「行かないで」オルソーはまたこちらへ足を踏み出した。

そのとたん、わたしはふたたび逃げだした。

「待って」オルソーが呼んだ。

わたしは立ち止まった。ふりかえり、相手を見た。なぜだろう。オルソーのどこかに親しみを感じるのだが、それがいったいなんなのか、どうしてもわからなかった。渦巻く川霧の先端がふれてくるように感じる。どこか暖かい。愛情といってもいい。だからわたしはためらい、いつでも逃げられる姿勢をたもちながらも、相手がなにをするのかたしかめようとしていた。

オルソーは街灯の下にもどり、その姿をはっきりと見せた。六フィート四インチはありそうな長身だ。瞳の色は暗い。黒いように見えるが、薄暗い明かりのなかではよくわからない。肌は白く、カールした髪の色は、この明かりのなかで見るかぎり、母が亡くなるまえにくれたブロンズのブレスレットの色によく似ているようだ。美形といっていいだろう。ずいぶん変わっているが、ハンサムだ。しかしハンサムだからといって、まともな人間だとはかぎらない。

「あなたはナグの仲間なの？」

「だれだって？」

「ナグよ。知ってるでしょう」

「知らないな」

「このへんで見たことがあるはずよ。背が高い白人《アングロ》で、瞳の色は青で、クルーカットにしているわ」

「そういう男は知らない」じっとわたしを見た。「きみはこの軍服を見たことはないんだね？」

「見覚えはないわね」

「ぼくは＊＊＊だ」

「なに？」

オルソーはその単語をくりかえしたが、やはり、わけのわからない言葉にしか聞こえなかった。

「やっぱりわからないわ」

「無理に訳すと、〝ジャグ戦士二爵〟といったところかな」

「ジャグ戦士？」

オルソーはうなずいた。「二爵は、きみたちの軍隊でいう大佐に相当する階級だ」そこで間をおいた。「しいていえば空軍に近いんだけどね」

「あなたは兵士なの？」

「パイロットだ。ＩＳＣ戦術戦闘機航空団に所属している」

パイロットですって！　最初は昂奮したが、すぐに用心深い気持ちになった。あまり戦闘機パイロットのようには見えない。「ＩＳＣって、なに？」

「王――」いいかけて、ためらった。「宇宙軍だよ」

ここにいたってわたしは、この男は頭がおかしいか、ラリっているのだと確信した。あるいは、わたしのことをなんでも信じるばかな娘だと思って、からかっているのだ。「あら、そう」

「どうして嘘だと思うんだい？」

「そうね、帰宅途中に戦闘機パイロットと出会ったことなどあまりないからよ」

オルソーは微笑んだ。「だろうね」

その笑顔にはっとさせられた。そこには獰猛さなど隠されていない。つくり笑いでもないし、泣きたくなるような苦しみを知らない者のお気楽な笑いでもない。そこには人生が――複雑な人生があった。

わたしはすこし肩の力を抜いた。「ところで、どうしてLAに？」

オルソーは、わたしが危険な相手かどうか値踏みするようにじっとこちらを見た。まったくばかばかしい。ひらひらしたスカートをはいた五フィート二インチのわたしが、六フィート四インチの男にとって危険なはずはない。しばらくして答えが返ってきたとき、相手もおなじ点に気づいたのだろうと思った。当時は、オルソーがわたしを信用することにした本当の理由も、その決心にいたるまでに処理された膨大な計算も、知るよしはなかった。

「来る場所をまちがえたんだ」オルソーはいった。「実際には、来る時間をね。星々の位置からすると、日付はめざしたところとぴったり一致している。なのに、なにもかもちがっているんだ」街灯を指さした。「たとえばあれだ。ロサンジェルスにあんな街灯があったなんて、聞いたことがない」

わたしは目をぱちくりさせた。この街灯はLA中どこへいってもおなじものがあるはずだ。古びた高い柱の先端に、波形のある鉤がついていて、そこからスペイン・ミッション様式の古い鐘のかたちをしたガラス製のランプが吊されている。カリフォルニアのガイドブックでこれが載っていないものはない。

「あれは天使の鐘よ」わたしはいった。

「天使の鐘？　聞いたことがないな」

「本当におのぼりさんなのね。サンフランシスコのゴールデンゲート橋とおなじくらいに有名よ」

オルソーは眉をひそめた。「アメリカの歴史なら勉強してきた。きみのいうとおりにこの鐘が有名なら、知らないはずはない」

「あなたの先生はLAのことをあまりよく知らなかったんでしょう」

「ぼくの〝先生〟は、実際にはコンピュータチップなんだ。こんな鐘のかたちをしたランプの記録などない」ごみのちらばった通りや、すぐそばの建物の破れた窓や、崩れかけたあがり口の階段を見まわした。「きみはここに住んでるのかい?」

住所を尋ねられるのは気にくわない。黙っていると、オルソーはさらに訊いた。

「どうしてこういうところに住んでるんだい?」

わたしは歯を食いしばった。「こっちの勝手でしょう」

オルソーはわたしの怒りに打たれたように、ぎくりとした。「ごめん。悪気はなかったんだ」

気まずい沈黙のあと、今度はわたしが訊いた。「あなたはどこから来たの?」

「もともとは、パルトニアから」

「なに?」

「パルトニアだよ。スコーリア政府の所在地だ」

「聞いたことがないわ」

「まあ、ぼくがここでみつけたこと、というより、みつけられなかったことからすると、聞いたことがなくても不思議はなさそうだ」オルソーはそばの建物のあがり口の階段に腰をおろし、手にした箱をいじった。「なにもかもおかしい。ひっかかってくる通信はラジオ用周波数だけだ」

わたしはその箱をよく見ようと近づいた。その表面のパネル上でオルソーが指を動かすと、パネルがさまざまな色に輝いた。オルソーは手首を返して、そのリストバンドに箱を押しつけた。リストバンドは、実際には革製ではなかった。すくなくともすべて革ではない。一部は金属でできていて、細い線が縦横にはしっている。当時は知らなかったが、じつはそれらは可塑性セラミックの導管で、小型のコンピュータ・ウェブに電力を送る超伝導線なのだ。

「こんなリストバンドは初めて見たわ」

「新型のウェブ構成をもっているんだ」オルソーはぼんやりと話しながら、箱をリストバンドから離した。「すくなくともジャグ機は無事だ」

「ジャグ機って、あなたの車のこと？」とても車を買う金がありそうには見えないのだが。

「ぼくの戦闘機だ」

「あら、そう」映画出演のリハーサルをしている俳優かなにかだろうか。というより、頭のねじが何本かはずれているのだろう。しかし、わたしの頭のなかの警報を鳴らすような不審な点はなかった。人間に対するわたしの直感はたいていまちがいないのだ。

オルソーは多元通信機をもちあげた。「電波も、マイクロ波も、光も、紫外線も、X線も、ニュートリノ回線も調べてみたけど、なにもない」

「なぜそれを調べるために、ここへ来たの？」

オルソーは肩をすくめた。「軌道から探査するだけならジャグ機でもできるけどね」

「わたしがいいたいのは、なぜとくにこの通りを選んだのかということよ」

オルソーは目をぱちくりさせ、ゆうに十秒間はわたしの顔を見つめた。「さあ。なんとなく——適当な場所に思えたから」

「探してるのはいったいなんなの？」

苛立たしそうな声を洩らした。「理解できるなにかさ。ぼくは見当ちがいの世紀に来てしまったらしい。日付も場所も正しいのに、ここはぼくが知っている地球じゃない」

わたしはにっこりした。「あなたはカルテックの学生ね？　友だちのジョシュもそこの一年生なのよ。そういうロールプレイングゲームの話を聞いたことがあるわ。それをやっているところなのね？」

「カルテック？　それはカリフォルニア工科大学のことかい？」

「たぶんそうね。ジョシュはカルテックとしか呼ばないから、よく知らないけど」しかしよく考えてみると、かりにオルソーがカルテックの学生だとして、深夜に一人で、こんなところでなにをしているのか。恰好からするとむしろナグの仲間のようだ。高校時代にジョシュアは一度、ナグとその手下たちによって体育館の裏で脅されたことがある。連中はジョシュアをうしろ手に縛って立たせ、そのまえで銃殺隊よろしくライフルをもって横一列にならんでみせたのだ。からかっただけのつもりらしいが、ジョシュアは心底おびえて、一週間学校へ行かなかった。わたし以外にはだれにもその出来事をあかさなかったが、わたしがロス・アルコネスに話したおかげで、身辺を守ってもらえるようになったのだ。

「カルテックのことは聞いたことがある」オルソーはいった。「でもそこの学生じゃない。ぼくは何年もまえにＤＭＡを卒業した」

「ＤＭＡって？」

「軍の大学だよ」

ナグの手下が軍の大学になど行けるわけがない。新兵訓練所がいいところだろう。練兵係軍曹にどやしつけられるさまが目に浮かぶようだ。

しかしオルソーはあきらかにまじめに話していた。当時のわたしはその言葉を、自分の経験のフィルターをとおして聞いていた——そのなかには、大学へ行きたいと心から願いながらもそのお金がない、つらい思いもまじっていた。のちに自分が自然科学と人文科学の両分野でいくつもの修士号や博士号を優秀な成績で取得することになるなどと、だれかから聞いたら、わたしは一笑に付していただろう。

わたしはそっといった。「立派な学位をもっていなくても、べつにかまわないわ」

「学位はもってる」オルソーはいった。「〝反転《インバージョン》〟工学でね」

わたしはうすら笑いを浮かべた。「倒錯《パーバージョン》工学？」

オルソーは顔を赤らめた。わたしが冗談をいっているのか、自分が恥ずかしい言いまちがいをしたのかわからずにいるらしい。「反転《インバージョン》だよ」

わたしにどう見られるかを気にしているようすに、好感がもてた。「それで、明日の夜はパーティに行く予定なのね」

「ホワイトハウスで母の歓迎式典がおこなわれるんだ」

「ホワイトハウスで？　きっとたいへんな重要人物なのね」

「母は数学者だ。母の名を冠した方程式もあるけど、その研究をしたのはずっとむかしだ。いまはずっと＊＊＊をつとめている」

「なにをつとめてるんですって？」

またオルソーの表情が消えた。今度はかなり波長があってきているおかげで、その変化がはっきりわかった。オルソーの印象が金属的に変わったのだ。そしてしばらくして暖かみがもどり、それがさざ波のように打ち寄せ、わたしの感情の隔壁を揺らがせた。

「〝鍵〟だ」オルソーはいった。「それがいちばん近い訳だな」

どうもジョシュアのいうゲームとは関係なさそうだ。そもそも母親をプレイヤーとして引っぱりこんだりしないだろう。「お母さんはなにをしてるの？」

「議会に参加している。データウェブと議会との連絡役なんだ」

「そう」魔法使いだとか女王だとか、もっと派手な答えを期待していたのだが、肩すかしだった。あるいは、〝連絡役〟というのが暗号なのかもしれない。「それはつまり、母親は戦士の女王だということ？」わたしは笑みを浮かべた。「だとしたら、あなたは王子さま？キスしたら、蛙《かえる》に変身するのかしら」

眠たげな笑みがその顔に広がった。「たしかめてみたらどうだい？」

わたしは顔を赤くした。たんなる冗談のつもりだったのに――まあ、たしかに、すこしは恋の軽口っぽいところがあったかもしれない。しかし彼に男として興味をもっているわけではないし、そういう口調だったはずだ。どうしてオルソーに対しては防御がゆるんでしまうのだろう。会ってまだ数分しかたっていないのに、何年もつきあいがある人のように親しく感じられる。

オルソーは多元通信機をさしだした――まるで牧童《バケロ》が、臆病な馬に砂糖を見せておびきよせ、つかまえようとするかのようだ。「どんなふうに動くか見たくはないかい？」

わたしはその箱をじっと見た。ジョシュアとわたしが、育ちや人種のちがいにもかかわらず友だちになったのは、機械好きという共通点があったからだ。ジョシュアはつくるのが好きで、わたしは仕組みを調べるのが好きだった。

「ええ」わたしは答えたが、近づこうとはしなかった。

オルソーが箱の上の表面をくぎった四角のひとつに指先をふれると、色が銀色に変わった。「これで音響モードになった」しめされてべつの面を見ると、そこはパネルではなく膜状になっていた。「なにかいってみて」

「やあ、箱さん！」わたしはいった。

すると、わたしの声が返ってきた。「やあ、箱さん！」

わたしは笑った。「どういう仕掛けになってるの？」

「きみの声は縦波としてまわりに広がる。これはそれを再現しているんだ」オルソーは箱をリストバンドに押しつけて、べつのパネルにさわった。今度はある音が鳴った。「五百五十二ヘルツだ」べつの音を鳴らした。「これの周波数は？」

「おなじでしょう。すこし高いかしら」

「五百六十四ヘルツだ。いい耳をしてるね。ほとんどの人には聞き分けられないんだけど」さらにべつの音を出した。「これは？」

「さっきのとおなじよ」

「ちがう。五百五十八ヘルツだ」いくつかのパネルをさわると、また音が出たが、今度は喉に笛をのみこんだ鳥がさえずっているようだった。

「あら、いい音ね」わたしは笑った。「これはわかるわ。うなりの効果ね。図書館でジョシュといっしょに読んだことがあるわ。箱から二つの音が同時に出ているのよ」

オルソーは微笑んだ。うなりよりも、わたしの反応をおもしろがっているようだ。「いまのうなりの周波数は？」

「十二ヘルツよ。もとになった音の周波数も計算できるわ」わたしはすこし考えた。「さっきのとおなじよ。五百五十八ヘルツ」

オルソーはうなずいた。べつのパネルにさわると、フルートの音楽が夜のしじまに流れていった。梟《ふくろう》の羽根につつまれているようにやさしい音色だ。

「美しいわ」

オルソーは多元通信機を手首から離した。「試してみるかい？」

ロサンジェルスの空気はこんなに澄んでいただろうか。わたしが箱に手をのばすと、オルソーはすわりなおし、そのため腕が膝のほうへひっこんで、わたしは通信機にふれるためにもう一歩踏み出すことになった。ところがオルソーの足につまずいてその膝の上に倒れこみ、オルソーはわたしの腰に腕をまわしてきた。わたしは顔をほてらせ、通信機をつかんでうしろに退がった。

「こっちへおいで」オルソーは誘った。「やり方を教えてあげるから」

わたしはその場にとどまった。オルソーは階段の手すりのそばで、下から三段めに腰をおろし、ブーツをはいた足はかなり離れた歩道の上、肘は腿にのせている。足もとには壁からはがれた漆喰がちらばっている。わたしは多元通信機の仕組みには興味があったが、相手のそばに近づくのは別問題だ。いろいろ考えた末に、階段の反対端に腰かけた。これで二フィートほどの間隔がとれる。

オルソーは身をのりだして、箱の上の銀色の四角にふれ、それを金色に変えた。

わたしは身体をそらせた。「なにをしたの？」

「電磁波モードにしたんだ」

「するとどうなるの？」

「ちょうどいま、アンテナをはりめぐらせているところだ」腕をふって、通りや建物や、空さえもしめした。「あらゆるところにね」

「なにも見えないわ」

「建物を利用するんだ」わたしたちのあいだのコンクリートに手をつき、その指先がわたしの腿にふれた。「周囲の空気密度の変化によって効果が強められる」

わたしは足を遠ざけた。「なにも感じないわ」

「感じはしないよ」オルソーはさらに近づいてきた。「それに」ささやき声になった。「どうせ感じるなら、もっといいことがある」

オルソーの気分が、官能的な川のように流れ出してきた。それに心をかき乱されたわたしは、思わず多元通信機を取り落とした。手からすべり落ちるときに指先が表面をこすり、いくものパネルが点灯した。脚のあいだから靴の細いヒールのわきに落ちたときには、そのパネル群は川のなかにある宝石のようにきらめいていた。

突然、女の声が流れ出した。「――電話をくださった四人めの方が、レストランでの無料夕食券二枚を獲得なさいました。みなさんも電話のご用意をどうぞ」

「いけない《オイガ》！」わたしは膝のあいだに手をいれて多元通信機をとりあげたが、そのとき指先がまたべつの四角にふれた。女の声は途中で切れ、外国語でしゃべる男の声になった。わたしはさっと手を引っこめた。「いったいどうなってるの？」

オルソーの目は、わたしが多元通信機をおいた膝のあいだに釘づけになっていた。その視線を苦労しつつ引き剝がして、わたしの顔にむけた。「なんだって？」

わたしは顔を赤くして、膝をとじた。「箱よ。なにが起きたの？」

「ラジオの電波を拾ってるんだよ」オルソーはさらに身をのりだし、その胸がわたしの肩にさわった。パネルのひとつにさわって多元通信機を静かにすると、耳もとでささやいた。

「きみの名前を聞いていなかったね」

オルソーの川にもてあそばれ、思考をかき乱された。ほかのだれよりも、ジョシュアよりもその気分を強く感じる。強烈すぎて痛いくらいだ。というより、とげとげしかったら本当に痛いだろう。しかし実際にはちがう。官能的だ。

「ティナよ。わたしはティナ。アクシュティィナ・サンティス・プリボクよ」いったいなぜフルネームを教える気になったのだろう。相手がへんな名前だと思えばすぐそれとわかるし、そういうことがたびたびあるので、なるべく教えないようにしているのだが。

「アクシュティィナか」オルソーはいった。「美しい名前だ。美しい女性にぴったりだね」

わたしは目をまるくした。驚いたのは、美しいという意見に対してだけではないのだが、それもたしかに予想外の反応ではあった。アクシュティナの〝ア〟は声門破裂音という特殊な発音なのだが、マヤ族のツォツィル語を話す人々以外には醜く聞こえるらしいのだ。しかしわたしが本当に驚いたのは、オルソーがそれを正確に発音したことだった。

オルソーはわたしの髪をひと房つまみあげた。「とても長く、柔らかで、黒い」キャットニップ草か、麝香《じゃこう》のような匂いが漂ってくる。「どうしてここに一人でいるんだい？」

オルソーの匂いを意識すまいとしたのだが、できなかった。そのときは二人とも気づいていなかったのだが、じつはオルソーはわたしの遺伝的成り立ちに適合したフェロモンを放出していたのだ。

わたしは身体を遠ざけた。「仕事場から家へ帰るところなのよ。兄たちが待っているわ」わたしに兄弟がいるかどうかなど、わからないはずだ。「きっと、まだ帰ってこないのかと探しているわね」

オルソーは首をかしげた。よく聴こえない音を聴きとろうと努力しているかのようだ。

「どうやってそんなことを？」

「そんなことって？」

「ぼくにアップロードしてるね。ぼくの思考を上書きしている。ぼくのウェブは保護されているはずなのに」

「なんの話？」

「なにも考えられない」わたしの腰に腕をまわしてきた。「きみがなにかしているんだ」

オルソーを強く意識するようになった。その感情の感触と実際の手触りが混ざりあい、区別できなくなった。もう耐えられない。オルソーがキスしようと顔をよせてくると、わたしは考えるより先にその首に腕をまわしていた。

男の子との交際では、マヌエルはわたしに対して父親のようにきびしかった。教会の司祭のようにとさえいってもいい。とはいえ男女のキスがどんなものかは知っていたし、オルソーのそのやり方がふつうとちがっているのには気がついた。わたしの耳や、とじた目や、鼻の頭にそれぞれ軽く舌先を這わせ、唇にたどり着いたときには片腕でわたしの腰を抱き、反対の手でわたしの頭をささえて、頬を親指で愛撫していた。そして舌をいれてきた。

唇が離れると、オルソーはわたしの顔から髪をかきあげながら訊いた。「兄弟はどこにいるんだい？」

わたしは唇の感触を残像のように感じながら、陶然としてオルソーを見つめていた。まわりには相手の匂いが充満していた。

「ティナ？」指が頬にふれた。「聞いてるかい？」

「なに？」

「きみの兄弟だよ。どうしてこんなふうにきみを一人で歩かせているんだい？」

「べつにそういうわけじゃないわ」そもそも兄弟などいないのだが。「こんなふうに遅くなることはめったにないのよ」

「どこへ行くところなの？」

「家よ。いつもはローザの車で送ってもらうんだけど、今日はその車が修理中で……」その話をしたおかげではっとわれに返り、自分がいかに奇妙な行動をとっているかに気づいて、立ちあがった。「行かなくちゃ」

オルソーも立ちあがった。「もう?」

わたしは電話番号を聞いておきたかったのだが、誤解されたらどうしようと思うと、いい出せなかった。あの時代の地球では、こと恋愛のマナーとなると移り変わりがはげしかった。女が男に申し込むことが許容される社会もあったのだが、わたしが育った環境はそうではなかった。

「ティナ?」オルソーがいった。

「ええと、その――」沈黙して、相手に機会をあたえた。

「なんだい?」まるでわたしが、彼の指のあいだから流れ落ちていく水に変化したとでもいうように、凝視している。

「その――なんでもないわ」すこし待って、つづけた。「もう行かなくちゃ」

オルソーはなにかいおうとしたが、途中でやめた。「本当に?」

「ええ」

オルソーは奇妙な表情を浮かべたが、最後はこういっただけだった。「さようなら《アディオス》、アクシュティナ」

「アディオス」わたしはアパートメントのほうへむかいながら、人生最大のまちがいを犯してしまったような気がしてしかたなかった。

半ブロックほど歩いたところで、ふりかえってみた。オルソーはまだこちらを見ている。わたしがふりかえったのを見て、こちらへ一歩踏み出した。わたしは急ぎ足になって道を渡り、角を曲がった。一度、背後に靴音が聞こえたような気がしたが、ふりむくとだれもいなかった。

わたしの住む建物はマイナー・ストリートとサンファン・ストリートの交差点にある。サンファン・ストリートを歩いていって、自分のアパートメントのおんぼろの階段が見えてくると、ほっとした。三軒先に自分の部屋があるのだ。

そのとき、マイナー・ストリートに駐まった車のヘッドライトがともった。赤い車だ。つかのま、わたしは凍りついたが、すぐに自分の住む建物のほうへ走りはじめた。

運転席側のドアがひらいて、ナグが降りてきた。本当の名前はマット・クーゲルマンだ。長身痩軀で贅肉がまったくなく、身のこなしは野獣のようになめらかだ。頭頂部だけに束子《たわし》のように逆立った黄色い髪を残し、あとは剃っている。まだ二十四歳だが、もっと年上に見える。顔は、窯《かま》に長くいれすぎたパンのようにこわばっている。この男のなかで醜いのはその目つきだ——相手の命を虫けらほどにも思っていない目なのだ。

だからわたしはナグを嫌っていた。人間よりも、自分の売るがらくたのほうをよほど大切にしているのだ。ナグは、マヌエルが車からコカインを盗んだという理由で、手下に命じて殺させた。そもそも、わたしの母の死のショックで落ちこんでいたマヌエルに、最初にコカインを売ったのはナグなのだ。もちろんその後もナグは商品を供給しつづけた。

ナグより先にアパートメントにたどり着くのが無理であることは、すぐにわかった。止まって反対方向へ逃げようとしたとき、細いヒールのせいで足もとがよろめき、青と白のひらの服のかたまりのようになって倒れてしまった。

腕の下に手がさしこまれ、見あげると、ナグの顔があった。「やあ、ティナ」

わたしは立ちあがった。「ええ」

「無事に家へ帰れるように送っていってやろうと、ちょっと思ってな」部屋がある建物のほうへわたしを引っぱりはじめた。「送ってやるよ」

「もうだいじょうぶよ」あがり口の階段にさしかかると、わたしはそれ以上引っぱられまいと抵抗した。いちばん上まできて、ようやく止まった。「ありがとう。またね」

「なぜそんなに急ぐんだ」ナグは近づいてきて、わたしは壁のほうへ退がった。

「ナグ」わたしは建物に背中を押しつけながら、できることならこのまま消えてしまいたいと思った。「もう帰ってちょうだい」

「バス停のところでジョシュアと抱きあってたな」指先でわたしの頬にふれた。「どうしてあんな弱虫とつきあってるんだ？」

「ジョシュをそんなふうにいわないで」

「なぜだ？」ナグは心底不思議そうだ。「やつはおまえとやりたがりもしない。どういうことだ？　きっと男が好きなんだろう」

ジョシュアの好みが背の高い赤毛の女であることを、わたしはよく知っていた。「ジョシュは好みのタイプがちがうのよ。頭のいい女が好きなのよ」

ナグは笑い声をたて、指でわたしの首すじをなぞった。「おまえは頭なんか空っぽでもいい」キスしようとするように顔を近づけてきた。「美人だからな」

相手の腕の下に顔を隠そうとしたが、また壁に押しつけられた。

「自分を鏡でよく見たことがあるか？」ナグはつづけた。「おれが取ってる服屋のカタログのモデルにそっくりだ」

ナグが服のカタログを注文しているというのは、べつの情況であれば笑える話だっただろう。「シアーズのようなカタログ？」

「シアーズだって？」ナグは笑った。「いいや、ハリウッドの店さ。名前は忘れた。フリードマンだったか、フレデリクスだったか。そのカタログのモデルは、《ハスラー》に出てくる女たちより美人なんだぜ」

「ナグ、わたし、もう帰るわ」

「そいつらはベッドプレー用の下着をきてるんだ」わたしのスカートの下に手をいれて、ガーターベルトのフックをはずした。「こんなのをな」

わたしはその手を押しやった。「やめて」

「すげえんだ。レースに、フェイクレザーに、Tバック。現実にあんなのをはいてる女がいるのかね」ショルダーバッグのストラップをわたしの肩から押しのけ、両腕をもちあげて、手首のところで壁に押しつけた。「おとなしくしろよ、ちび娘《チキチータ》。悪さをする子にはパパがひどいお仕置きをするぞ」

「やめて！」

「おれのいうとおりにしたほうがいいぞ」わたしの手首を放した。「おれはいろいろ知ってるんだからな」

「知ってるって、なにを」

ナグの声に苛立ちがあらわれた。「おまえが齢をごまかして仕事をしていることや、偽の書類で不法滞在していることなんかさ。おれのいうことに逆らったら、そういう話をばらすだけだ。国境のむこうにもどりたいのか？ あっちでなにをするんだ。ティファナで売春婦か？」

「やめて。お願いだからおどかさないで」

「くそ！」ナグは建物の壁を拳で叩き、古いペンキをいくらかはがした。「〝わかったわ、ナグ。なんでもいうとおりにするわ、ナグ〟と、おとなしくいえばいいんだ。むかしから従兄のいうことばかり聞いて、日曜日ごとにミサに行ったりしてた。だいたい、毎週教会へ行くようなバカがどこにいる？ まあ、じゃまな従兄はもういない。この世から消えちまったし、おまえの母親もそうだ。ロス・アルコネスどももなにもできない」わたしの肩をつかんで揺さぶった。「ここではおれが王さまだ。だから逆らっても無駄なんだよ」

「いや！」相手の力の強さにあえいだ。「やめて！」

なにかがわたしからナグを引き離した。さっきまで肩を揺さぶられていたわたしは、次の瞬間には自由になって、前によろめいていた。立ち直ってみると、ナグはだれかとむきあっていた。オルソーだ。

「いったいどういうつもりなんだ」オルソーがいった。「彼女がおびえているのがわからないのか？」

「だれだ、てめえは？」ナグはいった。

わたしはのんびり聞いているつもりなどなく、すぐに建物に駆けこみ、出入り口のドアをばたんとしめた。明かりのスイッチに手を叩きつけたが、つかない。しかたなくまっ暗な廊下を走りながら、部屋の鍵を探した――

小さく悪態をついた。鍵はショルダーバッグのなかで、そのバッグはナグにはらい落とされ、外にころがっている。

ドアのところへもどってみると、外でだれかがあがり口の階段の下にころげ落ちる音がした。オルソーのほうが体格は大きいが、ナグには太刀打ちできないだろう。よほどのことがないかぎり、ナグは銃をもっているはずだ。

車のドアがひらく音がして、つづいてナグの声が聞こえた。「おれのじゃまをしたことを、いつか後悔させてやるからな」ドアがしまり、エンジンがかかった。

わたしはためらった。ナグは、勝ちめがないときでないかぎり喧嘩から逃げたりしないはずだ。しかも相手はたった一人なのに……。車に乗って去っていったわけがわからなかった。わたしはドアを細めにあけようとした――すると同時に、だれかが外からそれをぱっと大きくひらいた。見あげると、オルソーだった。

「ティナ、だいじょうぶかい?」

わたしはあとずさりしようとして、床の上のなにかの破片につまずいた。よろけて壁にぶつかり、両膝をついた。拳を口もとに押しあてて、なんとか身体の震えを止めようとした。

オルソーは近づいてきてわたしのまえにしゃがみ、手をのばそうとしたが、わたしが身を硬くすると、その手を下におろした。まるで苦痛に耐えるように顔をゆがめているが、見たところ、どこにも怪我はしていない。

「だいじょうぶだ。あいつはいなくなったよ」立ちあがりながら、オルソーは手をさしのべた。「どうなってるんだい？　なぜきみは兄弟からあんなふうに扱われてるんだい？」

　わたしはその手を借りて立ちあがり、一歩退がった。「兄弟って？」

「さっきのやつはきみの兄弟なんだろう？」

「ちがうわ」

「ちがう？　それですこしわかったよ」

「わかったって、なにが？」

「あいつがきみの恐怖に無関心だったわけが」

「あいつは人をおびえさせるのが好きなのよ。そうすることで自分が強いと感じるのね」

　オルソーは髪をかきあげたが、その腕が震えているのにわたしは気づいた。しかしそれはオルソー自身の反応ではない。わたしにはオルソーの感じていることが感じられた。オルソーはナグを怖がってなどいない。わたしの感情ゆえに震えているのだ。

「わたしが助けを求めていると、どうしてわかったの？」

「きみが情報を送ってきたからだよ。あんなに離れていたのに。きみはいつもあんな強力な信号を送れるのかい？」

　まただ。さきほどのように奇妙な話をはじめている。わたしは階段のほうへあとずさった。

　オルソーはぼろぼろの壁にかこまれた暗い廊下を見まわした。「きみはどこか安全なところへ行ったほうがいい」

「いいの《エスタ・ビエン》よ。だいじょうぶ」どうやってショルダーバッグをとりもどそうか。オルソーはちようどわたしと戸口のあいだに立っているのだ。

考えているわたしをオルソーはじっと見ていたが、やがて外へ出て、ショルダーバッグを手にもどってきた。そしてそれを廊下におくと、また外へ出た。わたしはまだ警戒しながらそれをつかみ、奥へもどった。オルソーは追ってこようとはせず、階段をのぼるわたしを見あげていた。

二階へあがると、廊下のつきあたりの窓から月の光がさしこんでいた。床にはがらくたが散らばり、壁にはむかしの小火《ぼや》のあとが黒くついている。どこかで赤ん坊が大声で泣いていたが、だんだんと穏やかなすすり泣きになった。上の階からは怒鳴りあう男女の声が聞こえる。

わたしは自分の部屋のまえへ走っていき、まず上のスライド錠をあけ、次に下のスライド錠と、床とドアを固定する錠前をあけ、最後にドアノブの鍵をあけた。急いでなかにはいると、それらの鍵をすべてまたもとどおりにかけた。そしてドアに背中を押しつけてしゃがみこむと、震えはじめた。一度震えだすと、もう止まらなかった。ベッドまであと何歩かなのに、それを歩くことすらできなかった。暗い部屋のなかでしゃがみ、ドアに頭をもたせかけたまま、疲労と恐怖のあまり動くこともできず、ひたすら震えつづけた。

2　青いレースのストッキング

目をあけると、日差しのさしこむ部屋があった。いつもどおりだ。まんなかにテレビをおいたテーブルがあり、南の壁ぞいにはベッドがある。ベッドの上の壁には、母が綿布に鳥の羽根を縫いこんでつくってくれた白い民族衣裳《ウイピル》がかかっていて、ペンキがいちばんひどく剥がれた部分を隠している。東側は〝キッチン〟と称する場所で、カウンターのむこうの狭い空間にコンロと冷蔵庫がある。流しの上の窓からは、青色の薄いカーテンを通してうっすらと日差しがはいってきている。

腕時計を見ると、午前九時。もうあと七時間後にはレストラン〈ブルー・ナイト〉に出勤しなくてはならない。パジャマに着がえ、ベッドにもぐりこんだ。今度は本当の眠りが、キルトの掛け布団のようにふわりと降りてきた。

外で犬が吠えている声を聞いて目が覚めると、時計は二時だった。バスルームへ顔を洗いにいって、鏡に写った自分の姿にぞっとした。まるで十歳くらい老けこんだような顔をしていたのだ。いまから思うと、ナグがあれほど年上に見えた理由もきっとおなじだろう。つねに気を張りつめた生活が、その若々しさを搾り取っていたのだ。

それにしても、ナグのいうとおりではあった。わたしは警察には駆けこめない。すくなくとも当時、そんなことはできないと思っていた。わたしと家族は一九八一年にアメリカに渡ってきたので、一九八六年に成立した移民改革規制法によって特赦を受ける資格はある。しかし母もマヌエルも英語がよくわからないせいで、居住記録をきちんと更新してこなかったのだ。できればわたしはそれを正しく書き直したかったのだが、法的な後見人がいない未成年者なので、あまり当局の注意を惹くようなことはできないと思っていた。

出勤の準備を終えて、わたしは部屋のドアをあけた——そして、思わず跳びさがった。

オルソーが廊下で眠っていたのだ。

ドアのわきにすわりこみ、かかえた膝の上に頭をのせている。まるで働きすぎのボディガードが疲労に負けて眠ってしまったようなようすだ。昼の光のなかで見ると、その髪はじつは金髪ではなかった。日の光のあたった表面は金色だが、その下は紫色なのだ。

また最初の印象よりも年上で、ゆうに三十歳はすぎているようだ。昨夜はアングロサクソン系かと思ったのだが、こうしてみるとそうともいえない。肌にはブロンズ色か金色のような、金属的な光沢があるのだ。腕の表面が日差しを浴びてきらきらひかっている。

わきにしゃがんで声をかけた。「オルソー」

うっすらと目がひらき、まばたきした。

わたしはあっけにとられた。昨夜はたしかに目があったはずだ。しかし朝になってひらいた瞼の下は、金色のゆらめきだけだった。瞳孔も、虹彩も、白目もない。金色一色だ。

「どういうこと……」わたしはいった。

オルソーがはっとあたりを見まわすと、金色の幕があがるようにふつうの虹彩があらわれた。とはいえ、色はふつうではない。鮮やかな紫色なのだ。オルソーは両脚をのばし、目をこすった。そして廊下のつきあたりの窓を見やった。「遅い時間になってしまった」

わたしはその姿から目が離せなかった。「あなたの肌はどうしてこんなに輝いてるの？
それに、目も」

「祖父からの遺伝なんだ」わたしのほうをむいた。「祖父は——英語でなんていえばいいのかよくわからないけど、生まれつきそうなんだよ」

先天性異常ということだろうか。わたしは顔をしかめ、悪いことを訊いたのでなければよいがと思った。

「ここの一日はとても短い」オルソーはあくびをした。「体内時計をリセットしないと」

「春になったから、昼は長くなってるわ」二の腕の表面に指をすべらせてみたが、金色は剝がれたりしなかった。

オルソーはわたしのその手に指をからめた。「だいじょうぶかい？」

「ええ、だいぶ元気になったわ」そこでひと息ついた。「昨日はありがとう。あなたに助けてもらわなかったら、どうなっていたことか」

オルソーはわたしの手をもちあげ、指の節に唇を押しつけた。キスというより、軽く咬んでいる。奇妙だが、心地よかった。しかし彼がなぜここにいるのか、まったくわからなかった。当時のわたしがいくら想像力をたくましくしても、オルソーがドアの外でわたしの護衛をした理由を察することはできなかっただろう。

「わたしのために見張りをしてくれたのね。よく知りもしない娘を守るために」

「どうして自分を娘だなんていうんだい？」オルソーはこちらに手をのばそうとして、途中で止めた。わたしが逃げないのをみると、抱きよせた。わたしはオルソーをしっかりと抱いた。耳のうしろの巻き毛に鼻をくすぐられた。目をとじて、この瞬間が永遠につづけばいいと思った。琥珀のなかに閉じこめて、孤独に押しつぶされそうになったときにいつでも取り出せるようにしたい。

しばらくして、わたしは顔を引いた。「仕事に行かなくちゃ。遅刻したら馘《くび》になるから」

「送っていってもいいかな？」オルソーは訊いた。

わたしは笑った。好きになってほしいと思っている相手が期待どおりの行動をしてくれたときの、軽く困惑した笑いだ。「いいわよ」

「悪かったね、昨夜は。あのとき、送っていくといえばよかったんだ」

「そういってほしかったわ」

「本当に？」オルソーは歯をのぞかせて笑みを浮かべた。「ずっと思っていたんだ。きみはなにかいおうとしていたけど、なにもいわなかった。だから興味がないんだなと。ここは社会習慣が異なっているから、よくわからないんだ。男はどうふるまうべきなのか」

それにはどう答えていいかわからないので、黙っていっしょに立ちあがった。

建物の外へ出て、午後の日差しを浴びると、オルソーの顔が無表情になり、しばらくしていった。「きみと会ってから十四時間だ」

「それがどうかしたの？」

オルソーは髪をかきあげた。「べつに」

しかしその答えは、本心からではないらしい。オルソーの不安が薄い銀色の霧のように漂っていた。それでも、わたしから去ろうとはしていない。そのことに勇気づけられた。オルソーの身の上話を本気で信じているわけではない。未来の戦闘機パイロットが自分の時間と空間から迷子になったあげく、出勤するウェイトレスを送っていくなんてことがありえるだろうか。

通りを歩いていく途中、まえからきた古いフォードがかたわらを走りすぎていった。するとオルソーはさっとふりむき、何歩か追いかけたあと、角を曲がって消えるまでじっと見つめていた。そしてようやくもどってきた。「驚いたな、あの自動車には」

古い車に興味があるのかと訊こうとしたとき、その手になにかが握られているのに気づいた。角がまるくなった四角い箱だ。どこから出てきたのか。オルソーの服にポケットは見あたらないし、ベルトからぶらさがっていたわけでもない。色は変化しつづけていて、しだいに角ばったかたちになりはじめている。「それは多元通信機？」

オルソーは手のなかに目をやった。「ああ、そうだよ」そちらに注意をむけ、歩きながらパネルの色を変えていった。

「友だちのジョシュもそういう機械をつくるのよ。ラジオとか」

「この多元通信機はつくれないと思うな」

「まだ信号を探してるの？」

「いいや。ジャグ機と連絡をしっているんだ」そこで黙り、いいなおした。「連絡をはっているんだ」眉をひそめてわたしを見た。「連絡をうっているんだ」

わたしはにっこりした。「連絡をとっている、のね」

オルソーはまた無表情になった。「そうだ。それが正しい文法だ。ぼくはジャグ機と連絡をとっているんだ」

わたしは驚いて飛びあがりそうになった。きちんとした英語だが、まったくアクセントがなかったのだ。

そのあとはアクセントがもどってきた。「あれが教えてくれるより、ぼくの英語のほうがうまいんだ。めったに使わないんだよ。プログラムを再統合するのに時間がかかるからね」

プログラムを再統合する？「つまり、あなたの飛行機で？」

「飛行機？」

「あなたはパイロットなんでしょう？」

「ジャグ機は飛行機じゃない。宇宙を飛ぶ船なんだ」

つい笑ってしまった。「ああ、オルソー。本当に船をもってるのだとしても、あなたがここにいるのに、どうして船は空の上にあるの？」

「ぼくが上へ行かせたからだよ」

「どうやって？」

多元通信機をもちあげてみせた。「これを使って」

「その箱が船を離陸させられるの？」

「船体がアンテナとして働くんだ。狭い帯域で多元通信機の信号を受信すると、それを機内のウェブシステムに送るようになっている」

「いまもその箱はあなたの船を飛ばしているの？」

「いいや。ジャグ機は自力で飛んでいる」マンホールの壊れた蓋に、ちらりと目をやった。古新聞の切れはしが風で排水溝ぞいに吹き飛ばされていった。「ここより軌道上のほうが安全だろうからね」

「上空も安全じゃないわ。きっと軍がみつけるわよ」

オルソーは首をふった。「＊＊＊を装備してるんだ」

「なにをですって？」

「しいて訳せば、〝覆い〟かな。船体の表面には分子フィルムがあって、それを偏光させて状態を変え、光を反射しないようにさせられる。また、探知装置が発するさまざまな波長の電磁波に対して、偽の情報を発射することもできる。そしてあらかじめ設定した船のまわりの空間を監視して、近づいてくる物体があればそれを回避するように進路を変えるプログラムも――」そこでふと立ち止まり、ぽかんと口をあけてまえを見た。

わたしもそちらを見た。ちょうど角を曲がって、サンカルロス・ブールバードが見えるところに出ていた。「どうしたの？」

「自動車だよ」まえの通りをしめした。「可動状態の自動車をこんなにたくさん見たのは初めてだ。だから空気がこんなにくさいんだね」

わたしは顔をしかめた。「そうなのよ」

「ここの木には＊＊＊がないのかい？」

「なにが？」

「一種のフィルターだよ。遺伝子組み換えによってつくられた分子で、空気から汚染物質を漉《こ》し取り、毒性のない物質に変えるんだ」

「まあ、そんなものはないわね。いいアイデアに思えるけど」

むこうでサンカルロス・ブールバードの角の歩道ぞいにバスが近づいてくるのが見えたので、わたしたちは走りだした。おかげでバスが出発するまえになんとか乗ることができた。わたしは二人分の料金を払った。オルソーはお金などもっていなかったし、そもそもそれがなんなのかも知らないようすだった。

車内の奥へ歩いていくと、オルソーは乗客の注目の的になった。これだけの体格で、黒ずくめの服装で、髪は紫色で、肌は金属のようにひかっているのだから、目立って当然だ。あいている席はなかったので手すりにつかまり、揺られていった。窓の外を眺めるオルソーの好奇心が、わたしにはまるでサーチライトのように感じられた。透明な矢がバスのなかをぐるぐるまわっているようだ。他人からこれほど鮮明なイメージを感じたのは初めてだった。

バスのなかではなにも話さなかった。揺れる車内では話しづらいという理由もあったが、人に聞かれる場所で、宇宙船がどうこうとはじめられても困るからだ。いまは多元通信機をもっていないようだったが、どこにしまったのかはわからなかった。

四時十分前に、レストラン〈ブルー・ナイト〉に着いた。道路へ張り出した天幕の日除けが風を受けてぱたぱたと鳴り、ドアマンのロバートはすでに定位置に立っていた。オルソーを連れて裏口から建物のなかにはいると、店長のブラド・ステイナムと出くわした。物置部屋にしまわれた缶詰や瓶やその他の品物を、バーテンダーといっしょにべつの物置へ移しているところだった。

「おはようございます、ブラド」わたしはいった。

ブラドは顔をあげ、にっこりしようとしてオルソーを見やり、眉をひそめた。しかし、出ていけとはいわず、わたしのほうを見た。「だいじょうぶかい？　疲れたようすだけど」

「いえ、元気よ」にっこりした。「オルソー、こちらはブラドよ」

ブラドは運んでいた箱をおろし、背中をまっすぐにした。オルソーはうなずき、ブラドを値踏みするように見た。ブラドもオルソーを値踏みするように見た。文字どおりその体格を値踏みしていたにちがいない。のっけからベンチプレスが何回できるか尋ねかねない目つきだった。

わたしのほうを見ると、片づけている物置をしめした。「雨漏りがするんだ。明日は雨が降るらしいから、そのまえにぜんぶ運び出さないといけない」またオルソーを見た。

オルソーも見返した。

「きみは仕事がほしくないか？」ブラドは訊いた。「今夜だ。時給七ドル。この物置を片づけてくれ。バーテンダーはバーで仕事があるからな」

「賃金とひきかえに肉体労働をしろということかな？」オルソーは訊いた。

「そうだ」ブラドは頭を傾けてわたしをしめした。「ティナの勤務時間は八時間だ。そのあいだ働けば、六十ドルになるぞ」

「わかった」オルソーは答えた。「なにをすればいい」

ブラドは、物置のなかで箱をもちあげているバーテンダーをさした。「あのとおりにやればいい。どこへ運べばいいかは教えてくれる」

オルソーは物置へはいっていき、バーテンダーと話した。バーテンダーは積まれた箱の山をしめし、そのひとつをもちあげるのに顔をまっ赤にして力んだ。オルソーはとくに力をいれるようすもなく、ふた箱をもちあげた。人間というよりは、むしろ整備のいきとどいた機械のような動作だ。軽々と箱をもって、バーテンダーのあとをついていった。

「すごいな」ブラドはつぶやいた。「どこであんな大男をひっかけてきたんだ?」わたしのほうをむいた。「今夜中には終わりそうもなかったのに。使いものになるようなら、明日も何時間か働いてもらってもいい」

「ありがとう」しばしためらったあと、わたしはつづけた。「ところで、マリオをフルタイムで雇ってくれるという話は?」

ブラドはしばらく沈黙したあと、答えた。「それはどうかな」

「店の用心棒の代役としてよく働いてくれたといってたじゃない」

「ティナ、あいつは前科が多すぎるよ」ブラドはため息をついた。「危険な武器を所持した罪。実弾を装塡した火器を公共の場所にもちこんだ罪。火器を隠して運んだ罪。致死性の武器で人を襲った罪。重罪にあたる殴打事件。そのうえ殺人未遂まで」

その前科記録は知っていた。ほとんどは従兄のマヌエルの死がきっかけになってはじまった、ロス・アルコネスとナグの手下たちの抗争が原因だ。マリオはマック10サブマシンガンをもっているところを逮捕された。警察は殺人未遂罪を適用できなかったので、銃の所持をことさら重くとりあげたのだ。事態が手に負えなくなるまえにマリオとナグを路上から排除しようという意図もあったはずで、二人はソレダード刑務所にしばらくいれられた。しかしマヌエルの死にかんして投獄された者はいなかった。逮捕に結びつくほどの証拠が集まらなかったのだ。

「殺人未遂での起訴はされなかったわ」わたしはいった。「ほかの罪による服役はもう終わってるのよ」

ブラドは穏やかに答えた。「考えておくよ」

〝考えておく〟という言葉の意味はわかっている。マリオは雇わないということだ。

ブラドは、バーテンダーといっしょに物置へもどってきたオルソーをしめした。「どうやるとあんな肌になるんだ？」

「さあ」

「髪も紫だし」ブラドは首をふりながら歩き去った。「きみら子どもたちのファッション感覚はわからんよ」

わたしはオルソーがさらに二つの箱を物置から運び出すのを眺めた。ブラドが〝子ども〟といったのは、言葉のあやにすぎない。しかしこのときばかりは、自分が、疲れているときに実際の年齢より老けてみえるタイプで本当によかったと思った。

深夜になって様子を見にいくと、オルソーは空っぽになった物置で、ブラドと、ウェイトレスのサミーとデリアといっしょにいた。四人は床にすわって、ファーストフードの店から買ってきたゼリーロールを食べ、コーヒーを飲んでいた。ブラドは満面の笑顔で、サミーとデリアはオルソーにしなだれかかっていた。

「あら、みんな」わたしはじゃまをしているような気がして、居心地悪く戸口に立った。

「やあ」ブラドがにっこりした。「これを見てくれ」両腕を広げて空っぽの部屋をしめした。「オルソーは物置をふた部屋とも片づけてくれたんだ」

「それはすごいわ」わたしはいった。オルソーは黙ったままだ。サミーは身をすりよせ、金髪を彼の腕にたらしている。オルソーはそちらを見てはいないが、だから関心がないとはかぎらない。サミーは美人だし、わたしより年上なのだ。オルソーはわたしに興味を失ったのかもしれない。

しかし、そこでオルソーは立ちあがった。「仕事は終わったのかい？」

わたしはうなずいた。「ええ、ぜんぶ」

オルソーは三人にろくにさよならもいわずに物置を出た。バス停で待つあいだも無口だった。パーティをじゃまされて腹をたてているのかもしれない。あるいは疲れているのか。ひと晩のうちに二つの物置をすっかり片づけたのだから、疲れて当然だろう。

バスが来ると、オルソーはわたしのあとについて乗りこみ、料金もわたしが払うのにまかせた。うしろの席に腰かけたあと、わたしの腰に腕をまわして引きよせた。わたしは目をぱちくりさせ、ほっとし、頭を肩にもたせかけた。

「忘れるところだった」オルソーは二枚の紙幣をベルトの下から引っぱり出した。「これを」

五十ドルと十ドルだ。「どうしてわたしに?」

「ぼくがもっていてもしかたないからね」

「お金よ。お金がどういうものか知らないの?」

眠そうな声で答えた。「概念としては知っているよ。でも持ちあるいたことはない」

「受け取れないわ」紙幣を押し返そうとした。「あなたのものよ。働いて稼いだんだから」

「かわりにもっていてくれるかい?」

「じゃあ、必要になったらそういってね」

「わかった」オルソーは頭を背もたれにつけて、目をとじた。その頭がだんだんと傾き、頬をわたしの頭のてっぺんにのせる恰好になった。両腕をわたしに巻きつけ、まるで小さな子どもがお気にいりのぬいぐるみを抱いて眠っているようだ。わたしは笑いだしそうになった。目をとじ、安心して隣でまどろんだ。

自分のバス停の手前で目を覚まし、なんとか降車のベルを鳴らすことができた。オルソーは目をこすりながら、わたしにつづいて後部ドアから降りてきた。

わたしたちは黙ったままアパートメントへむかった。最初は、オルソーは退屈になっていて、わたしを送っているのはたんに義務感からなのだろうかと思った。わたしのほうは自意識過剰になっていて、漂ってくる相手の気分にしばらく気づかなかったが、やがてオルソーもぎこちなく感じているらしいとわかりはじめた。どういうことだろう。オルソーはいつも自信にあふれていて、人からどう思われようと気にしないように見えるのに、わたしに対してはそうではない。なぜなのか。

見ると、オルソーは背中の腰のあたりを揉んでいた。

「あんなにたくさんの箱をひと晩で運んでしまうなんて、すごいわ」わたしはいった。

「ブラドという男もそういってたね」オルソーは微笑んだ。「ラグナールは、力仕事は身体にいいというだろうな」

「それはだれ？」

「ラグナールだ。ラグナール・ブラッドマーク提督。家族ぐるみのつきあいをしている友人だよ」頬がゆるんだ。「ぼくが小さい頃からの先生で、第二の父親のようなものだ」

「一人どころか二人も父親がいるなんて、わたしには想像がつかなかった。「いいわね」

「でも本当の父親のかわりにはなれないよ。ぼくの父は吟遊詩人で、歌をうたうんだ。ラグナールは軍人で、生体機械技術を駆使する医者でもある。ぼくがジャグ戦士になる決心をしたとき、ラグナールは理解してくれた。父は、ぼくが死ぬかもしれないと心配するだけだった」

わたしはそっといった。「あなたを愛してるからよ」

オルソーの表情がやさしくなり、わたしの髪を手でなでた。オルソー自身にもはっきりわからないようだが、父親と先生から受けた愛情の滴をわたしに伝えたいというような、すてきな感覚がやってきた。わたしはその手をとり、今朝、オルソーからされたようなやり方で指の節にキスした。わたしがその手を放すと、オルソーはわずかに口をあけ、驚きの気配をまわりに漂わせた。

それからあとはずっと黙っていたが、それはおたがいに居心地よく、それ以上話す必要を感じなかったからだ。そのうちオルソーはまた例の多元通信機をいじりはじめた。このときも、どこからともなくあらわれた。

「使わないときはどこにしまっているの？」わたしは尋ねた。

「スロットのなかだよ」

「スロットって？」

オルソーは答えなかった。多元通信機をいじっているあいだ、楽しそうな気分は消えていた。

「なにかあったの？」わたしは訊いた。

「ジャグ機だよ。まだ問題があるんだ」

もっと訊きたかったが、ちょうどそこでわたしのアパートメントの建物のまえに着いてしまった。わたしは立ち止まり、またぎこちない気分になった。「じゃあ、ここで。送ってくれてありがとう」

オルソーはじっと立ったまままこちらを見ていた。わたしはためらった。このまま帰ってほしくはないが、それ以上いう勇気もない。

沈黙をやぶったのはオルソーだった。「上まで送っていくよ」間をおいた。「部屋まで安全を見とどけたほうがいいだろう」

わたしは息をのんで答えた。「ええ」

なかにはいり、明かりのスイッチを押したが、なにもつかない。しかたなく暗い階段をのぼり、窓からさしこむ月明かりだけを頼りに部屋までいった。

わたしはドアのまえで立ち止まった。「じゃあ、ここで」

オルソーは焼けこげた廊下を見まわした。「ここに住んで安全なのかい？」

「べつにだいじょうぶよ」

「なかで兄弟が待っているのかい？」

わたしはためらった。「兄弟はいないわ」

「じゃあ、昨日の夜、いるといったのはなぜ？」

「あなたをまだ信用していなかったからよ」

オルソーはわたしの頬にふれた。「いまは信用してくれているんだね」

本能はイエスといっているが、理性はノーといっていた。ここは理性に耳を貸すべきだ。しかし薄ぎたない狭い部屋に一人で帰ることに、もううんざりしていた。「あの……なかへはいって」

オルソーはわたしの髪に手をさしいれ、長い髪の先まですべらせた。「そうするよ」

わたしはとても緊張していて、錠前にさしこむ鍵を何度もまちがえた。ようやくドアをあけたが、室内の明かりもつかない。そこでテレビをおいたテーブルから懐中電灯をとってきてつけた。そうするとわたしのまわりにだけ光の輪ができたが、部屋のほかのところは暗いままだ。

オルソーは部屋にはいって、鍵を順番にかけていった。床とドアを固定する錠前にいちばん手間どっていた。金属棒を床にセットしてドアに固定する仕組みがよくわからないらしく、わたしは明かりをむけてやった。こちらをむいても目がくらまないように、壁のほうを照らした。

「どういうことだい？」オルソーは訊いた。「なぜここには電力がきていないんだい？」

「一日か二日でつくようになるわ」古い鳥籠でつくった台をテーブルの下から出してテレビのわきにおき、懐中電灯を縦にさしこんで、天井を照らすようにした。

「二日も待たされるのかい？」オルソーはわたしをまじまじと見た。「なぜそんなに？」

「ここの大家がいいかげんなやつで、なかなか修理してくれないのよ」台所へ行って、カウンターの下の棚からガラス製のサラダボウルをとりだし、懐中電灯にかぶせた。ボウルを通した光はぼんやりとした薔薇色になり、美しいのだが、あまりにも薄暗いのでテーブルのまわりでもろくにものが見えなかった。

オルソーは急ごしらえのランプを透かし見た。「なるほどね」

「あんまり暗いから、いつも手探りになっちゃうのよ」

オルソーはそばへ近づいてきた。とても近くへ。そのせいで、彼の異質さをいくつも意識させられた。声、身体、服、すべてが風変わりだ。多元通信機はしまわれているが、どこかはやはりわからなかった。服は身体にぴったりと張りついている。

オルソーは静かに話した。「夜は薄暗いほうがいいときもあるよ」その手がわたしの髪をつつんだ――そのときだ。その手に蝶番《ちょうつがい》が見えた。中指のつけ根から手首まで畝《うね》がはしり、指先から手首までを縦に折りたためるようになっているのだ。

「あなたの手はどうなってるの？」わたしは訊いた。

「手？」

「蝶番があるわ」

オルソーは身をこわばらせ、まわりの空気がプラスチックのように硬くなった。そしてわたしから身をひいた。ほんのわずかにだが、わたしには彼が背中をむけて部屋のむこうへ歩いていったくらいに感じた。オルソーはひややかな声でいった。

「欠損があるんだ。生まれつきにね。それを修復した跡なんだよ」

先天性異常？　わたしはまっ赤になり、自分の鈍感さを心のなかでののしった。

そのとき、奇妙なことが起きた。オルソーがその気分を、まるでコンピュータのようにリセットしたのだ。肩の力を抜き、手首から指先までを折りたたんでわたしの手をはさんでみせた。そして顔を近づけ、反対の腕でわたしの腰を抱いて、キスした。

この先になにが待っているかはわかっていたが、あまりに展開が速すぎた。わたしは同世代の男の子に対しても内気なほうだったのに、その夜にかぎってはどうしていつもとちがう行動をしてしまうのか、よくわからなかった。その点ではオルソーもそうだったはずだ。わたしたちの希少な遺伝的成り立ちがつくりだす強力な人間フェロモンの影響と、おなじ遺伝形質にもともとそなわった本能とどちらが強く働いていたのかは、いまでもよくわからない。鮭が交尾のために川を遡上するとき、なぜなどとは考えず、ただそうするようなものだ。すくなくとも、その夜はそれがとても自然ななりゆきだった。まるで自分たちが絵の具となって混ぜあわされていくようだった。

オルソーの腰に腕をまわすと、男性的な力強さを感じた。オルソーは鼻先をわたしの髪にすりつけた。「いい香水だね」

「すわろうか」

「香水はつけてないわよ」

「じゃあ、きみの匂いなんだ」頭をあげ、ベッドのほうにむかってうなずいた。

「ええ」わたしはまともに相手を見られなかった。わたしはとても若く、またわたしたちを惹きつけているのがたんなる恋の引力などではないことを感じて、困惑していた。最大の心配は、オルソーが避妊具をもっているかどうかを、どんなふうに尋ねようかということだった。オルソーのほうはもうすこし余裕があったが、やはり心配事もあった。それはこの行動が遠い星界におよぼす影響についてだ。本来ならば、本人の好むと好まざるとにかかわらず政府当局が厳格に決定すべきことがらを、いまみずから決めようとしているのだ。

オルソーはわたしをベッドへ連れていき、ブーツをはいた足を大きく広げて腰をおろした。わたしはそのまえでぎこちなく立って、相手の手を握っていた。

「すわったら?」オルソーはいった。

わたしは緊張のあまり返事もできず、ただうなずいた。隣にすわって、訊かねばならないことをどうやって訊こうかと必死で考えた。オルソーはわたしを軽く押して横たえ、自分も隣に寝そべると、わたしの身体に手をすべらせはじめた。腿からはじまり、スカートを引きあげ、服の上から腰へきた。その手はとても大きく、わたしの腰はとても細いので、半分がたすっぽりとつかまれてしまうくらいだった。手はさらにあがって、ドレスのひだ飾りといっしょに胸をつつんだ。まるでわたしが、〝そうよ、そこをさわって〟といっているようだが、本当は、〝お願い、もっとゆっくり〟といいたいところだった。

「すてきだ」オルソーはつぶやいた。「今夜きみとここまで来られるとは思いもしなかったよ」

訊くのよ、と自分で思った。でもどうやって？　興ざめなやつだと思われたらどうしよう。でも、興ざめだと思われたからといって、どうだというのか。死の病にかかったり妊娠したりするよりましだ。

「ティナ」オルソーは胸をまさぐるのをやめた。「どうしたんだい？」

「あれをもってる？」

「あれって？」

「わかってるでしょう。コンドームよ」やった。いってしまった。

オルソーは無表情に、金属的になった。まるで検索プログラムをはしらせているときのコンピュータのようだ。そしてもとにもどった。「〝コンドーム〟という言葉はみつからない。どういう意味だい？」

「その――予防のものよ」

「なにを予防するんだい？」

「病気よ」

「ぼくは病気などもっていない」

「できるだけ安全なほうがいいわ。それに、妊娠もしたくないし」

「妊娠はありえない」

「どうして？」

「ぼくの先祖はたしかに人間だ」オルソーはいった。「でも、彼らが地球から連れ去られたのははるかむかしのことで、きみとぼくが交配可能だとは思えない」

わたしは笑いそうになった。こんな言い訳をする男はほかにいないだろう。「オルソー、あなたがもっていないのなら、どうにかして手にいれなくてはいけないわ。べつに誘っているつもりじゃないんだけど、ないのならこれ以上はだめよ」

「妊娠の可能性はゼロではないかもしれない」オルソーは認めた。

「ええ。ありえることとよ」

「妊娠したくないのかい？」

「オルソー！」

「それは、〝したくない〟という意味のようだね。ぼくを父親とする子どもはほしくないんだね」

「もちろんよ！」

そのときは知るよしもなかったが、オルソーの育った社会においてわたしのその台詞は、たとえばわたしの文化圏で男が女に、〝おまえとベッドにはいるのは一発やりたいからだが、おまえのことはそれ以上なんとも思っていないんだ〟というのを、男女の立場をかえていいなおしたようなものだった。

それでも、なにかまずいことをいってしまったらしいのはわかった。「母さんは一人でわたしを育てたのよ。だからわたしは、父親になる人がそばにいてくれるとわかるまでは、子どもをつくりたくないの」

オルソーの表情がゆるみ、緊張は解けた。当時はわからなかったが、オルソーはそのときすでに文化的相違の問題だと理解していたのだ。しかしそういうことは口に出さなかった。

「ぼくは〝予防のもの〟はもっていない。きみももっていないんだね？」

「ええ」

テレビのほうに首をかしげた。「あのコンソールから注文できないのかい？」

「あれはテレビよ。なにかを注文したりできないわ」

「テレビ？」

「ちょっと待って。考えがあるの。すぐもどってくるわ」わたしは急いでベッドから降りて、部屋のドアへ走った。

「ティナ、待って」

ふりかえると、オルソーはまた起きあがり、脚を大きく広げて、両膝に肘をのせてすわっていた。

「本当にもどってくるんだね？」

そういわれて、びっくりした。わたしがこのままどこかへ行くなんて──わたしがオルソーに対してそういう心配をするのならともかく、逆はありえない。

「すぐにもどってくるわ。約束する」そして鍵をすべてあけて、廊下へ出た。

ボニータとハリーのアパートメントは、おなじ階の三部屋先にある。わたしはノックしながら、旦那のハリーではなくボニータが出てきますようにと祈った。

ドアがすこしだけひらいた。「ティナ？　いったいどうしたの、こんな遅くに？」チェーンの音がしてドアがひらき、眠そうな顔のボニータが出てきた。パジャマの上に、ピンク色のけばだった布地に真珠色のボタンがついたセーターを着ている。黒髪の三つ編みが一本、肩にたれていた。

それほど親しいわけではない。顔をあわせれば挨拶をするが、おたがいの仕事の時間帯がちがうのでその機会もめったにない。しかし好感はもってもらっているように思っていた。

わたしは言葉につまりながらいった。「あの──その──ちょっとお願いが……」

ボニータはわたしの腕をつかんで部屋のなかに引きいれた。「なにかあったの？」

「なんでもないわ。だいじょうぶよ。ちょっと頼みがあるの」

「頼みって？」

「その──あれをもってないかしら。ハリーがもってるだろうと思うんだけど」

「あれって、なに？」ボニータはあくびをした。「夜中なのよ、ティナ」

わたしは赤面した。「コンドームよ」

「あら」いきなり目が覚めたようだった。「本気なの？」

「だって、あったほうがいいから」

「そういう意味じゃないのよ」わたしをのぞきこんだ。「あのボーイフレンドのジェイクなの？　無理じいされてるのなら──」

「ジェイクじゃないのよ」彼とは何カ月もまえに別れていた。「ごめんなさい。眠っているところを起こしてしまって」話が長びくにつれて困惑がひどくなり、ドアのほうへあとずさった。「おやすみなさい。べつにもう──」

「待って」ボニータはわたしの腕に手をおいた。「ここにいて。すぐもどってくるから」いったん寝室に消えて、箱をひとつ手にしてまたあらわれた。それをわたしの手におき、握らせた。「ティナ、よく考えてからにしなさい。あわてることはないのよ」表情が母親っぽくなった。「なんなら今夜はここに泊まってもいいのよ。ソファがあいてるから」

　わたしはかぶりをふった。「ありがとう、ボニータ。でもいいのよ」ドアのほうへあとずさった。「本当にありがとう《ムチャス・グラシアス》」廊下に出て、自分の部屋へ走ってもどった。ボニータの部屋のドアがしまる音が聞こえ、ほっとした。

　オルソーはまだベッドに腰かけていた。その好奇心が胡椒のように鼻の奥をくすぐるのを感じながら、隣に腰をおろした。オルソーはわたしのしっかり握った手からそっと箱をとり、蓋をあけ、小さな四角い包みをとりだして、ためつすがめつした。

「これをどうするんだい？」オルソーは訊いた。

「そのときになったら――というか、いまがそのときよね。だって、もうこうしてるんだから。つまり、そのときのためのものよ」

　オルソーは笑った。「頭が鈍くなったのかな。きみのいってることがさっぱりわからないよ」

　わたしはまっ赤になった。「教えてあげるわ。そのときになったら」

「わかった」オルソーは包みを箱にもどして、枕の向こうへ手をのばし、ベッドの下においた。こちらにむきなおったときには、くすぐるような好奇心の感触は消えていた。かわりに本当のくすぐりが待っていた――その指先が腕から肩へ、首すじへと這いのぼってきた。

オルソーはわたしをゆっくりベッドに横たえると、そばへ抱きよせ、レストランの制服の紐をほどこうとしはじめた。しかし押したり引いたり、いくつもの穴の上に指をすべらせたりしても、どうしてもほどけない。とうとう音《ね》を上げた。「仕組みを解説したマニュアルはないのかい？」

わたしははにかみながら軽く笑って、オルソーの身体とのあいだに手をいれ、紐をほどいていった。オルソーの手でその下の袖なしの胴着と、ブラジャーとコルセットが一体になった下着を脱がされると、ひんやりした空気に鳥肌が立った。そして抱きよせられると、また暖かくなった。オルソーがスカートにむかっているあいだに、わたしは相手のジャケットにとりくんだが、これはこちらの服ほどの手がかりもなかった。フックも、ボタンも、スナップボタンも、紐も、とにかくなにもないのだ。わたしの手はただつるりとした革の表面をすべるだけだった——いや、革だと思っていたのだが、実際には暑さや寒さを遮断するように設計された合成素材らしかった。

オルソーが肘をついて身体を起こし、ジャケットのまえのところに指をはしらせると、それだけですんなりひらいた。結局どういう仕組みかわからなかったが、これで一件落着だ。いや、まだ一件落着どころではない。オルソーの胸板はすばらしかった。筋肉質でなめらかで、金色のうぶ毛が一面にふんわりとはえている。しかし奇妙でもある。薄暗い明かりのなかで乳輪だけが輝いていて、皮膚のほかのところよりも金属的だった。冷たいのかと思ってふれてみたが、そんなことはなかった。金属的なのは見ためだけだ。

わたしはオルソーの手でほかの服を脱がされ、ストッキングとガーターベルトだけの姿になった。オルソーはそれらをいつまでもいじっていたが、見るのが初めてだからではなく、実際にそれを着けている女が初めてだかららしい。わたしにとっては制服といっしょに支給された非実用的な青いレースのストッキングにすぎないが、オルソーにとっては三百年前の古めかしい様式の下着だったのだ。

服を脱いでいくオルソーを見ていると、自分の緊張を忘れそうになった。すばらしい肉体美だ。全身が筋肉ではちきれそうで、肩幅は広く、腰は細く締まっている。オルソーがふたたび横になると、わたしは緊張などしていないと自分にいい聞かせようとしたが、実際にはろくにものを考えられないほど自意識過剰になっていた。

オルソーが耳もとでささやいた。「どうしたんだい？」

わたしは赤くなった。「だいじょうぶよ」その上半身に腕を巻きつけ、背骨にそって首から腰へ手をすべらせていった。盛りあがる筋肉と、ソケットが——

ソケット？

たしかにソケットがある。背骨の下のほう、ちょうど腰のあたりだ。まるい開口部を指先で探ってみたが、直径は一インチほどだ。

オルソーはわたしの耳にキスした。「そこに超感電話《サイフォン》のプラグがはいるんだよ」

ガソリンスタンドの店員が吸い上げ管《サイホン》でオルソーの身体に給油しているさまが頭に浮かんだ。不気味だ。そうやってわたしの頭が混乱しているさいちゅうに、オルソーははいってこようとした。

「待って」あわてふためき、ソケットのことなど頭から吹き飛んだ。「オルソー、待って。

あれを」

「これかい？」床から四角い包みを拾いあげた。「どうするのか教えてほしい。ぼくのメモリーにはこれについてのデータがないんだ」

メモリー？　わたしがセックスしようとしている相手は、自分がまるでコンピュータであるかのようないい方をした。みんな初体験のときはこんなに奇妙な思いをするのだろうか。王圏ジャグ戦士を相手に処女喪失をする女の子など、そう多くはないはずだ。

わたしが肩を押しやると、オルソーはためらい、困惑の気配が蛍のように薄暗いなかで舞った。そのあとこちらの意図を察し、膝を下につけてすわった姿勢になってくれた。わたしも身体を起こしてすわったが、困惑のあまり、まともに相手を見られなかった。包みをとって破った。「これをつけて」

「つける？」

わたしはさわった。「ここによ」

「ああ、なるほど」オルソーはそっといった。「きみがつけてくれ」

なんとかやれた。セクシーな、いい眺めだ。また横になり、抱きあった。オルソーとそうしているときの感じは、それまでの想像とはまったくちがっていた。そもそも想像力などまったく働かなかった。しばらくしてオルソーは手を添えてはいってきた——痛い！　わたしが身を硬くすると、オルソーはペースを落とし、ゆっくりやさしく動いてくれた。わたしは緊張していたが、一定の力強い動きは心地よかった。

オルソーの気分がつくりだす火花が強く輝きだし、赤やオレンジや金色の小さな火が、わたしの思考にむかって飛んできた。目眩がしそうだ。これまでも人の感情を、こちらの五感をつうじて感じとったりはしてきたが、それらはたんなる現象にすぎなかった。しかしオルソーはそれらの火花を、兵士を指揮する司令官のようにわたしのほうへむけていた。

「ティナ」オルソーはかすれ声で耳もとでささやいた。「はいらせてくれ」

はいらせる？　もうはいっているではないか……。

その火花が強くなり――

《入出力経路開通》いきなり言葉が頭にひらめいた。《アップロード開始》

わたしはぎくりとして、悲鳴をこらえた。オルソーはそれを誤解したらしく、キスして、わたしには理解できない言葉をつぶやきはじめた。

《ダウンロード》また言葉が浮かんだ。オルソーもわたしを〝はいらせて〟くれたのだ。これで相手の感覚をわがことのように感じられるようになった。オルソーは、嵐の日のバハ・カリフォルニアの波のように高く盛り上がり、最後は身体をはげしく震わせた。わたしはその腰で息もできないほどマットレスに強く押しつけられた。砕けた波がわたしたちをひとしく洗い、まわりの火花はまじりあってぼやけた。

だんだんと部屋のようすが意識にもどってきた。火花は、まるで波が退いたあとの浜辺から蛍が去っていくように、ひとつずつ消えていった。オルソーは大きく息をし、思考は穏やかになっていた。今度はさしずめ、月明かりの下でたゆたうバハ・カリフォルニアだ。

しばらくしてオルソーは訊いた。「重たいかい？」

「ちょうどいいわ、トール」そのときのわたしは、とても敏感になっていた。調律されたばかりで、まだだれにも弾かれていない楽器のような気分だった。

「トールか」眠たそうに微笑んだ。「そういう名前で呼ばれるのは初めてだな」

「トールは雷神で、魔法の槌をもっていて、地上にむかって稲妻の矢を投げるのよ」

オルソーは横むきになって、おたがいの身体の線をぴったりくっつけた。「きみには稲妻の矢を投げないと約束するよ」

わたしはにっこりした。「ついさっき投げたわ」

「それで、ぼくは蛙に変身したかい？」

「いいえ。王子さまのままよ」

オルソーは笑った。「きみは新鮮でいい」

「わたしが？　どうして《ポル・ケ》？」

「たいていの人はぼくのまえに出ると卑屈になるんだ」

それはわかる気がした。しかしわからないこともまだ多い。オルソーの腰に手をまわして、背骨の穴にふれた。

「それはサイフォンのソケットなんだ」オルソーはいった。「そこからジャグ機に自分をインストールするんだよ」

「取り付ける《インストール》？」取り付けるのは機械の部品だろう。人間は取り付けるものではない。

「このソケットは体内の生体機械ウェブとつながっている」オルソーは説明した。「このソケットは首と両手首と両足首にもある。これらを通じてジャグ機に接続し、その発展知能《EI》を経由して超感ネットにアクセスするんだ」

返事のしようがなかった。「そんなことができる人はあまりいないでしょう」

「だからこそジャグ機のパイロットは少ないんだよ」オルソーはあくびをした。「わかってるだろうけど」

「わかってるって、なにを？」

「きみやぼくのように――」オルソーは目をとじた。「――学ぶ機会がある人間は少なくて――」

学ぶ？　どういう意味なのか。「わたしはいま、学校へは行っていないわ。カリフォルニア州立大学にはいるために貯金はしているけど」

オルソーは目をあけた。「きみは学校へ行っていないのかい？」

「いまはね」

「神経訓練も受けていない？」

「なんのこと？」

目をまるくし、眠気が吹き飛んだようすでわたしを見ている。「じゃあ、神経機能をこんなに上手に制御する方法を、いったいだれから教わったんだい？　昨夜は通りで、今夜はここで、ぼくの神経ウェブを操作したじゃないか」

「だれからも、なにも教わってないわ」

「独学かい？」

「ええ、まあ、そういうことね」その頃よくいわれた、〝美人だけど、おつむが空っぽのティナ〟というたぐいの反応を予期した。「それがどうしたの？　頭の悪い女でがっかり？」

「そういうことじゃない」オルソーはいった。「カイル能力者は脳の神経構造がより集積されているために、一般に知能が高いんだ」

「カイル……なに？」

「きみはカイル作用者であり、カイル受容者だ」

「あら、そう。初耳ね」

「ティナ、口からでまかせをいってるわけじゃないんだ」

どう答えていいかわからなかった。よけいな質問をすればこみいった話になって、ますます恥ずかしい思いをさせられるかもしれない。それとも彼の頭がおかしいのか。しかしオルソーの話しぶりは頭がおかしい人間のようではない。とても外向的で、他人に対して気配りもするし、興味ももつ。独特のユーモアのセンスもある。そもそも、頭がおかしいというだけでは、ソケットの存在は説明がつかない。

わたしは慎重に訊いた。「あれはどういう意味だったの？〝アップロード〟とか、〝ダウンロード〟とかいうのは」

「言葉としてはわかるね？」わたしがうなずくと、オルソーはつづけた。「ぼくのウェブがきみのために翻訳作業をしたにちがいない」指先でわたしのうなじをさすり、さらにわたしの手首を上にむけた。「でも、きみは生体機械による機能拡張を受けていないんだね」

「なんのことだか、ぜんぜんわからないわ」

「なんてことだ」オルソーはわたしの手首を下におろした。「こんなことは犯罪だよ」

「わたしはなにも悪いことはしていないわ」わたしは苛立った声をあげた。「なにもしてない。悪いことなどしてないわよ」

「ぼくはただ、きみがここでだれにも理解されずに放置されているのが、犯罪的だといったんだよ」

「わたしはほかの人たちとなにも変わりないわ」当時は、そうでないことを認めたら、他人との接触に敏感すぎる感情的な異常者として隔離され、残りの人生をひとりきりですごすはめになるのではないかと恐れていたのだ。

「それはそうだ」オルソーはいった。「ただきみは、カイル送受信能力をもっている」

「それはなに？」

オルソーの説明によると、カイル能力者は脳のなかに、カイル《K》求心性《A》組織《B》とカイル《K》遠心性《E》組織《B》という微小な器官をもっている。また大脳皮質内に副中枢と呼ばれる特殊な神経構造があり、これもわたしやオルソーのような遺伝的成り立ちの人間だけがもっている部分だ。副中枢にある特殊な受容器は、サイアミンと呼ばれる神経伝達物質に反応するのだが、この物質はカイル能力者の脳でのみつくられる。

カイル能力者の場合、ＫＡＢは基本的に他人の脳内で発生する電気信号を感知して、それを副中枢に送る。副中枢はそれを精神に伝わるように解釈してやる。ＫＥＢは脳が送り出す信号の強さや密度を増幅する。もっと正確にいえば、自分の脳の量子分布が他人の脳の量子分布と、より強力に結びつくようにするのだ。

「ようするに、きみのＫＡＢは信号を受信し、ＫＥＢがそれを発信するわけだ」オルソーはいった。

「信号にはなにがのっているの？」わたしは訊いた。

「きみの精神にあるものだよ。ほとんどのカイル能力者は、人間の思考のように複雑なデータを解釈するほどの感受性はもっていない。せいぜい単純な思考が、よほど近くから強力に送られてきたときにわかるくらいだ。ふだんは感情くらいしか感じとれない」

ためらいながら、いってみた。「わたしはときどき、他人の感じていることが目に見えるのよ。それは霧のようだったり、火花のようだったり。音として聞こえたり、匂いとしてわかることもある。味がすることもある。頭ではなく肌で感じることもあるわ」

「それはめずらしい」

「あら、そう。あなたの話すようなことはちっともめずらしくないのね」

オルソーは微笑んだ。「ぼくがいったのは、カイル器官が感覚入力と混じりあうのがめずらしいということなんだ。きみの場合は、感覚中枢へいたる神経経路が副中枢への経路と混線しているんだろう。だからきみが感情入力をアップロードすると、知覚反応が起きるんだ」

なるほど。わたしをずっと悩ませてきた奇妙な現象を、オルソーは一刀両断にしてくれた。

「どうしてそんなに自信たっぷりに、わたしのことがなんでもわかるようにいえるの？」

「どうしてかは、きみはもうわかるはずだ。きみも感じただろう。なぜそんなに抵抗するんだい？」口調がやさしくなった。「きみは美しい。光のようだ。輝いている。魅力的で明るくて、そして――言葉ではいえない。きみのそばにいるとほっとする。癒されるんだ。自分が傷ついているとは気づいていなかったけど、いまは癒されているんだ」

わたしはしっかりとその手を握った。「あなたはだいじょうぶよ。ね？」

「でもぼくはそれだけのことをきみにしてあげていないだろう？」オルソーはわたしの脚のあいだに手をすべりこませた。「まだ手助けをしてあげられる。なにをしてほしいか話して」

そんなことはいえなかった。「わたしはいいのよ。本当に」

「きみはとても緊張している」オルソーは手を引きあげ、わたしの頬にそえた。「ぼくがなにか——」といいかけて、やめた。「これは？」

「どうしたの？」

「きみの顔にふれたら——黒いすじが」自分の指を見た。「いま、その時期なのかい？」

「時期って？」

「月経周期だよ」

どうしてオルソーは、そういう答えにくい質問ばかりするのだろう。「いいえ」

「じゃあ、なぜ出血してるんだい？」

「出血ですって？」

オルソーは青ざめた。「ティナ——まえにもしたことはあるんだろう？」

「したって、なにを？」

「男と寝ることをさ」

来た。ついにその質問が来た。「いいえ」相手が答えるより先に、いいそえた。「でも心配しなくていいのよ。もうあと五カ月で十八歳だから。本当よ。警察に追われたりはしないから」

オルソーはまじまじとわたしを見た。「きみは、たった十七歳なのかい？」

「ええ」

「地球年で？」

「ええ、まあ、地球年よ」

「なんてことだ」どさりと背中をベッドに倒した。「割れ鞭で打たれるところだ」

わたしはにやりとした。「わたしがやってあげてもいいわよ。まだやったことはないけど」そもそも〝割れ鞭〟というのがなんなのかもわからないが。

オルソーは目をぱちくりさせた。「やめてくれよ」

「オルソー、わたしはとてもよかったのよ」

「ぼくの社会ではやってはいけないことなんだ。大人が子どもにこういう行為をするのは」

「わたしは子どもじゃないわ」

「なぜなにもいわなかったんだい？　知っていたらこんなことはしなかったのに」

「だからなにもいわなかったのよ」

「きみの話し方はもっと大人びている」オルソーは首をふった。「外見が幼く見えても、それは小柄なせいかと思ったんだ。ときどき幼い話し方をしても、それが魅力的だった。でもいまは、わざと幼い話し方をしていたわけじゃないとわかったよ。でもほかのときは、驚くほど大人っぽかった」

わたしは目をぱちくりさせた。「ありがとう」

オルソーに抱きよせられた。「悪かったよ。今度はもっとゆっくりやるから」今度は……。それを聞いて、全身に安堵が広がった。これに懲りて去っていくわけではないらしい。

そのあとは二人とも黙った。わたしは隣でうとうとしながら、オルソーの吐息をぼんやり聞いていた。吐息は深くなり、やがて寝息になった。

3 弾丸男

シャワーを浴びたあと、髪に櫛をあてながら台所の窓から外を眺めた。跳ねた水滴が肌に落ちてひんやりし、窓につくと黒い点になった。日が昇ったばかりで、隣の空き地には長い影が伸びていた。スモッグはまだひどくなく、空気はさわやかで新鮮に感じられる。空き地にはがらくたの山がいくつもあり、上階の子どもたちがふざけて投げた板がちらばっている。通りを古いマスタングが低いエンジン音をたてて通りすぎ、歩道では野良犬が朝日にむかって吠えながら走っていった。

ふりかえると、オルソーがあおむけに眠っている。片足がベッドのわきから垂れ、床についている。枕を頭の上にのせ、鼻と口だけがのぞいていた。わたしは笑った。その恰好がおかしかったからだけでなく、オルソーといっしょに朝を迎えたのがとてもいい気分だったからだ。

わたしはブラウスを着て肩紐をかけた。オルソーのために特別に、レース部分が多くて薔薇と葉の模様があるこのお気にいりの服を選んだのだ。スカートもほんのり薔薇色だ——マヌエルはこれを、「笑いころげる白人娘の尻をひっぱたいたあとの色」といっていた。わたしはそのとき、笑いころげる白人娘などをなぜマヌエルが知っているのか、そもそもなぜその娘はマヌエルのまえで笑いころげていたのか、わたしがそんなことを考えたら修道院に放りこむぞとおどかすのに、なぜマヌエルは許されるのかと尋ねたのだが、さっさと宿題をしろと怒鳴られただけだった。

電気はまだきていなかったので、マグカップ二杯分のホットチョコレートを缶入り固形燃料で温め、ベッドへ運んでいって、オルソーが頭にかぶった枕をはがした。「起きて、ねぼすけさん」

オルソーはうめいて、枕を引きもどそうとした。

わたしは笑って、また引っぱった。「起きなさいったら。今日は仕事が早番なのよ」

オルソーは抗議のうめき声をあげた。瞼をひらいたが、その下は金色一色だった。

「もう」わたしはいった。「またその目になってるわよ」

「んん……?」起きあがると、金色の部分が引っこんで、今度は本物の目があらわれた。

「いつのまに眠ったんだろう」

「丸太のようにぐっすりだったわ」

「丸太だって?」マグカップのほうをじっと見た。「いい匂いだ」

ひとつを渡した。「どうしてそんなふうに目が金色のものにおおわれるの?」

「瞬膜だよ。必要ないんだけどね」マグカップを両手でつつむようにもった。「ぼくの先祖が植民した惑星は太陽の光が強すぎたので、彼らは遺伝子を操作して、目を守るために瞼の内側にもう一枚の膜をつくったんだ。眠っているあいだはそれが降りてくる。あるいは、危険を感じたときにもね」

「英語がうまくなったようだけど、なぜ？」

「そうかい？」わたしがうなずくと、オルソーはいった。「どういうことかな。この古語にようやく慣れてきたのかもしれない」

「古語？」

オルソーは微笑んだ。「いまぼくらが話している言葉は、ぼくにとっては古代英語なんだ。たぶん眠っているあいだに、体内の言語モジュールがほかのシステムとの統合性を高めたんだろう」

わたしはベッドの上で居心地悪く身動きした。「やめて」

「なにが？」

「自分をコンピュータのようにいうのはやめて」

「ぼくはコンピュータなんだよ」ホットチョコレートをひと口飲んだ。「これだけ大規模な生体機械ウェブを組みこまれていると、もはやホモサピエンスとはいえない。人間じゃないんだ」

わたしは昨夜のことを思い出した。「わたしには人間らしく感じられたけど」オルソーの表情がやわらぎ、わたしはできることなら午前中をベッドのなかですごしたいと思った。考えをそらすために、つづけていった。「生体機械ウェブって、なんなの？」

オルソーは自分の体内のシステムを説明してくれた。まず脊椎のなかに、電子ではなく光で動くコンピュータチップが埋めこまれている。ここから出た光ファイバー線の先にソケットがあり、そこから、たとえば彼の船のような外部システムに接続できる。べつの線は脳細胞のあいだにある電極につながっていて、コンピュータチップと脳が〝会話〟できるようになっている。1の信号が来たらニューロンを発火させ、0ならなにもしない。逆の動作もし、脳の思考を二進法に変換してチップに送る。電極をつつむ生体皮膜がニューロンを保護し、神経栄養物質がその損傷を防いだり修復したりしている。

油圧系は、高張力生体プラスチック素材のモーターと関節補強材からなり、オルソーの骨格と筋肉系を強化している。おかげで通常の人間の二倍から三倍のスピードと力を発揮できる。動力源となるのは超小型核融合炉で、金属的な皮膚はその余熱を効率よく排出するためだ。とはいえ核融合炉の出力は数キロワットにすぎない。それ以上の負担には身体が耐えられないのだ。

「戦闘モードにはいっているときなどには、ぼく本来の脳はなにもしないんだ」オルソーはいった。「そのあいだの動作を支配しているのは反射運動ライブラリで、ぼくの脳はただ〝見ている〟だけなんだよ」しばらくして、つけくわえた。「気味が悪いかもしれないね」

「なんだか信じられないわ」わたしはいった。

オルソーは微笑み、そして〝動いた〟。

わたしの肩にさわっただけだったが、あまりにもすばやかったので、わたしは驚いてトレイを取り落としそうになった。動きはなめらかだが、不自然で、まるで人形師に腕を操られているかのようだ。わたしの肌に軽く指先をふれ、またわきへひっこめる――それをまばたきするくらいの速さでやったのだ。

「まあ！」わたしはにやりとした。「かっこいい。またやって」

さっと腕が出てひっこみ、そのあいだに肩にさわられた。

わたしは笑った。「あなたたちはみんな、そんなふうにすばやく動けるの？」

「ああ。でもぼくの本来の骨格に負担がかかる——生まれつきもっている部分の骨格にね」つかのま表情がくもったが、首をふってつづけた。「だからこの拡張モードは使いすぎないようにしているんだ。おもに至近距離での戦闘用だよ」

「あなたは機械仕掛けなのね」その美しい身体に視線をはわせた。「機械仕掛けは好きよ」

オルソーは笑った。「うれしいね」

「でも、よくわからないんだけど、そこまでするのなら純粋な機械に脳をのせたほうがいいんじゃないの？　そうすればもっと出力の大きい核融合炉を使えるでしょう」

「ロボットのなかの脳味噌になんか、だれもなりたくないよ」オルソーはしかめ面をした。

「外交上の歓迎式典に、武装した機械の姿で出ていったら、いったいどう思われる？」

たしかにあまり穏やかではないだろう。「あなたがいつまでもパーティにあらわれないものだから、みんな心配してるんじゃない？」

「ぼくが分隊から休暇許可をもらったことはだれも知らないんだ。代表団はそれより先に出発していたからね。許可が出るのがなぜあんなに遅れたのか、ぼくもよくわからないんだけど」オルソーはベッドから両足をおろした。「歓迎式典は、地球を訪問するぼくの母のために、連合圏大統領の主催でおこなわれるんだよ」

「どこの大統領ですって？」

「連合圏だよ。地球連合圏大統領」

「地球連合圏なんてないわ。ここはアメリカよ」

苦い口調でオルソーは答えた。「それも、ぼくが予想していたアメリカじゃない」床からリストバンドを拾いあげた。「ここには世界政府はあるのかい？」

「国連ね。でもFSAみたいな政府とはちがうわ」

「FSA？」手首にリストバンドを巻いて、ソケットにはめこんだ。「なんだい、それは？」

「アメリカ連邦国よ」

「連邦国？　合衆国じゃなくて？」

「そんな呼び方は初めて聞いたわ」

床からズボンを拾って立ちあがり、はいた。「ここにはLAXはあるんだろうね？　そこへ行けばもっと情報を集められるかもしれない」

「ええ。空港はいくつもあるわ」

「空港じゃなくて、ロサンジェルス星際宇宙港のことだよ」

わたしは両手を広げた。「ごめんなさい。宇宙港はないわ」

「地球はまだ火星に植民していないのかい？　月には？」

「まだよ」

わたしの隣に腰をおろした。「ここは二十四世紀？」

「いいえ、ちがうわ。今日は一九八七年四月二十三日よ」

「ジャグ機の計算では、二三二八年四月二十三日のはずなんだけどな」

突然、頭の上の電灯がともって、テレビが大きな音でニュースを流しはじめた。オルソーは跳びあがるように立って、ブーツからナイフを抜いた。刃が稲妻のように光り、壁のあいだにひらめいた。

「待って《オイガ》！」わたしは飛びあがってその腕をつかんだ。「だいじょうぶよ。電気がもどっただけだから」

わたしが手をふれたとたん、オルソーは目にもとまらぬ速さでふりむき、ナイフをふりあげた。しかしわたしが恐怖を感じるよりもはやく、自分の反射運動を押さえた。しばらくそのままわたしの頭上にナイフをふりかざしていたが、やがて腕をおろし、テレビのほうをむいた。天気予報番組の女性アナウンサーが、今日は晴れて暑く、スモッグが発生するだろうと話していた。

「だいじょうぶ？」わたしは訊いた。

「いつこの絵の出る箱のスイッチをいれたんだい？」

「昨日の夜、懐中電灯を探していてぶつかったのよ」そちらへ行って音を消し、映像だけにした。「そのとき電源スイッチを押してしまったんだと思うわ」

オルソーはナイフをブーツにもどした。「自分の船にもどらなくちゃいけないな」

ある程度予期していた言葉だった。また会ってくれそうなことをいわれたからといって、わたしは本気にしていなかった。これだけの容貌と社交上のつきあいがある男なのだから、女などよりどりみどりのはずだ。それがいかに真実であるかについて、当時のわたしはまだ知るよしもなかったが、おおまかに察しがつかないほど鈍くはなかった。

オルソーに会ってから、わたしは母が父についていっていたことの意味がわかるようになった。母は父に会ったときに、自分とおなじ種類の人間だと感じたという。父の内なる魂は玉蜀黍《とうもろこし》の実のように甘く、梟《ふくろう》の吐息のようにふわりとして感じられた。会ってすぐにその感触からわかったそうだ。母はそれを、チュルルとチャヌル、すなわち〝内なる魂〟と〝動物の精霊〟と呼んでいた。オルソーは〝神経科学〟と〝量子波動関数〟という言葉を使ったが、名前はちがってもおなじもののはずだ。

しかし父は母のもとに帰ってこなかった。

ナベンチョク村の暮らしは大家族制だった。年長者も、若者も、子どもがいる夫婦も、みんないっしょに住んでいた。家は何千年もまえから変わらず、丸太と若木と椰子の葉でできていて、わたしたちはこのなかでハリケーンや暑さをしのぎ、悲しみと喜びをわかちあってきた。しかしわたしの一家は、どういう理由からか生殖能力が衰え、世代をへるごとに家勢が衰えていった。わたしはその死にゆく家系の最後の一人なのだ。ふだんは寂しさをあえて押しころしているのだが、こういう一夜をすごしたあと、オルソーに去られたらきっと耐えられないだろうと思った。

「ティナ、また帰ってくるよ」オルソーはわたしを抱きよせた。「どういうことになっているのか知る必要があるだけだ」

わたしはその胸に額をあて、腰に腕をまわして、オルソーの心のなかを探った。オルソーのなかではさまざまな感情が渦巻いていた。自分のおかれた情況への不安、わたしへの欲望、わたしには想像できないほど特権的な生活の記憶……。見ためよりも齢をとっていて、五十歳近かった。孤独が深く、まるで砂漠を横断するひからびた水路のように感じられた。その水路の壁は長期間の乾燥によってひび割れていた。たくさんの女から言い寄られたものの、ほとんどの場合、オルソーは軽い気持ちのつきあいしかしなかった。わたしが以前のボーイフレンドのジェイクに対しておぼえたのとおなじ空虚さを、オルソーも恋人たちに感じていた。オルソーが求めているのは、精神に対して精神で答えてくれる相手——自分の同類なのだ。

オルソーはわたしを抱きよせ、べつの言語でなにかつぶやいた。わたしたちはそうやってしばらく抱きあっていた。

ふいにオルソーが身をこわばらせた。「ぼくの船だ！」

わたしは身体を離した。「船？」

「ほら！」その目はテレビに釘づけになっている。画面には飛行機のように見えるぼやけた写真が映っていたが、こまかいところはよくわからなかった。

オルソーは大股にテーブルに近づき、あちこちを探って、ようやく音量のつまみをみつけた。ニュースキャスターの声が部屋いっぱいに流れ出した。「……航空機は今日未明に軌道上でみつかりました。アングロオーストラリアの展望台の観測者が、スペースシャトル、チャレンジャー号が予定外の活動をおこなっていることに気づき、この写真を撮影しました。チャレンジャー号はこの航空機を貨物ベイに収容し、カリフォルニア州のイェーガー軍事飛行試験センターにもち帰りました。未確認の情報筋によりますと、これは軌道飛行能力をもつ超音速航空機の試験機で、故障を起こして回収されたとのことです」

「なんだって？」オルソーは自分のわき腹をつかみ――身体の一部を引っぱり出した。わたしは悲鳴をあげそうになった。一瞬、オルソーが自分のわき腹を引きちぎったように見えたのだ。しかしその手のなかの、角のまるまった四角いものは、すぐにかたちがはっきりして、例の多元通信機になった。オルソーの右のわき腹を見ると、大きな空洞の上で膜がとじつつあった。

「まさか……」わたしはつぶやいた。オルソーのあまりの不思議さに、わたしの頭はほとんど飽和状態だった。

オルソーはわたしの声などまったく耳にはいらないようすで、多元通信機をあちこち操作し、光を点滅させた。「ジャグ機に接続できないな」

「軌道でみつかった航空機というのが、あなたの船なの？」

オルソーはこちらを見た。「あれが航空機でないことは、彼らには最初からわかっているはずだ。地球外から来たことにもおそらくすぐ気づくだろう」眉をひそめた。「たいへんだ。ジャグ機一機には、ロサンジェルスを一瞬で吹き飛ばせるくらいの火器が積まれているんだ」

「どうしてそんな船をもってきたの？」

「話しただろう。パーティに出席するためさ」

「パーティに来るのに、軍艦に乗ってくるの？」

「ジャグ機はぼくの一部なんだ。どこかにおいてくるなんてわけにはいかない」

「隠してあるのかと思っていたけど」

「隠してあるさ。いや、隠してあったんだ」そこで立ちあがった。「診断テストで検知されたよりも深刻な損傷を負っていたらしいな。そうでなければこんな原始的な連中につかまるわけがない。でも、それだけ深刻な損傷が、どうして診断テストにひっかからなかったんだろう。意図的に隠されていたのでないかぎり――」そこで立ち止まり、顔をしかめた。「きみたちの軍はたぶん戦々恐々としているだろうな。敵意をもつ勢力が送った偵察機だと思っているはずだ」

「敵意のあることはなにもしていないのに？」

「この惑星を監視する軌道上に武装した軍用機をおかれたんだぞ」オルソーは首をふった。

「正体がわからないまま、無茶をしかねない」

「どういうこと？」

「最悪のシナリオを話そうか？　ジャグ機をいじろうとしてやりすぎると、自爆スイッチがはいる。搭載された武器や反物質燃料を考えると、カリフォルニアのかなりの地域がいっしょにこの世から消えるはずだ」

わたしは目をまるくした。「なんとかならないの？」

オルソーは部屋のなかを歩きまわりはじめた。「せめてジャグ機がみずから偽装してくれるといいんだけどな。恒星間航行の能力などもたない、ただの惑星間シャトルのように見せかけることはできるはずだ。きみたちの軍は、ジャグ機がいかに進んだものかにはまだ気づいていないだろう」

「基地に連絡するわけにはいかないの？　敵意はないということを説明すれば？」

オルソーは歩きまわるのをやめた。「ぼくがジャグ機に近づくことを彼らが許すとしたら、それはぼくが全面的に協力した場合だけだろう」

「そうはできないの？」

「ぼくは、みずからの意思で情報をきみの軍やほかの人々にあかすことはできないんだ。たとえできても、そう簡単にぼくを近づかせはしないだろう。彼らにしてみれば、ぼくを信用する理由などないんだから」

わたしは不安な気持ちでオルソーを見た。「軍はどうするかしら」

「もっと安全な施設にジャグ機を移すかな。でもそんなことをすると、かえって世間の注目を集めてしまう」そこで考えこんだ。「たぶん、いま彼らは母船を探しているだろう。ぼくの行方を探している存在がないとわかるまで時間がかかればかかるほど、こちらには都合がいい」髪をかきあげた。「もしぼくが基地の司令官なら、ジャグ機についてあらゆることを、できるだけ早く調べようとするだろう。なかでもパイロットを捕まえるのは最優先課題だ」

オルソーはベッドに腰をおろし、両膝に肘をついて額を両手でささえた。目をとじて必死に考えているのが、わたしには感じられた。透明な池のイメージとして見えた。わたしたちのいるのがもっとも深い部分で、遠ざかるにつれて浅くなり、しまいにはなにもなくなる。

「だめだ」オルソーはいった。

「なにをしていたの？」

わたしのほうを見た。「ぼくは何年もこのジャグ機を飛ばしてきたから、物理的に接続していなくても、ある程度通じあえるんだ。でも距離をおくと、それだけ相互作用は弱くなる。

いまはぼくも届かないほど遠いらしい」

「英語がおかしいわ」

「おかしい？」

「訛っているように聞こえるのよ」

オルソーの不安が空中でゆらめいた。「ぼくとジャグ機は分かちがたく結びついている。ぼくの脳はジャグ機のＥＩ上の下位シェルとして動いているんだ」

　わたしはまばたきした。「ＥＩって？」

「発展知能のことだよ。ジャグ機とぼくは、ともに発展するひとつの脳なんだ。ぼくは人間としての構成要素を提供する。創造性、発明の才能、想像力をね」こめかみから汗が流れ落ちた。「船を離れるときには、そのプログラムをいったん自分の脳に統合する。自分に〝もどる〟わけだ。それがジャグ機から離れるという意味なんだ」

「でも今回はそれをしなかったのね」わたしに会うことを予想していなかったのだから。

オルソーはうなずいた。「ぼくの脳の大部分はまだ船のなかにあるんだよ」

「でもさっきまではとても調子よかったわ。英語はすばらしく上手だったのに」

「たぶん、ぼくの精神が下位シェルのなかにあったからだろう」

「下位シェルって、なに？」

「過冷却液体というのは知ってるかい？」わたしが首をふると、オルソーは説明してくれた。

「液体を凍結させずに温度を氷点下までさげたときに、それを過冷却された状態というんだ。でもこの系は、すこしでも刺激がくわわるとすぐに凝固しはじめる。ぼくの生体機械システムも、ジャグ機から切り離されたぼくを守るために類似の状態にする。それが下位シェルだ。でもこの状態はちょっとした衝撃で壊れるんだ」

「いまあなたがジャグ機と通信しようとしたせいで、それが壊れたのね」

「そうだ」

わたしは両手を広げた。「わたしにはどうすればいいか、皆目見当がつかないわ」

「情報が必要だ。まずこのイェーガー基地について」

「今日は病気で欠勤すると電話するわ。それから図書館へ行きましょう。なにかわかるかもしれない」

オルソーは大きく息を吐いた。「そうだといいね」


ロサンジェルス市立図書館のサンカルロス分室は、こぢんまりした商店街の広場に面し、左手にはクリーニング店、右手にはボウリング場があった。広場を横切っていくと、足もとのタイルから熱気が立ちのぼっていた。日差しはすでに初々しさを失い、圧力のかかったガラスのように張りつめた感じがした。

窓ごしに、白髪まじりで眼鏡をかけた小太りの図書館員のマルティネリが、貸し出しカウンターを拭いているのが見えた。館内は近くのテーブルに老夫婦がいるだけで、あとはがらんとしていた。わたしたちがはいっていったときには、二人は新聞を読みふけっていた。

マルティネリが顔をあげた。「やあ、ティナ——」そこでわたしの肩ごしにうしろを見て、灰皿に押しつけられた煙草のように笑顔がかき消えた。

老夫婦は急に帰り支度をはじめた。わたしは彼らの視線にしたがって、戸口に立つオルソーのほうをふりかえった。体重二百ポンド以上の筋肉質の身体は、頭からつま先まで黒ずくめで、むきだしの腕は丸太のように太く、手首には革のリストバンドを巻いている。紫色の髪はぼさぼさだ。刑務所と娑婆《しゃば》を何度も往復している常習的犯罪者といった風体だった。

わたしはオルソーをわきへ引っぱりよせて、小声でいった。「もうすこし威圧的でないようすになれないの？」

「どうやって？　これがぼくの姿なんだ」

たしかにそのとおりだ。わたしたちがカウンターに近づくと、マルティネリがやってきて奇妙な笑みを浮かべた。「今日は銀行で遅番なのかい、ティナ？」

どういう意味だろう。マルティネリはわたしがレストランで働いていることは知っているはずなのに。それに頬がひきつったような笑みを浮かべる理由もわからない……。

ふいに気づいた。わたしのことを心配してくれているのだ。脅されて自由に話せないのではないかと思って、それとなく探りをいれているわけだ。わたしは精いっぱい安心させるように微笑んだ。「今日は休みをとったのよ。こっちは友だちのオルソーよ。ええと……フレズノから来たの」

マルティネリはオルソーにむかってうなずき、オルソーもうなずき返した。マルティネリはわたしのほうに視線をもどした。「今日はなにを探しに？」

「イェーガー飛行試験センターについての本がないかしら」

マルティネリはカード式目録のほうをしめした。「あそこで探せばいいよ。もしみつけられなかったら、コンピュータで調べてあげよう」

「わかったわ。ありがとう」

オルソーといっしょに目録のところへ行き、その引き出しを引き抜いてテーブルにおいた。オルソーは隣の椅子に腰かけ、カウンターのむこうで仕事をしているマルティネリのほうを首でしめした。「あの男はなぜぼくを不審そうに見るんだい？」

「あなたをナグの仲間じゃないかと思っているのよ」わたしも椅子にすわった。「あいつらはよくここへ来て彼を困らせるのよ」

「ナグって？」

「あなたが昨日会ったやつで、本名はマット・クーゲルマンよ」しばらくして、わたしはいった。「従兄のマヌエルを殺したやつよ」

オルソーはまじまじとわたしを見た。「本当かい？」

その頃のわたしは、マヌエルの死のショックからまだ立ち直れていなかった。充分な年月がたったいま、マヌエルからはいいことばかり教えられたような記憶しかない。まるで父親のようにきびしかった。悪態をつくな、夜遊びをするな、酒を飲むな、煙草を吸うな、ドラッグをやるな。マヌエルの気にいらない相手とつきあってもいけなかった。人生訓のようなことをいわれたわけではないが、わたしに対する態度の端々に、敬意や誠実さを大切にしろというメッセージがこめられていたような気がする。しかしそんな彼を、ドラッグが沈黙させた。マヌエルはそうやってわたしの母の死を耐えようとしたのだが、そのために彼自身も帰らぬ人になってしまった。

「ティナ？」オルソーがいった。

わたしははっとした。「べつにだいじょうぶよ」

「きみはいつもそういうね。動物にもふさわしくないような建物に住むのも、〝べつにいいのよ〟だし、従兄を殺されても〝べつにだいじょうぶよ〟だ。どこもだいじょうぶじゃない。きみにはもっとましな暮らしがあってしかるべきだ」

「わたしは忘れたいだけよ」

「きみの両親はどこにいるんだい？」

「一人でちゃんと暮らしていけるわ」

「ティナ――」

「あなたにはお父さんがいてよかったわね」話題を変えたくて、早口でいった。

オルソーはしばらくじっとわたしを見ていたが、それ以上は追求せず、かわりにこういった。「父とぼくはいつも口論していたよ。ラグナールのほうがよほどぼくを理解してくれた」

「入隊することをお父さんが反対しているときに、逆に勧めてくれた提督のことね」

「ぼくが決めたことだ」オルソーは肩をすくめた。「父は、ラグナールのことになるとかならず、すじの通らないことをいいだすんだ」

「どんなふうに？」

「癇癪《かんしゃく》を起こすんだよ」オルソーは眉をひそめた。「たとえば、ぼくが子どもの頃にラグナールが会いに来たことがある。ぼくの医者だから当然なんだ。父は、ラグナールがぼくの母と話しているのを見て、怒りを爆発させたんだ。ふだんは温厚な父なのに、むかしからの知りあいであるこの提督のまえでは、理屈もへったくれもなくなるんだよ」

いまのわたしには理解できる――汝の隣人の妻を欲しがるなかれという戒律が必要なのは、なにも地球の人間だけではないらしいのだ。しかしそのときのわたしは、なにも答えなかった。遠い世界の話としか思えなかったからだ。

かわりにこういった。「それとはべつに、訊きたいことがあるんだけど」

「なんだい？」

「兵士は人を殺すんでしょう」

「そうだ」

「あなたも？」

「ああ」

椅子のなかで身動きした。「何人くらい？」

「わからない」

「それは、あなたは船のなかにいて見えないからということ？　それとも数が多すぎてわからないということ？」

「両方だ」わたしが身を硬くすると、オルソーはそっといった。「ティナ、戦争は殺しあいなんだよ」ため息をついた。「ぼくらが戦っている敵は、両親がぼくの名前の由来にした叔父の一人を処刑したんだ。軍の英雄、オルソー・バルドリアだ。父の弟なんだよ。ぼくは心のどこかで、その仇《かたき》を討ちたいと思っているんだ」

わたしは従兄のことを考えた。「復讐はよくないわ。殺し、殺されているうちに、終わりがなくなる」

「軍にはいった理由がそれだけだったら、いま頃もう退役しているよ。ぼくがまだ軍にいるのは、人々を守るためさ。なんていうか——」そこで言葉を探した。「義務があると感じるんだ」

ある意味でマヌエルに似ているような気がした。「わかるわ」

「でも昨夜は、きみといっしょにいることでとても気持ちが楽になった」わたしの手をとった。「安心できたんだ」

「わたしといっしょで？　なぜ？」

「わからない」オルソーは微笑んだ。「きみはぼくを蛙に変身させたがっていたみたいだけどね」

わたしは笑った。「ハンサムな蛙ね」話しながら繰っていたカードのほうを見やった。「空軍関係の本はほとんどおなじ場所にあるみたいよ。わたしはカードを調べているから、あなたは棚をみてきてくれない？」テーブルから鉛筆と紙をとって、いくつかの整理番号を書きつけた。「これを探してきて」

「カードか」オルソーはしかめ面でつぶやいた。「紙の本を探しに、歩いて棚へ行くなんて」

わたしはにっこりした。「もっといい方法があるの？」

「家でくつろぎながら、欲しいものはウェブに探させ、データスプールのかたちで配達させる。あとはそれを本に差しこみ、書体と画像とホロを選ぶだけだ」自分の言葉でなにやらぶつぶついいながら、紙を手に書棚のほうへ行った。

わたしは笑って、カード式目録のほうにむきなおった。

しばらくして、背後でべつのだれかの声がした。「やあ、ティナ。新しいボーイフレンドができたのか?」

顔をあげると、ナグが立っていた。ジーンズとジャケット姿だ。ストリングとバズもいっしょだった。この二人の手下は名前どおりの外見で、紐《ストリング》はナグよりも背が高く痩せていて、バズはずんぐりした禿鷹《バザード》のようなやつだ。

「彼はすぐもどってくるわよ」わたしはいった。

ナグは笑みを浮かべた。「このへんのやつじゃないな」

ナグの笑顔を見るとぞっとする。「フレズノから来たのよ」

「フレズノだって?」ナグは笑った。「ふん。クリーブランドから来たってほうがまだましだな」

「なんの用なの?」わたしは訊いた。

「口のききかたに気をつけろよ」ナグは近づいてきた。わたしが椅子を引いて立ちあがろうとすると、腕をつかんだ。「ふざけるんじゃない」さっきの笑みはない。「そのつんけんした態度をしばらくやめて、おとなしくしろ」

カウンターのむこうからマルティネリの声が飛んできた。「その手を放せ、マット」

ナグは顔をあげ、唇を軽蔑的にゆがめたが、わたしの腕は放した。そしてその手をジャケットの内側につっこんだ。

抜き出したのは、口径九ミリのルガーだった。

マルティネリもわたしも凍りついた。ナグは腕をのばし、銃口をマルティネリにむけた。

「黙れ、じじい」

図書館のまんなかでマルティネリに銃をむけるなんて、信じられない。この暑い日にジャケットを着ているナグを不審に思うべきだったのだ。

ナグはストリングのほうを見やった。「黙らせろ」

ストリングは走っていってカウンターを飛び越えると、ナイフを抜いて、こちらからは見えない奥の壁を顎でしめした。マルティネリはそちらへ退がり、ストリングはついていった。

ナグはわたしのほうにむきなおった。「さて」また笑みを浮かべたが、さっきとおなじくらいに不快な笑顔だ。「とにかく、新しいボーイフレンドができたんだな」

わたしは深呼吸した。「彼は、わたしがほかの男と話すのを気にいらないわよ」

「そうか」ナグは近づいてきた。「じゃあ、なにが気にいるんだ？」

わたしは身体をそらせた。「やめて」

「〝やめて〟」ナグは口真似をした。銃をベルトの下に突っこむと、わたしを引っぱって椅子から立たせ、腕をまわした。「こういうふうにしていれば気にいるのか、ちび娘《チキチータ》」

「やめてよ！」うしろへ退がろうとしたが、バズにぶつかった。バズはわたしの二の腕をつかんで逃げられないようにした。

「かわいいティナ。おれたちに洟《はな》もひっかけないティナ」ナグは歯ぎしりした。「清純な娘だからな。おれが知らないと思うのか？」

わたしは相手を見つめた。「なにを知ってるっていうの？」

「おまえはおれに見むきもしなかった」赤と黒の帯のような怒りがナグのまわりを飛びかっている。「しかしおれはチャンスをやったんだ。〝この女はほかとはちがうから、辛抱づよく待ってやろう〟と思ってな。だから辛抱したが、やっぱりおまえは、お高くとまってるだけで見むきもしない。それでもおれはチャンスをやった。おまえの従兄がおれのことを悪くいってるせいかもしれないと思ってな。これ以上はないくらいにチャンスをやったんだ」わたしを指さした。「今朝、見たんだよ、あばずれ女め。あの男と出てくるところをな。泊まらせたのか？　ひと晩中やりまくってたのか？」

「ナグ、やめて」

「どうしてだ？」ナグはいった。「どこをとってもおれは見劣りしないじゃないか。いいや、おれのほうが上だぞ」

オルソーのほうにも手下が行っているにちがいない。たぶん奥の部屋に連れこまれているだろう。こちらでもナグは巧妙だ。大きな窓に面した部屋にいるのだが、バズの身体がわたしを隠しているために、外からはナグとバズが話しているようにしか見えないはずだ。

ナグはストリングのほうを見やって、顎でなにか指示した。鈍器が人の身体にぶつかる音がしたあと、うめき声とともに身体が床に倒れる大きな音がした。

「さあ、こっちへ来い」ナグはいった。

わたしは図書館横の出入り口に引っぱっていかれ、隣に小走りでストリングが追いついてきた。出たところは図書館とクリーニング店のあいだの路地で、どちらの壁にも窓はない。だれかが顔をのぞかせて、助けを求めるわたしに気づきそうなところはない。ナグのまわりに赤い火花のような怒りの霧が漂い、酢と煤《すす》のような匂いがした。路地にはべつの手下が待っていた。ピッツという名の痩せた男だ。

「車をまわしてこい」ナグはいった。

ピッツは図書館裏の駐車場へ走った。わたしは足をふりあげ、細いヒールでバズの足を踏みつけた。悲鳴とともにその手がゆるんだすきに、身体をもぎ離し、図書館のまえの広場へむかって走った。ハイヒールのせいでよろめいたが、なんとか広場に出たかった。サンカルロス・ブールバードは人通りが多いし、広場に出ればだれかが気づいてくれるはずだ、きっと。もしかしたら通りまで出て車を止められるかもしれない。

ところがナグのべつの手下が前方にあらわれ、路地の出口に立ちはだかった。

わたしは悲鳴をあげ、たたらを踏んで立ち止まった。背後で靴音が響き、ふりかえるとナグがいた。左にバズ、右にストリングがいて、みんな胸をあえがせている。

「あまり手を焼かせると、痛いめに遭うぞ」ナグはいった。

「やめて！　近くに人が――」

「黙れ」ナグはわたしの腕をつかんで、バズのほうに乱暴に押しやった。わたしは大声をあげようとしたが、バズに口を押さえられた。エンジン音が聞こえ、ピッツの運転する古い車が裏の駐車場からこの路地にはいりこんできて、わたしたちの数フィート手前で停まった。

ナグはわたしをちらりと見た。「おれのところへ連れてってやるぜ。パーティだ。みんなでな」見まわして、路地の外からやってきた手下にむかって顔をしかめた。「あとのやつらを探してこい」

そいつが走っていくと、バズはわたしを引きずって車に近づき、後部ドアをあけた。あおむけに座席に押し倒されたが、口は片手でふさがれ、両手は押さえられたままだ。反対のドアがあいて、油くさい自動車整備工場の匂いとともにナグがはいってきた。口からバズの手が離れたが、大声をあげようとするとすぐに、ナグの手で布の塊が押しこまれ、ダクトテープでふさがれた。

ストリングが助手席のドアをあけて、ナグにロープを放った。「これしかないんだ」ナグはロープを取った。「充分だ」かがみこんでわたしの両手首をバズの手からとり、ブロンズのブレスレットを抜きとった。

わたしは両手をもぎとろうと抵抗した。このブレスレットは母からもらったもので、母は祖母からもらった。そうやってだれも憶えていないほどむかしから代々受け継がれてきた貴重なブレスレットなのだ。

バズはそれをしめしていった。「金になるようなものなのかな?」

ナグは抵抗するわたしを見た。「そうらしいな。質屋にもっていくか」笑い声をたてた。「おい、賞品だぞ。この女といちばん長くやれたやつに、これをやる」

わたしは〝やめて!〟と叫んだが、出てきたのはくぐもったうめき声だけだった。ブレスレットは床に放り投げられ、わたしはうつぶせにひっくり返された。バズが押さえつけ、ナグがわたしの手首を背中で縛った。もう一度あおむけにされたとき、猿轡《さるぐつわ》を力いっぱい噛んで、膝でバズの股間を蹴りあげてやった。

「いてえ！」バズはあわてて飛びさがったせいで、ドア枠に頭をぶつけ、半開きのドアに向かって倒れこんだ。

そのとき、ブーツが視界をかすめた。怒りが溶岩の滴のように毛穴からにじみだしてきた。そのを見て、ようやくだれかが蹴飛ばしたのだとわかった。その踵がバズの胸にあたって彼を車の外へ放り出すのを見て、ようやくだれかが蹴飛ばしたのだとわかった。そしてオルソーがバズにつかみかかり、いっしょに視界から消えた。

わたしはあわてて車から出た。うしろ手に縛られているせいでよろけたが、ちょうど目のまえでオルソーとバズの身体がクリーニング店の壁に吹っ飛んでくるところだった。その背後から、飛び出しナイフを抜いたストリングが近づいた。オルソーはさっとふりかえると、バズのジャケットの首根っこをつかんだまま、おそろしくすばやい動きで脚をふりあげた。まるでべつのだれかに操縦されている機械のような、ふつうでは考えられないスピードだ。あたりには、わたしにしか見えない氷の槍のようなオルソーの怒りが充満している。それがプログラムされた感情であり、戦闘中に敵に共感しないようにするための高度な防御機能であることは、そのときは知るよしもなかった。

オルソーの踵はナイフを吹き飛ばし、ストリングの胸をとらえた。ストリングは背中から車に叩きつけられ、オルソーはその上にバズの身体を投げ飛ばした。二人は気を失い、へなへなと地面に崩れ落ちた。二人が死なずにすんだのは、オルソーの生体機械ウェブが殺すほどの力は必要ないと判断したからであることを、わたしはあとで知った。ウェブはオルソーの動きを完全に制御しているわけではないが、抑えを効かせられるように手助けをしている。

ある程度までは。

どこか遠くのほうでサイレンが響き、近づいてきた。そのとき、この路地のなかで、パンという破裂音が響き、オルソーがだれかに押されたようにクリーニング店の壁のほうへよろめいた。見ると、車の反対側にナグが立ち、腕をまっすぐにのばしてルガーの銃口をオルソーにむけていた。オルソーのわき腹を撃ったのだ。ベストとズボンのさかいめあたりだ。二発めははずれた。引き金をひいて発射炎がひらめき、ナグはつかのま目をとじた。そのすきにオルソーはナイフを抜いた。わたしの部屋できらりと光ったナイフは、ここではまるで巨大なダイヤモンドのようにまばゆく光と虹を反射させ、輝いた。

オルソーは手首のスナップでナイフを投げた。ナグはすでに逃げようとしていたため、心臓からはずれて肩に刺さった。ナグは悲鳴をあげて銃を取り落とした。オルソーは車の前部をまわってまっすぐそこへむかい、ナグを車体に叩きつけた。しかしナグはほかの連中より利口で、オルソーの力とスピードにまともに対抗しようとはせず、その体重を利用して、襟をつかんで肩ごしに車のボンネットに投げ飛ばした。オルソーはボンネットの上でくるりと一回転して、車のまえに足から着地した。

サイレン音が、速いテンポで回転したり、長く引きのばしたりしながら近づいてきた。オルソーは跳びかかり、ナグと組みあった。動きが速いので、二人のあいだで光をひらめかせるナイフがどちらの手にあるのか、よくわからなかった。

サイレンが大きくなり、おもての広場にはいってきた。ピッツは取っ組みあう二人がじゃまで車を路地から出せないので、しかたなく跳び降りて脱兎のごとく逃げていった。いったいオルソーから逃げているのか、それとも警察から逃げているのか。

オルソーが動きを止めた――ナグはぐったりとして地面に崩れ落ちた。息はしていない。

「ナイフを捨てろ」声が響いた。

見あげると、路地の入り口に銃をかまえた警官がいた。オルソーはじっとそちらを見た。倒れたナグの尻をまたぐように立ち、手にはまだナイフをもっている。ダイヤモンドのように輝くその先端から血がしたたり、ナグのとじた瞼に落ちていた。

「ナイフを捨てろ」警官はくりかえした。「早く」

つかのまわたしは、オルソーが応じないのではないかと心配になった。しかしオルソーは手を広げ、ナイフをアスファルト上にころがした。

背後から靴音が聞こえ、ふりかえると、路地の反対側から二人めの警官が近づいてきていた。べつのサイレン音も、かすかだがしだいに大きくなっている。図書館の横のドアがひらき、女性警官につきそわれたマルティネリがあらわれた。服は乱れ、額にはひどい打撲のあとがある。

女性警官はわたしのところへやってきて、慎重に猿轡を解いてくれた。「だいじょうぶ？」

わたしはうなずいたが、だいじょうぶなどではなかった。人が殺されるところを初めて見たのだ。

「正当防衛よ」わたしは手首をほどかれながらいった。「ボーイフレンドはわたしを守ってくれたのよ」

「証言は署で聞くわ」女性警官はマルティネリのほうに首をふってみせた。「いっしょに奥にはいっていて」そしてほかの警官たちのほうへもどっていった。

車の床からブレスレットをみつけて拾ったとき、男の声が聞こえた。

「壁にむかって立て」

車の向こうをのぞくと、三人の警官がオルソーのまえに立っていた。オルソーはよく整備された機械のようにゆっくりと首をまわし、警官たちを敵であるかのように見つめ返していた。

「いわれたとおりにしろ」最初の警官がいった。「さあ！」

発砲もやむなしと考えているような警官たちの表情に、わたしは心配になった。《オルソー！》わたしは考えた。《いわれたとおりにして》壁のほうをむいて身体検査を受ける姿勢になったオルソーのイメージを、頭に描いた。

オルソーは、まるでわたしが耳もとで大声で叫んだかのように、さっとこちらをふりむいた。冷たく非人間的な思念がわたしの頭のなかで響いた。《戦闘モード解除》オルソーはゆっくりした動きで図書館の壁のほうへあとずさったが、まだ三人の警官のほうをむいたままだ。

「うしろをむけ」最初の警官がいった。

オルソーはその警官を用心深い目つきで黙って見ていたが、やがて背をむけ、両手を壁についてて脚をひらいた。

警官たちの処置はすばやかった。一人が、ナイフのまばゆさに顔をしかめながらとりあげた。もう一人はオルソーの腕を背中にまわし、リストバンドの下で手錠をかけた。オルソーが撃たれていることにはまだだれも気づいていない。服にはべっとりと血がついているが、返り血のように見えるのだろう。傷口はベストの下に隠れているし、身体検査されるあいだも身動きひとつしなかった。

怪我をしていることを警官たちに教えてやろうと思って、わたしが足を踏み出したとき、オルソーがさっとこちらをふりかえった。《ティナ、いいんだ》

精神の〝声〟が頭のなかで響いたのに驚き、わたしは動けなくなった。正しい判断なのかどうか迷いながら、じっとしていた。さっきから聞こえていたサイレン音が大きくなり、救急車が路地にはいってきて停まった。人々が跳び降りてきて、何人かはナグとあとの二人が横たわっているところに駆けつけ、残りは図書館に走りこんでいった。

最初の警官がオルソーにいった。「路地の外にむかって歩け」そしてわたしのほうにむいて、二人めの警官のほうをしめした。「きみはスティーブンスといっしょに」

わたしたちは黙って歩いた。サンカルロス・ブールバードを行きかう車の音は遠く、まるでわたしたちは破裂寸前の泡のなかにとじこめられているように感じられた。広場には二台のパトカーが停まっていて、わたしたちはそのいちばん手前のに近づいた。スティーブンスという警官が鍵をとりだした。

そのとき、ふいにオルソーの目に金色の瞬膜がおりて、その身体が旋回した。スティーブンスが銃を抜くのと同時に、オルソーは脚をふりあげ、上体はもう一人の警官にむかって体当たりしていった。胸を踵で蹴られたスティーブンスはうしろに吹き飛ばされ、銃声が空中で響いた。

オルソーはもう一人の警官に体当たりしながら、バランスを失ってパトカーの側面に叩きつけられた。まるで警官にむかって横っ飛びしながら、同時に車のほうへも倒れていくような、奇妙な動きに見えた。体当たりされた警官はなにもできなかった。オルソーの動きがあまりにもすばやく、強烈だったため、車に頭を強打して意識を失い、崩れ落ちた。

オルソーはあえぐように叫んだ。「ティナ、車に乗れ」そのまま、なかば倒れるように片方の膝をつき、背中で手錠をかけられた手でスティーブンスの銃をつかんだ。汗の流れ落ちる顔は、金属的な輝きの下で青ざめているように見える。よろめきながら立ちあがり、手錠をされた手首をなんとかひねって、銃を身体のわきにかまえた。「この乗りものを運転できるかい？」

「パトカーを盗むなんて、正気じゃないわ！」そのとき、オルソーの肩口から血がどくどくとあふれているのに気づき、なぜさっき車のほうへ倒れたのかわかった。スティーブンスの撃った弾があたったのだ。

女性警官が路地のほうから叫んだ。「その子を連れていったら、もっと罪が重くなるわよ」建物の陰になかば身を隠し、銃をかまえている。図書館の正面玄関にもべつの警官がいたが、どちらもオルソーを撃とうとはしなかった。わたしにあたる危険が大きいからだ。

「ティナ、急いで」オルソーはいった。「それから、ぼくのナイフも拾って。こっちは――銃しかもてないから」

わたしはナイフとスティーブンスの鍵束をつかみ、運転席にすべりこんだ。オルソーはよろよろと車内に乗りこみ、力いっぱいドアをしめた。わたしはナイフをその膝に放ってエンジンをかけ、アクセルを床まで踏みこんだ。これといった考えはなかったが、なるべく警察から追跡されないようにすべきだということはわかっている。ふと、あることを思いついた。車を急発進させ、もう一台のパトカーにぶつけて運転席側ドアを大きくひしゃげさせた。バックして鼻先を抜き、タイヤを鳴らしながら広場から出ていった。

サンカルロス・ブールバードを走りながら、オルソーのほうを見やった。銃弾がはいったままの肩の傷と、貫通したわき腹の傷から出血している。「病院へ行かなくちゃ」

「だめだ。ぼくが――人間じゃないということが、わかってしまう」あえいだ。「ぼくがつかまったら、警察が考えているとおりの証言をするんだ。脅されて連れていかれたと」

「だめよ」

「ティナ――」

「いやよ!」まるでカーニバルで速すぎる乗り物にのってしまったような気分だったが、オルソーを見捨てるつもりはなかった。命の恩人なのだから。ナグとその手下たちが、強姦したあとにわたしを殺すつもりだったかどうかわからないが、もし殺されなかったとしても、そのあとはわたし自身が生きていく気持ちを失っていただろう。

閉店しているガソリンスタンドに車を乗りいれ、建物の裏に停めた。草地の先にフリーウエイがある。「この車にはいつまでも乗っていられないわ。すぐにみつかってしまう」

オルソーは息をついた。「ナイフをもどしてくれ」

ナイフはブーツの内側の鞘になんなくおさまった。立ちあがりかけたとき、手にひとすじの血がついた。青みがかった血だ。「オルソー、この血は？」

オルソーは顔をしかめた。「ぼくから出てるんだよ」

「そういうことじゃなくて、色がおかしいのよ」

「これでいいんだ」

「おかしいわよ」わたしはステアリングのほうにむきなおった。「やっぱり病院の救急治療室に連れていくわ」

「いいんだ。だいじょうぶだから」

エンジンをかけた。「人間じゃないことに気づかれたって、死ぬよりましでしょう」

「ティナ、やめろ！」

シフトをDレンジにいれたとき、頭のなかで言葉がひらめいた。

《ダウンロード準備》

バケツをぶちまけるように大量のデータが頭に流れこんできた。わずか一秒のうちに、わたしは知るべきことをすべて知った。オルソーは鎌状赤血球貧血症によく似た血液障害をもっているのだ。鎌状赤血球は、ヘモグロビンをつくる二つの遺伝子のうちひとつが突然変異していることが原因でつくられる。ヘモグロビンは血液中で酸素の運搬役をしている分子だ。オルソーの場合は両方の遺伝子が変異しているため、ヘモグロビン分子は二つの不正確なアミノ酸残基をもっている。パズルでまちがったピースを組み合わせているようなもので、無理にはめこもうとするとかたちがゆがんでしまう。このゆがんだヘモグロビンは、放っておくと凝集し、赤血球を変形させる。脾臓はこれらの変形した赤血球を、まるで悪貨を駆逐するように血流から排除してしまうので、ひどい貧血症状を起こすというわけだ。

　この問題を解決するために、医師たちはオルソーの骨髄から造血幹細胞を抜きとり、正しいアミノ酸をつくるように遺伝子を修正した。血球は骨髄でつくられるので、これらの手をくわえられた幹細胞が体内にもどされると、正しいヘモグロビンができるようになった。しかし医師たちは、変異した遺伝子のうち片方を修正しただけだった。もう一方の遺伝子はヘモグロビンに影響をあたえるだけでなく、オルソーのカイル能力にも貢献しているからだ。つまりそれを〝修正〟してしまうと、共感能力者《エンパス》としての能力も減じられることになる。

　そこでオルソーの血液中には特殊な医療用ナノマシン——ナノボットがいれられた。蛋白質と球状分子が結合したもので、球状分子のなかには、量子の遷移を原理として作動する分子コンピュータ、いわゆるピコチップがはいっている。これは医療ナノボット自身の活動と増殖を管理している。蛋白質部分はオルソーのヘモグロビンにとりつき、その形状に力ずくで最後の修正をくわえることで、酸素をきちんと運べるようにしている。しかしこれらのナノボットにも副作用がある。紫外線放射や窒素ガスにさらされると、青く変色するのだ。定常的に光や窒素をあびていなければすぐに無色にもどるので、オルソーの体内にあるときの血液は青くないが、ひとたび体外に出て日差しと空気にふれると、多くのナノボットが変色し、血液は青っぽい色味をおびることになる。

「病院へは行かないわ」理由を理解したわたしは、そういった。「でもあなたの血はこの車内にべっとりついているから、あとで警察が分析したら、あなたが人間でないことはわかってしまうわよ」

オルソーの顔から汗がしたたり落ちた。「これからどうすればいいと思う?」

そう訊かれて、わたしははっとした。王圏宇宙軍は一般市民の士気を高めるためのシンボルとして、意図してジャグ戦士に超人的な機能をもたせた。たとえばオルソーは戦闘中にあまり痛みを感じないが、それは生体機械ウェブがモルヒネに似た医療ナノボットを放出し、それが脳の特定の受容体《レセプター》と結合することによって、苦痛をつたえる信号を遮断してしまうからだ。しかしそれらの医療ナノボットは無制限に放出されるわけではない。多すぎると中毒したり、過剰な効果で死にいたる危険もある。さまざまな選択の末にこうして血を流しているオルソーを見ると、彼は不死身ではないのだと気づかされた。強く、敏捷だが、人間であることにかわりはない。弱さももっているのだ。

わたしは車から降りて助手席側へまわり、ドアをあけてオルソーの両脚を外に引っぱり出した。

オルソーは車内に落ちたスティーブンスの銃をしめした。「あれももってきて」

「だめよ」

オルソーは車体につかまりながら、なんとか立ちあがった。「もってくるんだ」

「銃は嫌いなのよ。従兄はこれで殺されたし、あなたも殺されかけた。こんなもの、さわりたくないわ」

「身を守る手段が必要なんだ」

「安全なところへ連れていくわ」オルソーの腰に腕をまわし、手錠をかけられた手首をつかんだ。オルソーがもたれかかってくると、倒れそうになった。なにしろ一フィート以上背が高く、体重は倍もあるのだ。わたしはフリーウェイのほうにむかってうなずいた。「あの下へ行くのよ」

フリーウェイとのあいだにある草地をその格好で移動していったが、たった数百ヤードが何マイルにも感じられた。わたしのハイヒールの踵が一歩ごとに芝土にもぐりこむのに耐えながら、よろめき進み、ようやくフリーウェイの下をくぐるトンネルにたどり着いた。なかは暗く、壁にはさまざまな名前がスプレーで落書きされている。どちらの入り口からも姿を見られにくいまんなかあたりまで、オルソーを連れていった。スティーブンスの鍵束をほとんどすべて試して、ようやく手錠の鍵穴に合うものをみつけだした。オルソーは自由になった手をすぐに肩へやり、出血する傷口を押さえた。

わたしはまたその腰に腕をまわした。「知りあいの家へ連れていくわ」

オルソーは怪我をしていないほうの腕をわたしの肩にまわしてもたれかかり、いっしょにトンネルの反対側へむかった。出たところは、金網のフェンスにかこまれた空き地だ。古いタイヤ、ハンバーガーの包装容器、ねじくれた針金の束、割れた瓶などのがらくたのあいだを縫って進み、地面からわたしの頭くらいの高さまでフェンスが裂けているところへ案内した。オルソーは頭を低くしてなんとかその裂けめをくぐったが、反対側ではフェンスにつかまらないと立ち上がれなかった。

わたしもくぐり抜けた。「だいじょうぶ?」

オルソーはうなずき、異なる言語でなにかいった。いままで彼の口から聞いたどんな言葉とも異なっている。わたしの頭はひとりでに、その言葉のあちこちで音の欠けたところを埋め、活用形を変えたりした——そしてふいに、それがシナカンテコ族のシャーマンが治療の儀式でもちいるツォツィル語の言葉とおなじであることがわかった。〝タ・フツォヤン・フトゥクン〟——わたしは魂の一部をあなたにゆだねます、という意味だ。

奇妙に身近な言葉の響きに、わたしははっとした。オルソーの腰に腕をまわし、いっしょによろめきながら路地を歩いていった。

やがて、ある家の古ぼけた玄関ポーチのまえに出た。まっ青な空の下で舗装が焼けるように熱かった。網戸はしまっているが、内側のドアはあけっぱなしで、蝶番からはずれようかどうしようかと迷っているように大きく傾いている。なかのリビングにはいると、ソファもテーブルも本棚も、かつては明るい色だったはずの敷物も、暑さのなかでまどろんでいるように見えた。

「ここは？」オルソーが訊いた。

「マリオの家族が住んでいるところよ」オルソーはソファに沈みこみ、ベージュ色の背もたれのてっぺんに頭をもたせかけた。わたしはいった。「ここで待ってて」

家のなかは静かだが、マリオは、まだ仕事を見つけていなければ、近くにいるはずだった。キッチンにはいって、ようやく人の姿をみつけた。わたしははっとして足を止めた。むかしのボーイフレンドのジェイクが、テーブルでサンドイッチを食べながら新聞を読んでいたのだ。ジェイクの本名はホアキン・ロハスというのだが、ずっとむかし、学校の教師が〝ホアキン〟をうまく発音できずに、〝ジェイクン〟というように呼んだので、そのままジェイクというニックネームが定着してしまったのだ。

ジェイクはサンドイッチを口もとに運びかけた手を止めて、わたしをまじまじと見た。そして顔をほころばせ、スペイン語で訊いた。「どこからきたんだ?」

わたしは隣の部屋にいるオルソーのことを考えた。「そのへんからよ」

ジェイクの笑みは、わたしのブラウスを見て薄れた。「ティナ、それは血じゃないのか?」

わたしの背後で足音が聞こえた。ジェイクの視線がわたしの肩ごしへいくと、そのわずかに残った笑みは、警官の姿を見て逃げるナグの手下たちのように、たちまち消えた。ジェイクは椅子から跳び降りて、カウンターの裏へ走りこんだ。そして立ちあがったときには、十二口径のショットガンを戸口にむけてかまえていた。

わたしはさっとふりむいた。戸口に立っているのはオルソーで、血の流れる肩を手でつかみ、自分にむけられた銃口を見おろしている。

「ティナ、退がれ」ジェイクがいった。

「ジェイク、やめて」わたしはドアのほうへ近づいた。「こっちはオルソーよ。わたしが連れてきたのよ」

ジェイクは不愉快そうな顔をわたしにむけた。「いつからナグの薄ぎたない仲間とつきあいだしたんだ?」

わたしは静かにいった。「オルソーはナグを殺したわ。たぶん、そのおかげでわたしは命を救われたのよ」

ジェイクはそれでも銃をおろさなかった。敵意がざらざらした煙のように部屋に充満しているが、その裏では困惑もただよっていた。

キッチンのむこうから、低くうなるようなべつのスペイン語の声がした。「だれに命を救われたって？」

奥の部屋へつうじる戸口を見ると、マリオが立っていた。キッチンへはいってきたその身体は、巨体といっていい。フットボール選手だった高校時代に壊し屋《デストルイドル》と呼ばれたくらいだ。

マリオはじっとオルソーを見たあと、わたしのほうをむいた。「こいつはなんの用なんだ？」

「助けてほしいのよ」わたしはいった。「お願い、マリオ」

マリオはわたしに、奥の部屋へ来るように合図した。わたしは、銃をかまえたジェイクのまえにオルソーを残していく気になれず、首をふった。

マリオはオルソーのほうをむいて、椅子を指さし、英語でいった。「すわれ」

オルソーは腰をおろし、〝本当にだいじょうぶなのかい？〟といいたげな顔をわたしにむけた。

マリオはまたスペイン語にもどって、有無をいわせぬ口調でわたしにいった。「二人だけで話したいことがある」

あとについて、マリオの母親の裁縫部屋にはいった。二人きりになると、マリオは保護者のような視線をわたしにむけた。そんなふうに見られると、わたしは彼の妹になったような気分にさせられる。「ナグのやつらからなにをされたんだ？」

「なんでもないわ」わたしは答えた。「オルソーがやめさせたから」

「なにをやめさせたんだ」

「なんでもないのよ、マリオ」

「なんでもなくはない。なにがあったんだ」

わたしは深呼吸した。「やつらの車に連れこまれそうになったのよ。でもオルソーが助けてくれたわ」

マリオの顔がこわばった。従兄のマヌエルを埋葬した日とおなじ表情だ。その二日後、警察はナグの手下の一人が下水溝で死んでいるのをみつけた――マヌエルを殺した銃弾を発射したやつだ。この件は証拠不充分でだれも起訴されなかったが、そいつを殺して下水溝に放りこんだのがだれか、わたしははっきりわかっていた。マリオの表情を見ていれば、わからないわけがない。

マリオは静かにいった。「かたはつける」

「抗争はしないで。お願い」返事がないので、わたしはもう一度いった。「しないと約束して」

「そういうわけにはいかない」

「マリオ、お願い。ナグは死んだのよ。次はだれ？」わたしは喉をつまらせた。「あなた？」

マリオはしばらく沈黙した。「考えておくよ」

それがいちばん約束に近い言葉だろう。「今日はただ、わたしとボーイフレンドを助けてほしいと頼みにきたのよ」

マリオは顔をしかめた。「あいつはだれだ？」

「オルソーという名前よ」なにか訊かれるより先に、話をつづけた。「ナグを殺したあとに、警察に逮捕されたのよ。そこでひと騒動あって、わたしはパトカーを盗んだの」

「なにを盗んだって？」

「パトカーよ」

「おまえがそんなばかなことをするやつだとは思わなかったよ」

「ほかにしかたなかったのよ」

「なにがしかたないんだ」

「信じて。そうするしかなかったのよ」

「サツはまっ先にここに事情を聴きにくるだろう」マリオは首をふった。「おまえをここに隠しても、すぐみつかる」

「車が一台ほしいだけよ。それとあなたの妹の赤い鬘《かつら》と、毛布も」

「なにをする気だ」

わたしはその腕にふれた。「訊かないで。知らなければ、事情を聴かれたときに知らないと答えても、嘘にはならないわ」

マリオは眉をひそめた。「あのオルソーってやつは、仲間じゃない」

「お願いよ、マリオ。わたしのために」

マリオはわたしをじっと見るうちに、表情をやわらげた。しばらくしていった。「おれの車の鍵が、おもての部屋の棚にある。車が消えたり盗まれたりしても、おれの知ったことじゃない」

わたしはマリオの顔を引きよせ、頬にキスした。「あなたは本当にいい人ね」片頬に笑みが浮かんだが、それでもマリオにしてみればめったにないことだ。「車が盗まれたら、どこで探せばいいんだ？」

「まえにパサデナでパーティに行ったことを憶えてる？　あの共同住宅の外の通りを探してみて」

「パサデナだって？　パサデナになにがあるんだ？」

わたしはドアへむかった。「助けてもらったことはけして忘れないわ」

そしてキッチンに駆けこんだ。ジェイクはまだオルソーに銃をむけていたが、肩から流れる血を受けるために皿洗い用のタオルを渡したらしかった。

「オルソーもわたしも出ていくわ」わたしはいった。

ジェイクは動かなかった。わたしのほうは見ずに、オルソーだけを無表情に見つめていた。

「行かせろ」マリオが戸口のむこうからいった。

ジェイクはショットガンをしっかりと握っていたが、ついに銃口をさげた。

わたしはオルソーを連れてリビングにもどり、本棚からマリオの鍵をつかんで渡した。

「路地の奥にある緑色の車に乗ってて」

オルソーはキッチンのほうをちらりと見た。「ここは安全じゃないぞ」

「わたしはだいじょうぶ。ちょっと取ってくるものがあるだけだから」出血しているオルソーを一人で外へ出したくはなかったが、この家にいると危険なのは、むしろ彼のほうなのだ。

オルソーは眉をひそめたが、いうとおりにしてくれた。わたしはローザの寝室に駆けこんだ。赤い鬘は化粧テーブルにおかれた発泡スチロール製の台にかぶせてあり、わたしはそれをつかんだ。ベッドからは毛布をはがした。しかしそこを出ようとしたとき、わきにショットガンを提げたジェイクがあらわれ、戸口に立った。「ティナ、待て」

　わたしは鬘と毛布を両手にかかえて、そのまえに立った。「待てないわ」

「本当にいいのか？」血のしみのついたわたしのブラウスに目をやり、ショットガンを肩にかついだ。「もしあの男がなにか――」

「そんなことはないわ」わたしはとにかく、銃をどこかよそへやってほしかった。そもそもジェイクと別れたのはそのせいなのだ。マヌエルが死んだあと、大切なだれかをふたたび暴力沙汰で失ったりしたらと思うと、耐えられなかったのだ。しかしオルソーと出会ったいま、すべてが手に負えなくなりつつある。

「あの男がナグを殺すくらいのやつなら、おまえも近づかないほうがいい」ジェイクはわたしの頬にふれた。「手を貸すぞ」

「これはわたしの問題なのよ」ジェイクの胸に手をおいた。「でも、ありがとう、あなた《イホ》」

　ジェイクの声がやさしくなった。「ティナ……」

　しかし、ジェイクにふれるべきではなかった。わたしたちが共有し、そもそも惹かれあうきっかけになった絆――あの馴染み深い感覚が甦ってきた。かならずしも性的なものではない。ジョシュアとのあいだにも感じるし、母親とのあいだにはもっとつよく感じていた。その感覚に、ようやくオルソーが名前をあたえてくれた。共感《エンパシー》だ。わたしたちはエンパスだったのだ。

「ジェイク——ごめんなさい。でも、行かなくちゃ」

ジェイグはじっとわたしを見つめた。冷静な表情の裏で複雑な感情が揺れている。なにかを、なにか重要なことをいいたがっていた。鉄灰色の霧のようにそれがたちこめている。しかしそれは言葉にされず、もやもやとした霧のままだった。かわりにこういった。「助けがいるときは、おれたちはここにいる。声をかけてくれればいい」

わたしは深呼吸した。「ありがとう」

外に出てみると、車のなかでオルソーは後部座席に横になっていた。毛布を手渡すと、わたしは運転席にすわって、ペダルに足がとどくようにシートを前いっぱいに出した。オルソーが自分の身体に毛布をかける音を聞きながら、エンジンをかけた。バックで路地を出ると、午後の日差しは傾きはじめていた。

4　あやうい隠れ処

車を路肩に出して停めたときには、あたりは暗くなっていた。砂漠の風に吹かれて、木々がかさかさと鳴っている。オルソーは毛布を身体の片側へ落としながら起きあがった。「ここはどこだい？」

「ウィルソン山よ」ドアをあけると、生暖かい風が吹きこんできた。「ここにしばらく隠れてもらうわ。わたしは友だちを呼んでくる。マリオの車に乗ってそこへ行くと、警察に尾けられる危険があるのよ」車から降りた。「ジョシュから教えてもらった洞穴があるのよ。まあ、実際には落石のすきまのようなものなんだけど。でもだれも知らない場所よ」

オルソーも車から降りた。「きみの友だちというやつらには、すこしうんざりしたな」

「ジョシュアはだいじょうぶだから」

オルソーはうめいた。松林のなかの下生えをかきわけながら、はじめは黙っていたが、しばらくしてこういった。「ここはいったいどうなってるんだい？　子どもたちが武装しているなんて」木の葉のあいだからさしこむ月の光はかすかで、オルソーの目は落ちくぼんで見えた。

わたしは静かにいった。「ナグのことで罪悪感をもったりする必要はないわ。あいつはあなたを殺すチャンスがあれば、すぐにそうしていたはずだから」

「だからといって、ぼくのやったことが正当化されるわけじゃない」そこでしばらく黙った。

「それにあの家の少年は──なぜ銃なんかを？」

わたしは歩きながら、どう答えればいいかしばらく考えた。「マリオも、ジェイクも、わたしの従兄も──おなじように戦争をしているのよ。あなたとおなじように。ただし彼らの敵は、姿が見えないのよ。しいていえば、おまえは役立たずで、宿なしで、帰る国もないやつだとささやきかけるなにかと、戦っているのね」

「きみの友だちのジェイクは、ほかの連中とちがっていた」

「どういう意味？」

「エンパスだ」

「あなたもそう感じたの？」オルソーがうなずくと、わたしはつづけた。「それでも怒りは止められないのよ。かえって傷つくだけなのに」

「怒りを止められるものなどないよ」

わたしは深呼吸した。「みんな殺しあいをやめるべきなのよ。もっとましなやり方があるはずよ」

すこし間をおいて、オルソーは答えた。「そういうやり方があればいいけどね」

なにかいいたいことがあるようだった。オルソーの世界の人々にもわたしたちにも、そんなものはみつけられないと思っているようだ。

しばらくしてオルソーはいった。「なにか話をしてくれよ。きみの人生について。怒りとは無縁の話を」

「じゃあ、わたしの最良の日について話してあげるわ。わたしのキンセニェラのことを」

「十五《キンセ》……？」

「そうよ。女の子が十五歳の誕生日をむかえると、教会で儀式をして、そのあとダンスパーティをするの。ジェイクはわたしの付き添い役《チャンベラン・デ・オノル》をやってくれた。マヌエルは——」大きく息を吸った。「わたしは父親がいないから、教会のミサではマヌエルが父親がわりになって、わたしと母さんといっしょに通路を歩いてくれたのよ。みんながわたしのために、家来たち《コルテ・デ・オノル》になってくれた。ダマスとチャンベラネスに」

「侍女と侍従？」

「そう。ぜんぶで二十八人いたわ。ロス・アルコネスとわたしの女友だちよ」わたしは笑みを浮かべた。「ジョシュアもいたわ。一人だけ黄色い髪と青い目で、とても浮いていたわ。母さんはわたしのために美しい白いドレスを縫ってくれた。男たちはタキシード姿よ。想像できる？　ロス・アルコネスが、肩からかける飾り帯、というのかしら。そして飾り腰帯もして。みんなお金をためて衣装を借りてくれたの。武器はもってこないように約束させたわ」喉がつまった。「人生最良の日だった。ジェイクといつまでも踊りつづけていたような気がするわ」

「いちばんしあわせな日の思い出が、どうして悲しいんだい？」

「すぎてしまったことだからよ。なにもかも」

わたしの肩にまわしたオルソーの腕に力がこもった。

あの日、母がたくさん泣いたことを思い出した。母のよろこびを手触りとしても、味としても感じた。匂いとしても嗅ぎ、音としても聞いた。母はわたしたちの絆がなにかを説明する、古い話をよくしてくれた。母の言葉がつむぎだすのは、光り輝くようなカポックの木のイメージだった。その中心はあらゆる場所をつらぬいている。オロンティク――すなわち地下界に根をおろし、幹は人間の住む地上界をのび、枝は天界のあらゆる階層に広がっている。精神世界と物質世界がこの木の橋渡しによって共存しているように、わたしたちの精神も共存しているのだと、母は考えていた。

母はイロル、つまり聖女だった。内なる魂を失ったり、魔女に呪いをかけられたりしたのが原因で病気になった人々のために祈るのだ。聖女を名のる者は少ないが、だれも母のその称号に疑いをさしはさみはしなかった。治療する能力はまさに伝説的だったからだ。母はわたしに、キリストや聖なる山《カルバリオ》への祈りや詩歌を教えてくれた。チャムラから来た少女が、空に昇って明けの明星になる話をしてくれた。治療の儀式のときに聖女《イロル》が歩く地上の道を従者たちが掃き清めるように、少女は太陽の通り道を掃き清めるのだと。

チアパス州の夜の眠気をさそう暑さのなかで、母がつぶやくように物語をつむいでいた声が、いまも耳に残っている。あの治療の儀式は、実際には古代マヤ族の儀式に、スペイン人宣教師がもたらしたキリスト教思想が混ざってできたものだということを知ったのは、何年ものちのことだ。

暗闇と木立に隠れてよくわからないが、左手に岩だらけの丘がぼんやりと見えてきた。その裾をまわっていくと、たくさんの岩が積み重なっている場所があった。そのなかで二つの巨大な板状の岩がおたがいにもたれかかって、その下が狭い入り口をもつ小さな洞穴のようになっていた。「ここをくぐって」

オルソーは横むきになって狭い入り口を通り抜け、なかにはいると、岩の床に崩れるように腰をおろした。肩にはまだ血染めのタオルを押しあてたままだ。もともと金属のような肌に、液化した金属のような銀色の月の光があたっている。

わたしは隣に腰をおろした。「だいじょうぶ？」

「ああ」

そうでないのはよくわかっていた。「できるだけ急いでもどってくるわ」

「ティナ——」

「なに？」

「本当にもどってくるんだろうね」

わたしにどれだけ大きな信頼がよせられているかに、そのとき初めて気づいた。わたしのアパートメントで一人になるのとは、まったく情況が異なるのだ。わたしについては、暴力的な友だちがいるということ以外はほとんどなにも知らない。それでもわたしが助けを呼んできて、傷を回復させられる安全な場所をみつけてくるのを、信じて待たなくてはならないのだ。もしそれらの助けがなければ、おそらくオルソーは死ぬだろう。

「もどってくるわ」わたしはいった。「誓って本当よ」

わたしは洞穴から出て、ハイヒールのせいでよろめきながら車へ走ってもどった。

パサデナまでの道が永遠に思えるほど遠く感じられた。マリオに約束した道ぞいに車を駐めると、鬘《かつら》と毛布をトランクに隠した。それからあたりを見まわした。パサデナへは二度来ている。一度はパーティのとき、もう一度は昨年の夏、ジョシュアが寄宿舎へ引っ越すのを手伝ったときだ。

家々の屋根のむこうに高いビルがあり、夜のなかでその窓が四角い目のように輝いている。あれがジョシュアから聞いたミリカン図書館にちがいない。わたしは靴を脱ぎ、通りを縫いながらその方角へ走った。

キャンパスの正面に広がる芝生に出た。ここがカリフォルニア工科大のようだが、どうも見覚えがない。そのとき、思い出した。ジョシュアの寄宿舎は図書館の裏手にあるのだった。わたしは芝生を横切って走っていった。途中で長い髪の男とすれちがったが、まるで宇宙人に出会ったかのような目つきでわたしを見ていた。寄宿舎は、芝生のあいだにたつスペイン風の建物群だった。ブラッカー・ハウスという名前のその建物の入り口階段を一段とばしにのぼりながら、ふいにある考えに打たれた——ジョシュアが部屋にいなかったらどうすればいいのか。

二階の廊下は黒く塗られ、壁に炎の絵が描かれていた。〝燃える《フレーミング》〟というのは、落第してこの大学から去ることを意味しているのだと、ジョシュアから聞いたことがあった。そして彼らが落第した理由はこの壁の絵に隠されているのだと。わたしはそのわきを走り抜け、五十二号室にたどり着いてそのドアをはげしく叩いた。

ドアがひらいて、ジョシュアがあらわれた。Tシャツとジーンズ姿で、ぼさぼさの巻き毛が目もとまで伸びている。「ティナ!」笑顔になった。「こんなところでなにをしてるんだ?」

わたしは息をひとつついた。「助けてほしいのよ」

ジョシュアはわたしを部屋のなかへ引きいれ、ドアをしめた。「どうしたんだ?」

「友だちが怪我をしてるの。できればここに泊めてほしいのよ」

ジョシュアはつかのま、じっとわたしを見つめた。「わかった」

わたしは感謝の気持ちでいっぱいになり、目をとじそうになった。いつもどおりだ。ジョシュアはこうなのだ。いろいろなめに遭ったせいで人を簡単には信用しなくなり、慎重に友だちを選ぶようになっているが、ひとたび仲間だと思えば、絶対に誠実でありつづける。

「車はもってるのかい?」ジョシュアは訊いた。

「使えないのよ。わけはあとで話すわ」

ジョシュアは机のランプを消した。机の上には本がひらきっぱなしで、数式で埋まった紙がそこらじゅうに散らばっていた。ちらりとわたしのほうを見て、いった。「テニスシューズかなにか貸そうか。セーターも着たほうがいい」

わたしは自分の姿を見おろした。ハイヒールを手ににぎり、ブラウスは血だらけだ。「そうね」

ジョシュアのセーターはわたしの腰までとどき、靴はぶかぶかだった。しかたがないので靴下を足首までずりさげ、すきまを埋めた。そのあと、電子機器からとりはずされた部品が山積みになった廊下を歩いて、べつの部屋のまえへ行った。ドアには古いコンピュータチップを組みあわせて、DEIというイニシャルが描かれている。ジョシュアがノックするあいだ、わたしは影のなかで待つことにした。

ドアをあけた男は、食べかけのチョコレートバーを手にし、〝コンフェデレーション、第四十四回世界SF大会〟と書かれた灰色のTシャツを着ていた。「やあ。どうしたんだ?」

「ダニエル、きみのジープをちょっと貸してもらえないかな」ジョシュアはいった。

「なんのため——」そこでわたしに目をとめた。しばらく見つめたあと、はっとしてジョシュアにむきなおった。「ああ、いいとも。ちょっと待って」いったん部屋のなかにはいり、鍵の束をもってもどってきた。「遅くなってもかまわないから」

「ありがとう」ジョシュアは答え、わたしたちは出発した。


ジープは屋根なしで、走りはじめるとわたしの髪は風に吹かれて暴れまわった。ジョシュアには事情をありのままに話したが、オルソーの出身地だけはフレズノということにしておいた。オルソーの身を山に隠させるという判断がまちがいでなかったことを祈った。怪我をしてひとりきりでいることを考えると、一分一秒が永遠のように長く感じられた。

道がウィルソン山にかかると、ジョシュアはアクセルをいっぱいに吹かした。もとの場所の路肩で車が停まると、わたしは跳び降りて森にはいっていった。

「ティナ、待て」ジョシュアはうしろから走ってきて、数歩で追いついた。

夜闇にとざされた小道にさらに濃い暗がりをつくる藪や低木のあいだを、わたしたちは苦労しながら進んだ。風がわたしの髪をかき乱した。小道はどこまでもつづき、洞穴のまえをとおりすぎてしまったのではないかと心配になりはじめた。

ふいに前方に、あの二つの板状の大岩が見えてきた。わたしたちは駆けより、狭い入り口からなかへもぐりこんだ。ジョシュアの懐中電灯が岩壁を照らし――オルソーの身体を照らした。地面にあおむけに横たわり、じっと動かない。

早鐘のように鳴る心臓を押さえながら、わきに膝をついた。「オルソー？」

返事がない。わたしの動悸はさらにはげしくなった。

「聞こえないの？」

やはり答えない。

「オルソー！」

今度は、声は聞こえないものの、唇が動いた。

わたしは大きな安堵に襲われた。「なんていったの？」

「弾を抜き出した……」オルソーはつぶやいた。「ナイフで……」

いわれてみると、血まみれのつぶれた銃弾が腕のわきにころがっていた。自分で身体からえぐり出すなんて、信じられなかった。どうして意識をたもっていられるのか。これ以上血を失ったら、本当に危篤状態になるのに。たとえ病院へ行けたとしても、一九八七年の地球にはオルソーの身体に合う型の血液などないだろう。

ジョシュアが隣にしゃがんだ。「病院の救急治療室に連れていこう。なにをやらかしたのか知らないけど、このまま失血死するより警察に捕まったほうがましだ」

「だめなのよ」わたしはジョシュアの腕に手をかけた。「信じて。お願い。だれにもまかせられないの」

ジョシュアは黙ってわたしの顔を見つめた。わたしたちの友情の固い絆も耐えられないほど過大な頼みごとをしてしまったのかと思いはじめた頃、ようやくジョシュアはため息をついた。「かかえて運ぶのはたいへんだぞ。ずいぶん重そうだ」

感謝の気持ちをこめてジョシュアの腕を握った。「歩けるはずよ」

オルソーが瞼をあけた。金属的な瞬膜が月の光を反射しながらあがった。「傷口を……消毒してくれないか」

ジョシュアはうなずいた。「救急用品はもってきた」

わたしはオルソーの額に手をおいた。すると、言葉がわたしの脳にひらめいた。オルソーの増強された脳の経路から大量のデータ流が送りこまれてきたのだ。《接続確認。大規模結合が安定》

結合といっても、肉体的なそれではなく、数学的なものだ。オルソーとわたしはどちらもカイル能力者であり、脳神経の浜辺に打ち寄せる荒波のように振動するおたがいの脳の波動関数が、強力に結合していることを意味する。あらゆる粒子系は波動関数で記述することができ、脳も例外ではない。オルソーのＫＥＢはわたしのＫＡＢにある何千、何万、何億という分子の位置を刺激する。もしオルソーが力の弱いカイル能力者だったら、あの夜、わたしとのあいだに成立した強力な接続によって、脳が破壊されていたかもしれない。激烈な神経の過放電が起こり、強直間代痙攣——いわゆる癲癇《てんかん》の大発作のような症状にいたったはずだ。しかしオルソーはやすやすとその負担を受けとめた。

わたしは苦闘のさなかに放り出された。オルソーはみずからの自律神経系、心臓、肺、腸、腺、その他の内臓、平滑筋、血管、リンパ管などと戦っていた。オルソーの送り出す兵隊は、組織の修復補助を専門とする医療ナノボットだ。血流を調節して必要な場所へ養分を送りこみ、さまざまな化学物質の濃度を変更した。遠ざかる意識のむこうからやってくる死に追いつかれまいと、急ぎに急いだ。わたしと接続すると、オルソーの精神は、まるで乾いたスポンジが水を吸ってふくらむように、発泡性の液体から空中へ飛び散った滴が雨となってふたたび落ちてくるように、しだいに覚醒していった。

《有糸分裂。細胞が分裂していく。前期、中期、後期、終期。細胞が分割される。一個、二個、四個、八個。組織が成長する。血管が形成される。血流が増える。六十四個、百二十八個、二百五十六個。白血球、抗体、感染。リンパ球を送る。繊維素を送れ。血液を凝固させろ。実質細胞。前期、中期、後期、終期。一万六三八四個、三万二七六八個、六万五五三六個。基質流出、繊維質流出、流出……》

「ティナ？」

遠くから声がした。

「ティナ、だいじょうぶか？」

わたしは目をあけた。ジョシュアがまえでしゃがみ、わたしの両肩に手をかけている。

「いったいどうしたんだ」ジョシュアはまた訊いた。

「オルソーと一体になってたのよ」どうしてジョシュアはまだ救急用品のバッグをあけていないのだろう。洞穴の床におきっぱなしだ。「傷口を消毒して包帯をしなくちゃ」

「もう終わったよ。ぼくは一時間近くそれをやってたんだ。きみとオルソーはそのあいだずっとトランス状態だったぞ」

わたしはまじまじとジョシュアを見た。そしてオルソーをのぞきこんだ。オルソーは目をあけ、唇だけを動かした――〝ありがとう〟


カリフォルニア工科大学のキャンパスを走り抜けるジープの後部座席で、オルソーはわたしの隣でぐったりとしていた。ジョシュアは寄宿舎のそばにある教職員クラブの駐車場にジープを駐めた。駐車場には数台の車が、クロームメッキを光らせながら眠る獣のように駐まっているだけだった。

オルソーはジョシュアとわたしにささえられて、なんとかジープから降りた。そしてジョシュアが南の建物群と呼ぶ寄宿舎のほうへ、芝生の上をよろよろと歩いていった。スペイン風の中庭を横切って寄宿舎の階段にたどり着き、オルソーはささえられながらゆっくりと踏み段をのぼった。そのあいだじゅうわたしは、どこからか声や靴音が聞こえはしないか、闇のなかから学生があらわれてわたしたちを見とがめはしないかと緊張していた。

だれにも出くわすことなく、なんとか二階にあがった。ジョシュアの部屋のまえまで来ると、オルソーは壁にぐったりともたれかかった。ジョシュアはドアの数字合わせ錠を操作しながら、赤みがかったオレンジ色の泡のような安堵感を漂わせていた。もうだいじょうぶだ。

そのとき、廊下の先でドアがあき、ダニエルが出てきた。

ジョシュアはぎくりとした。「おどかすなよ」

ダニエルはちらりとオルソーを見た。「ジョシュ、ちょっと話したいことがあるんだ」ジョシュアはわたしのほうをむいた。「なかにはいってて」そしてダニエルのほうへ歩いていった。

わたしは不安になりながらオルソーを部屋のなかへいれ、ドアをしめた。なかはワンルームで、実験機材の部品のようなもので雑然としている。ベッドは奥の壁ぎわで、青いカーテンのかかった窓の下だ。本がぎっしりとつまった棚が左の壁ぞいにならび、右の壁にはつくりつけの流しと食器棚がある。机の上にはコンピュータがおかれ、本や紙束がいまにも崩れ落ちそうに積み重なっている。壁のあいているところはロックスターと科学者のポスターで埋まっている。

わたしはオルソーをベッドまでささえていった。横になったオルソーが、夜空から切りとった重い毛布のような眠気につつまれるのを感じた。わたしはその隣に腰をおろし、ジョシュアはなにをしているのだろうと考えた。

しばらくしてドアがあき、ジョシュアがダニエルといっしょにはいってきた。どちらもむずかしい顔をしている。

「どうかしたの？」わたしは訊いた。

ダニエルはドアをしめたが、いつでも逃げ出せる用意をしているように、ドアノブに手をかけたままだ。ジョシュアはベッドわきに椅子を引っぱってきて、わたしのほうにむいて腰かけた。しかしその視線はオルソーのほうにいっている。

「眠ってるのかい？」ジョシュアは尋ねた。

「昏々《こんこん》とね」

ジョシュアはため息をついた。「ダニエルが下の談話室で、夕刊に、警察が公表したきみとオルソーの似顔絵が載っているのを見たんだ。警察によると、オルソーは、昨日サンクエンティン刑務所を脱獄してきたレイ・コルビッチという男で、ヘロイン中毒者だそうだ」

わたしは声を出さずに悪態をついた。「嘘ばっかり」

「でもティナ、彼はマット・クーゲルマンを殺したんだろう?」

「正当防衛よ」

「じゃあ、なぜ病院へ連れていけないんだ?」

「話しても信じてもらえないわ」

ダニエルが口をはさんだ。「説明してくれなければ、警察に通報するしかないな」

「ぼくはずっときみを信頼してきたよ」ジョシュアがいった。「でもこれは——なんていったらいいのか……」

わたしは髪をかきあげた。「今朝、軌道上でみつかった試験飛行機の話は知ってるでしょう?」

「そういうことがあったね」とジョシュア。

「じつは、あれは飛行機じゃないの。オルソーの宇宙船なのよ」

「おい、いいかげんにしろよ」ダニエルがいった。「冗談をいってる場合じゃないんだ」

「わたしが笑ってるように見える?」

「オルソーがそういったのかい?」ジョシュアが訊いた。

「そうよ」

「それを信じてるの？」

「ほかにもいろいろと証拠があるからよ。それに、ジョシュ、オルソーの目を見たでしょう？」

「なにかへんだったけど、暗いからよくわからなかったよ」

眠っているオルソーを起こしたくはなかったが、ほかに方法がなかった。肩を揺さぶったが反応がない。もう一度やってみた。「オルソー？」

今度は瞼がひらき、金色に輝く瞬膜があらわれた。ジョシュアとダニエルがじっと見つめるなかで、浜辺の波が退いていくように瞬膜はふたたび瞼の下になった。

「驚いたな」ダニエルはいったが、しばらくして、しいて元気をふるいたたせるようにしてつづけた。「でも、これだけじゃなにもわからない」

ジョシュアはちらりとわたしを見た。「先天性の異常かもしれないじゃないか」

口では反論しているが、テレビや新聞の報道に二人が疑いをもちはじめているのがわかった。そうでなければわたしに説明する機会をあたえたりしないし、オルソーが聞いているかもしれないところで話したりしないだろう。「考えてみて」わたしはいった。「普通の人間がこれだけの大怪我をして、こんなふうに歩いたり話したりできると思う？」

「どうかな」とジョシュア。「でもなにか合理的な説明はつくはずだ」

ふと、あることを思いついた。「はさみを貸してくれない？」

ジョシュアは机からはさみをとってきた。「なにをするつもりだい？」

「見てて」

オルソーの身体は腰から胸まで包帯でぐるぐる巻きにされている。わたしは右側の尻の上あたりを手探りした。さいわい銃創とは反対側だ。多元通信機の出入り口をみつけると、そのまわりを四角く切って、皮膚を押してみた。しかしなにも起きない。

そのとき、オルソーが左手をもちあげ、指先でまるく円を描くようにわき腹を押した。すると膜組織がひらいて、多元通信機がその手のなかに押し出されてきた。わき腹には小さな穴が残り、まわりは金色に輝く皮膚だ。

ダニエルが身をのりだした。「いったい……」

「これは？」とジョシュア。

オルソーは多元通信機を手にもち、ジョシュアのほうにさしだした。「コンピュータだ」

見ているまにも、それはまるみをおびた金色の箱から、しっかりした角をもち、光るパネルスイッチがならぶ装置へと変化していった。そしてオルソーはそれをわき腹にもどした。最後に小さな穴に押しつけると、まるいかたちに変形し、色も皮膚と混じりあっていった。膜組織がもとどおりとじた。

「驚いたな」とジョシュア。

「なんらかのナノテクが使われてるな」ダニエルがいった。「なにかが分子レベルで組成を変えてるんだ」ぱちんと指を鳴らした。「環境の変化に反応してるんだな。身体からとりだすと、変形機能が起動するんだ」

「そのとおりだ」オルソーは答えた。

「わき腹に収容できるということは、その部分の内臓をよそに移動してあるにずだ」ジョシュアもいった。「それに、その膜は生きものみたいに動いたぞ」

「そうだ」とオルソー。

「これだけのナノテクはまだ存在しない」ダニエルがいった。「しかもこんなシステムを身体に埋めこめるだけの医学的知識も存在しない。すくなくとも、おれは聞いたことがないぞ」

わたしは二人を見た。「これでわかったでしょう」

ダニエルは大きく息をついた。「おれの母はイェーガー基地で働いてるんだ。シャトルが回収してきたのは、軌道上で故障したF－29という超音速試験飛行機だっていってたぞ」

「本当のことなんか知らされてるはずないじゃないか」ジョシュアがいった。「イェーガー基地には何千人もの従業員がいるんだぞ。シャトルがもちかえったものを見たのはごく一部の人間のはずだ」

わたしは期待をこめて訊いた。「ダニエル、わたしたちを基地にもぐりこませられない？」

ダニエルは鼻を鳴らした。「きみの話をまだ信じてはいないけど、百歩譲って信じたとしても、それから通行証を手にいれるのは無理だけど、それも百歩譲って手にはいったとしても、おれはそんなことをやる気はないぞ」

その返事を聞いてもあまり驚かなかった。しかし軍がみつけたのは絶対にF－29などではないはずだ。わたしは目をこすり、頭をはっきりさせようとした。「ジョシュ、この話のつづきは明日にしない？　すごく眠くなってきたわ」

ジョシュアはうなずいた。「クローゼットにもう一枚、毛布があるよ」

「この二人を泊めるつもりか？」ダニエルが訊いた。

「怪我人は動かせないだろう」ジョシュアは答えた。「また出血してしまう」

「犯罪者幇助《ほうじょ》って言葉は聞いたことがあるだろう」とダニエル。「二人を泊めたら、おまえも罪を犯したことになるんだぞ。おれだって、なにも通報しなかったら従犯だ」

わたしはダニエルに気持ちを集中し、その心理を探った。そして立ちあがり、そのそばへ歩いていった。「もしオルソーのいうことが本当だとしたらどう？　考えてみて。あなたはオルソーを独り占めできるのよ。宇宙についてのあらゆる疑問に答えて、もしかしたら宇宙へ行きたいというあなたの夢を実現させてくれるかもしれないのよ」

「そんないいかたはやめてくれよ」

「こんなチャンスは二度とないわよ」

「そんな突拍子もない話は信じられないね」

「あなたは怖いのよ」

「そうさ」ダニエルは答えた。「刑務所に放りこまれるのがね」

「ここにいることをだれにも話さなければ、だれにもわからないでしょう？」

「おれが話さなくても、警察は独力でみつけるかもしれない」

わたしは肩をすくめた。「わたしがジョシュアを人質にとって、無理に助けさせたといえばいいわ」

「どうしてぼくが人質なんだ？」とジョシュア。

ダニエルはちらりとそちらに目をやった。「まあな——そういえば、もしみつかっても、おれたちは巻きこまれずにすむ」

「ダニエル、ほんの数日でいいわ」わたしはいった。

ダニエルは視線をわたしからジョシュアに移した。「彼女を信じるのか？」

「ああ。命がけでね」ジョシュアは答えた。

はじめ、それがどういう意味だかわからなかった。するとふいに、あるイメージが頭に飛びこんできた。自分のものでない記憶だ。ナグとその手下たちがライフルを手に整列している。ナグが将軍の真似をして命令し、手下たちはライフルをくるりとまわしてこちらを狙う。不気味だ。というのも、こんな〝記憶〟のもとになるような経験はしたことがないからだ。

それでも手首を縛られた紐の感触がある——

ジョシュアが大きく息をつくと、べつのイメージに切り換わった。これは憶えのある場面だ。マリオの家のリビングにあるソファから部屋のなかを見ていた。ロス・アルコネスの全員がそろっていた。マヌエルまでいる。壁にもたれたり、椅子にすわったりしてくつろぎ、なかには銃の整備をしている者もいる。

ようやくわかった。これはジョシュアの記憶を見ているのだ。わたし自身がマリオと話しているのも見えた。わたしがギャングのリーダーであるマリオと、まるで敬愛する兄と話すように気やすく言葉をかわしていることに、ジョシュアは驚いていた。身辺を保護する話だ。わたしはジョシュアを守ってほしいと彼らに頼んだのだ。そして驚いたことに、彼らはそれを引き受けてくれた。

イメージが薄れていき、ジョシュアは髪をかきあげた。マリオの家へ連れていったとき、ジョシュアが不安そうだったのは憶えているが、命をわたしにあずけるほどの覚悟をしていたとは、そのときは気づかなかった。

ダニエルはそんなジョシュアをじっと見ていたが、ジョシュアは首をふるだけだった。そのしぐさが意味するところを解読するのに、なにも特殊な脳はいらない。放っておいてほしいのだ。

そこでダニエルはわたしのほうをむいた。「二日以内におれを納得させられなかったら、警察に知らせるからな」

ああ、よかった。わたしは神に感謝した。「二日ね。約束するわ」

5　ジャグ戦士モード

《……新しい組織細胞をつくれ。血流を増やせ。新しい血管を――》

「目を覚ませ!」

わたしは揺さぶられる動きと声を無視しようとしたが、どちらもいつまでもつづいた。しかたなく、オルソーの精神から離れることにした。オルソーはこちらを離してくれて、本当の眠りに落ちていった。

目をあけると、ジョシュアがベッドのわきに膝をついて、わたしの肩を揺さぶっていた。

「ジョシュ、やめて」揺さぶられているせいで、わたしの声も揺れた。

「よかった」ジョシュアは手を放し、床にすわった。

午後の日差しが窓から斜めにさしこみ、ベッドの上を四角くバター色に照らしていた。わたしは起きあがり、まばゆさに目を細くした。「いま、何時なの?」

「五時近いよ。だんだん心配になってきたんだ。二人とも起きないからさ」机のほうをしめした。「何時間もまえに昼食をもってきてやったのに」

食べものが山盛りになったカフェテリアのトレイを見たとたん、口のなかが唾液でいっぱいになった。次に頭に浮かんだのは、わたしのように小柄な人間がこれだけ空腹なのだから、オルソーは飢え死に寸前のはずだということだった。

オルソーの肩をつついた。「聞こえる《プエデス・オイル・メ》、ねぼすけさん《レオン・ドルミド》?」

反応はない。

そっと揺さぶってみた。怪我人なので、あまり乱暴にしたくなかった。「オルソー?」

やはり反応はない。

「上半身を起こしてみたらどうかな」ジョシュアがいった。

「やってみましょう」わたしたちはベッドの両側にしゃがんで、オルソーの身体を起こして、すわった姿勢にした。「オルソー、起きて」

反応なし。

ジョシュアは顔をのぞきこみ、軽く頰を叩いてみた。

だめだ。

ジョシュアはもっと強く叩いた。それでも反応がないので、もう一度——

そのとき、オルソーの手がさっとのびて、ジョシュアの手首をつかんだ。外側の瞼だけがぱちりとひらき、ジョシュアをベッドのむこう側へ放り投げた。

「やめて《オラ》!」わたしはオルソーの腕をつかんだ。「なんでもないのよ。あなたの目を覚まさせようとしただけだから」

オルソーの頭がぐるりとわたしのほうをむいた。目は金色の瞬膜におおわれている。そしてオルソーはわたしの腕のなかに倒れこんできた。重くてささえられず、わたしもいっしょにベッドの上にばったり倒れた。

ジョシュアは床から起きあがってきた。「目を覚ましたのかい？」

「よくわからないわ」自分だけ起きあがると、オルソーの上にかがみこんだ。「ねえ、聞こえる？」

瞬膜が半分だけひらいた。まるで眠くてしかたのない亀のようだ。

「これが精いっぱいのようね」わたしはいった。

「なにか食べさせるかい？」

「ええ」しかし、わたし自身が食べものをむさぼりたい気分だった。

ジョシュアはにっこりした。「たっぷりもってきたから、きみは食べていいよ。オルソーのほうはぼくがやるから」

キスしてあげたい気持ちになった。「ありがとう」

ジョシュアはトレイをもってきてベッドの上においた。ジョシュアがオルソーの頭のわきにすわるあいだに、わたしはトレイの上のトルティーヤを親指とひとさし指でつまみあげ、空中でぶらぶらさせた。「これ、なに？」

ジョシュアはオレンジジュースのコップをとった。「訊かなくてもわかってるだろう」

「巨大なポテトチップ？」

ジョシュアはオルソーの唇にコップをあてた。「この国のトルティーヤはお気に召さないかい？」

「母さんのつくってくれたトルティーヤが懐かしいわ」母のは大きくて柔らかかった。火をかこむようにおいた二つの古い壺と一つの石の上に、コマルと呼ばれるまるい鉄のフライパンをかけ、その上でじょうずに焼いてくれた。玉蜀黍粉のパン生地を何度もこね、ぐるぐるまわしながら平たくしていく母の手つきが、いまでも目に浮かぶ。こねる音も好きだった。八歳になるまで、わたしは毎朝その音を聞きながら目を覚ましたのだ。

それももはや過ぎ去ったことだ。

わたしはトルティーヤを下において、かわりにサンドイッチを食べた。

オルソーがまるで反応しないので、ジョシュアは口をこじあけてジュースを流しこみはじめた。しばらくなにごともなかったが、いきなりオルソーは咳きこみ、ジュースの滴をそこらじゅうに飛ばした。そのあと落ち着いて飲みはじめると、瞬膜がゆっくりととじ、顔は無表情になった。飲みおえたコップを、ジョシュアはわきへおき、トレイのほうに手をのばそうとして——ベッドを凝視したまま動かなくなった。

わたしは食べるのを中断した。「どうしたの？」

オルソーの腰のあたりを指さした。「見て」

オルソーは肘を曲げて、手をベッドの上にあげていた。空中で手をぶらぶらさせたその恰好も奇妙だが、ジョシュアが驚いているのはそのことではない。オルソーの手は中央で縦に折りたたまれ、中指とひとさし指に、薬指と小指がぴったり重なっていた。実際には、〝小指〟というのは不正確で、四本はどれもおなじ長さだった。そのように折りたたむと、組みになった指はむかいあわせの親指とおなじように機能し、本当の親指はべつに動いていた。

その手がトレイに伸びて、林檎《りんご》をつかみ、口に運んだ。口は機械的にかじって食べた。食べおえると、また肘をベッドにおろし、てのひらの折りたたみ部分をひらいてV字形にした。

ジョシュアは目をぱちくりさせた。「どうすればいいのかな」

「きっとまだお腹が減ってるのよ」わたしはまた林檎を握らせた。

オルソーは林檎四個と、南瓜《かぼちゃ》のスープ一杯と、玉蜀黍のクリーム和えのようなものを食べた。ハンバーガーには手をつけなかった。口と手を動かす以外は、あおむけに横たわった身体はぴくりとも動かなかった。食べおえると、腕をわきへおろし、手をもとどおりひらいた。外の瞼もとじ、やがて眠った。

「いつもこんなふうなのかい?」ジョシュアが訊いた。

「さあ。そんなことはないと思うけど」

「地球の食べものが身体にあわなかったらどうしよう」

「いままでそういう問題があったとはいってなかったわ」

ジョシュアはためらいながら、いった。「なんだか……きみの話し方が変わったね」

「どんなふうに?」

「よくわからないけど」すこし黙った。「英語がうまくなったみたいだ」

わたしは肩をすくめた。「いつもうまくなろうと努力してるから」

「そうだね」

そのときはそれだけだった。わたしの脳にどんな変化が起きているか、まだどちらも知るよしもなかった。

《……水のはいったコップ。外側の表面にびっしりと水滴がこびりつき、いまにも流れ落ちそうだ。表面では青や灰色や白の雲が渦を巻いている。からっぽのコップがひとつ。そして上半身が女の姿になったケンタウロス。六本脚のうち四本で立ち、二本は宙を掻いている……。頭のところが注ぎ口になっていて、水が出てくる。冷たく、さわやかで、輝く透明な液体が泡立ちながら注がれる……》

目をあけると、天井が見えた。わたしの夢はいつもそうだが、コップのイメージは鮮明なまま頭に残っていた。わたし自身は渇きを覚えていないのに、その注ぎ口から冷たい水が出てくるさまが頭にこびりついている。

早朝の日差しが部屋を明るくしていた。ベッドが狭いので、わたしは床で寝ていた。血だらけの服を流しで洗うためにジョシュアから借りたTシャツを着ていた。ジョシュアはわたしに毛布をかけ、今日一日のスケジュールを書いたメモを残していなくなっていた。わたしたちのプライバシーを尊重してのことだろう。いつもは夜更けまで起きて勉強しているはずだが。ベッドには――

ベッドでは、横になったオルソーがじっとこちらを見ていた。なにもいわなかったが、顔を見ればなにを求めているかはすぐにわかった。わたしは食器棚へ行って、オレンジ色の半透明のプラスチックでできた古びたコップをみつけ、水をいれてもっていった。オルソーは一気に飲みほし、また横になって長い息をついた。

わたしはそのわきのベッドの上にすわり、胡座《あぐら》をかいた。「気分は？」

「よくなった」部屋のなかをさっと見まわした。「きみの友だちは？」

「授業中よ。ジョシュアは今夜もどってくるわ」

オルソーはうなずき、目をとじた。昨夜、寝心地がいいようにと服を脱がせてやったので、すっ裸だ。腰から下を、青い空から切りとったような毛布がおおっている。カーテンごしに洩れてきた日差しがその肌を輝かせている。古い傷跡が腕にあり、胸の上も大きく横断している。当時のわたしは、傷跡など取り除こうと思えば簡単であることを知らなかった。オルソー自身が気にしていないだけなのだ。

その傷跡もふくめて、オルソーはとても美しかった。まだベッドのなかで眠たそうにしているようすも、セクシーに感じられた。かがみこみ、その両肩に手をのせて、キスした。オルソーは瞼も瞬膜もぱっとひらいた。そしてわたしを押しのけた。

わたしは赤くなった。知らずになにかのタブーを破ってしまったのだろうか。あるいはたんにキスするような気分ではないのだろうか。死の淵から生還したばかりの相手に、わたしが勝手に欲情しているのだ。

しかしオルソーはこういった。「びっくりしたかい？　たまには新鮮な驚きも必要だろう」

「そうかしら」

「そうに決まってる」

オルソーは縦に割れる手をわたしのTシャツにひっかけて引っぱりあげ、わたしは両腕をもちあげられた。Tシャツを脱がされると、わたしは腕を下におろし、うつむいて膝の上においた両手を見た。昼の光のなか、オルソーのまえでブレスレットをはめただけの裸になったことに、気恥ずかしさを感じた。

オルソーは静かにいった。「きみはレイリコン人の女神だ」顔をあげると、オルソーはにっこりした。「いまはほとんど絶滅した古代人種だよ。きみはその炎の女神に似ているんだ」わたしの胸を下から両手でささえ、べつの言葉でなにかいった。マリオの家へ行く直前にもつぶやいていた、なんとなく聞き覚えのある言葉だ。

「それはなんていう言語なの？」わたしは訊いた。

「イオティック語だ。古代言語で、いまはごく一部の人しか話さない」

「なぜそれをあなたが？」

「ぼくの祖母がレイリコン人の末裔だからさ」わたしをベッドに引きよせ、腕をまわした。わたしがわきに寄りそうと、毛布をもちあげ、そのあいだから身体の上にすべりこませた。暖かく、力強い身体だ。わたしは顔をあげ、キスしようとして――

　相手の顔を見た。

オルソーは天井をむいたまま瞬膜をおろし、目の表情を隠していた。とても生きた人間の顔とは思えない。わたしは機械と愛しあおうとしているのだ。

わたしはさっとその身体から降りて起きあがり、毛布を自分の身体に巻きつけた。オルソーは、まるでボールベアリングの上で回転する機械部品のように首をまわした。「まだ呼び出しが終わっていない」その声は抑揚がなく、砂漠をころがる転がり草のように乾ききっていた。手をのばし、わたしの腰にまわそうとした。

「やめて！」わたしはその手を押し返した。「さわらないで」

腕は身体のわきにもどった。「なぜだ」

「オルソーはどこなの？」

「ぼくはオルソーだ」

「本物のオルソーよ。人間の」

「ぼくは人間ではない」

わたしは毛布をさらに強く身体に引きよせた。「あなたはね。でも彼は人間よ」

「ぼくは彼だ」

「どうしてしゃべり方が変わったの？　まるで機械みたいよ」

「ぼくは機械だ」

「もう一度オルソーを出して」

「ぼくはオルソーだ。どういえばわかってもらえるだろうか。これはひとつのモードであり、感情‐機械インターフェースの不完全な表現なのだ。きみが〝本物のオルソー〟というのはべつのモードであり、現在は使用不能になっている」抑揚のない声でいった。「これがぼくだ。この部分のぼくが気にいらないからといって、べつの部分を要求しないでほしい」

それはそうだろう。すべてをありのままに受けいれるか、すべてを拒否するかだ。それは、ナグを殺したオルソーは受けいれられても、機械であるオルソーは受けいれられないというわたしの問題点も指摘していた。オルソーの暴力的能力をまのあたりにして、たしかにわたしは動揺したが、理解はできた。しかし、いまの彼のようすはあまりに異様だった。

とはいえわたし自身も、ありのままの自分を受けいれてほしかった。とるにたらない女であるわたしを。オルソーの目にはそう映っているはずだと、わたしは思っていた。自分が相手に求めているのとおなじことを、相手から求められて拒否するのは、偽善というものだろう。

わたしはためらった。「いまのあなたとしたら——あなたのべつのモードとも愛しあったことになるの？」

「モードはべつの人格ではない」

「じゃあ、こうしてあなたといっしょにいれば、わたしがよく知っているオルソーともいっしょにいることになるの？」

「そうだ」

わたしはその胸に手をおいた。感触は人間らしい。かがみこんで顔をのぞき、金色がゆらめく目を見た。やるだけやってみてもいい。どうしてもだめだったら、やめればいい。

わたしは横になり、胸にキスした。オルソーはわたしの背中をなではじめたが、その動きは測ったように正確で、機械的だった。

オルソーはいった。「再開」

再開？　それがどういう意味か尋ねるまもなく、顔に唇をはわせる段階を省略して、いきなりわたしの口をこじあけ、キスしてきた。しかも力の加減ができなくなったように、ぐいぐいと押しつけてくる。それから横に回転してわたしを下にし、ベッドの端へ来たのでそのまま床に落ちた服からコンドームをとりだした。そして背中を起こし、わたしの腰にまたがって膝をついた恰好で、コンドームの包みを破りはじめた。

わたしはそんなオルソーをまじまじと見ていた。まるでどこかから遠隔操作されているような動きだった。ある意味でそうなのだ。体内のバイオチップの指令によって油圧系が身体の動きを制御しているのだから。オルソーは機械なのだ。官能的なほど美しいが、それでも機械だ。

「オルソー？」わたしはいった。

オルソーは顔をあげた。「なに？」

「こういう状態のときでも、あなたは――その……愛しあってる感じがわかるの？」

「わかる」オルソーは包みをひらいた。「感情‐機械インターフェースが機能低下しているからといって、身体感覚系を停止させる必要はない」

わたしは笑いだしそうになった。初体験の相手についてどんなに想像力をたくましくしても、コンドームをつけながら感情‐機械インターフェースについて論じる機械とやることになるとは、思いもしなかった。

オルソーはゆっくりなめらかにコンドームをつけていった。ゴムをかぶった金の棒だ。わたしは肘をついて上体を起こし、のぞきこんだ。どうしてこんなものがエロチックに感じられるのだろう。わたしはその睾丸を手でつつんでみた。見ためどおりに伸縮性のある金塊のように感じられるだろうかと思ったのだが、そうではなかった。人間の感触だ。暖かく、生きている。

しかし今回は、オルソーがわたしの上にのってくると、息苦しく感じられた。体格が大きいせいもあるが、このモードによる強力な金属的官能で頭がいっぱいになっていたからだ。

オルソーは肘をついて身体を起こした。「ぼくは重すぎる」まるでメモリーにデータを書きこむように、そういった。

どうしてわかったのだろう。「このモードではわたしの感情が読めるの？」

「そうだ」オルソーはわたしにキスした。一度、二度、さらに何度もやって、データを収集した。「しかし体重を減らすことはできない」

「いいのよ。そんなことをしなくても」

オルソーはまた身体をのせてきた。腕を痛いほど強くつかまれ、わたしが身をこわばらせると、力をゆるめた。そのときはわからなかったが、オルソーはウェブに受けた損傷のせいで、わたしくらいの体格の人間にはどれくらいの力が許容されるかを推定するプログラムが、不正確な数値を出すようになっていた。そこでわたしの緊張を検知することで、その値を修正していたのだ。

わたしの胸に親指をこすりつけ、その手を腰へ、脚へとさげていった。わたしは相手のしたがっていることを、機械のようにすばやく効率よく察知した。しかしオルソーがはいってきたときの痛みは、まえほどではなかった。じつはバイオチップに動きを制御させているときのオルソーは、やさしくでも性急にでも、自在に強さのレベルを変えられるのだ。わたしはしだいにリラックスし、強く相手を抱きしめた。オルソーの身体は筋肉を収縮させながら、一定不変の正確な周期で前後に動いた。

《アップロード》オルソーが考えると、金属的な官能がわたしの頭に流れこんできた。オルソーはわたしの頬にふれた。《ダウンロードは？》

「どうすればいいのかわからないわ」と答えたのだが、すぐに、どうすればいいかわかった。

わたしはオルソーの耳に唇を近づけた。「もっとキスして。まだまだ足りないというように力強くキスしてくれればいいわ」

そこでオルソーはまたキスし、舌から採取したデータをデータベースに蓄積していった。このモードの解釈する感覚が、どんなに明瞭で力強いものであるかが感じられるようになった。男から強く求められていると感じるのは、どんな化学合成された媚薬より強力な催淫剤になる。

頭のなかで言葉がひらめいた。《リンク開通》

とたんに、わたしの感覚反応が過負荷になった。もともとわたしの脳は共感入力と感覚入力をごっちゃにする傾向があるのだが、送り出し側であるオルソーの強力さと親密さもあって、それらがいっぺんにわたしの脳に襲いかかったのだ。オルソーが液体化した金属の川となって流れこみ、押しよせ、わたしの感覚を飲みこんだ。なにも感じられなくなった。窒息する、溺れる——

《待って！》わたしはオルソーの背中に爪を立てた。《強すぎるのよ》

《搬送波減衰》オルソーは考えた。

感覚は許容できるレベルにさがり、オルソーも落ち着いて、しっかり制御された動きになった。わたしは目をとじ、生きた人間としてのオルソーだけを感じようとした。しかし、どうも動きが人間らしくなかった。どちらかというと、よく整備された機械のようなのだ。

《待機中》コンピュータが入力をうながすプロンプトのように、言葉が頭のなかでひらめいた。

待機中？

《待機中》またプロンプトが出た。オルソーはゆっくり正確なストローク運動をつづけている。

《なにを待ってるの？》わたしは考えた。

《解放抑制》エアロックのむこう側で気圧が高まるように、オルソーは緊張していった。

《解放抑制って、どういう意味？》わたしは尋ねた。

オルソーは小さくあえぎ、《強制遮断中》と考えた。その動きがふたたび速く強くなった。わたしは流れこんでくる川に押し流されそうになったが、耐えた。オルソーはわたしの腰の下に腕をまわしてベッドからもちあげ、動きのなかでさらに強く押しつけた。汗がしたたり落ち、こすれあう身体がぬるぬるとすべった。オルソーの絶頂の大波が押しよせ、筋肉が痙攣した。わたしたちは身体をこわばらせて、その強烈な波にひたった。

しだいに川は退いていった。腰にまわされたオルソーの腕がゆるみ、わたしたちはベッドに沈みこんだ。オルソーは頰をわたしの額に押しつけていた。しばらくしておたがいの息が落ち着くと、オルソーは身体を離してわきで横になった。その身体は暖かかった。人間の身体だ。目をあけて顔を見ないかぎり、隣に寝ている男は機械ではなく人間だと信じられた。

「復帰」オルソーがいった。

わたしは目をあけた。「なに？」

返事はなく、オルソーはあっというまに眠っていた。

わたしはまた目をとじ、とりとめのないことを考えた。さきほどオルソーがつぶやいた言葉が頭に浮かんだ。先祖が話していたという古代言語だ。シバランク、シバラン……。はっとして目をあけると、部屋にさしこむ日差しはまだ明るかったが、早朝らしい鮮やかさは失っていた。屋外から人の話し声がぼんやり聞こえてくる。壁掛け時計を見て、何時間か眠ったらしいことがわかった。それでもジョシュアがもどってくるまでには数時間ある。

わたしが身動きすると、オルソーの瞼がひらいた。わたしは肘をついて起きあがった。

「もうもとにもどった？」

「まだ不連続だ」まえよりもっと機械的な声だ。

「なにがいけないの？」

「機能が低下している」

「これ以上は自分で治せないということ？」

「ちがう」目をとじた。「アクセス拒否」

「なに？」

今度は瞼も瞬膜もいっしょにあけた。表情がやわらいだ。訛りがひどいものの、もとの人間らしい声にもどった。「アクセス拒否というのは、あたえられた質問に答えられないという意味だ」

わたしはほっとした。「帰ってきたのね」

オルソーはにっこりした。「はじめからどこにも行っていないよ」

「いやな気がしなかった？　その……あなたが……彼であるあいだに愛しあって」

「彼はぼくだ。だから、なんとも思わない」

「ぜんぶ憶えてるの？」

「すべて正確にね」にやりとした。「好きなときに好きなだけ再生できる」

わたしは赤くなった。「からかわないで」

「からかってなどいないよ」穏やかな口調になってつづけた。「さっきのが気味悪く感じられたのなら、謝るよ。ぼくのふだんの人間インターフェースは、あれほどあからさまにひどくはならないんだ」

「あなたは人間ではないの？」

わたしのわき腹に手をすべらせた。「どんな男ともおなじように感じる。バイオチップが構成するウェブは、ぼくの人間性をそこなうものではない。つけくわえるだけだ」

「あなたは生まれつきこうなの？　つまり、生体機械をもって生まれたの？」

オルソーの雰囲気が、電灯のスイッチを消したようにふいに暗くなった。「ちがう」

「なにかいけないことをいった？」

しばらく沈黙したあと、オルソーは答えた。「その話題は――不愉快な記憶と結びついているんだよ」ふだんの口調にもどった。「ウェブをもって生まれてきたわけじゃないけど、ぼくの身体にくわえられた改変は遺伝子にもおよんでいる。子どもにも伝えられるようにね」オルソーは肩をすくめた。「うまくいくかどうかは、医者も確信がないんだ。ぼくが初めての試みだから」

わたしは目をまるくした。「そんなのひどいわ。あなたを実験台にするなんて」

「なにごとにも最初はある。ぼくはちょうどいいテストケースだったんだ」

「人を〝テストケース〟にする権利なんか、だれにもないはずよ」

「ぼく自身もそれを望んだはずだとは思わないかい？　それが子どもに遺伝させたくない障害を修正するものであれば」

それはそうだ。貧血症や、縦に割れる手のこともある。そのときはまだ知らなかったが、障害はほかにもいろいろあったのだ。「それもそうね」

オルソーはため息をついた。「ぼくも気にしすぎなのかもしれない。ラグナールからはそういわれたよ」

「まえに話してくれた提督のこと？」

「そうだ。ラグナールはぼくの担当医だ。生体機械が専門の優秀な外科医で、ぼくにウェブを埋めこんだ医師団のリーダーなんだ。まだ小さい頃、ラグナールから体内のウェブの使い方を教わった」オルソーは微笑んだ。「ぼくが歩く練習をしているときも、隣についていてくれた。いろんな話をしたよ」

その説明は、わたしにはよくわからなかった。オルソーの手首のソケットにふれた。「これはあなたをジャグ機につなぐものじゃなかったの？」

「そうだよ」

「あなたの世界の軍は、子どもを戦闘機に接続させるの？」

オルソーは身をこわばらせた。「もちろんそんなことはない。ジャグ戦士は、大人になって任命される直前に生体機械を埋めこまれるんだ」

その話もよくわからなかったが、これ以上しつこく訊くと、いやな気持ちにさせてしまいそうなので、話題を変えた。「さっき、〝不連続だ〟といったのは、どういう意味？」

「ぼくのウェブは——一部がジャグ機のコンピュータにあるんだ。なんといえばいいか……そのジャグ機のウェブがばらばらになっている。不正にいじられたせいだ。ジャグ機のウェブがうまく機能しなくなれば、ぼくも機能が低下する。たぶんきみも気づかないあいだに、ぼくはさまざまなモードを切り換えているんだよ。さっきのははっきりそうだとわかっただろうけど、そのほかにも切り換えているときがある。ぼくのウェブもジャグ機も、接続を絶たれると自動的に遮断するけど、ぼくにはまだ不正にいじられた影響が残っているんだ。頭が混乱しそうになるよ」

頭が混乱するという程度で、よくすんでいるものだ。「いつかは正常にもどれそうなの？」

「わからない。とにかくジャグ機にもどらないと」

「さっき〝呼び出しが終わっていない〟といったのは、どういう意味？」

「モジュール呼び出しだよ」オルソーはいった。「ソフトウェアでの、サブルーチン呼び出しというのがどういうものかは知ってる？」

「学校で習ったわ」

「モジュール呼び出しはもっと高度だけど、基本的にはおなじことだ」

わたしはぽかんと口をあけた。「つまり、あなたにとってセックスは、サブルーチン呼び出しなの？」

「そうだ」

「オルソー、それはずいぶんへんな話に聞こえるってこと、自分でわかってる?」

「へんな?」にっこりした。「不正なという意味?」

「不気味という意味よ」

「それがぼくなんだ、ティナ。そのことは永遠に変わらないよ」そこから、いいにくそうな口調になった。「でもきみは、リンクへの接続を拒否したね。残念だよ。ジャグ機はすでにきみを、ウェブのひとつのノードとして認識しているはずだ。きみの精神を増強したり、知識データベースや語彙を拡大したりしてくれるはずなのに」

わたし自身が機械の顔になったさまを想像して、動揺した。そこで自分の手を見つめた。人間らしい。たしかに人間だ。すくなくともオルソーといっしょにいるおかげで、自分をより人間らしく感じられこそすれ、その逆ということはない。

オルソーは手をのばし、わたしの胸を片手でつつんだ。わたしの身体はすぐに反応し、欲情した。しかしオルソーに引きよせられようとすると、抵抗した。瞬膜をおろして天井を見あげている顔、セックスをするコンピュータのような姿が、まだ脳裏に焼きついているのだ。

オルソーは小声でいった。「きみにとってぼくはそんなに不快かい?」

「オルソー、そんなことはないわ」これほど強力なエンパスで、しかもこれほど機械に近い人間がいるだろうか。

もう一度愛しあいながらも、機械の目をしたオルソーの顔が頭を去らなかった。いつまで人間でいてくれるのだろうかと不安だった。

6 ヘザー・ローズ

ジョシュアの部屋で聞こえるのは、緊急放送システムのテストで自動的にスイッチがはいったテレビの、ぼそぼそいう音声だけだった。オルソーは服を着てベッドの端に腰かけ、肩を怪我したほうの腕を曲げ伸ばししていた。

だれかが数字合わせ錠を外からいじっている音が聞こえ、ドアがひらいた。わたしは椅子から跳びあがりそうになった。

ジョシュアがはいってきて、微笑んだ。「ぼくだよ」ドアに鍵をかけ、オルソーのほうをむいた。ジョシュアの顔から笑みが消えたのは、当然だろう。意識を失って動かないオルソーが部屋にいるのと、その男がはっきり目を覚まして落ち着かないようすでいるのとでは、わけがちがう。

「きみの友だちのダニエルは？」オルソーが訊いた。

「すぐに来るよ」ジョシュアは答えた。「調べていることがあるんだ」

「なにを？」とオルソー。

「イェーガー飛行試――」

オルソーがさっと立ちあがった。「基地に連絡したのか？」

ジョシュアは青くなってドアのところまであとずさった。

《オルソー》わたしは考えた。そしてオルソーとおなじような服装をしたナグとその手下たちが、ジョシュアを縛りあげ、銃殺隊ごっこの標的にしたてているイメージを思い描いた。さらに、意識を失ったオルソーをジョシュアが介抱しているようすも思い浮かべた。

オルソーはちらりとこちらを見て、ベッドに腰をおろし、声を抑えた。「どうしてダニエルは基地に連絡したんだい？」

ジョシュアの顔にすこし血の気がもどった。「母親に電話しただけだよ」

「母親に疑われる心配は？」

ジョシュアはにっこりした。「息子とその友人《バディ》が寮《ドミ》の部屋に宇宙人を隠しているんじゃないかって？」

オルソーは眉をひそめた。

しばらくしてジョシュアは赤くなった。「冗談だよ」それでもオルソーがわからないようすなので、さらにいった。「そんなことを母親が思うわけはないってことだよ。ダニエルはいつも両親と仕事の話をするんだ。両親はシステムエンジニアで、息子はコンピュータ科学専攻の学生なんだから、母親の仕事のことで根掘り葉掘り尋ねたって、べつに不思議はないさ」

オルソーはゆっくりといった。「ダニエルの両親は、ウェブシステムの仕事をしているのかい？」

「ジョシュ、あなたが早口すぎるのよ」わたしは口をはさんだ。「それに俗語もあまり使わないで。理解しにくくなるから」

「それがいけなかったのかい？」ジョシュアはほっとした顔になった。「わかったよ」

さきほどから無視しているテレビの低い話し声のむこうから、また緊急放送システムの電子音が響いてきた。ジョシュアは近づいていってスイッチを切った。「この緊急放送のテストには本当に苛々させられるな。本気で戦争がはじまるなんて思ってるのかな」

「はじまるかもしれないわよ」わたしはいった。「このまえのクーデタでゴルバチョフが失脚したり、ロシア政府がFSAの偵察機についてうるさくいいはじめたりしているから、アメリカ政府が神経質になるのも無理はないわ」

ジョシュアはこちらに歩いてきた。「また冷戦時代にもどるなんて、無意味だよ」

オルソーがいった。「ロシアは、きみたちの空軍がイェーガー基地に運びこんだのが試験飛行機などではないことを知っているのかもしれない。そこに使われている技術を敵に独占されてしまうと、力のバランスはあっというまに崩れてしまうからね」肩をすくめた。「それとも、米ロ両政府が手を組んで隠蔽工作をしているのかも。地球上で戦争している暇はないくらいに恐ろしい敵があらわれたと、信じるにたる証拠が出てきたんだから」

「ティナの話では、きみはパトカーに大量の血痕を残してきたらしいね」ジョシュアがいった。

オルソーはうなずいた。「いま頃、ぼくが人間でないことはわかっているだろう」

ドアにノックが響いた。ジョシュアは跳びあがり、うわずった声で訊いた。「だれだ？」

「ダニエルだよ」声が答えた。

ジョシュアはダニエルをなかにいれ、また鍵をかけた。「母親と連絡はついたかい？」

「やっぱり飛行機だっていってるぜ」

「なにもわからなかったのかい？」オルソーが訊いた。

「なあ、悪いけど、おれは手伝えないな」ダニエルはいった。「たしかにティナがいうように、おれには宇宙へ行きたいという夢がある。でもいまこの国で起きていることは、おとぎ話とはちがうんだ」

「ぼくは軍の任務をおびてここへ来たわけじゃない」オルソーは答えた。「自分の船をとりもどして、ティナといっしょに出発したいだけだ」

そのとき、ドアのむこうでだれかが数字合わせ錠をいじる音がした。みんなはあわてふためいたが、やがてドアがひらいた。

あらわれたのは、若い女だった。ジョシュアよりいくつか年上らしい、ほっそりした身体つきの学生で、銀縁の眼鏡のむこうには緑色の瞳がある。黄褐色の豊かな髪が波打ちながら背中へたれていた。

わたしたちを見て目をぱちくりさせると、ジョシュアのほうをむいた。「約束の日をまちがえたかしら？」

「しまった、忘れてたよ」ジョシュアは彼女を部屋のなかにいれた。「その……友だちが何人か遊びにきてるんだ」わたしたちに紹介した。「ヘザーだよ、みんな。ヘザー・ローズ・マクデインだ。微積分を教えてもらってるんだ」

こういう情況でなかったら、わたしはにやにやしただろう。ジョシュアは宿題をこなすのに手伝いなどいるはずがない。こんな恥ずかしがり屋の性格なので、なかなかガールフレンドができないのだ。

ヘザーはジョシュアのほうをむいた。「勉強はあとにしましょうか」

「ああ、そうだね」ジョシュアはまるで爆竹の音に驚いた猫のようだ。

「荷物の箱を運んでいるんだけど、階段を手伝ってもらえないかしら」ヘザーはいった。

「中庭においてあるのよ」

「ああ。もちろん、いいとも」ジョシュアはちらりとこちらを見た。「すぐもどってくるよ」

ジョシュアとダニエルは、ヘザーといっしょに部屋から出ていった。わたしはベッドの上でオルソーと二人きりになった。「さっき、わたしといっしょに出発したいといったのは、どういう意味？」

「きみもいっしょに来てほしいんだ。ジャグ機をとりもどしたら」

「どうして？」

「それは……いっしょにいるのが楽しいからさ」

「なじみのある世界を捨てて、想像もつかないほど異なる宇宙へいっしょに来いというの？それもたんにあなたが、〝いっしょにいるのが楽しいから〟？」

「そうだ」

「ばかばかしい。あなたは三十歳以上年上なのよ。あなたに飽きられたらどうなるの？　何世紀分も文明の進んだ世界に一人で放り出されるの？」

「きみを放り出したりしないよ」

「いまはそういうけど」

「いまも、一世紀後も、おなじことをいうよ」そこでしばらく黙った。「あの家でライフルをかまえていたあの少年……。彼がいるから、ぼくといっしょには行けないのかい？」

わたしはきょとんとした。「ジェイクのこと？」

「そうだ」

「どうしてそんなふうに思うの？」

「なぜなら、彼はきみを愛しているからさ」

わたしはまじまじと相手を見た。「なぜそうだとわかるの？」

「彼の精神は、そう大声で叫んでいるようなものだった」

わたしは考えを整理しながら話した。「ジェイクとは以前につきあっていたことがあるわ。でも彼とのあいだにはなにかがたりなかったのよ」両手を広げた。「うまく説明できないけど、なにか不完全だったの」

オルソーはそっといった。「内なる飢えに耐えられなかったんだね」

「でもあなたとの関係はちがうわ」

「ぼくらはどちらも、すべてをそなえたカイル能力者なんだ。精神感応者《テレパス》であり、共感能力者《エンパス》であり、治療者《ヒーラー》だ。それがどんなに希少な存在かわかるかい？　たぶん一生探しても、おたがいこんな相手は二度とみつからないだろう」わたしの両肩をつかんだ。「このチャンスをのがさないで。いっしょに行こう」

「だめよ」

当時はうまく説明できなかったが、ある意味で、わたしは別世界への移住をすでに一度経験していたのだ。メキシコのチアパス州を出て、ロサンジェルスへやってきたときだ。そして、母もマヌエルもわたしを捨てて遠くへ行ってしまった——すくなくとも当時はそう感じていた。この、よそ者あつかいされる、よく理解できない世界と、一人で格闘させられたのだ。そしていまオルソーは、文字どおりこの世界を捨てろという。それほどよく知っているわけでもないオルソーを信じてついてこいという。しかしわたしから見れば、オルソーがわたしを放り出さない保証はどこにもなかった。

そのオルソーが、わたしを無理に同意させるべきかどうかについて考えているのがわかった。そしてその気分が変化した。恐れの感覚から、意気消沈しつつも受けいれる気持ちに変わった。そのときは、オルソーが本気でわたしを連れていきたがっているとは思えなかった。とるにたらない女を誘拐してなんになるのか……。わたしの拒絶を受けいれるのにオルソーがどれだけ努力を必要としたか、わたしには知るよしもなかった。コンピュータなら適切に分析したうえで、無理やりにでもわたしを従わせただろう。しかしオルソーはそうしなかった。王圏宇宙軍はオルソーの人間性のあるなしについて、なにやらこみいった見解をもっているようだが、このとき彼がくだした決断は、まさに人間の同情心のなせる行為だった。

オルソーは、まるで手を放せば飛んでいきそうな小鳥をつかまえるように、わたしの腕にそっと手をかけた。顔を近づけてキスされたとき、わたしは自分の孤独を隠しているのとおなじ場所に、オルソーの喪失感をかんじた。

ジョシュアの動揺がざらざらした靄のように感じられた。彼がドアに内側から鍵をかけるあいだに、わたしはベッドから足をおろして起きあがった。隣ではオルソーがまた眠りはじめていた。

「ヘザーはなんていったの？」わたしは訊いた。

ジョシュアは机の椅子にどすんと腰をおろした。「きみたちがだれか、ドアをあけたとたんにわかったらしいよ」

「そんな、ジョシュ！　通報する気かしら？」

「それは――わからない」髪をかきあげた。「しばらくしたらまたここへ来るよ」

「なにをしに？」

「ヘザーのやることはなかなか理解できないんだ。頭の出来がちがうから」表情がやわらいだ。「優秀なんだよ、ティナ。ぼくらがおよびもつかないような高い次元で暮らしてるんだ」

ジョシュアがだれかをここまで絶賛するのは初めて聞いた。わたしは思わず微笑んだ。

「本当に首ったけみたいね」

ジョシュアは赤くなった。「ヘザーは上級生なんだ。ぼくみたいな新入生を相手にしている暇はないさ」

オルソーが目をあけた。「なのに、部屋の鍵をあける数字を知ってるのかい？」

ジョシュアはぎくりとした。「眠ってるんじゃなかったのかい？」オルソーが眉をあげると、ジョシュアはつづけた。「まえに帰省したときに、部屋の植物に水をやってもらったんだよ。それだけさ」

ドアにノックの音が響いた。「おれとヘザーだ」ダニエルの声がした。

ジョシュアが二人をいれると、ヘザーは椅子をベッドのわきへ移動させて、くるりとまわして背もたれを前にした。ダニエルは立ったまま、ヘザーとジョシュアをかわるがわる見ている。口もとに浮かんだ笑みからすると、こんな情況でなかったら、〝ヘザーのお気にいりの新入生〟になったジョシュアをからかうために、ひと言いいたい気分らしかった。しかしその視線がオルソーのほうへ行くと、笑みは消えた。

ヘザーは椅子に腰をおろすと、片手に紙の束をもったまま、背もたれの上で腕を組んだ。オルソーも起きあがり、左右のブーツを大きくひらいて床につけた。ヘザーはそんな彼を、じっと落ち着いた目で見つめている。オルソーもまばたきして相手を見た。

わたしはヘザーについて、初めて会ったこのときに多くのことを感じとった。人が劣勢に立たされたときに防御策としてとる、うわべの気丈さをもっていたが、その堅い殻の内側は柔らかく、豊かな感情が隠されていた。なにより、あふれるほどの好奇心を発散させていた。

しかしいまは、困惑した表情を浮かべていた。「ジョシュによると、あなたは光速よりはやく飛べる船をもっているそうね」

「いまはもっていない」オルソーは答えた。「もっているのはきみたちの空軍だよ」最後の単語を深く響かせて強調した。

ヘザーは眉をあげ、手にした紙束を渡した。「わたしは複素変数論を学んでいるところなんだけど、この問題を手伝ってくれないかしら」

わたしはちらりとジョシュアのほうを見て、〝いったいこれはどういうこと？〟という顔をした。ジョシュアは両手を広げてみせただけだった。

オルソーは紙束を受けとった。「ぼくなんかで手伝いになるのかな」

「とにかく、読んでみて」

オルソーはざっと見て答えた。「これは反転理論だね」

「反転？」ヘザーは身をのりだした。「それはなに？」

「光速を超えるときに起きる現象だよ」オルソーは紙束をもちあげた。「これは——英語でなんていえばいいかわからないな。加速をもちいずに問題をあつかっている。テンソルの概念もふくまれていない」

「これを反転と呼ぶのは初めて聞いたけど」ヘザーは答えた。「でも、たしかにそれは、特殊相対性理論の方程式に光速以上の速度をあたえた場合を記述したものよ」

なるほど。これはテストなのだ。

「ぼくは技術者であって、理論家じゃないんだ」オルソーはいった。「これを勉強したのは三十年近くまえで、成績もそれほどよくなかった」

「できないということ？」ヘザーの顔に驚きはなかった。

オルソーは大きく息をつき、眉間に皺をよせて紙束を見つめた。いくつかの記号の意味を尋ねたうえで、読みはじめた。しばらくして最初の一枚をベッドにおき、次のページにかかった。

「ここはまちがっている」オルソーはいった。

「どこ？」ヘザーが訊いた。

ある式を指さした。「この比は逆だ」

ヘザーの驚きが甘い香りとなって空中に漂った。まちがいがあったからではない。ヘザーはわざとまちがいを潜ませておいたのだが、オルソーがそれをみつけられるとは思っていなかったのだ。「そのとおりね」

オルソーはさらに読んでいった。そしてまたいくつかのまちがいをみつけだし、そのたびにヘザーの驚きの香りが部屋中に広がった。

オルソーは最後のページをさした。「ここは因数がひとつ足りない」

「その行はそれで正しいはずよ」

「2が抜けてる」

ヘザーはそのページを受けとった。「あら、そうね。本当だわ」

わたしはにっこりした。「ほら。オルソーのいうことはただの妄想じゃないでしょう？」

「それでわかるのは、たんにヘザーの数学がわかるというだけさ」ダニエルがいった。

ヘザーはオルソーのほうを見た。「それで、あなたが自分のものだという船は、これらの方程式が予想することを実際にできるというのね」

「おもなところではね」

ヘザーは身をのりだした。「亜光速の速度からはじめて？」

「それはそうさ」オルソーは答えた。「当然だろう」

ヘザーは勢いこんでまくしたてた。「それは不可能だわ。光速は超えられないのよ。時間が停まり、質量もエネルギーも無限大になる。長さはゼロになる。百歩譲って光速を通り抜けられたとしても、超光速飛行にまつわる難題は一冊の本が書けるくらいたくさんあるわ」

「光速を通り抜ける必要はないんだ」オルソーは答えた。「迂回すればいい」

「なるほどね」とダニエル。「カンヌから地獄へ通じる超空間のバイパス道ってわけだ」

オルソーは目をぱちくりさせた。「なんだって？」

「そんな話は信じられないっていう意味だよ」ジョシュアがわきからいった。

「光速は、複素平面上に立つ一本の棒にすぎない」オルソーは説明した。「実数軸を離れれば、迂回できる」

「数学のうえではできるかもしれないけど」ヘザーはいった。「物理的にはできないわ」

「できるさ」オルソーはいった。「速度に＊＊＊の項をくわえればいい」

「なんの項だって？」ジョシュアが訊いた。

「ええと——」オルソーは考えこんだ。「英語ではなんといえばいいのかな。実数とはちがうものだ」

「虚数ね」ヘザーがいった。

「そうだ」とオルソー。「速度に虚数部分をくわえればいいんだ」

「虚数って、なに？」わたしは訊いた。

「負の数の平方根だよ」ジョシュアがいった。

「おい、いいかげんにしろよ」ダニエルが口を出した。「虚数は現実じゃないんだぞ。速度に虚数成分をくわえたりできるもんか」

オルソーは眉をひそめてそちらを見た。「しかし、何百万という星間船が実際にそれをやっているんだけどな」

ヘザーも納得できないようすだった。「どうやってやるの？」

「複素数空間で回転すればいい」

「あきれたぜ」ダニエルがつぶやいた。「複素数空間で回転しろときた」

ヘザーは首をふった。「速度を複素数にすれば光速の特異点を回避できるかもしれないけれど、そうやって超光速空間にはいったとしても、まだ問題があるわよ。まず、時間が逆に流れはじめる」

「過去への遡行はべつに問題にならない」オルソーは答えた。「きみには時間を前に進んでいるように見える。ただし実際には、反粒子でできた船に乗って、目的地から出発点へむかって飛んでいるんだけどね」

「そんなむちゃ《レイム》な論法は初めてだ」ダニエルがいった。

そのときのオルソーの反応に、みんな驚いた。さっと立ちあがって拳を握り、ダニエルを見おろしながらいったのだ。「ぼくの脚に障害《レイム》があるっていうのか？」

わきで拳をかためて立つ、そびえるような長身のオルソーを、みんなはあっけにとられて見つめた。そしてふいに、オルソーが自分自身をリセットするのを感じた――わたしが縦に割れる手について訊いた夜とおなじだ。大きく息を吸ってベッドにまた腰をおろし、拳をひらいた。

だれもなにもいわなかったが、ほかの三人が、〝この男は人を殺しているんだ〟と考えているのが、耳に聞こえそうなほどはっきりとわかった。オルソーは彼らに害意などもっていないのだが、三人にそれを知るすべはないのだ。

しばらくして、オルソーがダニエルにむかっていった。「悪かった」

「ああ――いや」ダニエルは答えた。「いいんだよ」

ヘザーは慎重な口調で話しはじめた。「オルソー、あなたがいった、過去への遡行という話は――タキオン粒子についての初期の論文にも書かれていることなのよ。再解釈と呼ばれているわ。ビラニウク、デシュパンデ、スダーシャンの三人が書いた論文よ。フェインバーグもおなじことを書いているわ」

「じゃあ、なぜそんなに驚いた顔をするんだい?」

「それらの理論を裏づける実験結果はひとつも出ていないからよ」用心深い口調にもかかわらず、ヘザーの好奇心はまるで色とりどりの花束のようだった。ひとつひとつの花が異なる香りを放っている。「過去にさかのぼると、パラドクスにぶつかるわ。自分自身が生まれるのを阻止することもできるのよ」

オルソーは首をふった。「ひとつの座標系で起きることは、すべての座標系で起きなくてはならない。もしぼくが、自分が生まれるのを阻止したら、それはどの座標系にいるだれからも観測できる――ローレンツ変換ではっきりしめされているとおりだ。そのなかには、ぼく自身の座標系もふくまれている。ぼくからみるとそれは静止しているから、もしぼくが、たとえば自分の生まれた惑星からみて過去へさかのぼったとしても、ぼくからはつねに未来へと移動している自分自身が観測できることになる。だから、もし自分が生まれるのを阻止できたとしても、それはすでに起きたこととして見えるはずだ。でも実際には起きていない」

「わかってるわ」とヘザー。「それがパラドクスよ」

「パラドクスなどないんだ」オルソーはつづけた。「ひとつの座標系で起きて、べつの座標系では起きないなどということはありえない。時間を線形のものと考えてはいけないんだ。空間がすべて同時に存在するように、時間もまたすべて同時に存在する。もしぼくが、ある観測者からみて空間を前に進み、べつの観測者からみて空間をうしろに進んでいるとしても、そこでぼくのやること自体はどちらの観測者からみても矛盾しないはずだ。おなじことが時間旅行にもいえる。もし自分が生まれるのを阻止すると、それはすべての観測者の座標系で起きるはずだ。でもそんなことは起きていない。ぼくの身には起きていない。ぼくは過去へ行けるけれども、先祖がすでに経験した以外のことはできないんだ」

「あなたのいうとおりだとすると、わたしたちの存在はあらかじめ決まっていることになるわ」ヘザーはいった。「でもわたしにはそうは思えない」

オルソーは肩をすくめた。「初期条件とすべての力がわかれば、古典的な運動方程式ではあらゆる時間における位置が決定される。それとおなじだとは思えないかい」

「古典力学には法則がある」ダニエルがいった。「量子力学にも、宇宙を記述するどんな方法にも法則がある。それらは筋がとおっている。光より速く飛べばどこへでも、あるいはいつへでも行けるんだ」

オルソーは身をのりだした。「それらが筋がとおっているように思えるのは、日常の経験としてわれわれは、空間においてはさまざまな方向へ移動し、しかし時間においてはそうではないからだ。超光速飛行は魔法のタイムマシンではない。もしきみが過去へ移動し、それをべつの観測者が見ているとすると、きみと観測者の速度はそれぞれ個別の数学的関係に従わなくてはならない。そしてきみは、とてつもなく速く移動しているんだ。きみが生まれた時間までさかのぼったときには、地球から遠く離れているだろう。どうやって帰ってくるんだい？　速度のプラスマイナス符号を逆転させたら、きみはもはや地球からみて過去へさかのぼってはいないことになる。混乱が生じるよ」

「でもあなたはこの宇宙で、自分が生まれるまえの時点にいるのよ」わたしはいった。

オルソーは目をぱちくりさせた。「たしかにぼくは、この宇宙のオルソーが生まれるまえの時点にいる。でもそのオルソーは、ぼくではないんだ」

ヘザーの興味が、葉の生い茂った蔓のようにオルソーにからみついた。「もしかしたらあなたは、異なるリーマン面の上にいるのかもしれないわね」

「なんの面だって？」ジョシュアが訊いた。

「リーマン面よ」ヘザーは説明した。「多価複素関数を一価関数にするための、数学的表現よ」

ダニエルがしかめ面をした。「まただ」

「また、なんなの？」ヘザーが訊いた。

「そんなふうにいわれても、だれにもわからないってことだよ」

ヘザーはしばらく考えて、説明した。「リーマン面は時計のようなものよ。表《おもて》の面は、そうね、中心から十二時のところにむかって切り込みがはいっている。時計の針は真夜中から正午にむかってまわっていくのだけど、正午からはこの分岐線となる切り込みを通って、下にあるべつの時計にはいるのよ。この裏の時計も表の時計とおなじで、ただ正午から真夜中へと針がまわっていくところがちがう。そして真夜中に達すると、針は表の時計へもどるわけ。関数が複雑になれば、もっと多くの時計が積み重なっていくことになるわ」

「リーマン面はただの数学だ」オルソーはいった。「現実に存在するわけじゃない」

「なぜ存在しないとわかる?」ダニエルが訊いた。「自分は虚数宇宙が存在すると主張したくせに」

ジョシュアが口をはさんだ。「オルソー、きみはその反転というやつをやったときに、分岐線に落ちこんで、まちがった面にはいってしまったのかもしれないよ。ヘザーのいう裏の時計にね。時間はおなじだけれども、位相がちがうというわけだ」

オルソーはじっとジョシュアのほうを見た。「歴史の教科書をもってるかい?」

ジョシュアは本棚から緑色の本をとりだしてオルソーに渡した。オルソーはぱらぱらとめくってはすこし読み、またぱらぱらとめくってすこし読んだ。そのたびにコンピュータモードのときの無表情な顔になった。

「なにかわかった?」ヘザーが訊いた。

「ここに書いてあることを、ぼくのウェブにある歴史ファイルの内容と照合しているんだ」あるページに目をはしらせた。「多くは細かい点まで一致している。この二つの宇宙には平行性があるにちがいない。でも、まったくおなじではない。たとえばここだ——この地球では、ギリシア人がのちに南へ移住したことになっている。ぼくのファイルには、エジプト人による〝砂漠の征服〟などという記録もない」べつの章に移動した。「ゾロアスターの生まれた年代もあとにずれている」

「だれだい、それは?」ジョシュアが訊いた。

「イスラム教以前のペルシアの宗教、ゾロアスター教の開祖だよ」オルソーはさらに先を読んだ。「メシア思想をもつ宗教の展開も遅いな」顔をあげて訊いた。「きみたちの年代は、イエス・キリストの誕生した年を基準にしているんだったね」ジョシュアがうなずくと、オルソーはつづけた。「ここでのキリストは、ぼくの宇宙でより三百三十九年遅く生まれている」

ヘザーはオルソーの手のなかの紙束をしめした。「それらの方程式は、二枚のリーマン面を必要とするわ。あなたの宇宙が表で、わたしたちのが裏なのかもしれない」

「実際には、方程式は無限に多くの面を必要とする」オルソーは紙束をもちあげた。「これはまだ不完全なんだ。ジェームズ補正がくわえられていない」

「ジェームズ補正?」ヘザーは訊いた。「ここではまだ発見されていないようね」

わたしはジョシュアのほうを見てにっこりした。「あなたは有名人になるのかもしれないわね」オルソーからもの問いたげな顔をむけられたので、答えた。「ジョシュアのラストネームはジェームズなのよ」

「発見者の名前はジョシュア・ジェームズではない」オルソーはいった。

「なんだ、そうか」ジョシュアはがっかりした顔になった。

ヘザーがいった。「これが悪ふざけでないとわたしたちに確信させるには、まだ不充分ね」しかし彼女の好奇心の花園は、部屋いっぱいに芳香を漂わせていた。

ジョシュアはその肩に手をかけた。「でも、ぼくらはすごくたくさんのことを学べるかもしれないよ」

ジョシュアの手がヘザーにふれたとたん、彼女から興味をもたれていないというジョシュアの主張がまちがいだとわかった。ヘザーの芳香はジョシュアの髪にまとわりつき、同時に打楽器の連打とオーボエの旋律が流れたように感じられた。ジョシュアの上体をつつむTシャツのようすや、腰をぴったりとつつむジーンズを初めて意識した――

わたしははっとして、ヘザーの精神から離れた。ヘザーもジョシュアも気づいてはいない。ジョシュアのほうを見て浮かべたヘザーの微笑みは、ほかのだれに対する笑顔よりやさしかった。ジョシュアは自分が相手にそんな影響をあたえているとは気づきもせず、ヘザーの返事を待っている。

ヘザーはため息をついた。「わかったわ、ジョシュ。なにができるか考えてみましょう」

7 蜂鳥

「ティナ……」暗闇のなかで、低く緊迫した声が聞こえた。「いるのか？《エレス・トゥ・アキ》」

わたしは頭をもたげた。オルソーは隣で眠り、ジョシュアは床でいびきをかいている。

「ティナ！ 聞こえるか？《プエデス・オイルメ》」

わたしは窓の外を見た。すると、下の中庭にジェイク・ロハスが立っている。

驚きを押しころして、小声でいった。「ジェイク！ わたしがここにいるって、どうしてわかったの？」

「おまえがパサデナへ行くっていったら、ジョシュのところしかありえないじゃないか」

うしろでオルソーが起きあがり、わたしの腰に腕をまわした。床でも衣ずれの音が聞こえ、ふりかえるとジョシュアが目をこすりながら立ちあがっていた。そしてベッドのわきをまわって窓の外を見た。

「ジェイクか。ちょっと待ってろ。迎えにいくから」

ジョシュアはコートをはおって部屋から出ていった。しばらくして中庭に姿をあらわし、ジェイクと握手して、いっしょに小走りにこちらへやってきた。まもなく部屋のドアがあき、二人がはいってきた。ジェイクは、どうしようか態度を決めかねているように部屋をさっと見まわした。

わたしはジェイクをまっすぐに見た。「そっちはだいじょうぶだったの？」

「みんな、おまえのことを心配してるんだよ」ジェイクはオルソーをちらりと見て、またこちらに視線をもどした。「最初は警官どもがやってきて、うるさく質問された。次はＦＢＩが来た。そのあとは、身分も名のらないやつらがやってきた。そいつらの監視をくぐりぬけてこなくちゃいけなくて、それでこんなに時間がかかったんだ」

「スペースシャトルが発見した試験飛行機というのは、オルソーの船なのよ」わたしはいった。

ジェイクは、信用できないという視線をオルソーにむけた。そしてわたしを見た。「昨日、ナグの葬式があったんだ」

わたしは自分のなかに、ナグの死を嘆く気持ちがあるだろうかと探してみたが、頭に浮かんでくるのは、幼いわたしをふりまわして遊んでくれた従兄のマヌエルの笑顔だけだった。しかしオルソーからは、ナグにはもったいない罪悪感が漂ってきていた。

気まずくなるほど長い沈黙のあと、ジェイクはやさしい声でわたしにいった。「二人きりで話したいことがあるんだ」

といわれても、どこへ行けば二人きりになれるのか。ジョシュアとダニエルが、廊下を行きかうほかの学生たちにどう話しているかは知らなかったが、ジョシュアが部屋にだれかを隠していることはみんな知っているのではないかという気がした。こういう緊密な人間関係のコミュニティで、こんな大きなことを秘密にしておけるはずがない。廊下にただよう昂奮した感覚と——そして仲間意識が感じられた。ジョシュアとダニエルは彼らの仲間であり、二人がわたしたちを受けいれているかぎり、彼らも受けいれてくれるはずだ。

「廊下に出ましょう」わたしはいった。

オルソーがわたしの手首をつかんだ。「だめだ」

「だいじなことなのよ」わたしは答えた。

「いっしょに行く」とオルソー。

ジェイクが身をこわばらせた。「冗談じゃない」

オルソーはそちらをにらみつけた。「きみには関係ないことだ」

ジェイクは、タイヤのゴムを燃えあがらせそうなほどきつい視線でオルソーをにらんだ。

「ティナが自分から行くといってるんだ、くそ野郎《カブロン》。じゃまするな」

オルソーがそのスペイン語の悪態の意味を理解したかどうか、はためにはわからなかった。しかし、わかったはずだ。彼の生体機械ウェブは、〝くそ野郎〟を数百種類の言語にでも翻訳できるだろう。

「オルソー、わたしはだいじょうぶよ」

オルソーの首に数本のこわばった筋が浮いた。そしてうなずき、手を放した。

ジェイクといっしょに部屋の外へ出ると、廊下は静かだった。わたしがドアをしめると、ジェイクはいつものように腕を広げ、抱きしめようとした。しかし途中でやめ、腕をわきにたらした。「必死で居所を探したんだぞ」

ジェイクのそばにいることに反応する自分の気持ちに、わたしははっとしてとまどった。

それまで考えていたほど自分の気持ちを断ち切ってはいなかったらしい。「わたしはだいじょうぶよ。本当に」

「ひとこと注意しておきたかったんだ」そこでしばし黙った。「それから、さよならもいいたかった」

「どこかへ行くの？」

「マリオの家でいいたかったんだけど」怒りで声がきつくなった。「あいつがいたから」

「どこへ行くの？」

「アリゾナだ。警察が、この町を出ることを許してくれたらね。お袋の再婚相手が自動車整備工場をやってて、その気なら仕事はあるっていってるんだ」

それはいい決心だった。ジェイクの母親が住んでいるのは人影まばらな小さな町で、ギャングなどどこにもいない。「どうして行く気になったの？」

「うんざりしたんだよ、ティナ。このままだとどんどん――なんていえばいいのかな……」息をついた。「ナグの葬式に行ってきたんだ」

「なぜ？」

「わからない」しばらくして、つづけた。「たぶん、やられたのが自分でなくてほっとしたからじゃないかな」わたしの頬に指先をふれた。「もう銃はもたないよ。おまえをとりもどすためにそうしなくちゃいけないのなら、そうする」

わたしは分かれ道に立っているような気がした。文字どおりにも、また比喩的にも、二つの世界のあいだに立って揺れていた。ジェイクはわたしが求めるものすべてを見せてくれていた。予測可能な世界、安定した生活、自分とよく似た――すくなくともロサンジェルスでは自分にいちばん近い伴侶。それに対して、オルソーがしめすのは混沌であり、選択肢をえらぶどころか、その意味さえ理解できない世界だった。

「先のことはまだわからないわ」

「そのことを注意しようと思って来たんだ」ジェイクは首をふった。「あの連中はなんだかんだとうるさく訊いていった。おれたちはなにも話してないけど、やつらがそれであきらめるとは思えない。おまえとジョシュが友だちなのもすぐつきとめて、ここへ来るだろう」

わたしは、まさかカリフォルニア工科大学の寮にまで警察が探しにくるとは思っていなかった。あの頃のわたしは、安全でない場所にいるのにそれに気づかず、何度も危ないめに遭っていたのだ。

「わたしとオルソーのために……ありがとう」

「あいつを助けに来たんじゃない。おまえのためだ」

「このことは忘れないわ」わたしは深呼吸した。「でもわたしは、オルソーに最後までついていってみるわ」

しばらく沈黙が流れたあと、ジェイクはやさしい声でいった。「そうだな。おまえはいつも自分の男のやることを応援するからな。でもそれが終わりになったら――もしあいつが――おまえを――」そこで黙った。「アリゾナのお袋の家の番号は知ってるな」

「電話するわ、ジェイク。そのときもし――」なんだろう……。自由の身だったら？　生きていたら？　オルソーといっしょに行ったあとにどうなるのか、まったく見当がつかなかった。

「ああ、待ってる」わたしにキスした。「さよなら《アディオス》、おれの女《ミ・イハ》」そして階段を駆け降り、夜闇のなかに消えていった。

「コンピュータ・ネットワークへの侵入は法律違反よ」ヘザーがいった。オルソーとわたし、そしてジョシュアとヘザーとダニエルは、ジョシュアの部屋で立ったまま話していた。なかでもヘザーとオルソーは、リングに立つボクサーのようににらみあっていた。

「でも、きみはできる」オルソーは、尋ねるのではなく、事実としてそう述べていた。そしてダニエルのほうをしめした。「パスワードは彼が知ってる」

ダニエルは身を硬くした。「知らないったら」

「それは嘘だ」オルソーはいった。

「おれの脳みそをのぞけるっていうのか？」ダニエルは訊いた。「母さんのアカウントのパスワードなんか知らないって、さっきからいってるだろう」しかし嘘の気配が、怒った蜂の群れのようなオレンジ色の霞《かすみ》となってダニエルのまわりに漂っていた。

「それとこれとは別問題よ」ヘザーがいった。「わたしは絶対にイェーガー飛行試験センターのネットワークに侵入したりしないわよ」

オルソーはひどく静かな声でいった。「きみの助けが必要なんだ」

わたしはわずかに身を引いた。図書館でナグと対決した経験から、追いつめられたときのオルソーがどんな口調になるか、よくわかっていたからだ。

ヘザーは青ざめたが、ひるまなかった。「あなたは未来からやってきた戦闘機パイロットで、カリフォルニアをこっぱみじんにできる軍艦に乗ってきたと、ティナにいったそうね。そのうえわたしに、軍のネットワークに侵入して記録を不正に書き換え、立ち入り禁止の基地にもぐりこむのを手伝えというの？　すくなくともそれは、逃亡中の殺人犯をイェーガー基地に送りこんで、この国の安全保障をおびやかす手伝いをしろということよ。あなたの軍艦うんぬんという話がもし本当なら、世界をたいへんな危機におとしいれることになるわ」

「いまのぼくに、ほかに頼める人がいると思うかい？」オルソーは訊き返した。

ヘザーは髪をかきあげ、窓辺に歩みよって中庭を眺めた。わたしはダニエルのほうを見たが、ダニエルは目をそらした。ジョシュアさえわたしのほうを見ようとしない。

しばらくして、ヘザーが口をひらいた。「もしわたしが手伝うとしても――まだ手伝うとはいってないけど――万一、手伝うとしても、そしてそれにはダニエルの協力が不可欠だけど、そのときわたしがやれるのは、基地内へはいるというところまでよ」

オルソーの声が期待にふくらんだ。「はいらせてくれるだけでいい。あとは自分でやる」

ヘザーはオルソーのほうをむいた。「はいって、なにをするつもりなの？」

「出ていくよ」オルソーは答えた。「そしてここへはもどってこない。どうしてもだめだったとき以外はね」

「どういう意味だい、どうしてもだめだったときというのは？」

「ぼくの船はかなりの損傷を受けているかもしれないからだよ。あるいは、そもそもぼくをここへ流れ着かせたプロセス自体が、逆にさかのぼることはできない経路なのかもしれない」オルソーは顔をしかめた。「その場合は、ぼくは宇宙空間で一人で死ぬか、あるいは地球へもどってくるかしかない。この地球へね」

　そう話すオルソーの精神から、つかのま障壁がすべり落ち、わたしはその恐怖を感じた。オルソーはすぐに障壁をたてなおしたが、もう遅かった。そこに充満する不安が、わたしにはわかったのだ。オルソーから見ると、この地球は原始的で、野蛮ですらある。故郷から遠く離れたところで苦痛に充ちた死を遂げたくないのだ。そのときはわからなかったが、じつはその死へのプロセスはすでにはじまっていた。イェーガー基地の研究者たちに船をいじられればいじられるほど、オルソーの脳は傷ついていくのだから。

　ジョシュアとヘザーも、オルソーの苦悩をかすかに感じとっていた。ジョシュアは見えない銃弾が飛んできているように眉をひそめ、ヘザーは耳もとをかすめていくささやき声を聴きとろうとしているかのようだ。そのときわたしは、ジョシュアとヘザーがおたがいに惹かれあったわけがわかった。ジョシュアとわたしを友人として結びつけ、わたしをジェイクに惹きつけ、とりわけオルソーに強く惹きつけているのとおなじもの。共感《エンパシー》だ。わたしたちはエンパスであり、同類として惹かれあっているのだ。

　ヘザーがオルソーにむかっていった。「手伝うには、条件があるわ。あなたの宇宙船に乗せて」

　ダニエルがいった。「賛成！」

「これはゲームじゃないんだ」オルソーはいった。「殺されたら、生き返るための魔法の薬なんてないんだぞ」

「あなたの話がもし本当なら、わたしたちにとっては生涯最初で最後のチャンスなのよ」とヘザー。

「ぼくの船の反転エンジンは不具合をかかえているんだ」オルソーはいった。「ぼくは故郷へ帰れたら、二度とここへもどってこない。二度めも帰れるとはかぎらないんだから」

「火星まで連れてってくれればいいよ」とダニエル。

「だめだ」

「乗せてくれないのなら、基地にははいれないわよ」とヘザー。

オルソーは自分の言語でなにかつぶやいた。意味はわからなくても、悪態であるのはすぐにわかった。またヘザーとダニエルの虚勢の裏側にある不安も、はっきりと感じとれた。わたしはオルソーの腕に手をかけた。「ほかに方法はないかもしれないわ」

オルソーはため息をつき、ヘザーにむかっていった。「船までたどり着けたら、きみたちを地球周回軌道まで連れていこう」

「じゃあ、決まりね」ヘザーは答えた。

カーテンごしにさしこんでくる月の光が部屋を銀色に染めていた。外では夜のなかで蟋蟀《こおろぎ》が鳴いている。わたしは眠れないまま、オルソーといっしょにベッドに腰かけていた。ほかの三人はイェーガー基地行きの準備に出かけており、だれもいないことになっている部屋の明かりをつけるわけにはいかなかった。オルソーはむっつりとして考えこんでいた。いまから思えば、ジャグ機をとりもどすくわだての途中で殺されるかもしれないと覚悟していたのだろう。

しばらくして、そのオルソーが口をひらいた。「なにか話をしてくれないか」

「どんな話を聞きたいの？」わたしは訊き返した。

「わからない」横になり、わたしの膝に手をおいた。「どんな話でもいいよ」

わたしは、上手な語り部から聞き覚えた抑揚のきいた口調をまねして、話しだした。「これは母のマヌエラ・サンティス・プリボクから聞いた話で、母はそのお兄さんのルカルト・サンティス・プリボクから聞いたそうよ。そのルカルトは、サント・トマス・チチカステナンゴで、ある旅行者から聞いたということよ。むかしむかしの、英雄の双子の兄弟のお話よ」

期待をもたせようと、そこですこし間をおいた。

「この双子が生まれるまえ、そのお父さんと伯父さんが、冥界の主たちを怒らせたの。主たちが住む冥界、シバルバーの上にある球戯場で、大騒ぎをして球遊びをしたからよ。主たちはその悪さに対する罰として、二人を殺したわ。伯父さんは球戯場の地下に埋められた。お父さんの頭蓋骨は瓢箪《ひょうたん》の木にかけられて、神々を怒らせるなという人間への警告にされた。死んだ男の息子たち、イシュバランケーとフンアフプーが生まれるのはこのあとで――」

「その名前はどこから？」オルソーが起きあがった。「シバランクとカナフパー？」

「イシュバランケーとフンアフプーよ」

「どこで聞いたんだい？」

「もともとは、マヤ－キチェ族の古い伝承を記録した聖典『ポポル・ヴフ』にある話だけど」

「どうして今夜その話をする気になったんだい？」

「話をしてくれっていうから」

「でも、なぜ今夜にかぎってその話を？」

「わからないわ。なぜそんなに驚くの？」

オルソーはじっとわたしを見た。「昨日、愛しあうときに、ぼくはイオティック語で、ある言葉をいっただろう。それは伝説の美女で、名前をシバランクというんだ」

「イシュバランケーは男よ」わたしはいった。「でも、思い出してきたわ。なにか聞き覚えのある言葉だと思ったのよ。だからこの話をする気になったのかもしれないわね」

「続きを話してくれないか」

「あるシバルバーの主の娘が、球遊びをしていた人間の頭蓋骨が瓢箪の木からぶらさげられているのを見て、近づいていった。すると頭蓋骨は娘の手に唾を吐きかけ、妊娠させたの」

オルソーは眉をひそめた。「そんな不愉快なやりかたで父親になるやつがいるのかね」

わたしは笑みを浮かべた。「あなたの話ではどうなの？」

「シバランクとカナフパーは双子の姉妹で、古代レイリコン王朝をなす最初の二つの王家をそれぞれつくるんだ」

「イシュバランケーとフンアフプーは双子の兄弟よ」

オルソーが顔を傾けると、月の光と影がその表情をいろどった。「ぼくらにつたわるこの伝説は、六千年以上むかしのものだ。地球の計算方法でね」

「じゃあ、偶然ね。マヤ文明はそれほど古くはないわ」

「きみはそのマヤ族の出身なのかい？」

「母はそうよ」そこでためらった。「父はよくわからないけど」

オルソーはじっとわたしを見た。「ぼくの世界の学者たちは、ぼくらの先祖は地球のどこかからやってきたと考えているんだ。そうでなければ、ぼくらのDNAが地球の人間のDNAとほとんどおなじであることの説明がつかないからね」

「よくわからないわ」

「話の続きを聞こうか」

「シバルバーの主は、娘の妊娠を知って激怒したわ」母の人生を見てきたわたしは、当然だろうと思った。「娘は天と地のあいだにある地上界に逃げてきて、殺された兄弟のお母さんのもとにかくまわれた。そして生まれたのが、双子のイシュバランケーとフンアフプーよ。二人はたいへん球遊びがうまくなり、ある日、お父さんと伯父さんがシバルバーの主たちに殺された球戯場で試合をはじめた。そしてやはり、主たちを怒らせたの。ところが二人は、主たちからあたえられたすべての試練を生きのび、ついには殺されても生き返った。そこで主たちは、二人がどのように死を克服したのか知りたくて、自分たちを殺して、そのあとおなじように生き返らせてくれと頼んだ。二人はいわれたとおりに主たちを殺した。でも生き返らせはしなかったわ」

「その主たちはずいぶん愚かだな」オルソーはいった。「殺して、そのあと生き返らせてくれと頼むなんて」

わたしは笑った。「そうね」

「ほかにも話を聞かせてくれるかい？」

「蜂鳥のお話があるわ。子どもの頃に大好きだったのよ」わたしは気持ちを集中させ、頭のなかでツォツィル語から英語に翻訳しながら話していった。

蜂鳥はとても大きいんだ、
ずっとそうだったんだ。
暑い国で男たちが働いていた。
あるとき豆の莢《さや》を燃やしていると、
その火は遠くからよく見えるほど高くなった。
そこへ蜂鳥がきた。
空のかなたからやってきて、
飛びはじめた。
そして火をみつけたが、
煙で目が見えなくなった。
蜂鳥は落ちた、落ちた、
落っこちた。
おかげで男たちは、蜂鳥がとても大きいとわかった。
小さいなんて思ってやしないだろうね、大きいんだよ。

翼は鳩のように白いんだ。
まっ白なんだ。
蜂鳥が小さいというのは嘘なんだ。
男たちは、とても大きいといった。
そしてどんな姿かもわかった。
いままでだれも見たことがなかったから、
どんな姿かわからなかったんだ。
そう、夕方には〝チュン、チュン〟と鳴く。
でも大きさはわからなかった。
こうしてとても大きいのがわかった。
だいたい鷹とおなじくらいの大きさで、
父母の神とつながりがあって
いわば〝一本脚〟なんだ。

詩の文句を思い出しているうちに、母の姿が浮かんできた。いまでもわたしは、恍惚とした表情で詩を暗唱する母の姿を脳裏に浮かべられる。母はお話を語るのが好きで、手ぶりをまじえて聞かせてくれるほどだった。

オルソーはじっとわたしを見ていた。「その話はいつの時代のものだい？」

わたしは肩をすくめた。「わからないわ。シナカンテコ族の伝承だけど」

「父母の神というのは？」

「トティルメイルという先祖の神々なんだけど、しいて翻訳するとそういう意味なのよ」

「蜂鳥は神なのかい？」

「いいえ。神々からの使いよ」

「この話で語られているのは、鳥じゃない」オルソーはいった。

「じゃあなに？」

「宇宙船だ」

わたしは笑った。「オルソーったら」

「それは空のかなたから飛んできたんだね？　大きくて白いんだね？　蜂鳥もそうなのかい？」

「本当は、ちがうわ」わたしは認めた。「蜂鳥は小さくて、黒っぽいのよ」

「〝チュン、チュン〟と鳴く？　一本脚で立つ？」

「うーん……それもちがうわ」

オルソーは顔を近づけた。「文明はなんらかの源から発生してくるものだ。六千年前の、マヤ文明の源はなに？」

「石器時代のインディオかしら」

「この蜂鳥の話は六千年前からつたわっているのかな」

「そんなわけはないでしょう」

オルソーはじっとわたしを見た。「ぼくらの伝説では、双子の姉妹は〝星の道〟というのを通ってレイリコン星へ来たんだ。星の道は、星々のあいだの黒い裂けめらしい」

「マヤの伝承にもそれによく似たのがあるわ」

「ぼくらの学者たちは、その話には地球からレイリコン星への先祖の旅が描かれていると考えているんだ」

「でも、だれがその先祖たちを連れていったの？　その理由は？」

オルソーは両手を広げた。「ある惑星からべつの惑星へ民族を移しかえたりできるような、宇宙旅行のできる種族が六千年前にもし存在したとしても、とうに絶滅して姿を消しているよ」

わたしには理解もおよばない話だった。「中央アメリカのインディオをべつの惑星に移動させる理由が、なにかあるの？」

「古代レイリコン人は、純粋なカイル遺伝子をもっていた」オルソーの肌の上で月の光がきらりとひかった。「彼らを移動させた種族は、たぶんカイル遺伝子を濃縮したかったんじゃないかな。純粋な血統は、いまではほとんど絶えているけどね。レイリコン星のある上流の家系にわずかに残っているだけだ」

「あなたもそうなの？」

「ああ、そうだ」

「マヤ族があなたたちの先祖だというの？」

「たぶん」

「オルソー、あなたはどこをどう見てもインディオには似てないわよ」すくなくともその金属的な肌の色は、わたしの肌よりはるかに白っぽかった。

「インディオ？」オルソーはいった。「きみはインディオなのかい？」

その呼び方がわたしにあてはまるとは、本当は思っていなかった。ラテンアメリカの女を意味する〝ラティーナ〟も、あまりいい感じがしない。マヤを征服したスペイン人たちの子孫である〝ラディーノ〟と、響きがよく似ているからだ。〝メヒカーナ〟──メキシコ人のほうがまだましだ。書類に記入しなければならないときにいつもチェックマークをつけるのは、〝チカーナ〟──メキシコ系アメリカ人の項目だ。

「わたしはたぶん、〝メスティーサ〟ね」

オルソーはつかのま無表情になったあと、いった。「混血か」

「ええ。半分がスペイン人の子孫で、半分がマヤよ」

「きみはぼくの祖父に似ている。ぼくは父親似なんだ」

父親か。わたしは父親に似ているところがあるのだろうかと、よく想像したものだ。父はこんな声で話したり、こんなふうに笑ったり、こんなふうに考えたりするのだろうか。父はチアパス州から去るときに、いっしょに来てくれと母に頼んだのだろうか。たぶん母も、わたしがオルソーを拒否したように、未知の世界へ踏みこむのをおそれて父を拒否したのだろう。

声がつまった。「みんな夢のようにはかないわ」ブレスレットをはずして、オルソーに渡した。「たしかなものはこれだけ。何世代にもわたって母から娘へ受け継がれてきたのよ。娘がいないときは母から息子へ、そして父親から娘へと手渡されてきた。わたしがもっているのはこれだけ。いつかわたしもこれを娘に手渡すのよ」

オルソーはわたしを抱きしめた。「いっしょにおいで、ティナ。ここにいてはいけない。孤独で死んでしまうよ」

「だめよ」わたしはその胸に顔をうずめた。「行けないわ」

オルソーはわたしを押し返し、肩を強く握ったまま、わたしの顔のまえでブレスレットをふった。「なぜこれがそんなにだいじなんだい？　ただの金属の環なのに」

「わたしの一族で残っているものはそれだけなのよ」それがいかにだいじかを、うまく言葉に表現できなかった。どこかで父が生きていれば、いつか会えるかもしれない。家族を、伝統を、一族をとりもどせるという希望がもてる。その夢を、オルソーは捨てろというのか。かわりに得られるのはなにか。悪夢のように不確実な世界か。

しかし、オルソーの視線が惹きつけられている先は、わたしではなかった。ブレスレットを注視していた。

「どうかしたの？」わたしは訊いた。

「明かりがほしいんだ」

オルソーはジョシュアの机に歩いていって卓上灯をつかみあげ、床においてしゃがんだ。スイッチをいれると、暗がりに広がる金色の光がその身体をつつんだ。わたしもそちらへ行って、隣にすわった。オルソーは明かりの下でブレスレットを何度もひっくり返して眺め、内側に彫られたかすかな絵文字に指をすべらせた。

「この文字は？」オルソーは訊いた。

「マヤの絵文字よ。でも、これはただの模造品よ。本物だったらもっと古いはずだから。それに、古代マヤ族はこういう装身具をつくっていなかったわ」

「なぜきみがもってるんだい？　そしてこれはきみの母親、そのまた母親とさかのぼるんだね。地球での継承は男性の系統をたどるんじゃないのかい？」

「かならずしもそうではないわ。なぜこれが母から娘へ渡されてきたのかはわからないけど、とにかくそうされてきたのよ」

「レイリコン星は母系社会なんだ」

「それがこのブレスレットとなにか関係があるの？」

オルソーは絵文字をしめした。「内側に刻まれている文字。これはイオティック語だ」

わたしはまじまじと相手を見た。「わたしのブレスレットにあなたの言葉が書かれているなんてことが、ありえるの？」

オルソーは静かにいった。「たぶんイオティック語は、ぼくらの言語である以前に、きみたちの言語だったんだろう」

「そしてわたしのブレスレットに？　まさか」

「それはブレスレットじゃない」

「どういうこと？」

「レイリコン星にある輸送シャトルの、排気系配管についている部品だ」

わたしはぽかんと口をあけた。「なんですって？」

「それらのシャトルは、〈眠る砂漠〉にある〈消えた海〉の岸辺に、残骸としてのこっている」卓上灯の明かりがその顔を輝かせた。「レイリコン星にある最古の人工建造物で、六千年前のものだ。そのシャトルは人間のために建造された船ではない。いろいろな寸法の比率が人間にはあわないんだ」手のなかでブレスレットをまわした。「これとおなじものを見たことがある。輸送シャトルのなかでね」

「六千年もまえのブロンズのブレスレットが、こんないい状態で残っているはずないでしょう」

オルソーは首をふった。「ブロンズじゃない。コルドナムという合金で、ナノボットによって原子構造から組み立てられている。ブロンズよりはるかに耐久性が高いんだ」

「マヤの絵文字は六千年もまえから存在してはいないわ」

「その点はよくわからない」オルソーはいった。「でもこれはイオティック語だ。ぼくの先祖たちは、失われた故郷の名残をとどめるために、言語をだいじに伝えたんだ」声をつまらせた。「いままで、ぼくは過去をもっていなかった。それがどういう意味かわかるかい？ぼくの先祖は六千年前までしかさかのぼれないんだ。でもいま、きみがその過去を教えてくれたのかもしれない」深呼吸した。「とはいえ、故郷の世界には二度ともどれないかもしれないけどね」

「オルソー、やめて」わたしは相手を抱きよせた。「そんなことをいわないで」

オルソーは明かりを消して、わたしを抱きしめた。銀色の夜のなか、わたしたちは長いことそうやって抱きあい、身体を前後にゆすっていた。

8　電撃のジャグ機

ダニエルの運転するジープは、モハーベ砂漠をつらぬくハイウェイ十四号線を走っていた。灰緑色と埃っぽい黄色の乾燥地が何マイルもかなたまで広がり、指のように突き出したオコティーリョの羽毛のような葉や、棘の多いメスキートが、地味な色の大地をまだらにおおっている。風に吹かれた転がり草が道路をのろのろと横切っていく。見あげる空はまっ青だ。午前八時だというのに、すでにアスファルトの上は熱気でゆらめいて見えた。

わたしは帽子をかぶっていたが、風のせいで鬘《かつら》のブロンドの巻き毛が顔のまわりで暴れてしかたなかった。ずり落ちてくる眼鏡を鼻の上に押しあげた。ビジネスウーマンのようなスーツのせいで居心地悪い。だれが見てもすぐに変装だとばれてしまいそうだ。

スーツと鬘はヘザーからの借りものだ。オルソーのために、ジョシュアは化学科の大学院生が使った演劇用小道具のなかから付け髭をみつけてくれ、ダニエルは地味な青色のスーツを引っぱり出してきてくれた。紫の髪はブロンドに染めた。こうしていまオルソーは、青いジャケットを膝の上におき、ネクタイをゆるめて襟をひらき、ブロンドに変わった巻き毛を風のなかで踊らせながら、ジープの後部座席にすわっていた。目を細めて、手をもちあげたが、どこもこすらずにおろした。

「コンタクトがおかしいの？」わたしは訊いた。オルソーが耳もとに手をあてたので、わたしは声を張りあげた。「ヘザーから借りた、目にいれるレンズのことよ。まだ違和感があるの？」ヘザーがこのコンタクトを使うと、緑の瞳が青になるのだが、オルソーの場合は青紫色になった。

「なにもかもかすんで見える」オルソーは答えた。

助手席のヘザーがふりかえり、窮屈な後部座席にならんだ三人――オルソーとわたしとジョシュアを見た。「歩けるくらいには見える？」オルソーにむかって訊いた。

オルソーは目の下を掻いた。「なんとか」

「顔をこすらないようにして」わたしはいった。「金色の地肌が見えちゃうから」ショルダーバッグからファウンデーションをとりだして、目の下にのぞいた金色の肌を叩いて隠した。この化粧も加減がむずかしい。やりすぎると、こんなマッチョタイプの男がなぜ地味なスーツを着て、化粧までしているのかと不審に思われるだろうし、かといって少なすぎると、金色に輝く肌が見えてしまう。

ダニエルがハイウェイ出口の標識をしめした。〝ロザモンド・ブールバード。イェーガー軍事飛行試験センター、NASAエイムズ・ドライデン研究センター方面〟その下にべつの標識があり、消えかかった文字で、〝エドワーズ空軍基地〟と書かれている。

「エドワーズ？」オルソーが指をぱちんと鳴らした。「聞き覚えがあるな。基地の名前が変わったのかい？」

「チャック・イェーガーの死後、その業績に敬意を表して改名されたんだ」ダニエルが答えた。

「ぼくの宇宙のイェーガー将軍は、八〇年代いっぱいは生きていたはずだ」

ダニエルはハイウェイの出口ランプに曲がった。うしろからは続々と車がつらなり、降りた先の道路にも何台もの車が走っていた。まわりの土地には青や黄色の花が咲き、なかでも花菱草《はなびしそう》のオレンジ色がきわだっていた。しばらくして乾湖を横断し、皺のよった毛布に黄色いペンキをたらしたように、点々と花が咲いている土地に出た。

六マイルほど走ったところで、検問所があらわれた。その手前に車の列ができている。二つの車線はいっぱいで、本来は基地から出てくる車が使うゲートのひとつも、こちら用にふりむけられていた。列にならんでいるあいだに、ダニエルがふりかえった。

「ここが西ゲートだ」

「いつもこんなにたくさんの保安警察官がいるのかい?」オルソーが訊いた。

「保安警察?」とダニエル。

オルソーは、検問所のブースで忙しそうにラッシュアワーの車列をさばいている男たちをしめした。「あの連中だ。六人以上いるな」

「あれは憲兵だよ」ダニエルは答えた。「ふつうは二人くらいなんだ。車にステッカーが貼ってあれば、たいていは手をふって通してくれるんだけどね」憲兵が一台を通したので、ダニエルはジープをすこし前進させた。

「この基地では何人くらいが働いているんだい?」ジョシュアが訊いた。

「軍人が約五千人。そして民間人約六千人と、契約業者約八千人だ」ダニエルが答えた。

ヘザーが口笛を吹いた。「基地というより、ひとつの都市ね」

「憲兵たちはどうして警備が厳重になったのか、知ってるのかしら」わたしは訊いた。

「たぶん、知らないだろう」とダニエル。「彼らにとっては知る必要のないことだからね」

車はすこしずつ動き――そしてついに、わたしたちの順番がきた。ダニエルは憲兵のわきでジープを停め、ジェット推進研究所の身分証明書を提示した。ジョシュアに肘でつつかれて、わたしはショルダーバッグをあけ、あらかじめ渡されていたマサチューセッツ工科大《MIT》の身分証明書を出した。こうして身分を偽っていることなど、憲兵にすぐに見破られるにちがいないと思って、シートのなかで身を硬くした。

作戦の成否がここにかかっているのだ。ヘザーはイェーガー基地内のコンピュータシステムに侵入して、今日のもうすこし遅い時間に基地を訪れる、あるグループについてのファイルをみつけた。その専門家たちは、〝試験飛行機〟を調査するために呼ばれていた。そこでわたしたちは、彼らが来る予定より数時間早く基地のゲートへ来たのだ。こんなふうに慎重に準備してはいるが、失敗する可能性はおおいにある。すくなくともわたしはそう思っていた。オルソーの考えは読めない――あとになって、彼は自分を特殊作戦用の戦闘モードに切り換えていたのだとわかった。ほかの三人は緊張し、無口で――意欲満々だった。昨夜の作戦会議中に、ダニエルは、これはローズボウルの試合中にスコアボードを管理しているコンピュータに侵入し、対戦チームをカリフォルニア工科大《カルテック》とマサチューセッツ工科大《MIT》に書き換えろというより十倍もむずかしいといっていた。

憲兵はわたしたちの身分証明書を調べて、基地内の連絡相手はだれかと訊いた。ダニエルが名前と電話番号をいうあいだ、わたしは息をつめていた。憲兵はブースにもどり、受話器をとった。電話のむこうのだれかと話すその姿を、スモーク処理されたガラスごしに見ながら、わたしはなんとか落ち着こうとした。

憲兵は出てきた。「北基地《ノースベース》で待っているそうだ」というと、行っていいと手をふった。

それで終わり。

車がゲートをあとにすると、ジョシュアは大きく息を吐き出し、ヘザーは軽く目をとじた。ゆっくりと起伏する道をほかの車といっしょに西へ走った。そうやってしばらくいくと、基地が見えてきた。小さな都市くらいの規模があるが、ひどくそっけない外観で、工場群にくらべると静かすぎ、大学にくらべるとあまりに機能本位だ。ほかの車は次々に脇道へ曲がっていったが、わたしたちはまっすぐ走りつづけ、基地を通り抜けてまた砂漠のただなかへ出た。

オルソーが、口のなかにためた息を破裂させるような奇妙な音をたてた。ふりむいてその視線を追ってみると、遠く砂漠のなかに、八階建てくらいのビルを建設途中で放り出したような鉄骨構造があった。べつの方向には、台座の上にのった銀色の飛行機の姿が見えてきた。ロケットのような太い胴体に、短い翼と細い先端をもっている。見覚えがあるような気がしたが、なぜそんな気がするのかはわからなかった。

オルソーはその飛行機をじっと見つめていた。「あれはX‐1だ」

助手席のヘザーがふりかえった。「なに？」

オルソーは指さした。「X‐1だ。本物だ」

「ああ、たしかにX‐1試験飛行機だよ」ダニエルが答えた。

オルソーはにやりとした。「読んだことはあるけど、本物を見られるとは思わなかったな。飛行可能なのかい？」

「まさか」とダニエル。

オルソーは鉄骨構造をしめした。「あのリフトは？　スペースシャトル用かい？」

ダニエルはちらりとそちらを見やった。「そうだよ」

「『六百万ドルの男』みたいね」わたしはいった。

「なんだい、それは？」オルソーが訊いた。

「むかしのテレビ番組よ。冒頭で、あのX‐1のような飛行機が墜落する場面がかならず流れるの」

「あれは本物のNASAの映像なんだ」ダニエルが答えた。「パイロットは生還してるんだよ」

ヘザーはオルソーを見ていた。「あなたが見てきたものにくらべれば、退屈な乗りものでしょうね」

オルソーは笑った。「退屈なんかしないよ。ぼくはロケット花火を打ち上げて、それが落ちてくるのをじっと眺めていた少年の頃から、ずっと飛行機が大好きなんだ」

ヘザーは微笑み、ジョシュアの驚きが黄色い輪となって空中に浮かんだ。オルソーが笑うところを見るのは、みんな初めてなのだ。

ジープはノースベース・ロードに曲がると、トレーラー式仮設事務所のわきに設置された検問所があらわれたところで、停止した。憲兵はわたしたちの身分証明書を、手もとのクリップボードにはさまれたリストと見くらべていった。そして道路脇の空き地をしめした。そこには二台の車が停められ、憲兵たちが点検している。「あそこに停めて」仮設事務所のほうに頭を傾けてしめした。「ジープを調べるあいだに、きみたちは基地内通行証を発行してもらってくるんだ」

「そうだね」ダニエルは、毎度のこととでもいいたげな気やすい口調で答えた。彼がどうしてそんなにリラックスできたのか、いまでもわからない。以前に母親に連れられて基地にはいったことはあるはずだが、そのときのわたしたちの作戦は、奈落の上の張り綱を渡るような困難さだったのだ。

ダニエルがジープを駐めると、わたしたちは風で乱れた髪や服を整えながら降りた。日差しがきつい。ダニエルもオルソーもジャケットは脱いだままだったが、オルソーのネクタイはわたしが締めた。ノット部分を押しあげると、オルソーは、〝首を縄で縛る奇怪で野蛮な風習〟がどうのとつぶやいた。わたしは思わず微笑んだ。二十世紀の多くの若者もおなじ意見をもっているだろう。

仮設事務所のなかでは、カウンターのむこうの男がわたしたちの身分証明書に目をとおした。オルソーは五人のなかでいちばんうしろに立ち、地味なスーツを着た長身で無口な男としてわたしたちのあいだに溶けこんでいる。わたしたちも、それぞれの役柄のためにはすこし年上に見える必要があった。ヘザーとわたしはスーツを着て、それなりの化粧をした。ダニエルはジャケットとネクタイ姿だ。しかしジョシュアだけはどうしようもなかったので、ヘザーは最後の手段として、ファイル上の年齢を二十二歳に書き換えた。あとは、子どものような年齢のくせに博士号をもっていることを不審に思われないよう、祈るしかなかった。実際のジョシュアも、さすがに博士号まではもっていないとはいえ、充分に優秀な脳みそをもっているのだが。

ダニエルが終わって、事務所の男はわたしのほうをむいた。「身分証明書を」

わたしはＭＩＴのカードを渡しながら、きっとなにかまちがいがみつかるにちがいないと緊張した。しかし男は端末に必要事項を打ちこんだだけで、カードを返した。ジョシュアの番になり、男はまたキーを叩いたが、ふいにその手を止めて画面をのぞきこみ、眉をひそめた。

さっと全員が硬くなった。わたしはそれを、プラスチックの型にいれて締めつけられるような感触としてかんじた。

男はちらりとジョシュアを見た。「チャクラバーティ？　これはインド人の名前じゃないのか？」

ジョシュアは曇りのない青い目で相手を見た。「ええ、でも母がスウェーデン人なんです」

男はジョシュアに身分証明書を返し、ドアのほうをしめした。「あっちでマージョリーが写真を撮って、通行証を出してくれる」

写真を撮られるあいだ、わたしは落ち着こうとつとめたが、警察で容疑者として顔写真を撮られるときはこんな感じなのだろうかと、どうしても思ってしまった。意外にもマージョリーはイェーガー基地の通行証をすんなり発行してくれた。外へ出ると、灼けつくような日差しとモハーベ砂漠の風景が待っていた。

憲兵がジープのほうをしめして、大声でいった。「車はもういいぞ」ダニエルは、わかったと手をあげて合図した。すべてうまく運んでいたそのとき、オルソーが道のまんなかで足を止め、こめかみを指で押さえた。

わたしたちはそのまわりで立ち止まった。「どうしたんだ」ジョシュアが訊いた。

オルソーが返事をしないので、わたしはその腕を引っぱった。「行きましょう」

初めてダニエルが落ち着きを失った。「ぐずぐずしてると、まずいぞ」

オルソーは手をおろした。「＊＊＊＊　＊　＊＊＊」

わたしは顔をのぞきこんだ。「なに？」

「＊＊＊＊　＊　＊＊」

ヘザーが低く悪態をついた。「いったいなんなのよ」

憲兵がこちらに近づいてきた。「どうかしたのか？」

すると、ヘザーはショルダーバッグからティッシュをとりだして洟をかんだ。頭でもおかしくなったのか——と思ったが、憲兵がオルソーから彼女に視線を移したのに気づいた。

「どうした？」憲兵は訊いた。

「花粉症なんです」ヘザーは洟をすすった。「いやな季節ね」

「この基地の半分の職員もそうさ」憲兵は頭をふった。「薬屋で買ってきた薬でましになるやつもいるけど、きみがそれでも症状が出るんなら、医者に行ったほうがいいな。このあたりは春のあいだ、花粉がひどいから」

ヘザーは弱々しく笑みを浮かべた。「ありがとう。そうするわ」

憲兵はうなずいて、持ち場に帰っていった。また車のほうへ歩きだしながら、ダニエルがヘザーにいった。「ずいぶん機転がきくな。本当に花粉症持ちみたいだったぜ」

「本当にそうなのよ」ヘザーはしかめ面をした。「たしかにこのあたりは花粉がひどいわ」

ジョシュアはオルソーのほうを見た。「だいじょうぶかい？」

「ああ」オルソーは答えた。

「どうしたの？」わたしも訊いた。

「ジャグ機だ」オルソーの口調は訛りがひどくなっていた。「近づいている。接触しようとしたんだ。ジャグ機は損傷している。もともとの損傷もあるけど、新しいのもある」額に汗がひかった。「脳をいじられたせいで——各機能を——うまく統合できなくなりつつある」

「このままいじられると、どうなるんだ？」ダニエルが訊いた。

「わからない」オルソーは足を速めた。「わかりたくないな」

ジープに乗りこみ、ノースベース・ロードを進んでいった。北基地《ノースベース》に近づくと、砂漠のむこうから三棟の格納庫が見えてきた。円筒形の上にまるい屋根をかぶった、とてもめだつ形で、それぞれ青と緑と黄色に塗られている。しかしもっとも目を惹くのは、その壁画だった。空を翔《か》ける飛行機が色鮮やかに描かれているのだ。

「へえ、恰好いいな」ジョシュアは格納庫群に見とれた。

「ここの空軍は格納庫に絵を描くのかい？」オルソーが訊いた。

「べつにかまわないじゃないか」ダニエルが答えた。

「こんなのは初めて見たよ」オルソーはいった。

わたしたちは事務棟のそばにジープを駐めた。駐車場のむこう側には金網のフェンスが張られ、その一カ所にゲート式の検問所がある。そちらへむかって歩いていくと、風が髪をなぶった。ヘザーはくしゃみをし、洟をかんだ。

ダニエルが最初にチェックを受け、通行証をしめした。憲兵はそれを受けとり、写真を見て、ダニエルを見て、うなずいて通した。

次にわたしが近づき、通行証をさしだした。憲兵はそれを調べたあと、わたしをじっと見た。「MITに何年いるんだい?」

落ち着けと、自分にいい聞かせた。「三年です」

「〝バイト〟の意味を教えてくれないか?」

〝ひとかじり《バイト》〟がどうしたというのか。そんな奇妙な質問をするわけを探ろうと、相手に意識を集中させた。そうやって感じとれたのは、わたしがコンピュータの秀才には見えないらしいということだった。

「コンピュータの部品よ」わたしは適当に答えた。

憲兵は通っていいと手をふり、あとの三人の通行証も調べて、うなずいて通した。そうやってなかにはいったわたしたちは、北基地を眺めた。基地というほどたいしたものではなく、何棟かの建物が強い日差しに灼かれているだけだ。そのむこうには、大むかしに湖底だった、からからに乾いた地面が広がっている。

な」

ダニエルはわたしのほうを見やった。「あの憲兵がコンピュータに詳しくなくてよかった

「なんのこと？」わたしは訊いた。

「バイトってのは、コンピュータの部品じゃない。八ビットのことだよ。一とゼロが八個つながった単位だ」

「相手が納得したんだから、それでいいじゃないか」ジョシュアがいった。

オルソーは歩きながらまわりを見た。ベレー帽をかぶり、緑の迷彩服を着た兵士たちが、犬を連れてあたりを警備している。轟音をたてて通りすぎるずんぐりした車両は、小型戦車と不整地走行車のあいのこのような恰好をしている。「かなり厳重な警備だな」

「警戒レベルがCなんだろう」ダニエルがいった。

オルソーはそちらをむいた。「というと？」

「警戒レベルは、テロリストの攻撃がある可能性をあらわしているんだ。Aは平常時。Bはその上で、Cはさらに上。Dになると基地は閉鎖される」ダニエルは顔をしかめた。「あんたが飛行機をとりもどしたら、たちまちDになるな」

ヘザーは仮設事務所で渡された書類に目をとおしていた。「まず警備の説明を受けることになっているわ。いえ、ちがうわね。それは午後よ。先に、連絡相手のロバート・L・フォワード博士と会わなくてはいけない」

「なんだって」とジョシュア。「一九八一年にゴダード賞を受賞した人物じゃないか」

「ゴダード賞？」オルソーが訊いた。「なんだい、それは？」

「ロケット科学における賞だよ。反物質推進における研究業績を評価されたんだ」

「ジャグ機が反物質推進を使っていることまですでにつきとめているのなら、恒星間飛行能力があることもすぐに気づくはずだ」オルソーはいった。

「それがまずいの？」とヘザー。

「遅かれ早かれ、ぼくが母船に乗せられて来たわけではないことを知るだろう」オルソーは渋い顔をした。「ぼくを探しているだれかがいると思ってくれていたほうが、都合がいいんだよ」

　建物の角をまわると、格納庫が前方にあらわれた。近くから見ると壁画がさらにすばらしい。緑豊かな田園地帯や砂漠の風景の上を、飛行機雲をたなびかせて飛ぶ戦闘機の姿が、くっきりと細部まで描かれていた。黄色と緑の格納庫は扉をとじられており、唯一ひらいた青色の格納庫は、進入口にキャンバス地の垂れ幕が張られていた。幕の下部にはあおり止めのおもしが吊られている。周囲にはフェンスがはりめぐらされ、格納庫の壁とぶつかるところに検問所の詰め所とゲートがもうけられている。格納庫のわきには、大きなコンクリートブロックにささえられた足場組みがそびえている。

「へんね」ヘザーが、軍用犬を連れてフェンスの内側を警戒している憲兵たちをしめした。

「銃をもっていないわ」

「用心のためだろう」オルソーがいった。「弾が宇宙船にあたったら、なにが起きるかわからないと思うはずだ」

「爆発したりはしないの？」ヘザーは訊いた。

オルソーは息をついた。「だいじょうぶ」

そのときだ。だれかが格納庫のなかから出てきたところにちょうど風が吹いて、幕のふちをもちあげ——内部の美しいものをあらわにした。ジャグ機は、格納庫に斜めにさしこむ日差しを浴びて白く輝き、まるで雪花石膏の彫刻のようだった。機体をかたちづくる線はどれもなめらかで、いまにも空中へ飛び立っていきそうだ。

そして、幕がもとどおりにとじた。

ヘザーが口笛を吹いた。「たいしたものね」

ダニエルとジョシュアもまったくおなじ表情だ。

「もう目のまえだ」オルソーはいった。「あとすこしで手がとどきそうなんだが」

格納庫の検問所には男と太った女の憲兵がおり、二人ともピストルを携行していた。ふたたびダニエルから順番に通行証を提示していった。女はうなずいてダニエルを通し、ダニエルはゲートのところへ行ってわたしたちを待った。男がヘザーに近づき、わたしの通行証は女が調べはじめた。わたしはなんでもない表情をよそおいながら、できるだけじっと立とうとした。

女はうなずいた。「行っていい」

男はオルソーの通行証にとりかかった。ひどく長い時間をかけて写真を眺め、オルソーの顔を見た。女はジョシュアを通した。それを見て、わたしはゲートのところでヘザーとダニエルに合流し、リラックスしようとした。

ようやく男がオルソーを通した。ダニエルはトレーラー式の仮設事務所で渡されたカードキーをとりだし、ゲートのほうにむいた。そこには電話のようなテンキーのついた箱がさがっている。憲兵が見ているまえで、ダニエルは箱のスロットにカードを通し、暗証番号を打ちこんだ。そしてゲートに手をかけ、待った。暑い砂漠の風がわたしたちの髪をなびかせていく。

ひらかない。

ダニエルは小さく悪態をついた。「まちがえたかな」

ヘザーが低い声でいった。「もう一度やってみて。三回まちがえたら警報が鳴るはずだけど」

ダニエルはもう一度カードをすべらせ、キーを叩いた。そしてゲートを押すと、今度はすんなりひらいた。

はいれた。なかにはいれたのだ。オルソーの表情にはなにもあらわれていないが、その心臓の高鳴りが、わたしには木槌に打ち鳴らされる銅鑼《どら》のように感じられた。

格納庫のほうへ歩きはじめたとき、背後から憲兵の声がかかった。「ちょっと待て」

全員が凍りついた。ヘザーがつとめてなにげない表情でふりむいた。「なんですか？」

憲兵が二人とも近づいてきて、男のほうがいった。「機体に近づくまえに、白いつなぎ服に着がえるのを忘れるなよ。なかのロッカーにあるはずだ」そこで黙り、じっとオルソーを見た。「滅菌環境になってるからな」

オルソーはうなずいた。「わかりました」

「よし」男はわたしたちのほうをむいた。「行っていいぞ」

宇宙船のほうにむきなおりながら、全員が安堵感に襲われていた。これで目的のところまでもうすこしだ――

「待って」女の憲兵がいった。ふりかえると、彼女は眉をひそめてオルソーを見ていた。

「その顔はどうしたの？」

「顔？」オルソーは訊き返した。

「そこよ」女は、汗がひかる額の生えぎわを指さした。「それは化粧かなにか？」

「塗り薬なんです」ヘザーがいった。「漆かぶれになっちゃったので」

女はじっとオルソーを見ている。「発疹は見あたらないけど」

「めだたないようにしてあるんです」

女は手をのばし、オルソーの額をこすった。指先にはファンデーションがつき――オルソーの額に金色の地肌があらわれた。

憲兵がはっとするのが、わたしには感じられた。ニュースで流された似顔絵を思い出したのではあるまい。黒ずくめのレザースーツを着た筋肉隆々の男と、青いスーツ姿の髭面の科学者とでは、まったく印象がちがうはずだ。そうではなく、宇宙船のまわりに配置された憲兵は、オルソーの人相について詳細な説明を受けているはずだ。そのなかで、金色にひかる肌という奇妙な特徴も教えられていたにちがいない。

女はピストルに手をのばしたが、オルソーの加速された動きのほうが早かった。片足をふりあげると同時に、上体を体当たりさせ、憲兵を二人とも地面にひっくり返した。フェンスの外でだれかの叫び声がした。

オルソーはダニエルの腕をつかみ、ほとんど引きずるようにして格納庫へ走りはじめた。わたしたちも追いかけた。ほかにどうすればいいというのか。オルソーはダニエルを人質として使うつもりらしい。そんなやり方は作戦にふくまれていなかったが、さりとてここでオルソーを孤立させ、わたしたちも憲兵に逮捕されるというのがいやだったら、あとをついていく以外に道はなかった。

足場組みをまわっていくと、格納庫のなかから三人の憲兵が飛び出してきた。武装はしていないが、黒い犬と、赤い毛の痩せた獰猛そうな犬を連れている。憲兵の一人が声をかけると、二匹はわたしたちめがけて突進してきた。

オルソーはダニエルをわきへ放り出した。二匹はオルソーに全力で体当たりし、もつれて地面に倒れた。犬たちはオルソーのスーツを引き裂き、格闘しながら喉笛に咬みつこうとしている。しかしオルソーのすばやい動きでふりほどかれ、アスファルトに叩きつけられた。黒い犬は目をとじ、荒い息をつきながら横たわったままになった。赤い犬は頭をもたげ、なんとか起きあがろうともがいている。

オルソーが飛び起きたときには、ダニエルはよろよろと足場組みのほうへあとずさっていたが、そこまではたどり着けなかった。ふたたびオルソーに腕をつかまれ、憲兵たちのまえで盾にされた。オルソーはダニエルの首すじにナイフをつきつけた。

ナイフは強い日差しを反射してまばゆく輝いた。赤い犬はうなり声をたて、立ちあがろうとしたが、憲兵からの命令が飛んできてその場にとどまった。ダニエルは棒のように身をこわばらせ、顔中に汗をしたたらせている。オルソーは空いた手でわたしの腕をつかみ、いっしょに格納庫のほうへあとずさっていった。

しかしそこで、足場組みをささえている大きなコンクリートブロックに行く手をはばまれた。ほんの数ヤードのところにジャグ機があるのに、基地の反対側にあるのにひとしいほど遠く感じられる。わたしたちがいるのとは反対側でキャンバス地の垂れ幕がひらき、白いつなぎ服姿の一団がべつの憲兵に連れられて出てきた。わたしたちの側にある通行ゲートは通らず、反対側で格納庫の壁と接した金網のフェンスを移動させ、つなぎ服の一団を避難させた。

わたしたちのまえにいる憲兵たちは、オルソーのナイフの輝きがまぶしいらしく、目を細めている。ブロンドの髪をひどく短く切っているために、まるで頭に黄色の埃がのっているように見える男が、声をかけた。「きみに敵意はないんだ」

「船から離れろ」オルソーはいった。「さもないと、こいつを殺すぞ」

「だれにも怪我をさせたくないんだ」憲兵はなだめるような口調だが、なにか気になることがあるようすだ。オルソーの背後にちらちらと注意をむけているようだが……。

わたしはこっそりふりかえって、足場組みのあいだを近づいてくるM-16ライフルをもった男に気づいた。男はわたしが人質だと思っているらしく、安心させるようにうなずいた。実際にはそのとおりだったのだが、そのときはそうは思わなかった。わたしはオルソーの協力者に見えるようにと、顔をそむけた。そして低い声でオルソーにささやいた。「男が一人、うしろから近づいてきてるわ。あと二歩のところで――」

オルソーは身をひるがえし、どうやら背後の憲兵のいる位置をあらかじめ知っていたらしく、正確にその胸を踵で蹴飛ばした。憲兵はへなへなと倒れ、オルソーはその勢いのままコンクリートブロックを乗り越えた。ダニエルとわたしも腕をつかまれたままで、無理やりよじ登らされた。ヘザーとジョシュアもつづいてブロックを乗り越えてきたが、そのときなにかがわたしの頭のわきをかすめ、髪をゆらした。わたしたちは意識を失った憲兵のわきに伏せた。銃弾がブロックにあたり、コンクリートの破片を飛び散らせ、蜘蛛の巣のようなひび割れをいくつもつくった。

「撃つな！」だれかが叫んだ。「宇宙船にあたるぞ！」

オルソーは倒れた憲兵のM‐16をつかみ、各部をひととおり見ると、コンクリートブロックの上から扇状に射撃した。憲兵たちは逃げまわり、多くは格納庫の陰に隠れた。さらに三匹の軍用犬が放たれ、ブロックの裏にもぐりこんだわたしたちにむかって、歯をむき、うなり声をたてて突進してきた。オルソーがライフルを撃つと、一匹めが倒れ、さらに二匹め、三匹めと倒れた。わたしは唇を噛んで、動物の死に悲鳴をあげたくなるのをこらえた。

オルソーはM‐16をもったまま、反対の手でわき腹の多元通信機を操作した。するとそのディスプレーがひかりだし、急に大きな音をたてはじめた。それは音程と音質を連続的に変化させ、聞こえないほどかん高くなったかと思うと、可聴域におりてきて、今度は聴こえるというよりお腹で感じるような低い音になり、ふたたび可聴域にもどってきた。のちにわたしは、それはオルソーの体内にあるさまざまな部品と渦巻き状の導波管を利用して発生させた音だということを知った。わたしたちのまわりをかこんでいる足場組みが揺れはじめた。そしては競馬のスターティングゲート内で緊張する馬のように、梁がぎしぎしときしんだ。

じけるような金属音とともに支持部材のひとつがはずれ、飛んでいった。

それを皮切りに、足場組みが崩れはじめた。わたしたちは跳びあがり、金属や木の部品が降ってくるなかを、ジャグ機のほうへと走っていった。オルソーがどういうつもりでこんなことをしたのかわからなかった。足場組みが崩れれば、むしろわたしたちのほうが危険だ。人々の叫び声のあいだから、狙いをさだめられないという声が聞こえた。するとその上官らしい声が、撃つな、弾が跳ね返って格納庫に飛びこむかもしれないと答えた。そこでようやく、この混乱は、危険よりもわたしたちに有利な部分が大きいのだと気づいた。

しかしそのとき、わたしの頭になにかがぶつかり、よろめいて意識が遠のいた。

「ティナ！」

オルソーはわたしの腰に腕をまわし、なかば抱きかかえるようにして走った。行く手に一人の憲兵があらわれた。頭が朦朧としているせいで、わたしにはその動きが、高速に切り換わる連続写真のように見えた。憲兵がM‐16をもちあげる――オルソーのブーツがその腕を蹴りあげる――銃口が火を吹く――銃弾はオルソーの頭上をかすめていく――憲兵はオルソーの体当たりを受けて倒れる……。格納庫のキャンバス地の垂れ幕が大きく見えてきたのだが――

そこでわたしたちは立ち止まった。

四人の憲兵が、垂れ幕の数ヤード手前にならんで立ち、それぞれM‐16でオルソーを狙っていた。オルソーは日差しを浴びた瞬膜をきらめかせながら、彼らをじっと見ている。まだライフルを手にしているが、もしそれをもちあげて撃とうとしたら、憲兵たちも撃つだろう。

オルソーが一発くらい撃てたとしても、彼らのほうが先に撃てるはずだし、至近距離なので狙いをはずすことはありえない。

短い金髪の男が、オルソーにいった。「武器を捨てろ」

オルソーはわき腹の多元通信機に手をふれ、音を止めた。その顔は無表情だが、わたしは鉄の帯で締めつけられるような苛立ちを感じた。そして、はっきりとわからないべつのなにかも感じた。恐怖だろうか。それもあるが、これはちがう。むしろ切望だ。ジャグ機にこれほど近づいているのに、そこまで行けないということが、肉体の苦痛として感じられるほどなのだ。

「きみに敵意はないんだ」短い金髪の男はいった。

その畏怖心が、わたしにはビロード地の手触りのように感じられた。必要とあればオルソーにむかって引き金をひくが、本当はそうしたくないのだ。憲兵たちはオルソーが何者か知らされてはいなかったが、それでも推測はできるはずだ。この男はオルソーと話したがっていた。たくさんの質問をしたがっていた。尋問ではなく、地球外からやってきた初めての訪問者と会話をしたがっていた。なぜオルソーが人間によく似た姿をしているのか、なぜここにいるのか、この宇宙船はどのように動くのかを知りたい。そしてオルソーに、人間が星々の世界へ飛び立つ手助けをしてもらいたがっていた。

実際には、憲兵のうち二人がそんなふうに感じていた。三人めはたんに任務をこなしているだけだ。四人めの、歯を食いしばった男の感触は、わたしをぞっとさせた。この男はオルソーを、想像を絶する脅威とみなしていた。もしオルソーと一対一になっていたら、地球を守るためだという確信のもとに、なんの良心の呵責もなくオルソーを撃ち殺していただろう。恐怖のせいでその思考は明瞭に感じとれた。オルソーの宇宙船に銃弾があたらないようにしろという命令には、反対意見をもっていた――地球全体を守るためなら、モハーベ砂漠が消えてなくなるくらいの危険はやむをえないではないか。

背後からいくつかの声が聞こえた。ふりかえると、包囲するようにならんだ憲兵たちが数ヤードまでせまっており、そのなかの女が携帯無線機ごしに報告をしているのだ。わたしは落胆して、顔をまえにむけた。短い金髪の男はなだめる口調で声をかけつづけている――武器を捨てろ、捕虜を解放しろ、こちらへ来い……。オルソーがM－16を手のなかですべらせはじめたとき、わたしは観念して目をとじた。これで終わりだ。おしまいだ。逮捕される。

「おい、ちくしょう」叫び声があがった。「ひとりでに動いてるぞ！」

はっとして目をあけた。だれもが格納庫の進入口を見ている。風がまた垂れ幕をもちあげている――しかしそれは、あおり止めのおもしがあることを考えると、ありえないくらいにどこまでも高くもちあげられていく。そのとき、むこう側から垂れ幕を押しているのは風ではないことに気づいた。

オルソーがジャグ機に近づけないので、ジャグ機のほうから近づいてきたのだ。

ジャグ機はまっすぐわたしたちのほうへ、かなりの勢いでやってきた。憲兵たちは押しつぶされまいと逃げまどった。歯を食いしばった男は安全なところまで退がるやいなや、ジャグ機にむかってM－16を撃った。

「撃つな！」だれかが叫んだ。

オルソーはダニエルとわたしを乱暴に引っぱりながら、ジャグ機へむかって走った。あまりにもすぐそばなので、わたしの手の先が機体の表面をこすり、ゴルフボールのようにこまかい凹凸のある感触がわかった。ハッチがさっとひらき、オルソーはわたしをもちあげて、文字どおりなかへ放りこんだ。わたしは青く輝くタイルの上をすべっていき、コンピュータのプリントアウト用紙の山に突っこんだ。ダニエルもつづいて放りこまれ、その身体がわきへどくと、オルソー自身も飛びこんできた。追いかけるようにヘザーとジョシュアがはいってくるやいなや、ハッチは高速度撮影カメラのシャッターのようにさっととじた。

わたしは急いで立ちあがったが、なにかの爆発で機体が大きく揺れ、機室の反対側へはじき飛ばされた。オルソーは怪我をしている肩を隔壁にぶつけ、気絶しそうなほどの激痛がはしるのを、わたしはいっしょに感じた。しかし立ち止まることなくコクピットにもぐりこみ、隔壁と操縦席のあいだにはいった。正面のコンソールには紙やペンや電卓のたぐいが散乱していたが、オルソーはそれらを手ではらい落とし、自分は操縦席にすわった。すぐに殻状装具が降りてきて、ぴったりとした網がその身体をおおい、手もとにはパネルスイッチのならんだ装置が近づいた。

そして、ジャグ機がオルソーの精神に接触した。

オルソーはあっと声をあげた。音として聞こえたのはそれだけだが、精神のなかでは、オルソーは悲鳴をあげていた。ジャグ機と彼をつなぐリンクは、めちゃめちゃに壊れていた。

わたしはその苦痛の幻影を感じただけだが、それでもショックで跳びあがりそうになった。

さらに鈍い爆発音が響き、機体が揺さぶられた。わたしはダニエルに叩きつけられ、その衝撃でうめき声をあげた。隔壁の手がかりをつかんだり、ヘザーとジョシュアにつかまったりしながら、わたしとダニエルは立ちあがった。

オルソーは体内のウェブ経由でジャグ機に接続するのをあきらめて、自分の言葉で命令しはじめた。正面のスクリーンが青く輝き、線や斑点が渦巻いていたが、やがて機外のようすが三次元映像となって浮かびあがった。

何人かの憲兵はあとずさり、恐怖と驚嘆のいりまじったおももちでジャグ機を見つめている。数人は、歯を食いしばった男ともみあい、その手からライフルをもぎとろうとしている。男は仲間の一人を背負い投げで倒し、もう一人を殴り倒すと、すこし退がってなにかをジャグ機に投げつけた。ふたたび爆発で機体が揺れるのと同時に、短い金髪の憲兵がM-16を撃った——ジャグ機にではなく、歯を食いしばった男にむかってだ。男は片手で膝を押さえ、うずくまった。

オルソーは低い声で早口にジャグ機に話しかけている。ジャグ機はオルソーの精神にむかってあちこちから触手をのばし、彼がたじろぐと離れ、そうでなければそのリンクを強化した。

機外をうつしたホロ映像に、虹のような光の縞があらわれた。縞が憲兵たちに重なると、彼らは手で耳を押さえた。わたしはジャグ機とのリンクから、なにが起きているのかわかった。船体に組みこまれた膜を使って、人間の耳に不快な音波を出しているのだ。機外のホロ映像に出てくる虹は、その音波のようすをあらわしている。赤が密度最大で、紫が最小だ。

憲兵たちはあとずさりはじめた。一部はすでにフェンスの外へ出て、事務棟のほうへ駆け出したり、携帯無線機にむかってなにごとか叫んだりしている。ジャグ機がこれからなにをするのかわからない情況なのだ。攻撃するのか、爆発するのか……。

虹がフェンスにとどくと、その色が濁った。色の濁りはフェンスの内側にも広がって、ついには虹そのものを消してしまった。ジャグ機から伝わってきたところによると、ある命令セット――具体的には、ある種の境界条件をあつかう方程式がたりないらしい。システムがそのように不正に改変されているせいで、フェンスが惹き起こす干渉を、音を消せという命令と誤って解釈してしまうのだ。

オルソーのほうも、ジャグ機を動かせずにいた。格納庫から機体を半分出したところで止まっていた。オルソーはある種のグリッド線を映すように命じたが、ジャグ機がその命令を処理するのに必要とするらしいプログラムルーチンは、機能していなかった。しかたなく、オルソーは殻状装具についた円盤を操作し、手で命令を入力した。外の映像に重ねられた三次元の格子状の線があらわれた。そして格納庫の壁を、まばゆい赤い点がなぞっていったと思うと――

いきなり格納庫が吹き飛んだ。破片が四方に飛び散り、敷地内に残っていた憲兵はあわててフェンスを乗り越えて逃げていった。地面に伏せて頭を両腕でおおい、破片の嵐がすぎるのを待つ者もいた。さらに、ジャグ機にむかってドアくらいの大きさのブロックが飛んできた。ホロ映像ごしには、まるでオルソーのほうへまっすぐ飛んでくるように見えたが、顔からほんの数インチのところで機体にぶつかり、砕け散った。

そして気がつくと、格納庫は跡形もなく、ジャグ機の上には空があった。

低いうなりが聞こえ、機室の床が振動しはじめた。外では最後の憲兵たちが跳びあがり、大あわてで逃げはじめた。一人が破片につまずいて倒れると、べつの憲兵が乱暴に助け起こし、引きずるようにしてふたたび走りはじめた。ジャグ機の低いうなりは、しだいに強く、大きくなっていった。

オルソーは操縦席を回転させて、わたしたち四人のほうにむきなおった。「離陸手順の一部が——なんといえばいいか——〝使用不能〟になっているんだ」

「修復できるの？」ヘザーが訊いた。

「自動修復するけど、すこし時間がかかる」オルソーはわたしを見た。「人質は必要だけれども、四人もいらない。きみがもし——」しばし黙った。「——もし行きたくないのなら、ここで降りてくれ」

そういうことなのだ。オルソーにとっては死ぬか脱出するか、ふたつにひとつであって、どちらにしてもここにはいられないのだ。わたしは返事に窮した。オルソーが望んでいるようなことはいえなかった。いっしょに行くとは、とてもいえない……。

わたしが黙っていると、オルソーの顔は無表情な仮面のようになった。操縦席をまわして、操作パネルにむきなおった。エアロックがさっとひらいた。

「早く」オルソーはいった。ジャグ機のエンジン音がさらに大きく響いている。「ぼくはもう行かなくてはならないんだ」

わたしはエアロックに近づいた。大学でジェイクがしめしてくれた選択肢を、わたしは選ぼうとしていた。おそろしい未知の世界に背をむけ、安全でよく知っている世界にとどまるのだ。それで満足できると思った。ジェイクもエンパスであり、カイル能力者なのだ。オルソーほど強力ではないが、それでもエンパスにはちがいない。

しかし一方で、オルソーの言葉が頭から離れなかった――〝内なる飢えに耐えられなかったんだね〟……。ジェイクといっしょにいても、それは必要最小限の栄養分だけで生きていくようなものだ。

わたしはふりかえった。「待って」

オルソーは操作パネルから離れない。意図的なのか、自分でどうしようもないのかはわからないが、ふたたび機械のモードにはいっているのだ。抑揚のない口調で答えた。「待っている暇はない」

「わたしも連れていって」

エアロックがとじた。「ぼくといっしょに来るんだな？」オルソーはいった。

「でも、約束して」わたしは深呼吸した。「わたしの知らない世界、なにも理解できない世界に、一人で放り出したりしないと」

オルソーは操縦席をまわしてこちらをむいた。「それを約束するには、きみがぼくの妻になると約束することが条件だ」

おたがいにろくに知りあってもいないのに、そんなことを要求するなんてと思ったが、しかたない。「約束するわ」

「ほかのネットワークには接続しないと誓ってくれ」オルソーはいった。「相手がローカルかリモートかを問わず」

「いったいなんの――」
「誓うんだ。でなければ連れていかない」
「でも、いっしょに来てくれといったのはあなたのほうで――」
　オルソーは瞬膜のおりた目でじっとわたしを見ていた。「あのときは感情機能が密接に働きすぎていた。現在のモードでは、もっと明瞭に思考できる」
　嘘だ。そのときも嘘だとわかったし、いまでもわかる。オルソーのまわりにオレンジ色の
またたく光が見えたのだ。しかしそのとき情況を支配しているのはオルソーであり、いわれ
るままにするしかなかった。
「あなたは？」わたしは訊いた。「あなたのほうは、おなじことをわたしに約束してくれる
の？」
「約束する」オルソーは答えた。「きみはすでにぼくのシステムにアクセスしている。ぼく
のモジュールにも、ネットにも、記憶にも、ファイルにもはいりこんでいる。きみの影響は
ぼくのあらゆるプロセッサに浸透している。これほど徹底的にシステムに浸透したものを、
全体の完全性をそこなうことなく除去するのは、どんなウイルススキャナーをもってしても
不可能だ。きみがいっしょに来れば、きみの存在は今後ともぼくのコード体系を書き換え、
記憶領域に侵入し、機能を変化させつづけるだろう」
　わたしは、〝いったいぜんたいどういうこと？〟と思ったが、考えている暇はなかった。
「約束する。あなたを裏切ったりしないわ」
「その約束を信じよう。きみを連れていく」

それだけだ。オルソーの頭のなかで、ある設定のスイッチがべつの設定に、ぱちんと切り換えられた。そして操作パネルにむきなおり、接続先をべつのノードに切り換えるように、わたしたちの会話はおしまいになった。わたしはほかの三人のところへもどったが、彼らのまえでこんな奇妙な、私的な話をするはめになったことにとまどいをおぼえた。

ジャグ機がオルソーの体内ウェブと安全にアクセスできるポイントが増えるにつれ、リンクは強力になっていった。ついていけないほどの高速通信になり、言葉と声と手をすべて使ったメッセージがやりとりされた。両者は融合しはじめていた。しかしそのリンクでつながっているのはジャグ機とオルソーだけではなく、わたしもとりこまれていた。

背後でうなるような音がした。ふりむくと、隔壁にたたまれていた二枚のパネルがひらいて、跳ね橋のように降りてくるところだった。幅三フィート、長さ四フィートほどで、それぞれのパネルの内面にも、口をあけた円筒形のくぼみにも、なにか白い素材が張りついている。

「繭にはいれ」オルソーがいった。「四人ともだ」

わたしはそのくぼみのほうへ歩きだしながら、〝ネリスからスクランブル発進してきた航空機についてジャグ機が報告するのを、リンクごしに聞いた。足をパネルの上にのせると、その白い素材が粘着質の触手をさっとのばしてきて、わたしはそこに引き倒された。ほかの触手ものたくりながら身体に巻きつき、わたしはくぼみのほうへ引きおこされて、脚を外にのばしてすわった姿勢になった。目と鼻を残して全身を、その綿のような素材におおわれた。さらにパネルが床に沈みこみ、わたしの両脚は白くなめらかな繭でいっぱいの四角いくぼみのなかにはいった。

「いったい――うわっ！」ダニエルも繭の糸に引っぱられてよろめき、わたしの脚と交差するように倒れて、膝をわたしの腿にひどくぶつけた。そしてわたしがはいっている壁のくぼみへと引きあげられながら、はげしく抵抗したが、暴れれば暴れるほど糸はきつく締めつける。

「ダニエル」わたしはダニエルの下敷きになってもがいた。「重くて息ができないわ」

「ごめん」ダニエルは小声でいって、わたしの腰に手をやり、なんとか身体の位置をいれかえた。わたしがダニエルの膝の上にのり、二人とも両脚を外にのばした姿勢で、とりあえず落ち着いた。ダニエルの困惑が渋い刺激性の匂いとなって宙にただよった。もう一方の繭にはいったジョシュアとヘザーは、おたがいに腕をまわし、身体をくっつけあった状態にしごく満足そうだ。

「ダニエル」わたしはいった。

「ごめんていってるだろう。どうしようもないんだ」

「わかってるわ。それはいいの。〝スクランブル発進〟というのはどういう意味？　ネリスから航空機がスクランブル発進してきたというんだけど」

「そんなのが聞こえたっけ？」

「ジャグ機がオルソーにそう報告したのよ」

「ネリスというのは、ラスベガスの近くにある空軍基地だ」ダニエルはいった。「スクランブル発進は、迎撃機を飛ばしたということだ。たぶん、イェーガー基地とその周辺を中心として上空掩護するんだろう。格納庫のなかにあるものを調べにきた航空機がいれば、それを攻撃する」

わたしは息をのんだ。「離陸しようとする航空機も攻撃するの？」

ダニエルはため息をついた。「そうだ。すでに飛行隊規模の迎撃機が飛び立っていてもおかしくない。たぶん二十四機が波状に行動しているはずだ。六機が着陸するたびに、あらたに六機が離陸する」

「オルソーはそれを突破できるかしら」

ダニエルは不安そうに答えた。「どうかな」

繭のなかからは、コクピットに広がるホロ映像は一部分しか見えなかったが、それでも充分だった。機体から噴き出す炎がまわりの地面をなめ、つづいてもうもうたる噴射煙が、破片の散らばるアスファルトをおおっていった。轟音が高まり、床が傾いて、わたしたちは繭に押しつけられた。

ジャグ機は地面から浮かびあがった。すると、ジャグ機からオルソーへのリンクが抜けた──いや、もぎとられたのだ。オルソーは声をたてなかったが、内なる悲鳴がわたしには聞こえた。じつは、ジャグ機からオルソーへの不完全なリンクが、脳のなかで苦痛を感知するニューロンを刺激していた。苦痛を感じる場所が実際にあるわけではないのに、ジャグ機からのメッセージを脳がそのように解釈していたのだ。

ジャグ機は、重力と推力がほとんどつりあった状態で、地上からようやく数ヤード浮いていた。ホロ映像にうつっているのはすさまじい噴射煙だけ。隠密行動をおこなうためのステルス機能などまったく働いていない。これだけ派手な噴射をしながら、フェンスを越えるのもやっとだった。すこし高度をあげて隣の格納庫を越え、その屋根を跡形もなく吹き飛ばしながら、滑走路へつづく誘導路の上へようやく出た——と思ったとき、噴射が途切れた。

おそろしい落下感覚——エンジンが一瞬息を吹き返して、また切れ、はげしい衝撃とともにアスファルトの上に落ちた。わたしは胸を蹴飛ばされたように、つかのま肺の空気をすべて失った。オルソーは操作パネルの上で忙しく手を動かし、声で次々に命令していった。ジャグ機は姿勢を上向きにもどすのではなく、そのままエンジンを吹かしてアスファルト上を移動していった。そして広い滑走路に出ると一気に加速し、わたしたちは見えない大きな手で繭に押さえつけられたようになった。地面が遠ざかった——いや、わたしたちが基地から飛び立ったのだ。

コクピットのほうから雑音が聞こえた。「……させろ」だれかの命令口調だ。「くりかえす、すぐに機体を着陸させろ」

「こちらに敵意はないんだ」オルソーはいった。

はっとしたような声と、背後でのざわめきが聞こえた。命令する声がふたたびいった。

「それなら機体を着陸させ、人質を解放しろ。拒否するなら、きみはこの国の利益に——いや、この惑星の利益に反する意図の持ち主だと判断するぞ」

ジャグ機がオルソーに報告するメッセージが、わたしの脳にも流れこんできた。ほとんどはイオティック語だが、英語も断片的に混じっている。ジャグ機が気をきかせて翻訳してくれているのか、それともわたしの精神にあわせて自動的にデータが変形されているのかはわからないが、とにかく、聞き覚えのある単語やジャグ機がつくりだすイメージから、まわりの情況はわかった。戦闘機の〝傘〟が上空をおおっているのだ。ジャグ機はその傘のどこかに穴がないかと探しながら、低空を旋回していた。

「もし着陸したら、ぼくは身柄を拘束されてしまう」オルソーはいった。

「きみに危害をくわえるつもりはない」基地からの声は答えた。

「それを信用できるだけの根拠がない」オルソーはやり返した。

「なにごとも信用なくして始まらない。きみがわれわれに敵意をもっていないというなら、それを証明したまえ」

オルソーのはじける怒りと、〝おまえたちに証明してやるべきことなどなにもない〟という内容の、オルソーの母語による言葉が、わたしには感じられた。しかし彼は、口に出してはいわず、こう答えた。「戦闘機を引きあげさせろ」

「きみはこちらの空域を冒している」基地の声はいった。「しかも乗っているのは武装した軍用機だ。着陸しないというなら、しかるべき手段をもちいて強制着陸させるぞ」

「もしそちらが発砲したら、スコーリア王圏宇宙軍に対する敵対行為とみなす」オルソーはいった。

無線にべつの声が割りこんできた。昂奮し、言葉を抑えきれない口調だ。「きみに発砲したくなんかないんだ！　話しあいたいだけだ。宇宙軍というのはなんだ？　きみたちはどこから来たんだ？　どうしてそんなにうまく英語をしゃべれるんだ？」

オルソーは、脳裏でささやく翻訳機能の助けを借りて、言葉を選びながら話した。「ぼくの上官はこちらの居場所を知っている。もしどうしてもぼくを拘束するなら、それは敵対行為とみなされるだろう」

最初の冷たい命令口調の声が、無線にもどった。「太陽系内にほかの船の痕跡は見あたらない。その機体は損傷し、軌道上に捨てられていたのだ」

「母船にはすでに連絡をとった」

「その機体からなんらかの通信波が発されたという証拠はない」

「それはきみたちの傍受手段が原始的だからだ」オルソーはいったが、わたしには嘘だとわかった。

「着陸しろ」基地の声はいった。「でなければ、発砲する」

そのやりとりのあいだ、ジャグ機はずっとそのウェブの状態についてオルソーに報告していた。ほとんどの武器と航法機能は使用不能のままだ。オルソーの手助けがあれば修復できるが、簡単ではない。どこへも連絡などできないし、イェーガー基地もそれを見抜いていた。

「彼らは、無理にこの機体を拘束したらどうなるかわからないと、もっと恐れているはずよ」わたしはいった。

「でも、たとえば彼らがミグ戦闘機を捕獲したら、簡単に逃がすと思うかい？」ダニエルがいった。

「これは東欧の戦闘機ではないわ。よその星からきた宇宙船なのよ」

「しかもそのパイロットは英語をしゃべり、人間とおなじ姿をしているわけだ。地球を監視するために軌道上に船を残して、地上で最初にやったことが、殺人と誘拐か。軍は本気になっているはずだ」

「あなたは協力するっていったでしょう」

「上空の迎撃機が発砲しない理由はないということを、きみに説明しているだけだよ」

わたしは低い声でいった。「わたしたち、死ぬかもしれないのよ」

ダニエルは深呼吸した。「わかってるよ」

「それでもこれに乗りたいのね」

「あたりまえさ。こんなチャンスは二度とない。それに軍は、ぜがひでもオルソーを生きて捕らえたいと思っているはずだ」

「そうだといいけど」わたしはつぶやいた。

コクピットでは、オルソーがまだ交渉をつづけていた。「そちらのせいで機体は機能がそこなわれている。着陸できないかもしれない」

「脱出できないのかね？」基地の声が訊いた。

「五人全員は無理だ」

ジャグ機から、あるメッセージがオルソーの精神に伝えられた。そのとたん、わたしは胸に強烈な圧迫をおぼえ、ダニエルに叩きつけられた。

「おい、見ろ！」声が聞こえた。ジャグ機によると、迎撃機から発された無線らしい。「なんて速さだ！」

圧力が高まり、押しつぶされそうなほどになった。視界にちらちらと光の点が踊り、暗闇が近づいては遠ざかり、また近づいた。

はじまったときとおなじように、唐突に圧力は消えた。ダニエルの頭ががっくりとわたしのほうへ倒れ、赤い水滴が顔のまえを漂っていった。首をねじってそちらを見ると、ダニエルは目をとじ、鼻血が鼻の先から空中へ点々と球体になって出ていた。

コクピットのほうを見ると、オルソーが宙に浮いたままこちらへむかってきていた。水中を泳いでいるような、不気味な動きだ。ネクタイは浮かんで先端がまるまっている。わたしは息をしようとあえいだが、充分に空気がはいってこない気がした。オルソーの背後にある、機外をうつしたホロ映像を見た——そして気を失った。

9　超感戦闘

「目覚めかけているようよ」ヘザーがいった。

その声にひかれて、わたしは暗闇から浮上した。

「ティナ？」オルソーの声がした。「わかるかい？」

わたしは目をあけた。三人の顔がこちらを見おろしている。ヘザー、オルソー、ダニエルだ。隔壁の手すりにつかまって、繭をとりかこむようにしゃがんでいる。髪が頭のまわりにふわふわと浮いていた。ダニエルの鼻血は止まり、ヘザーは元気そうだ。オルソーはネクタイをはずしてジャケットを脱いでおり、シャツごしに黒いベストの輪郭がすけて見えている。コンタクトと付け髭もはずしていた。シャツに新しい血のしみができており、痛そうな表情は浮かべていないものの、わたしはうずくような肩の痛みを感じとった。

繭からのぞける範囲のコクピットには、むこうの隔壁しかなかった。ホロは消えていた。わたしはもう一度映像を見て、さっきの驚愕の眺めが見まちがいではなかったのかたしかめたかった。地球が見えたのだ。輝く天の川を背景に、宝石のような紺碧の球体が浮かんでいた。

シャープペンシルが鼻先に漂い、はずれた鬘《かつら》の下から黒い髪が雲のように流れてきた。わたしはなんとか立ちあがり、繭から抜け出して宙に浮かんだ。

「軌道にあがったのね」わたしはいった。

オルソーがわたしの腰をつかんだ。「かろうじてね」

「あのホロマップをもう一度映してくれない？」わたしは頼んだ。

「ホロ……なに？」ヘザーが訊いた。

「ホロマップだよ」オルソーがいった。「さっきコクピットに投影されたもので、地球が映っていた」

「どうしてあれがホロマップという名前だとわかったんだ？」ダニエルがわたしに訊いた。

「さあ……」ほかの名前など思いつかなかった。

オルソーはわたしに重さなどないかのように軽々ともちあげたが、実際にそうだったはずだ。オルソーは隔壁を押しやり、機室内に漂うがらくたをかきわけながら、わたしといっしょにコクピットのほうへ漂っていった。そのときようやくジョシュアの姿が見えた。もう一方の繭のなかにすわり、青い顔をして目をとじている。

「ジョシュはどうしたの？」わたしは訊いた。

「だいじょうぶだ」オルソーはいった。

「ひどい顔色よ」

「気分が悪いんだよ」オルソーはコクピットにはいっていった。「自由落下状態にはいるとそうなりやすい人がいる。ヘザーも吐いた。きみとダニエルは気を失ったが、それはきみたちの繭の酸素濃度が狂っていたからだ」

オルソーはわたしを操縦席にすわらせた。すると殻状装具が形状を変化させてわたしをつつみ、操作パネルは小柄な体格にあわせて移動した。バイザーが頭にかぶさってきて、たくさんの絵文字がそのスクリーンを流れはじめたが、わたしは狭苦しく感じて押し返した。プラグが出てきて、存在しないソケットを探して背骨の下側や首のつけ根をつついた。しかしジャグ機とじかに接続しなくても、かなりはっきりと感じられるようになっていた。冷たく、非人間的で、謎めいている。わたしが何者だかわからずにとまどっている。

オルソーとジャグ機のやりとりが、つぶやきのように脳裏で聞こえた。航法系と推進装置《スラスター》を修理しないかぎり、これ以上は移動できない。低高度極軌道と呼ばれるここまであがれただけでも幸運というべきなのだ。オルソーは機体をおおう掩蔽幕に応急処置をして、とりあえず姿を隠していられるようにしていた。

また、ジャグ機は地球でやりとりされる通信を傍受してもいた。政府はジャグ機を、偵察機のようなものだろうと考えていた。ジャグ機がひろった議論の断片によると、一部の人々は、あの乗りものが爆発したらどんなことになるかわからない、攻撃は控えるべきだと主張していた。しかしそこにべつの声が割りこみ、撃ち落とせと命じた。

その議論の裏では、地上から発射されている兵器についてジャグ機の報告する声が聞こえてきた。《戦域高々度防空ミサイル、パトリオットPAC3。外気圏軽量ミサイル、ラプター／テイロンHEV……》というふうに、ジャグ機にとっては何世紀もまえの、適切な名称すら存在しないような防空システムの動きを、ぶつぶつと単調に読みあげていった。オルソーがなにかを訊き、ジャグ機は答えた——地上から発射されたものの、こちらまではとどかないある種のミサイルのことらしかった。

オルソーは操縦席と前面操作パネルのあいだの狭苦しい空間に、機室のほうをむいて立っていた。パイロットの姿勢としてはずいぶん奇妙だが、実際にはあまり関係ないのだ。どちらをむいていようと、必要な情報はすべてジャグ機から脳へ、じかにアップロードされる。ケーブルでつながっているときほど高速ではないが、使いものにならないほど遅くもない。ジャグ機は赤外線を主とした電磁波で信号を送っており、オルソーのソケットが赤外線受信機として働くのだ。

オルソーは、なにかメモの書きつけられた黄色いレポート用紙の束が漂ってきたのを、機室のほうへ放り返し、わたしの背後にむかっていった。「このへんのがらくたを片づけてくれないか」身体をねじってふりかえると、ほかの三人が宙に浮いてこちらを見ていた。

「いいわよ」とヘザー。「繭のなかへ放りこめばいい。そうすれば勝手に収納庫に送られる」

三人が掃除にとりかかると、わたしは操縦席から立とうとした。「手伝わなくちゃ」しかし操縦席はその考えに賛成しないらしく、身体を放してくれなかった。

オルソーは、わたしの額から髪をかきあげ、足場材がぶつかったところを調べた。「きみはしばらくじっとすわっていたほうがいい。ひどい打撲傷になっている」

「だいじょうぶよ」

すると、オルソーはやさしい顔になった。「じゃあ、ぼくの相手をしてくれればいい」

うしろからジョシュアがいった。「オルソー、なにか袋がないかな」

ふりかえると、ジョシュアが青い顔で機室のまんなかに浮いていた。オルソーはちらりとそちらを見ると、隔壁のパネルのひとつをあけて、チューブ状の道具をとりだした。ヘザーがジョシュアに近づき、二人にしか聞こえない小声で話しかけたが、ジャグ機はそのやりとりを聞きとり、わたしの脳にじかに送ってよこした。

「どうかしたの？」ヘザーは訊いた。

「ごめん」ジョシュアはつぶやいた。「でも、吐きそうなんだ」

「謝ることないわよ」ヘザーは顔を赤くした。「わたしのほうが先に吐いちゃったわ」

オルソーがそちらへいって、ジョシュアにチューブを渡した。「きみたち二人よりはるかに訓練された宇宙飛行士でも、ときには気分が悪くなるんだ。恥ずかしく思うことはない」

ジョシュアは弱々しく微笑んだ。「ありがとう」

コクピットにもどってきたオルソーは、べつの隔壁のパネルをあけて、ボウルのような容器をとりだした。その内側には小さなドーム状の装置がはりついており、それをはずして、前面操作パネルのスイッチにひとつひとつ固定していった。するとドームのてっぺんからソケットが伸びてきて、先端で赤い光をまたたかせはじめた。

オルソーは袖のボタンをはずしてまくりあげ、リストバンドをあらわにした。普通のシャツを着た男が、ギャングのメンバーのような黒い革のリストバンドをしているのは、なんだか奇妙に見えた。しかし、それこそがジャグ戦士の真の姿をあらわしているともいえるだろう——文明という手綱をかけられた暴力、というわけだ。共感能力者としての形質と、拡張された戦闘能力という相反する要素をかかえた人間は、うまくいけば、きびしい名誉規範によってすさまじい破壊能力と強力な倫理観をバランスさせた、優秀な将校を生み出す。しかし彼らの自殺率がきわめて高いことからみても、共感能力と戦争はやはり相容れないのだ。

オルソーは手首を下にむけ、リストバンドをドーム状装置から出たソケットに押しつけた。

「それはなに？」わたしは訊いた。

「ウェブのモジュールだ」ソケットを差したまま手首をもちあげた。操作パネルと接していたドームのたいらな面では、チューブの先端が赤くひかっている。

オルソーの説明によると、赤い光はレーザー光らしかった。レーザー光は操作パネル内の微細な網目をとおり、回折による縞模様をつくる。パネルが管理するソフトウェアや装置の状態は、この網目の形状によって決定されており、それは回折パターンに反映される。ドーム状装置はこの回折パターンをデジタルデータ化して、オルソーのリストバンドにしこまれた小型ウェブに送る。ささいなエラーはそこで処理されるが、もっと大きな問題があれば、体内の生体機械ウェブに処理方法を問いあわせる。軽い損傷なら、生体機械ウェブは修復のためにドームに命令を送る。パネルは、網目の形状とその回折パターンが上からの命令に合致するように、管理するシステムを変更していく、という仕組みだ。

「もっと大きな損傷の場合は、ドームは診断ツールとして機能するんだ」オルソーはいった。

「それで、ジャグ機はどんな状態なの？」わたしは訊いた。

オルソーは顔をしかめた。「めちゃくちゃだ」

「でも、脱出できたんだから、よかったじゃないの」

「そうさ、たいした脱出だったぜ」ダニエルが感嘆の声をあげた。「ジン－19ジェット戦闘機においてけぼりをくわせたんだから」

オルソーはドーム状装置をまたパネルスイッチに押しつけた。「まだ脱出しきってはいないよ」

わたしの脳裏では、まだジャグ機のつぶやき声が聞こえていた。《……ステーションⅣのカバー範囲外……極軌道、高度五百キロ……航法システム損傷……警告、アロー防空システム展開中……レーダー誘導／慣性誘導装置が情報更新……赤外線端末が目標捕捉……》そのあいだずっとジャグ機は、まるでパーティにあらわれた見知らぬ客の身許を探る主人のように、わたしの脳をあちこちつつきまわしていた。

突然、サイレンが鳴りだした。

コクピット内のパネルがクリスマスツリーのように明滅しはじめた。わたしの手もとの操作パネルがふいに離れて、オルソーのほうへ勢いよく移動したが、動きをコントロールするコンピュータの機能が低下しているせいで、オルソーを突き飛ばすような恰好になってしまった。オルソーは、前面操作パネルとわたしの脚のあいだの狭いところに膝をついてしゃがんだ。操縦席をわたしと交代する暇も惜しいらしく、そのままの姿勢で移動する操作パネルを手もとに引きよせた。するとコクピット全体が彼を中心に形状を変え、わたしは座席にすわっているただのお荷物扱いになった。うしろの機室からは、繭にもぐりこむ三人の声が聞こえた。

ジャグ機はオルソーとのリンクを強化しようとしたが、彼の精神が苦痛にひるんだので、しかたなくわたしの精神にメッセージを流しこんできた。《警告、掩蔽幕が機能不全。警告、

短距離攻撃ミサイル回転式ランチャーを搭載するXB-70が接近。警告、空対空ミサイルが接近中》

コクピットが消えた。

わたしは宇宙空間に浮かんでいた。空間には金色の巨大な三次元格子構造が広がり、格子でかこまれたひとつの立方体はちょうど人間がはいるくらいの大きさだ。操縦席の感触はまだ背中にあるが、仮想現実がとても鮮明なので、格子のほうが現実らしく感じられた。足もとに地球がある。紺碧の海が広がり、わずかに雲をまとった南北アメリカ大陸が見えている。

わたしの右側の立方体内でデータが流れはじめた。わたしの注意がそちらにむくと、すぐにその立方体は視野いっぱいに大きくなった。そのなかとわたしの脳のなかを情報が流れていく。ミサイルの軌道、構造、追尾システム。ジン-19、KC-135……。理解できない略語も多く、またあまりに流れがはやくて吸収できなかった。オルソーはどうやってこれだけの情報を処理しているのだろう。

オルソーのことを考えたとたん、データの流れは視野の隅に遠ざかった。前方のいくつかの立方体のなかに、青紫色の脈動する光があらわれた。ジャグ機が新しいデータをよこした。

《身長百九十四センチ。体重百十四キロ。瞳、紫。髪、紫。人類等級第三位——》

オルソーだ。ジャグ機はオルソーの映像を描き出そうとしているのだ。

一本の光線が格子構造のあいだを横切って、わたしのいる立方体にとどき、探りまわった。そしてそれが消えると、データの流れも止まった。正面で脈動していた青紫色の光が細長くなり、腕が伸び、脚が伸び、頭ができた。できあがったオルソーは、青紫色の光でできた身体を地球にむけて立っている。近づいてくるミサイルが、遠くの格子のあいだにあらわれた明滅する赤い光点として描かれた。わたしの混乱をみてとったジャグ機は、わたしが吸収できるようなかたちでデータを提示する方法を探し出した。

《あと六分で着弾》ジャグ機は考えた。

オルソーはそのミサイル群にむかって白い球体を投げ、それは格子のあいだを勢いよく飛んでいった。そのとき、わたしは視野の隅になにか灰色のものがあることに気づいた。わたしの注意の移動にしたがって映像が拡大され、胴体にアメリカ連邦空軍《FSAF》のマークがある衛星の精密なイメージがあらわれた。その上部にある砲塔が旋回して、レーザービームが発射された——映像では白く強調して描かれている。ジャグ機のデータが流れてきた。

《可干渉放射線——長距離——一秒後に入射——》

そのあと映像上では、まるで大きな風船に液体をかけたように、ビームがこの立方体のある位置ではじけ散るのが見えた。

《入射エネルギーの九十四パーセントが、プラズマシールドによって吸収、あるいは偏向されました》

ジャグ機はわたしの困惑を察して、さらなるデータを流しこんできた。〝シールド〟というのはX線を偏向させるプラズマで、それはもっと周波数の低い電磁波も通さないことを意味する。プラズマはある一点でだけ船体と交差していて、そこから観測プローブが外部に出ている。そこには最先端の素材と技術が投入されていて、多少のX線を浴びても壊れないようになっている。

オルソーが投げた球体が、赤い光点の雲にとどいた。外寄りのミサイルはとらえそこなったが、中央のはつかまえた。球体は三つの光点とともに消えた。音も閃光もなく消えるのは、不気味な眺めだった。

《宇宙空間には気体がないので、爆発して火の玉ができたりはしません》ジャグ機はわたしに教え、さらに報告した。《入射したX線のうち八十九パーセントがプラズマシールドによって吸収、ないし偏向されました》

爆弾は音をたてなかったが、地球側ではすさまじい反応が起きた。追撃してくる戦闘機のパイロットが叫んだ。「なんてことだ。あのチビ助は偵察機なんかじゃないぞ!」地上の基地も、爆発を探知すると大騒ぎになった。ミサイル攻撃をやめるべきだと主張する者もいれば、もう一段階きびしい攻撃をすべきだとする者もいた。はっきりいえるのは、彼らが恐れおののいているということだ。この〝チビ助〟は母船など必要としない。チビでも鋭い牙をもっているのだ。

オルソーはミサイル群にむかってまた球体を投げた。しかし今度は狙いがおかしく、球体が格子のあいだを飛びはじめてすぐ、とても当たりそうにないとわかった。オルソーは次を投げたが、よけいにひどい結果になった。球体はみずからをミサイルへ自動誘導しようとしたが、その追尾機能も損傷しているのか、ミサイル群に簡単にふりきられてしまった。

オルソーがはいっている格子の立方体の〝屋根〟にあたる部分が、蔓《つる》植物のように柔軟になり、手首に巻きついた。そしてオルソーが次の球体を投げようとすると、蔓が引っぱってその動きを修正しようとした。同時にオルソーの精神とシステムをつなぐリンクも強化されたのだが――オルソーは苦痛のあまり、格子のかなたまで響くような悲鳴をあげた。蔓はゴムひもが切れるようにぱちんと手首から離れた。オルソーの映像はつかのま紫色の光のにじみのようになった。すぐにもとのかたちにもどったが、ふちのほうはまだ歪んでぼやけている。

《ミサイル追尾システムのエラー率、六十四パーセントです》ジャグ機が考えた。

《ジャァアグ……》オルソーの思念もぼやけていた。《航ぉぉほうぅぅに……切りぃぃかえぇぇ……》

《警告、航法システムは機能低下しています》

《ジャグ》わたしは考えた。

格子から一本の紐が離れて、わたしの頭に巻きついた。《なんでしょうか》

《航法システムのどこがおかしいのか、教えてちょうだい》

オルソーの足もとの格子が輝いて、立方体の辺をなす棒を浮かびあがらせた。ただしそのときにはもうただの棒ではなく、ねじれた太い金色のロープになっていた――ほぐれかけたロープだ。

オルソーはもっているいくつもの球体を放し、この航法機能をになう〝ロープ〟がほぐれてしまわないように、その両端をつかんだ。球体の群れはふわふわと離れていって、オルソーのいる立方体のまわりをさまよいはじめた。

《航法制御、復旧》ジャグ機が考えた。《兵器インターフェースが機能低下》

オルソーは、今度はロープを放して球体に手をのばした。一個をつかむと、ジャグ機は考えた。

《兵器インターフェースの完全性が、二十一パーセント回復。航法システムが機能低下》

わたしは手をさしのべた。ゆらめく青い光につつまれて、わたしの腕は格子のあいだをどんどん長く伸びていき、オルソーの立方体にとどいた。わたしはオルソーの足もとの紐をつかんだ。

《航法システムの完全性、復旧》ジャグ機が考えた。

オルソーがさっとふりむいた。《ティナ！　システムから出ろ！　きみの脳が危ないぞ！》

《爆弾をやっつけて》わたしは考え、航法システムの紐を引っぱりながら自分の立方体へもどった。紐はこちらへ伸びてきた。ゆらめく青い光はちぎれ、電子ビットの渦を格子に散らした。

オルソーはミサイルのほうにむきなおり、さらにいくつかの球体を投げた。ミサイル群はすでに接近しているので、条《すじ》をひきながら飛んでいく球体は、さきほどより短い時間でとどいた。ほとんどの球体ははずれたが、むこうで旋回し、今度はもっと正確に追尾していった。

いくつかの赤い光点が消え、残りは二つになった。

《ミサイル追尾システムの八十四パーセントにおいて機能不全》ジャグ機は考えた。

オルソーは悪態をついて、頭上の格子から横棒をひきちぎった。棒はまんなかで折れて、半分がオルソーの手もとに残り、あとの半分は先端が伸びてふたたび立方体の角につながった。オルソーの手に残ったほうはしだいにふくらんで、大きな銃のかたちになった。まだかたちが固まらないうちから、オルソーはその大柄な火器を肩にかついだ。

そして発射した。仮想現実として描き出された銃からビームがほとばしり、同時にジャグ機がデータを報告した。《二・二メガ電子ボルトの反陽子によるペンシルビーム……粒子が原子核へ侵入……結合状態から非結合状態へ励起——》そして、ビームは接近する光点に命中。

消えた。さっきとおなじく、夜の砂漠のようにもの音ひとつしない。オルソーはほっと息をついて膝をおとした。

《第十六象限で、XB‐70機からミサイル発射》ジャグ機が考えた。格子のむこうにべつの赤い光点の群れがあらわれた。

オルソーは必死に立ちあがり、大きなレーザー銃を肩にかつぎあげた。仮想現実の武器なのに、本当に重そうだ。オルソー自身の映像がゆらめいたり、もとにもどったりするようになった。

《追尾システム、機能停止》ジャグ機が考えた。

《くそぉぉぉ》オルソーの声がゆらめきながら響いた。

《予備へ切り換え》ジャグ機は考えたが、しばらくして報告した。《予備モジュールにアクセスできません》

《自ぃぶんでぇぇ……やるぅぅ……》オルソーは、わたしたちが立っている金色の立方体よりうしろにある灰色の立方体のほうへ手をやった。腕がどんどん長く伸びていき——

ついに細くなりすぎて、途中で切れてしまった。切れた腕は無用の荷物のように格子のあいだを落ちていき、オルソーの肩側に残った傷口からはメモリーがどくどくと噴き出した。オルソーの姿がゆらめき、ついには火のついた蠟燭の下にたまる蠟の池のように、格子の上に融けて流れた。仮想現実の悲鳴が響きわたり、姿が薄らぐとともに消えていった。

　わたしは、むかってくるミサイルのまえにとり残された。

《ジャアアアグ！》わたしの叫び声があちこちに反響した。

　一本の紐がとぐろを巻いてこちらをむいた。《なんでしょうか》

《オルソーは死んだの？》

《セレイ分隊長は停止しています》

《どういう意味？》

《セレイ分隊長は停止しています》そしてつづけた。《わたしのＥＩは機能低下しています。自律性能を失っています。そちらからの命令入力が必要です》

　命令って、なんだろう。《ここから逃げて》わたしは考えた。

《航法システムの九十四パーセントが機能低下しています。予備モジュールにはアクセスできません。命令を実行できません》

《じゃあ、爆弾を吹き飛ばして》

《追尾システムが機能していません。兵器／航法インターフェースが機能低下しています。予備モジュールにはアクセスできません。命令を実行《エクシキュート》できません》

　だれも死刑《エクシキュート》にするつもりなどないし、自分も死にたくない。《こちらの姿が見えないようにできる？》

《いいえ。掩蔽幕は機能していません》
《どこが悪いの?》
《掩蔽幕を制御するコードが不正な改変を受けています》
《わたしにわかるように見せて》
《上を見てください》
見あげると、格子の内側に青空が浮かんでいた。
《コードを表現したものです》
《あれはなに?》
たしかに、〝エラー〟が見えた。空一面に亀裂やひびがはいり、巨大なジグソーパズルのように見えるのだ。
《空をなおして》わたしは考えた。
《〝なおす〟の内容を指定してください》
《漆喰かなにかつくって》
《〝漆喰〟の内容を指定してください》
《モルタルのようなもので、掩蔽幕のひび割れを修理するために使うの》
《掩蔽幕を構成するのはエネルギー場と、さまざまな周波数の電磁波と、船体属性の変化と、回避動作です。ひび割れるようなものではありません》
わたしはジグソーパズルのようになった空を指さした。《あれをなおす漆喰をつくって》
《補充コードの性質を指定してください》
《わたしにはわからない。あなたはできないの?》

《わたしのウェブが受けた損傷のせいで、データがまちがったメモリーアドレスに移動し、重要なリンクが切れています》

《だからどうなの？》

《わたしは損傷の度合いがひどく、自分自身のコードを正常に書き換えられません》

わたしは意識を集中させ、精神をジャグ機の奥深くへ沈めていった。そのときはわからなかったが、ようするにわたしは、自分のカイル能力を貸してジャグ機のEI頭脳を増強しようとしていたのだ。オルソーを助けたときとおなじように、ジャグ機が自己治療するのを手助けしたともいえる。しかしそのときのわたしに具体的にわかったのは、この〝空〟をなおす方法をジャグ機に教えてやればいいということだった。損傷したコードを書き換えようと四苦八苦しているジャグ機に、適切な助言をあたえてやればいいのだ。

《漆喰はひび割れを埋められるくらいに厚く塗らなくてはいけないわ。でも空の機能を阻害しない程度に薄い必要もある》

しばらく沈黙したあと、ジャグ機は考えた。《わたしが再生できるのはコードの一部分だけです。作業の成功率は、コンマ〇四パーセントから十一パーセントに上昇しました》

十一パーセントでは充分でないが、ミサイルも迫ってきていた。もうすこしなんとかならないか――

《ミサイルの着弾予想時刻まで、あと九十三秒》

急がなくては。《ジャグ、もし空がたわむ必要があるなら、漆喰も壊れずにたわまなくてはいけない。でも空をつないでおくだけの強度もいる。その――格子の働きを阻害しないようになめらかでもなくてはいけないわ。それから――》なんだろう。《――空の変化にあわせられるように、硬さを変化させられなくてはいけない》

《作業の成功率は四十三パーセントに上昇しました》ジャグ機は考えた。空のひび割れが漆喰で埋められて白くなった。しかし、それっきりなにも起きない。《着弾予想時刻まで、あと二十二秒》

赤い光点の先頭集団が、オルソーが立っていた格子の立方体にとどいた。

そして……。

ミサイルがただ消えただけだった。

《どうなったの？》わたしは訊いた。

《波形変調が十三パーセントにさがりました》

《それはどういうこと？》

《次の直撃には耐えられません》

《直撃ですって!?》なにも感じなかったのに。

《次のミサイルの着弾予想時刻は、十一秒後です》ジャグ機はいった。

わたしは、ほぐれかけた航法システムの紐を力いっぱい引っぱり、ジャグ機を急激に進路変更させた。どちらへむかっているかは皆目わからないまま、いきなり加速がはじまり、オルソーの身体がわたしの膝のあいだに押しつけられた。ミサイルは、ついいましがたまでわたしたちがいた空間を通りすぎていった。

《現在の加速によるストレスには耐えられません》ジャグ機が考え、しばらくしてつけくわえた。《ヨーロッパ地域から空対空ミサイルが発射されました》西ヨーロッパのあたりに赤い光点群があらわれ、こちらへむかってきた。

《ジャグ》わたしは考えた。《空の漆喰を磨いて。きれいになおすのよ》

《補充コードを適用しました》

心象風景が黒いマントですっぽりおおわれたようになった。まっ黒いビロードを背景に、格子が金色に輝いている。ミサイル群が火花を散らしながら近づいてきた。

《掩蔽幕、正常に機能しています》ジャグ機が考えた。

わたしはまた航法システムの紐を引っぱって進路を変更し、歯を食いしばって加速の重圧に耐えた。《ミサイルにはこちらが見えるの？》

《はい。こちらの排気が見えています。警告、航法システム機能低下。警告、このまま加速をつづけると、ストレスによって機体剛性が回復不能なほど弱まります》

《進路を固定し、排気を止めて》わたしは考えた。

《進路変更、完了しました》ジャグ機は考えた。

オルソーをわたしの脚に押しつけていた圧力が消えた。航法システムの紐もほぐれなくなり、逆に損傷箇所の多くで繊維がもとのようにもどっていった。

《もう安全なの？》わたしは訊いた。

《いいえ。命中する可能性が八パーセントから二十七パーセントあります》

《さっきまでよりはましね》

《的確な判断です》

《オルソーを見られるようにして》
《セレイ分隊長は停――》
《わたしをこの格子の世界から出してってこと》
《解放します》
ゆっくりとコクピットが見えるようになった。精神が少し傷ついたような気がする。オルソーは前面操作パネルにぐったりともたれていた。見まわすと、ダニエルは繭にくるまり、ヘザーとジョシュアもう一方の繭にはいっている。
わたしはオルソーにむきなおって、その背中に両手をおいた。《ジャグ、オルソーは生きてるの？》
《停止しています》
《それがどういう意味かわからないのよ》
《セレイ分隊長のプロセッサ・ユニットが機能しなくなっています。脳が入力に反応しなくなっています》
わたしはぎくりとした。《つまり、脳死ってこと？》
《いいえ。神経活動は止まっていません。休眠状態にあるだけです》
《なんとかできないの？》
《脳を再起動することができます》
《その方法は、害はないの？》
《セレイ分隊長が自分に対して無理なことをすれば、そのたびに損傷は悪化します。修復が

終わるまでは、あなたとのリンクを補強する以外の目的で人間／超感インターフェースを使うべきではありません》
《どうしてわたしとだけはいいの？》
《お二人の相互関係は人工的に形成されたものではありません。セレイ分隊長のウェブがなくても機能します。そのリンクを補強しても、彼のシステムをこれ以上損傷させることにはなりません。むしろ修復プロセスを助けるかもしれません》
《なぜ？》
《あなたが治療者《ヒーラー》だからです。あなたは自分の身体に対してバイオフィードバック制御ができ、またカイル中枢をつうじてある程度まで、他人にもその制御を働かせることができます》
母とおなじなのだ。《わたしはどこまでオルソーを助けられるの》
《あなたのカイル等級を測れるほど充分なデータがありません》
《等級？》
《絶対値を決められないのです》
《そう》とにかく、格子のなかでの出来事で、オルソーが脳に損傷を受けたりしていないかが心配だった。
《受けています》ジャグ機が考えた。
《程度はひどいの？》
《機能は残っています。適切な治療を受ければ、回復できます》

《もしオルソーを再起動したら、損傷が悪化したりする?》
《いいえ》
《じゃあ、やって》
まわりに格子の風景があらわれ、すぐに消えた。格子も、地球も、空もない、まっ暗闇だ。オルソーがうめき声をあげ、脚のあいだで身動きするのを感じた。闇につつまれたわたしの脳裏を、白い絵文字がスクロールしていった。ジャグ機はイオティック語でなにかつぶやいている。オルソーがシステムをデフォルト状態にもどしたらしい。格子がふたたびあらわれ、地球も見えるようになった。スクロールする表示も格子のなかにあらわれたが、わたしに理解できる映像ではなく、わけのわからない絵文字のままだった。オルソーの青紫色のイメージがゆらめきながらあらわれた。今度はわたしのすぐまえの立方体のなかで、こちらをむいている。
《だいじょうぶ?》わたしは訊いた。
オルソーは自分の言語でなにかいった。
《言語モジュールをリセット中です》ジャグ機が考えた。
わたしは目をぱちくりさせた。いったいわたしが話している相手は、オルソーなのか、ジャグ機なのか。
《どちらもおなじものだ》オルソーがいった。ジャグ機が通訳したおかげでちゃんとした英語だった――というより、ジャグ機流の奇妙な英語なりにちゃんとしていた。《どうやって掩蔽幕を修理したんだい?》

《適当によ》わたしは考えた。《ほとんどはジャグ機が勝手にやったわ》

《適当にしては、すばらしいできばえだよ》オルソーの姿が青紫色の光のなかでゆらめいた。

《きみを戦闘に巻きこむつもりなどなかった。すまない》

《あなたは……》機械相手ではなく人間相手に戦うときのことは、あまり想像したくなかった。そのときオルソーは、敵の殺意をじかに感じるのだろうか。敵の死を感じるのだろうか。

オルソーの姿がぼやけた。《感じる》

《耐えられるの？》

《ずっとむかし、ジャグ機パイロットになりたくてなりたくてしかたのない時期もあった》ため息をついた。《でもジャグ機パイロットにはすばらしいところなどどこにもないと、すぐにわかった。たんなる必要悪なんだ》

わたしはオルソーの胸に手をのばし、わたしの青と彼の青紫色を混ぜあわせた。《殺しあいをしなくても、愛する人々を守れる方法がきっとあると、わたしは思うわ》

オルソーは小声で答えた。《いつかそれをみつけられるといいね》

戦闘のあとは、沈んだ雰囲気だった。ヘザーとジョシュアとダニエルは、ホロスクリーンのまえで漂いながら、黙って船の外を流れていく宇宙の風景を見ていた。オルソーが修復作業をするあいだ、わたしは格子の世界を監視し、オルソーにもわたしの精神を経由してそれを見せた。地球側は捜索をつづけていたが、さしあたり掩蔽幕はわたしたちを隠してくれていた。

そしてようやくオルソーが作業をやめた。工具類を片づける彼に、わたしはいった。「あなたがこの世界へ迷いこむ原因になった不具合は修理できたの？」

オルソーは首をふった。「それはまだだ。でもとりあえず地球を離れて、どこか安全なところへ移動したい。でもそのまえに、人質を帰さなくてはならない」わたしの身体をつつんだ殻状装具に手をふれてひらき、操縦席から離れられるようにしてくれた。「下へ降りるあいだは繭のなかにはいっていてくれ。地球から離れたら、きみのための副操縦席をあつらえるよ」

わたしは席を押して離れた。うしろの機室ではダニエルとヘザーとジョシュアが宙にただよい、こちらの話を聞いていた。

「ぼくらを帰してくれるんだね」ジョシュアが訊いた。

オルソーがうなずくと、彼らに安堵の表情が広がった。イェーガー基地でいきなり約束が反故《ほご》にされてしまったことを考えれば、これまでの不安は想像にかたくない。

「きみたちは軍から事情を聴かれるはずだ」オルソーがいった。「そのときは、協力しなければ殺すと脅されたというんだ。そしてぼくがティナをひきつづき人質として連れていったと。そうすればきみたちの立場は安全だ」

ダニエルが心配そうにいった。「ジョシュアにできるかな。嘘をつくのがすごく下手だからな」

ジョシュアはにらんだが、反論しようとはしなかった。たしかにそうであることを、ジョシュアを知っている人ならだれでも知っていたからだ。

「嘘じゃない」オルソーが低い声でいった。「必要とあれば、ぼくはきみたちを殺したはずだ」

オルソーに殺す気など毛頭ないことは、わたしにはわかっていた。しかし三人がそう信じることが大切だったのだ。三人がそう信じていれば、事情聴取するはずの人々もおなじように信じるだろう。

カリフォルニア工科大学に着いたのは、夕暮れ時だった。わたしたちはミリカン図書館わきの空中に、突然、赤みがかった金色の夕日を浴びてあらわれた。学生たちは、噴射による強烈な風圧から逃げながら、降下する機体を指さしたり叫んだりしている。真下では芝生が跡形もなく焼け、噴射煙がもうもうと立ち昇った。宙に吹きあげられた本や書類は、学生たちが取り落としたのか、その腕から吹き飛ばされたのか。

着陸すると、オルソーは操縦席から跳び降りて、大股にエアロックに近づいた。のんびりしてはいられない。もしまだ軍に探知されていなくても、遠からず戦闘機が上空に飛んでくるはずだ。わたしたちが急いで繭から出ていると、オルソーはエアロックをひらき、熱された空気が機室に流れこんできた。外の数百ヤード離れたあたりにこちらを見る人垣ができている。

ジョシュアがわたしのほうをむいた。どちらからともなく抱きあった。「ティナ――」ジョシュアは声をつまらせた。「さよなら」

わたしの頰を涙がつたった。「さよなら」

「元気で」ジョシュアは腕に力をこめたあと、身体を離して、エアロックのそばで待つヘザーとダニエルに合流した。

オルソーは三人にむかって静かにいった。「ありがとう。本当に感謝している」

「幸運を祈ってるぜ、二人とも」ダニエルがいった。ヘザーとジョシュアもうなずいた。そして三人は機体から跳び降り、まだ熱い地面を走っていった。

空へと上昇しながら、わたしはホロスクリーンごしに彼らを見た。大勢の人々にとりまかれて、こちらを見あげている。夕焼けに染まった三人の顔が、どんどん遠ざかっていった。

10 そして反転

頭上で土星がまわっていた。赤砂糖色の縞模様のある金色の巨体が、褐色のレコード盤を思わせる無数の輪にとりまかれている。オルソーはジャグ機を、衛星レアをめぐる軌道にのせた。わたしは宙に浮かんで、ホロスクリーンごしにレアの母惑星を眺め、手首にはまったブレスレットをまわしながら、自分の母親のことを思っていた。

「これだ！」オルソーは、上半身を隔壁にひらいた点検口のなかにつっこみ、こちら側の空中に腰と両脚だけを浮かばせていた。

「悪いところがわかったの？」わたしは訊いた。

「エンジンだよ」身体をひねりながら機室内に出てきて、傾いた姿勢でわたしのまえの空中に浮かんだ。「反転エンジンと掩蔽幕の両方がやられてた」

「なおせるの？」

「たぶんね」ブレスレットをいじっているわたしを見て、オルソーはにやりとした。「とても配管部品とは思えないね。まさに装身具のように美しい」

わたしはためらった。「これを自分の娘に手渡すのが夢なのよ」

その言葉の裏の意味を、オルソーはすぐに理解した。「ティナ、ぼくもいつか父親になりたいとはずっと思っているんだ。でも約束はできない。ぼくらが生物種として近いのはたしかだけど、充分に近いかどうかはまだわからないからね」

「可能性はあるの?」

「あると思う。医者に相談してみることだ」隔壁のべつの長方形にふれると、縦長のパネルがひらいて、二着の柔らかな素材でできた宇宙服が出てきた。

「まさか、外へ出るの?」

「ジャグ機の自己修復機能がうまく働かなくなっているんだ。いくらかぼくの手で作業してやらなくちゃいけない」裸になり、顔を赤くしたわたしに笑みをむけて、脱いだ服をロッカー内にかけた。宇宙服を着ると、それは身体にぴったりと密着した。二十世紀のスペースシャトル用宇宙服にくらべると、はるかに薄くて上品だ。

実際のところ、シャトルの宇宙服とオルソーの環境スキンスーツとは、馬車とインディ500のレーシングカーくらいもちがっていた。シャトルの宇宙服は、ナイロンの内張りから、冷却水を循環させて熱と余分な気体を除去する仕組みまで、七層構造になっている。内側からマイラー・ポリエステルフィルム製の耐圧層、ダクロン・ポリエステル製の内圧抑制層、ネオプレン製の流星塵保護層、アルミニウム蒸着処理された断熱層、そしていちばん外側の保護層になる。ヘルメットは金魚鉢のようだ。手袋の指先は工具をあつかいやすいシリコンゴム製。手首をまわせるように、ボールベアリングをしこんだ金属リングを介して袖に取り付けられている。これを着た宇宙飛行士は、大きなバックパックのようなガスジェット推進ユニットを使って移動する。そのほかにカメラ、命綱、太陽遮蔽膜、コンピュータ、マイク、ブーツなどを装着する。移動ユニットをべつにしても、百十三キロの重量がある。

それにくらべると、オルソーの環境スキンスーツは、文字どおり第二の皮膚だ。電源モジュールはベルトのなかにおさまっている。頭にかぶっているのはただのフードで、顔の前面に透明な合成ガラスがはまっているだけだ。スキンには極微サイズのロボットが詰めこまれている。原子から出た何本もの結合の〝手〟はロボットの腕、一個の結合のまわりをまわる化学グループは歯車、球状分子はボールベアリング、芳香族の分子は殻の役割をするわけだ。緻密に編まれたチューブ状のフラーレン分子は筋肉の働きをし、人間のそれよりはるかに強靭だ。その収縮のエネルギーをナノボットが変換して、スキンを広げるのに使っている。ナノボットにしこまれたピコチップはひとつのウェブ——ピコウェブを形成し、スキンに簡単な知能をあたえている。外層に張られたフィルムは太陽エネルギーを集め、また圧力データをピコウェブに送る。ウェブはそれにしたがってナノボットに指示を出し、内層を変化させてオルソーに触覚を伝えるわけだ。ピコウェブは排泄物をリサイクルしたり、ナノボットを指揮して損傷の修復をさせたりする。

オルソーの唇がヘルメットのなかで動いた——〝すぐもどってくるよ〟。

診断装置を手にして、エアロックのほうへ行った。内扉がカメラの絞りのようにさっとひらいたが、その開口部には、虹色にひかるシャボン玉の膜のようなものがかかっていた。そして内扉がとじて、外扉がひらいた——のだが、タイミングがおかしかった。音からすると、内扉がしまりきらないうちに外扉がひらいたようなのに、空気が抜けるような音も感触もなかったのだ。

オルソーが機外に出ると、わたしはいった。「ジャグ？」
《なんでしょうか》
声で返事がかえってくるものと思っていたので、虚を衝かれた。「どうしてそんなに簡単にわたしの精神に接続できるの？」
《現在、あなたの脳の量子確率分布は、こちらのプロセッサの空間位置とほぼおなじになっています。そのため重ね合わせの効果が大きく働いているのです》
わたしはジャグ機にむかって考えかけようとした。《それはどういうこと？》
《おたがいが接近すれば、相互の影響力は大きくなります。いまのあなたは、わたしの内部にいるのです》
《じゃあ、なぜオルソーはプラグを差さなくてはいけないの？》
《彼のシステムははるかに多くの通信容量を必要とするので、物理的ないしは電磁波経由のリンクが不可欠なのです》
《オルソーは外でだいじょうぶなの？》
《はい。見てください》
ホロスクリーンに、船体にそって移動していくオルソーの姿が浮かびあがった。身体のむきを変えるたびに宇宙服が光を出している。
《火花は、宇宙服が出すガスジェット噴射を表現したものです》ジャグ機は考えた。《宇宙服はオルソーのソケットに接続しており、彼はそれをつうじて行きたい方向を指示しています》

オルソーが生体機械ウェブのリンクを使うのは、よくないという話ではなかったっけ。
《安全なの？》
《オルソーの神経の損傷を悪化させる危険はあります。しかしイェーガー基地の技術者にいじられたせいで、音声および手動制御機能が働かなくなっているのです。神経リンクだけは、彼らがその存在を知らなかったおかげで無事でした》
オルソーは土星の金色の光を浴びながら、診断装置を船体につけ、作業をこなしていった。わたしは、意識を集中させると、オルソーと宇宙服との思考のやりとりを〝盗み聞き〟することができた。ジャグ機がオルソーを監視しているからだ。まるでオルソーを有用な道具とでも思っているかのようだ。
《そうです》ジャグ機は考えた。《彼はわたしのものです》
〝もの〟？　どう解釈していいのかわからなかった。ジャグ機はわたしをライバルとみなしているのだろうか。
《この文脈で、〝ライバル〟という言葉は意味をなしません》ジャグ機は考えた。《オルソーはあなたを求めています。あなたの種族で男女が合意のもとに関係をもつ場合に適切とみなされる態度をとることが、あなたにとっても利益があります》
《ご心配なく。そうするわ》
《これでおたがいに了解できましたね》
永遠とも思える長い時間がたって、ようやくオルソーはエアロックのほうへもどりはじめた。オルソーが内扉をくぐってくると、わたしは機室を横切って飛んでいき、体当たりするように抱きついた。はずみでわたしたちは空中でぐるぐるまわりはじめた。オルソーは笑いながら、わたしの腰をつかまえ、ヘルメットをあけてうしろへ押しやった。

「なにがおかしいの？」わたしは訊いた。

オルソーは手すりにつかまって回転を止めた。「エアロックをくぐってくるたびにこういう反応をしてくれるとうれしいね」

わたしはその胸に顔をうずめた。「もう外へは行かないで」

オルソーは宇宙服を脱いで着がえ、コクピットへ行ってさらにテストをはじめた。わたしはかたわらへ漂っていって、そのようすを眺めた。

《ジャグ、副操縦席をもう一度出してくれる？》

《はい》

コクピットの床からシートが迫りあがってきて、場所をあけるために移動した隔壁と操縦席のあいだに割りこんだ。殻状装具が蝶の翅のようにひらいている。わたしがシートにすべりこむと、網状の繊維が身体をつつみこみ、手足はある程度自由に動くようにかたちをつくった。

「ヘザーのラストネームはなんだい？」オルソーが訊いた。

「たしか、マクデインよ」

オルソーの席のまえにある水平の棚の上に、高さ六インチほどのホロ映像が浮かびあがった。白髪まじりの五十歳くらいの女性だ。ホロスクリーンの下端にある細い反射素材の上に、なにやら絵文字が流れていく。

「項目内容」ジャグ機が読みあげた。「ヘザー・ローズ・マクデイン・ジェームズ。二〇二七年、ノーベル物理学賞受賞。相対性理論のジェームズ再公式化をおこない、地球連合圏の反転星間エンジンの開発に道をひらいた」

「これ、ヘザーじゃないの」わたしはいった。

「詳細を」とオルソー。

ホロ映像に人の顔が増えた。はっとするほど見覚えのある顔と、四歳から十二歳くらいまでの三人の女の子たち。ジャグ機はヘザーの生まれ、育ち、教育、職歴についてのデータを読みあげたあと、このホロ映像について説明した。「夫ジョシュア・ウィリアム・ジェームズと、子どもたちのケイトリン・マクデイン・ジェームズ、ティナ・プリボク・ジェームズ、サラ・ローズ・ジェームズ」

わたしがあんぐり口をあけていると、オルソーが笑みを浮かべた。「娘にいい名前をつけたものだね」そして前かがみになって、なにかに意識を集中させた。べつのホロ映像を出そうとしているのかと思ったが、急にぞくりとしたような奇妙な表情を浮かべただけだった。

「どうかしたの？」わたしは訊いた。

「え？」オルソーはちらりとこちらを見た。「なんでもない。出発だよ」

ついにそのときがきたのだ。「わかったわ」

わたしたちは安定してゆっくりと土星から離れはじめた。オルソーはジャグ機の進み方をうつすためにホロマップを起動した。本来、機体は映らないのだが、ジャグ機はみずからのデータをもとに映像を描きくわえた。現在の状態を忠実に反映した姿であるはずだ。

そのとき、わたしは奇妙なことに気づいた。ジャグ機があまり流線形ではなくなってきているのだ。「潰れかけてるわ」

オルソーは操縦に集中しているため、自分の言語でなにかいい、それをジャグ機が通訳した。「反転したあとは、球に近い形状のほうが有利なのです」

わたしはもっと訊きたいことがあったが、操縦のじゃまをしたくないので黙った。

「訊いてくれてかまわない」オルソーがいった。「ぼくはスワップ中だから」

オルソーの精神が、ジャグ機のウェブ内にあるさまざまなノード間で入れ換《スワップ》えしながら機能していることは感じていたが、わたしもそのノードのひとつであり、リソースが空いているときにオルソーがはいってきているということを、そのとき初めて知った。オルソーは忙しいので、ジャグ機がわたしの疑問に答えた。それによると、亜光速の速度域に住む観察者がもしわたしたちの飛行を記録したとすると、わたしたちが光速に近づくにつれて全長が短くなっていくように見えるはずだという。しかし反転したあとは、逆に全長は増えていく。光速の百四十一パーセントまでは、ジャグ機は観察者に対して静止しているときとおなじ長さにもどるだけだが、それを超えるとどんどん長くなっていく。

「今回のジャンプでは、わたしたちは数千キロメートルの長さになるはずです」ジャグ機がいった。

わたしは口笛を吹いた。「つまり、これからオルソーが身長数千キロメートルの巨漢に見えてくるってこと？」

オルソーがにやりとし、かわりにジャグ機が説明した。「あなたから見て、わたしは静止していません。だから変化はあらわれません。わたしの形状を球に近いように変えたのは、ほかの座標系に対して自分の占める領域を最小限にするためです」

なぜジャグ機は神経リンクを使わず、声で返事をするのか不思議だった。いまでは、神経損傷の治療が終わっていないオルソーがまだ精神の会話に加われなかったからだとわかるが、その当時は、コンピュータがメインユーザーの感情を考慮にいれて応えるようにあらかじめプログラムされているとは――それどころか、自己プログラムするものだとは――思いつかなかったのだ。

わたしはホロマップをしめした。「星座が動いてるわ」

「こっちが加速しているんだ」オルソーがいった。

ジャグ機がつづけた。「四十二秒前に、わたしたちは三十秒間にわたって重力の百倍の加速をおこないました。いまは光速の十パーセントで飛行中です」

わたしは笑った。「冗談でしょう」

「〝冗談〟とは？」ジャグ機が訊いた。

「そんな加速をしたら、二人とも死んじゃうわ」

「わたしたちは量子安定化にはいっていました」

「量子……なに？」

ジャグ機は、船とそのなかのものすべてがどのようにひとつの体系をなしているか、説明してくれた。粒子の集合体はひとつの量子状態、あるいは波動関数で記述される。たとえ一個でも、粒子がその固有量――すなわち位置、運動量、スピンなどを変化させたら、その量子状態も変わる。量子安定化では、そのような量子状態の変化すべてが停止するのだ。といっても、ジャグ機が凍りつくわけではない。ジャグ機を構成する素粒子は、あいかわらず振動し、回転している。量子安定化がかかる直前の動きをつづけているのだ。ただし、量子としての遷移はできない。理論的には、量子安定化にはいった系は巨視的に見ても無限に硬いはずだ。しかし実際には、百パーセントの効果があるわけではない。極端に、あるいは急激に変化させる力がくわわったときには、効果は弱まる。

地球上空でミサイルが命中したときにわたしたちが生きのびられたのは、ジャグ機が量子安定化をかけたからだった。ミサイルは、量子安定化にはいっている物体をトンネル効果で通り抜ける。つまり、なにも影響をあたえることなく複素数空間を通っていくのだ。しかし時にはミサイルが爆発し、その運動量を電磁波エネルギーや複素数空間や、あるいはみずからの破片に転嫁する。それらは、量子安定化した物体を通り抜けるかもしれないし、通り抜けないかもしれない。完璧な量子安定化は存在しないので、物体内の素粒子が運動量を吸収してしまって損傷が惹き起こされる可能性はあるのだ。

オルソーがホロマップ上のひとつの星をしめした。そのまわりに金色の後光があらわれ——そして星が〝ジャンプ〟した。実際にはすべての星が移動し、船の前方の一点にむかって集まった。オルソーが強調表示にした星の色は、赤から緑に変わっていた。

オルソーはちらりとわたしを見た。「いま安定化から抜けたところだ。速度は光速の四十パーセントだ」

わたしはぽかんと口をあけた。「なにも感じなかったわ」

「きみの神経細胞も分子状態を変えられないんだよ。だから安定化中はなにも新しいことを考えられない」

星々は次々にジャンプして、一点に集まっていった。強調表示された星は深い紫色に変わり、黒っぽくて判別しづらくなっている。表示によれば、光速の六十パーセントに達していた。

「どれくらいまで光速に近づいたら反転するの？」わたしは訊いた。

「バランスの問題だ」オルソーはいった。「反転して複素数空間にはいるのは、道路をふさいでいる立ち木を迂回するために、不快な森に足を踏みいれるようなものだ。森ですごす時間はできるだけ短いほうがいい。だからなるべく立ち木に近づいてから道路を離れる。つまりできるだけ光速に近づきたいわけだ。しかし近づきすぎると、質量が増えて燃料があっというまになくなってしまう。立ち木の幹をよじ登ろうとするのとおなじなんだ。だから近づくにも限度がある」

また星々がジャンプした。強調表示された星は、光の波長が可視光域から出てしまい、見えなくなった。

そのとき、ジャグ機の内と外がひっくり返った。

そう感じたのだ。わたしたちは機内にいるが、それは宇宙全体がいっしょに裏返しになったからだ。ホロマップでは星々がまた姿をあらわしていた。赤方偏移して正常な色にもどったのだ。最初はまったく見覚えのない星座ばかりだったが、しばらくしてもとの星々とおなじだと気づいた。ただし、位置が反転していた。

「わかった。だから反転ていうのね。星空がこうなるから」わたしはいった。

「反転という用語は、数学の等角写像からきています」ジャグ機が説明した。「二十世紀半ばにミニャーニとレカミが、四次元で一般ローレンツ変換をおこなうために提案しました」

オルソーがにやりとした。「ようするに、きみのいうとおり、それが反転なんだよ」

「どんなすごい速度で飛んでるの？」

「まだ光速の十万倍にすぎない」

〝すぎない〟ですって？「ずいぶん速いと思うけど」

「超光速空間では、速度に上限はない。光速以下にはなれない、という制限があるだけなんだよ」

「過去へさかのぼりはじめるっていう問題は、どうなってるの？」

ジャグ機が答えた。「ジェームズ理論によれば、出発地点から出るまえに到着地点に着くことはできません。しかし反転中は、過去方向へも未来方向へも移動できます。机上の計算では、出発地点と到着地点でおなじ速さで時間が流れていると仮定して、軌道を最適に設定すれば、亜光速空間での経過時間をゼロにできるはずです。しかし誤差の積み重ねによって、実際には十時間五十分が経過していると考えられます」ジャグ機はまるで、理論的限界に勝てないことに苛立っているような調子だった。

「いまはどこへむかってるの？」わたしは訊いた。

「エプシロン・エリダーニだ」オルソーが答えた。

「あなたはそこに住んでるの？」

オルソーは首をふった。「そこは地球からほんの十一光年くらいで、ひとっ飛びの距離だ。この故障したエンジンでそれ以上の危険は冒せないからね。そこに地球連合圏のステーションがあるんだ」そこでしばし黙った。「警告しておくけど、もしかすると二人のどちらにとっても見知らぬ世界に着いてしまうかもしれない。あるいは再反転しようとしたとたんに機体が爆発するかも」

わたしは深呼吸してうなずいた。減速していくと、星座はまた一点に集まりはじめた。そして宇宙はもう一度内と外がひっくり返って、正しい姿になった。亜光速空間にもどったのだ。星々が正常な色と位置に落ち着いたのを見て、ほっと安堵の息をついた。前方にオレンジ色の太陽があり、ホロマップで明るさを加減されている。

男の声が、通信機から大きく響いた。「王圏ジャグ機、こちらはエプシラニ・ステーションだ。そちらの身許をあかしてください！」

そのとき、オルソーから流れてきた洪水のような安堵を感じて、初めて、故郷に帰れないのではないかという彼の懸念がいかに大きかったかを知った。しばらくは返事もできないようすで、ただ前面操作パネルのふちを両手で握りしめているだけだった。

「王圏ジャグ機、応答せよ」声がいった。「ここは民間人の基地だ。くりかえす、われわれは民間人だ。そちらの意図を述べてほしい」

オルソーは深呼吸した。「エプシラニ、こちらはセレイ分隊長、王圏宇宙軍第十六大隊所属のジャグ戦士二爵です。機体に損傷を負っており、寄港を求めます」

「施設には空きがあります、分隊長。部屋で休まれますか？」

「そうしたい。修理もしたいんです」

「できるだけのことはします」男は答えた。「しかしここは科学研究ステーションにすぎません。こんなところにジャグ機が飛んできたのは初めてのことなので」

「わかってます」

「ほかに必要なものはありますか」

オルソーは包帯をした肩にふれた。「医者を」

「ドッキングベイに待機させておきます」

「それから、もうひとつ」

「なんですか?」

オルソーはちらりとわたしを見た。「そちらで結婚式をできませんか?」

沈黙。そして声が返ってきた。「もう一度おっしゃっていただけませんか。よく聞きとれなかったので」

「結婚です。だれか司式できる人間がいませんか?」

「ええと——はい、なんとか準備はできると思いますが」

「お願いします」オルソーは操作パネルで光が点滅しはじめたのを見た。「ドッキング誘導信号を受信しはじめた。これより接近する、エプシラニ」

第二部　第二の宇宙

11 エプシラニ

ホロマップのなかで惑星アテナの姿が大きくなってきた。青と赤の縞模様がある巨大ガス惑星で、七個以上の衛星と、キャラメル・キャンディーとブルーベリー・アイスクリーム色の薄っぺらい輪をもっている。エプシロン・エリダーニ宇宙ステーション——通称エプシラニは、その巨大な球体の上に浮かんだちっぽけな一片の金属テープのようにしか見えなかった。

近づくにつれて、その〝金属テープ〟は、じつは車輪のかたちをしていることがわかってきた。ずいぶん小さいので、わたしはがっかりした。もっと壮大なものを期待していたのだ。鏡のように輝く円盤がその上にあって、ステーションにむけて太陽光を反射している。ステーション上ではさらに多くの鏡がその光を受け、黒い宇宙空間を背景にきらめいていた。静かに回転する車輪には、中央のハブから六本のスポークが出ている。この車輪が花だとすると、ハブの中心から下へ一本の茎がのび、そこから萼《がく》にあたる一個の静止した網状のものがひらいていた。こちらが近づくにつれて車輪はしだいに大きくなり、〝茎〟に見えたものは、じつは球体の連なりであることがわかってきた。数珠か、あるいは豆の莢《さや》がつながったもののようで、その下端には小さな蕾《つぼみ》がついている。たしかにこのステーションは、全体が車輪型の回転する花に見えた。

「美しいわ」わたしはいった。「下側にくっついているものはなんなの？」

「網状のものは放熱器だ」オルソーは答えた。「余熱を放出する。ハブはこれからぼくらがドッキングする場所。その下につらなった小さな球体は、たぶん生産プラントだろう」車輪の外周部分をさしてつづけた。「あの円環体が、人の住んでいる居住区だ」

車輪はさらに大きくなり、ついにはホロマップの視界を埋めつくした。そこに小さな黒い点があらわれ、ハブのほうからこちらへ近づいてきた。しばらくして、その黒い点は船だとわかってきた。わたしはこのステーションを錯覚していたことに気づいて、目眩を覚えた。距離があるせいで小さく見えただけだった。車輪の直径は一マイル以上あるのだ。

オルソーが近づいてくる船をしめした。「ファラデー無人機だ。ぼくらをプラズマ核のなかへ連れていってくれる」

「プラズマ……？」

「あそこは約千クーロンの電荷をもつ電子の井戸なんだ。居住区は百五十億ボルトの電場でつつまれている。むかしのＮＡＳＡの研究をもとにした設計なんだよ」

オルソーは、恒星エプシロン・エリダーニのほうをしめした。

「宇宙線や太陽放射から人間を守るための対策だ。プラズマは粒子を跳ね返し、放射線を安全なレベルにさげてくれる」

無人機はどんどん近づき、ステーションがさえぎられて見えなくなるほどになった。そして速度をこちらにあわせながら、花が咲くように先端をひらいた。

「まさか、わたしたちを呑みこむつもり？」

ホロマップにうつるのは無人機の腹のなかだけになった。太い骨組みにささえられた金属の洞窟だ。無人機が動いていることをまえもって知らなかったら、自分たちは停止してしまったように思っただろう。

ジャグ機がエプシラニと交信し、オルソーが答えた。通信チャンネルでデータを受けとってどうのといっている。ホロマップが切り換わって、エプシラニに近づいていく無人機の姿があらわれた。ステーションの側から撮影しているらしい。無人機はふたたび口をとじており、まだ咲いていない花の蕾のように見えた。

オルソーは、その蕾から突き出た産毛のはえた茎のようなものを指さした。「あれは電子銃だ。井戸に電子を放射して、ステーションとこちらの電位差をなくすんだ」

蕾はエンジンを吹かした。わたしは格子空間とのリンクをつうじて、ステーションから無人機へのメッセージを聞いた。無人機とステーションの正電荷どうしが反発して起きる〝風〟の力を補正しろ、といっているようだ。ジャグ機がわたしの脳になじむにつれて、そのデータの表現方法はどんどん独創的になっていった。いまではメッセージが、格子のあいだを翅を広げて飛んでいく虹色の昆虫のように〝見えた〟。羽音をたてて飛んでくる深い青色の蝿の群れは、シールドの不安定性を制御するためのプラズマ密度変動のデータを運んでいる。意識を集中させると、さらに多くのデータ昆虫が格子のあいだを飛んだり、立方体のなかにかたまったり、新しい位置へ移動したりしているのが見えた。

ステーションのハブが目のまえのところまで近づいた。無人機は花弁をひらき、まるで花のジグソーパズルのようにそれをハブ側の開口部とかみあわせた。聞き慣れない声がした。

「ドッキング完了しました、分隊長。いつでも下船なさってください」

「了解」オルソーは通信機のスイッチを切って、わたしのほうをむいた。「機外に出るまえに、きみに話しておきたいことがある」

その表情を見て、わたしは不安になった。「なに？」

「これからどういう情況になるかわからないということだ。このジャグ機は地球に着くまえに深刻な故障を起こしたし、その理由もわからない」髪をかきあげた。「このステーションのことも、ここに住んでいる人々のこともよくわからない。だからいまは、ぼくの身許を知らせたくない——つまり、両親が王圏議会のメンバーであることは伏せておきたいんだ」

「わたしにどうしてほしいの？」

オルソーはわたしの手をとった。「できるだけ、よけいなことはいわないように。あとはぼくと調子をあわせてくれていればいい」

わたしはその手を握り返した。「わかったわ」

わたしたちは機から降りて、遊泳しながらエアロックを通り抜け、円形の部屋にはいった。壁に埋めこまれたコンソールがひとつと、反対側にハッチがひとつあるほかは、がらんとしていた。円形にかこんだ壁のパネルからは光と熱が降りそそいでくる。

「バクテリア汚染が検知されました」軽やかな声が聞こえた。「除染をおこないますので、ご了承ください」

「わかった」オルソーは答えた。

わたしはオルソーを見やった。「汚染？」

「バクテリアなどの微生物はだれでも体内にもっている。ただ、ぼくらのがエプシラニの生態系に悪影響をもたらす可能性があると、除染ウェブが判断したんだろう」

「身体をごしごし洗われるのかしら」いっしょにシャワーを浴びるところを想像して、わたしはにっこりした。

オルソーは笑った。「残念ながら、そうじゃない。医療ナノボットを空中散布するだけだ」

「あなたの血液にふくまれているというやつ？」

「その仲間だ。運び屋の分子がバクテリアを殺すというところがちがう」

「除染を終了しました」声がいった。「エプシラニへようこそ」

部屋のむこう側でハッチがひらき、六人の人間がはいってきた。中央の男はオルソーとおなじくらいの上背があるが、腰まわりにやや肉がついている。もみあげに白髪がまじり、堂々とした雰囲気だ。そのわきで浮遊している男は、背が高く痩せていて、肌は漆黒だ。あとの四人は男女二人ずつの警備担当者で、服装からして保安警察官らしい。彼らも痩せて長身で、全員が武器をおびている。黒いグリップのついたチューブ状のもので、あとでそれは麻酔剤を射ち出すだけだとわかった。

中央の男が、自由落下状態に慣れているらしい身ごなしでまえに出てきた。「ようこそ、セレイ分隊長」奇妙な話し方で、イギリス流発音のようにも思えたが、聞いたことのないアクセントだった。「わたしはエプシラニ・ステーションの所長、マックス・ストーンヘッジです」そして隣の男をしめした。「こちらはボブ・カバツ。スコーリア人の生理機能にもっとも詳しい医者です」

オルソーは二人に会釈し、カバツはにっこりした。「こんにちは、分隊長」こちらもなじみのないアクセントで、あとで知ったところによると、一九八七年時点では存在しなかったアフリカのある国で話される方言らしかった。カバツの笑顔は、オルソーの肩に巻かれた血まみれの包帯と腕の怪我を見ると、すぐに消えた。

ストーンヘッジはわたしに目をやった。「こちらも紹介していただけませんか。あなたの……」

「婚約者です」オルソーはいった。

「ああ、そうでしたね」ストーンヘッジはわたしにむかって微笑んだ。「こんにちは、ミズ……？」

「プリボクです」わたしは答えた。

カバツが割りこんできた。「セレイ分隊長、見たところ、あなたの肩は出血が止まっていないようだ。推測ですが、ひどく痛むのではありませんか？」

オルソーはすこし黙った。「まあ——それなりに」

「まっすぐ医療センターへ行ったほうがいいでしょう」カバツはいった。「堅苦しい挨拶はそのあとでもかまわない」

オルソーはゆっくりと答えた。「わかりました」保安警官たちにともなわれて部屋の奥へ漂っていった。ハッチを抜けると、もっと大きな球形の空間に出た。ハブの内部だ。数人のグループがこのなかを飛びまわっていて、どうやら体操クラブかなにからしい。笑ったり叫び声をあげたりしながら空中をころげ、地上でやったら骨折しそうなほどはげしい宙返りをしている。そのうちの何人かがストーンヘッジの名を呼び、所長は手をふり返した。

次のハッチは、ハブをめぐる通路への出口だった。通路のむこうの〝壁〟は、ステーションの回転にあわせてゆっくり動いている。わたしたちはその動きより速く先へ進み、動く壁側にある両開きのドアにたどり着いた。

ストーンヘッジがドアのわきにある、色分けされたいくつかの三角形スイッチを押すと、ドアはひらいた。なかはエレベータで、わたしたちは漂いながら乗りこんだ。なかは意外に居心地がよく、床にはふかふかの敷物がしかれ、壁には銅のような薄い金属テープでつくられた美術品がかかっている。内部をやわらかく照明する白い天井は、鸚鵡《おうむ》と盆栽を図案化した装飾模様でふちどられている。

エレベータが動きだしたときは、みんな身体が浮かびあがったが、しばらくすると横へ引っぱられるようになった。そしてしだいに体重が増え、足が床につくようになった。〝下へ降りている〟という感覚だが、実際には外へ、車輪の外周へ移動しているのだ。かすかに横むきの力がかかるので、まっすぐ立つには努力がいった。

ストーンヘッジは、エプシロン・エリダーニ星系を調べるために建設された研究センターであるこのステーションについて、説明しはじめた。エプシロン・エリダーニはK型星で、地球の太陽にくらべてオレンジがかった色をし、明るさはわずかに三分の一、質量は約四分の三、直径は九十パーセントだ。ステーションはヨーロッパ、日本、アフリカの数カ国、アメリカ合衆国によって共同建設された。合衆国だ。連邦国ではない。わたしが訪れたとき、ステーションの人口は約三千人で、ほとんどは大人だった。子どもの数は徐々に増えていたが、目標の人口一万人にはまだまだだった。

ストーンヘッジの話は、独特のアクセントに慣れてしまえばよく理解できた。ときどき聞き慣れない慣用句がまじるが、わたしの英語と一九八七年時点から三百年前の英語の差にくらべれば、ストーンヘッジの英語とわたしの英語の差ははるかに少なかった。英語は、二十世紀にはじまった流れの延長で、連合圏における科学者の共通語として使われていた。人間が星界に進出し、さまざまな人口のグループが何光年もの間隔で散らばるにつれて、通信手段としての言語の標準化がおこなわれたのだ。

所長の口上はいかにも慣れた調子で、とても楽しそうだった。このステーションに対する情熱が言葉の端々にあらわれている。またオルソーからもなにか話を聞き出そうとしていたが、それはうまくいかなかった。オルソーがうちとけて話すようになったのは、話題がステーションの技術的詳細におよんだときだ。ヘザーと理論物理学の話をしたときとはようすがちがっていた。あのときのオルソーは知識豊富に思えたが、専門ちがいで居心地悪そうでもあった。やはり実際的な応用技術こそが得意分野なのだ。ロケット技術者であり、具体的な問題にぶつかって解決するのが好きなのだ。

エプシラニの建設に使われた材料は、アテナ星の衛星から採掘したチタンだ。ステーションの大部分は金属蒸気ビームでつくられた——簡単にいえば、大きな風船に金属原子をスプレーで吹きつけるようなやり方だ。金属蒸気にはナノボットが混ぜられている。このナノボットは分子サイズのカーボン繊維と、ピコチップをいれた球状分子からなっていて、成形されたチューブをチタンで編んでいく化学プロセスでは、その基質としての役割をうけもつ。建設が終わっても、これらのナノボットは組成内部にとどまって、ステーション全体で損傷修復をになうピコウェブを形成する。埃の細片や流星塵がもしステーションを貫通したら、ウェブがナノボットを派遣してそこを修理するわけだ。

ストーンヘッジによると、エプシラニの車輪は直径約二キロで、一分間で一回転している。もっと速い回転にしても人間は活動できるが、コリオリの力が強く働いて、一部の人々が酔いや目眩に悩まされるようになるのだ。エレベータのなかで横むきに引っぱられるように感じたのが、コリオリの力だった。車輪のスポークには電源ケーブルや熱交換の媒体もとおっており、居住区から外部の電源や熱交換器につながっている。

地球にいるときとおなじくらいの体重を感じはじめた頃、エレベータは止まった。円環体——植民者たちの居住区に到着したのだ。ドアがひらくと、そこは不思議の国だった。

わたしたちが出てきたスポークのまわりには、ぐるりとプラットホームがあった。背後のスポークは垂直にそびえ立ち、はるか頭上で円環体の屋根を突き抜けている。居住区と聞いて、金属の壁にかこまれた機能一本槍の設備を想像していたのだが、実際にはサンフランシスコにある日本庭園を連想させられた。幅百ヤードの細長い緑地がどこまでもつづき、しだいに上にカーブして、最後は円環体の天井にさえぎられて視界から消えている。緑地の中央には川が流れていた。円環のカーブにそって〝上へ〟流れているように見えるのが奇妙だったが、実際にはステーションの回転によって川の任意の点はどこで測っても重力に対して垂直——つまり水面はどこでも水平なので、本当に上へ流れているわけではなかった。川には繊細な形状の橋がかかり、木々が水面に枝をのばしている。緑豊かな庭があちこちにあった。緑地の両側は、円環体の〝壁〟にそって傾斜しており、その傾斜地に住宅が建てられていた。雛壇式のテラスハウスで、たくさんの窓や中庭をもち、なかには屋根のない家すらあった。毎日がお天気なので、プライバシー以外の理由で屋根は必要ないのだ。

円環体の屋根は偏光二色メッシュガラスで張られ、鏡に反射される太陽光が条《すじ》になって緑地にさしこんでいる。小道を散歩する人影があちこちに見られた。自転車に乗っている人もいた。わたしの宇宙のものより流線的なデザインの車体だが、自転車にはちがいない。茂みのあいだを犬が走っている。動物はどこにでもいた。そぞろ歩きをする猫、赤や青色の鳥、草地をぴょんぴょん跳ねていく兎。近くの池で魚が水しぶきをあげてジャンプし、波紋が広がった。

目標の人口に達すれば、エプシラニは自給自足が可能になるはずだと、ストーンヘッジは説明した。円環体は全域で農業がいとなまれており、天候は正確にコントロールできるので連続して作付けできる。動物はペット用、家畜用ともにたくさんいる。化学物質や鉱物資源はアテナ星の衛星で採掘している。ステーション内の空気はおもに酸素と窒素からなり、湿度は四十パーセント。窒素分圧は地球大気より低い。光合成によって酸素が再生され、余分な二酸化炭素はとりのぞかれる。専用設計のナノボットが廃棄物を分解し、作物や家畜の生育を助ける。

わたしは緑の土地を見わたした。「すてきだわ」

ストーンヘッジはうれしそうにわたしを見た。「ええ、そうでしょう」

カバツは円環体の先へ五百メートルほどいったところにある、いくつかの建物をしめした。「あそこが医療センターで、わたしの診療室があります」

「歩きますか？」オルソーが訊いた。

わたしはちらりと、その青ざめた顔を見やった。肩に巻いた包帯に、青みがかった赤の新たな血がまじっている。

「いいえ、交通機関を使いましょう」カバツはオルソーの顔を見て顔をしかめ、両手をあげた。「反論しようとしても無駄ですよ、分隊長。これは医者としての指示ですから」

わたしはにやりとしそうになった。カバツは早くもオルソーの扱い方を覚えたようだ。オルソーは歩きたくなどないのだが、頑固者でそれを認めたがらないのだ。

カバツは細長い平原にそってつづく一本のレールにむかってうなずいてみせた。「モノフートを使うんですよ」

「なんですか、それは？」オルソーは訊いた。

ストーンヘッジは笑みを浮かべた。「地上に設置したモノレールです。だれがいったか忘れましたが、こんな安っぽい《フート》ものに、〝磁気列車〟というような名前は立派すぎて似あわないという意見があって、だったらモノフートと呼ぼうじゃないかということになったのです」

オルソーの唇の端がつり上がったのは、たぶん笑おうとしかけたのだろう。しかし笑わなかった。どうしてそんなに用心深くするのか。わたしはエプシラニに着いてから、ここの人々がだんだん好きになっていた。彼らは見かけどおりの人々だと――つまり骨身を惜しまない入植者で、労働の実りを自慢するのが好きな人々だと、直感的に思っていた。そもそも、まわりを流れる暗い底流などにわたしが気づくはずはなかった。なにもかもが未知のことだらけの大海原で、わたしは溺れないように必死に立ち泳ぎをしている状態だったのだから。

カバツの診療室は日差しがはいって明るかったが、狭苦しかった。壁はコンソールや棚や装置類で埋まっている。カバツはオルソーを背もたれの倒れる椅子にすわらせ、肩の包帯をはずした。傷口をひとめ見て、カバツは表情を曇らせた。壁の機械アームをつかんで引きよせると、アームはそれに反応してヒューンとうなりはじめ、三つある関節のうち根もとの部分から、先端についた七本の〝指〟にむかって、黄色い光の線が流れるようにともっていった。カバツはその第三指にふれて点灯させ、光をオルソーの肩にむけて、アームの指の先でそっと傷口を探りはじめた。

オルソーは肩をひっこめた。「なにをしてるんですか？」

「じっとして」カバツはいった。「傷口のイメージを取りこんでいるんですよ」

「ふれなくてもできるでしょう」

「この触指を使うと精度が高くなるんです」

カバツはそういって、壁のほうを手でしめした。わたしはふりかえって、スクリーンのまえで回転するオルソーの上半身のホロ映像を見た。赤い帯がいりくんだ筋肉組織。象牙色でしめされた骨格。心臓血管系は、酸素を運ぶ動脈が赤で強調表示され、酸素を渡したあとの血が流れる静脈と肺動脈は青でしめされている。神経系は脳から枝分かれしていく繊維と脊髄からなる。免疫系。内臓は心臓、肺、消化器の一部と内分泌系が見えている。そのなかに、複雑なウェブが映っていた。配線や〝臓器〟が黒銀色で描かれている。

「生体機械をもっていますね」カバツは口笛を吹いた。「こいつは驚いた。ウェブだらけだ」

「なにか不都合でも?」オルソーが訊いた。

「これほどのものは初めてなんです」カバツは触指をひっこめ、機械アームを壁に押し返した。「肩にこんな怪我をした原因はなんですか?」

「銃です」

「どんな銃?」

「火薬と金属弾を使う銃ですよ」

カバツはぽかんと口をあけた。「だれがそんなもので撃ったんですか?」

「あなたには関係ないでしょう」

「すみません。ちょっと驚いたんですよ。どうやって弾を抜いたんですか」

「自分で切ってえぐり出したんです」

「まさか、どうしてそんな……」オルソーが眉をひそめると、カバツは両手をあげた。「わたしには関係ない、ということですね」腕を下におろした。「では簡潔にいいましょう――あなたの生身の身体の部分はなおしてあげられる。しかし生体機械はべつです」

「生体機械は自己修復機能をもっています」

カバツはうなずいた。「ええ、損傷をふさごうとしたらしい形跡は見てとれます。しかし破損がひどくてなおしきれないんですよ、セレイ分隊長。いくつかの生体機械ユニットをふくめて、新しい部品が必要です。しかしここではやれません。そもそもそんな部品の在庫はないし、もしあったとしても、わたしは本物の生体機械システムはこれまで見たことがないんです。ましていじったことなどない。王圏宇宙軍《ISC》の医療施設と訓練された生体機械外科医のチームが必要だ」

オルソーの表情に驚きはなかった。「しかし身体のほかのところはなおせるんですね」

カバツはうなずいた。「筋肉と神経の成長剤を使いましょう。それから苦痛の緩和剤も。ただし、生体機械の機能のほうは停止しておいてください」

「わかりました」

機械アームから出る溶液でオルソーの傷口を消毒し、さらにべつの霧状の液を患部に吹きつけた。そのときは苦痛緩和剤だろうとしか思わなかったが、実際には、オルソーの体内にすでにいる医療ナノボットを手助けし、修復作業を促進する数種類のナノボットだった。傷口に巻いた包帯は身体にぴったりとくっつき、色と質感がまわりの肌そっくりに変わって、しばらくすると本物の皮膚と区別できなくなった。

「二サイクルほどで治るでしょう」カバツはいった。

「サイクルというと？」オルソーは訊いた。

「地球の一日にあたる単位です。三、四十時間で傷口はふさがっているはずです」

たった二日で？　はじめは信じられなかった。まあ、光速を迂回することにくらべれば、銃創をなおすのにかかる二日間くらいはなんでもないという気もしたが、それでも呆然とさせられた。ジャグ機はもともとわたしの日常経験からかけ離れた乗りものだったが、怪我とか治療とかには自分なりの経験則がある。医者の診療室を訪れただけで、わたしはここがジャグ機以上に異質な宇宙であることを実感させられた。

カバツに連れられて、ストーンヘッジと保安警官たちが待つ部屋にもどると、オルソーの警戒心が、小さな光のまたたきをともなう青い霞《かすみ》となって流れてきた。またわたしは不思議に思った。ここの人々がジャグ戦士を恐れるのはわかるが、その逆は理解できなかったのだ。すくなくともわたしにとっては、ここの住人は英語を話してくれる。このあとオルソーの世界へ着いたら言葉さえつうじなくなるはずだ。

オルソーの精神に思念を近づけたが、まるで壁に跳ね返されたようだった。オルソーが精神に障壁を立てているのだとは、そのときは気づかなかった。生体機械は主人の命令によって、KEBが送り出す信号を弱める神経伝達物質を放出できる。この物質の量が多すぎたり作用時間が長すぎたりすると、本人はふらふらになり、最後は意識を失う。しかし短時間なら、エンパスでもその思考を読めないようにできるのだ。

病院を出ると、ストーンヘッジはわたしたちをテラスハウスのつらなる住宅地に連れていき、一軒の魅力的な家のまえで立ち止まった。風通しがよくて明るく、いくつもの中庭がある。「遠来の科学者や地位の高い方をお泊めするための宿舎です」ちらりとわたしを見た。

「部屋はべつべつになさいますか？」

「いえ、いっしょでいいわ」わたしは答えた。

オルソーはじっとストーンヘッジを見た。「連合圏で正式におこなわれた契約は、たとえスコーリア人と人買い族でも結びつけられるはずだ。そのような契約をやれる人がいますか？」

「なんのことか、よくわからないのですが」ストーンヘッジは答えた。

「契約ですよ。社会契約というべきかな」

「ああ、わかりました。牧師を呼べばいいのですね」所長はうなずいた。「どんな政治的境界をも超えて合法的な結婚を司式できる女性牧師がいます。明日、その準備をしましょう」ちらりとわたしを見やった。「両者が合意し、また法定年齢に達していればですが」

「いますぐやりたいんです」オルソーはいった。

「それはだめだ」カバツが口を出した。「血液検査と遺伝審査もおこなわなくてはいけない」

「さっきの検査からわかるでしょう」とオルソー。

「あなたの分はね。しかしミズ・プリボクがまだです」

「検査はあとまわしでいい。契約にいますぐサインしたい」

「ちょっと待って」わたしはいった。あまりに話が急すぎる気がしたのだ。

いのですよ」

ストーンヘッジが穏やかにいった。「あなたは、希望しないことをあえてやらなくてもいいのですよ」

わたしはオルソーの表情や、顔色や、気分を読みとろうとした。なぜ彼がそんなに急ぐのか、〝政治的境界〟というのがなにを意味するのか、理解できなかった。思念を近づけてもさっきとおなじ結果だったが、そうやってKABを敏感にしたために、まわりの人々の意識がこちらの知覚範囲にはいってきてしまった。ストーンヘッジかカバツの目に映っているものが、ちらりと見えたのだ。わたしはそのときまで、オルソーの隣に立つ自分がどんなにか弱い姿に見えるか、気づいていなかった。ならんで立っているだけで、わたしはオルソーに脅されているように見えるのだ。

「そういうことじゃないんです」わたしはストーンヘッジにいった。「あなたがたのやり方に慣れていないだけで」

ストーンヘッジはじっとわたしを見たあと、手首に巻いたリストバンドにむかって話した。「ナンシー？」

リストバンドから軽やかな女性の声が聞こえてきた。「はい」

「公賓宿舎にいるんだが、ちょっとこちらへ来てくれないか」

「すぐにまいります」声は答えた。

「頼む。以上だ」ストーンヘッジはわたしに微笑みかけた。「いまのはミン牧師だ。きみの質問にいろいろ答えてくれるだろう」

「だめだ」オルソーがわたしの腕をつかんだ。「その牧師とは、いっしょに話す」

わたしはオルソーの手をこじあけようとした。《オルソー、あなたの安全性ルーチンはうまく働いてないわ。力をいれすぎよ》

オルソーは目をぱちくりさせ、手を放した。《ごめん》

「ミズ・プリボクしだいだと思いますが」ストーンヘッジが答えた。

そのうしろのほうで、痩せた女が川のむこうから橋を渡ってくるのが見えた。黒い髪をポニーテールにして頭のうしろで揺らしている。大きなアーモンド形の目が特徴的で、背が高く、しなやかな身体つきだ。年齢は三十五歳くらいに見えた。

しかし考えてみると、オルソーの宇宙にやってきてから出会った人々は、みんな三十歳から四十歳のあいだくらいの外見だった。いまのわたしにはその理由がわかる。一九八七年の人間は、たとえば一六八七年にくらべれば寿命が延びていたはずだ。おなじように三百年のあいだに、人間は老化を遅らせて長生きする方法を着々と研究してきたのだ。

わたしたちのところへやってきた女を、ストーンヘッジは、ミン牧師だと紹介した。「ミズ・プリボクがきみと話したいらしい。式の準備についてね」

オルソーはわたしを見やって、かすかに首をふった。離ればなれにならないほうがいいというその懸念を感じて、わたしはためらったが、おなじ言語を話す人間と二人きりで話せる機会はこれが最後にちがいないという気持ちもあった。

ミンはわたしに微笑みかけ、たわわに穂を実らせて風に揺られる玉蜀黍《とうもろこし》のように豊かな声で話した。「よかったら、部屋のなかにはいりましょうか」

わたしは声に出さずにオルソーに謝りながら、答えた。「ええ、そうするわ」

オルソーは身をこわばらせたが、さえぎろうとはしなかった。わたしはミンといっしょに建物のなかにはいり、繊細なつくりの障子にかこまれた居間に行った。椅子も長椅子もテーブルも、すべて白磁製で、光沢のある飾り金具がついている。木材やプラスチックはどこにも見あたらなかった。

いっしょに長椅子に腰かけると、ミンがいった。「ミズ・プリボク――」

「ティナと呼んで」

「ティナ」音楽のように軽やかな声だ。「そんなふうに怖がっているのはなぜ？」

「どうしてわたしが怖がっていると思うの？」

「不安そうだからよ。目眩を覚えているように見えるわ」

目眩どころではない。しかし、オルソーからよけいなことはいわないようにと注意されていなくても、自分が三百年前の宇宙からやってきたなどと明かすつもりは毛頭なかった。頭がおかしいと思われるのはごめんだ。「ちょっとだけ訊きたいことがあるの」

「なにかしら」

「どうしてみんな、オルソーのまわりでは不安そうにするの？」

ミンはさっと緊張した。「あの人の名前はオルソーというの？」

「それがなにか気になるの？」

ためらったあと、話しだした。「オルソーというのは、このまえの戦争からあと、たしかにありふれた名前になったわ。でもセレイというのは一般的ではない。まして〝オルソー・セレイ〟なんて――」かすかににやりとした。「あなただってその二つの名前の組み合わせを聞いたら、誘導ループに落とされたような気分になるでしょう？」

〝誘導ループに落とされたような気分〟という慣用句の意味がわからず、わたしは目をぱちくりさせた。黙っていると、ミンが訊いた。

「ティナ？　どうしたの？」ためらったあと、つづけた。「あなたは自分の意思で彼といっしょにいるの？」

わたしは眉をひそめた。「ええ。どうしてみんなそればかり訊くのかしら」

「あなたがおびえたようすだからよ。それにとても若いし」

「子どもというわけじゃないわ。あと何カ月かで十八歳になるのよ」

ミンはまじまじとこちらを見た。「あなたはたった十七歳なの？」

また子ども扱いされるのかと思ってうんざりしたが、そのときはまだ、寿命の延長によって大人の定義がもっと高い年齢に移っていることを知らなかったのだ。実際のところ、何千年もまえの人間が結婚したり子どもを生んだりしていた年齢は、一九八七年の社会から見ればまだ子ども同然だった。時代だけの問題ではない。シナカンテコ族の娘は、ロサンジェルスの女より低い年齢で結婚するのが一般的だった。オルソーの宇宙にもその傾向がつづいているわけだ。肉体的成熟だけで大人とみなすわけにはいかない。人間の生活環境は、科学技術的にも社会的にもどんどん複雑になっていっているのだ。

それは年齢以外のところにもいえた。一九八七年時点でも、わたしは一般的なアメリカ人女性より背が低かったが、シナカンテコ族をふくめて世界中の多くの場所でなら平均レベルだった。しかし人間の身長は伸びつつあり、オルソーの時代にもその傾向がつづいていた。

この宇宙の人々から見ると、年齢とは関係なしに、わたしの体格はまだ子どものそれなのだ。「わたしが住んでいたメキシコの村では、子どもと見られたりはしなかったわ」わたしはいった。

ミンの顔にかすかに驚きが浮かんだ。「あなたは地球から来たの?」わたしがうなずくと、ミンはつづけた。「レイリコン人だと思っていたわ」

「いいえ。わたしはマヤ族よ」

「驚くほどレイリコン人に似ているのね」ミンはいった。「地球の絶滅した民族と、銀河の遠く離れた場所で絶滅しかかっている民族がこれほど似ているなんて、不思議だわ」

わたしはまじまじと相手を見た。「マヤが、絶滅したですって?」

「ええ――たしかそうよ。知らなかったの?」

わたしは急に寒けをおぼえて、前かがみになった。ミンが心配そうになにかいっていたが、なにも頭にはいってこなかった。耳鳴りがした。絶滅した……。わたしの同族たちが絶滅した……。地球との最後の絆が切れたのだ。息が苦しい。なにも聞こえないし、息もできない――

「――過換気症だ!」カバツの声が、耳鳴りのむこうから聞こえた。「どいて!」

「出ていけ」今度はオルソーの声。怒っている。「全員だ!」

頭がはっきりしてくると、部屋のなかにたくさんの人がいてこちらを見おろしているのがわかった。ミン、ストーンヘッジ、カバツ、保安警官たち。わたしの隣にはオルソーがしゃがんでいる――そのことに対して、ほかの人々は懸念する雰囲気を流れ出させていた。たしかに、ジャグ戦士からやさしさや同情心を連想する人はいない。態度はいかにも軍人らしく、戦場ではきわめて有能なのだから当然かもしれない。彼らがエンパスであることを考えると皮肉な話で、外見と実体が一致しないのだ。オルソーがわたしを抱きあげ、はげます言葉をささやきはじめると、見守る人々の不安感が驚きの火花に変わった。

「マックス」ミンがストーンヘッジに耳打ちした。「ちょっとお話が」

所長はうなずいて、いっしょに隣の部屋へ行った。カバツと保安警官たちは残った。とりわけ警官たちはじっとオルソーを見つめ、銃に手をかけている。

オルソーはわたしの目もとにかかった髪をかきあげた。「どうしたんだい？」

「ミンが――マヤ族は絶滅したって……」

オルソーはため息をついた。「残念だけど、ティナ、たぶんそれは本当のことだと思う。そうでなければ、ぼくらはとっくにきみたちを発見し、自分たちの出身地に気づいていたはずだからね。でも詳しいことがわからないから、いまはそれ以上いえないんだ」

ストーンヘッジがミンといっしょにもどってきた。二人の雰囲気は透明な理解の雲に変わっていた。ミンは戸口で立ち止まったが、ストーンヘッジは長椅子にすわって、オルソーとおなじ高さまで頭の位置をさげた。すわった位置も、わたしからみてオルソーとは反対側で、オルソーの個人的な空間を冒さないくらいの距離をおいている。ストーンヘッジがそうしたわけはすぐにわかった――オルソーに危険な印象をあたえたくないのだ。

ストーンヘッジは慎重な口調で話しはじめた。「セレイ分隊長、われわれはあなたのプライバシーをのぞき見するつもりはないのだが、今回のことがはためにどう見えるかを理解してもらいたいのですよ。王圏ジャグ戦士が破損した船に乗り、みずからも怪我をして、僻遠の地にある連合圏のステーションに助けを求めてきた。しかもおびえた子どもを連れ、本人はいやがっているのに、あなたは結婚するといってきかない」両手を広げた。「もっと情報を明かしていただかないと、とても結婚式はできませんよ」

オルソーは無表情に、冷たい金属的なまなざしで相手を見ていた。計算しているのだ。この所長をどこまで信用していいのか、見定めようとしているのだ。

ミンの手首にはまったリストバンドがビープ音をたて、彼女はちらりとストーンヘッジを見やった。

「どうしたんだ？」オルソーは訊いた。

ストーンヘッジが答えた。「あなたの名前、容姿、軍人としての身許情報に合致する、あるいは近いスコーリア人がいるかどうか、調べさせたのですよ」

オルソーは身をこわばらせた。「それで？」

ミンが壁のパネルスイッチを押すと、壁から床にかけてのホロスクリーン上に渦巻く線があらわれ、等身大のホロ映像があらわれた。男女二人だ。女のほうは痩せていて、日差しに照らされた森の木の葉のように鮮やかな緑の瞳だ。髪は黒い直毛で、長い。頭の上でぐるりとひと巻きし、てっぺんから出た髪が背中、腰へと流れ落ちている。冷えきったエメラルドのような印象の美しさで、容貌は大理石の彫刻のように非の打ちどころのない曲線でかたちづくられている。

男のほうを見て、わたしは息をのんだ。肩までとどく巻き毛は、オルソーのもとの髪の色とぴったり一致する。肌は金属的な色ではないものの、顔はよく似ている。角張ったところが少なく、洗練された印象だが、あとはそっくりだ。両手には親指がなく、おなじ長さの四本の指がならんでいるだけで、手の甲には縦に折れ線があった。

ミンはホロスクリーンのふちを流れていくスコーリア語の絵文字を読んだ。「このホロは二年前の撮影で、王圏議会演説会でほかの首脳とともに演壇に立っているところです。女性のほうは、ディーアンナ・セレイです」ストーンヘッジを見た。「あのセレイですよ、マックス。大物中の大物。議会管轄者です」

ストーンヘッジはちらりとオルソーを見た。「男性のほうは？」

オルソーはじっと所長を見つめ返しているだけ。気まずい沈黙のあと、ミンがその答えを読みはじめた。「エルドリン・ジャラク・バルドリア。セレイの甥にあたります」べつのスイッチを押してメニューを出し、もう一度スイッチ操作すると、あらたな絵文字が流れはじめた。「スカイフォール家の長男にあたり、いま現在、三本柱の継承者序列の筆頭にあげられています。そもそもこのデータによれば、父親が死亡したときにもし第三錠前所が人買い族に制圧されていなかったら、ウェブの鍵人《かぎびと》を継承していたはずだということです。そしてじつは――戦争の英雄、オルソー・バルドリアの兄にあたるのです」

「消せよ」オルソーはいった。

ミンがスイッチにふれると、ホロ映像は消えた。室内の全員がオルソーを見つめ、その驚きや疑念や魅了された気持ちが渦巻いていた。沈黙が飴のように長く伸びていき、遠くでうなる機械の音だけが響いていた。

そしてオルソーがいった。「ディーアンナ・セレイとエルドリン・バルドリアは、ぼくの両親だ」

部屋の空気がぱっとはじけた。飴のように伸びた緊張ではなく、清冽な水がダムから一気に放流されたような感じだった。ストーンヘッジが口笛を吹いた。「なぜそのことを隠していたのですか？」

「ぼくの機を見たでしょう」オルソーがいった。「あの損傷は事故によるものではない」

「うちの技術者もおなじ見方をしています」ストーンヘッジは答えた。

「ISC本部へ行くまではなんの問題もなかった」オルソーはいった。

カバツが身をのりだした。「友軍が破壊工作をしたと？」

「わかりません」オルソーは黙った。「ぼくは地球でおこなわれる外交上の歓迎式典に出席する予定だった」

ストーンヘッジの表情に理解の色が浮かんだ。「だからあなたは、破壊工作の首謀者が地球連合圏に手先をおいている可能性があると考えたのですね」

「その可能性はまっ先に思い浮かぶでしょう」オルソーは答えた。

「お約束します」ストーンヘッジはいった。「ここにはあなたや、あなたの家族に敵意をもっている者などいません」

オルソーはまた金属質の気分を漂わせながら、そちらをじっと見た。「とにかく、結婚させてほしい」

ミンが静かにいった。「お二人が近い関係になればなるほど、ティナは恰好の標的になるんですよ。いまのままのほうが安全ではありませんか？」

「そんなことはない」オルソーはいった。

「残念ながら、彼女の年齢では結婚するのに後見人の許可が必要です」とストーンヘッジ。

「それがないとどうしようもありません」

オルソーは首をふった。「ティナには身許を証明するものがない。どこのデータベースにも載っていないんだ。もしぼくが暗殺者の手にかかって死んだら、ティナは何者でもなくなる。ぼくは彼女をけしてひとりぼっちにしないと約束したんだ。セレイの名をあたえれば、彼女は家族と保護を手にいれられる」

カバツは口笛を吹いた。「たしかにそうですね」

わたしにだけは、オルソーのまわりにただようオレンジ色の光が見えた。欺瞞の色だ。もちろん、いまいったことが嘘だというわけではない。暗殺はたしかに恐れているし、わたしとの約束を守るつもりもある。しかし契約を望んだのには、ほかの理由もあるのだ。自分の利益にかなうからだ。

「わたしには後見人はいません」わたしはいった。「すでに亡くなっています」何世紀もまえに。

ストーンヘッジは髪をかきあげた。「それが本当だと確認できたら、わたしがかわりに後見人欄にサインできるかもしれない。法的に問題がないか調べておきましょう」

ミンはわたしの顔をのぞきこんだ。「本当にそれを希望しているの？」

オルソーの思念がわたしの精神にはいってきた。《ぼくは席をはずしたほうがいいかな。

ミンはきみが自由意思で合意しているのか、ぼくの存在におびえているせいではないかをたしかめたいらしい》

オルソーが思念をアップロードしてきたせいで、ミンの言葉が頭のなかで処理できなくなった。頭をふると、《搬送波減衰》というジャグ機の思念が伝わってきた。すると、オルソーやまわりの人々に対する過剰な意識が薄らいだ。

「ティナ？」ミンが訊いている。「だいじょうぶ？」

わたしはうなずいた。「ええ。それから、オルソーと結婚したい気持ちにまちがいないわ。わたしの自由意思よ」

「式の準備はしてきてるの？」わたしが首をふると、ミンは微笑んだ。「貸してあげられるドレスがあるかもしれないわ。あなたがそれでよければだけど」

「契約にサインするのに、着がえる必要なんかないだろう」オルソーがいった。

カバツが鼻を鳴らした。「オリオン星雲の不動産を売買するわけじゃない、この女性と結婚するんですよ」

わたしは、べつの宇宙のべつの時間にあるわたしの部屋で、壁にかけられているはずのウイピル――母が縫ってくれた衣装のことを思った。「オルソー、わたしはドレスを着たいわ」

オルソーはわたしの手を握った。《ぼくはかたときも離れたくないんだ》

ストーンヘッジが軽く笑った。「セレイ分隊長、ミンと彼女が準備をしているあいだに、ステーション内をご案内しましょう」

「……なに？」ふりむいたオルソーは、苛立った蜂の羽音のような混乱の気配を漂わせた。超感能力者《サイオン》と思念で交信しているときに、べつの人間とも会話をしいられたために、神経の下位シェルが断片化を起こしたらしい。

　ジャグ機の思念が脳裏をよぎった。《オルソー、あなたのインターフェースは機能が低下しています。さらなる修復作業をおこないたいので、ここへもどってきてください》

「セレイ分隊長？」ストーンヘッジが訊いた。「だいじょうぶですか？」

「ちょっとした生体機械の不具合が起きてるんだ」オルソーはいった。「たいしたことはない」そしてジャグ機にむかって考えた。《修復作業を受けているあいだ、ぼくは活動できなくなる。ティナを彼らのあいだに残していくわけにはいかない》

《わたしの分析では、九八・九パーセントの確率で、ここの人々はあなたを狙った暗殺計画とまったく無関係です》

《そんなことはどうでもいい》オルソーは考えた。《ぼくが活動停止するあいだ、ティナをだれかにあずけるわけにはいかないんだ》

　ストーンヘッジはまだオルソーに話しかけている。「なにか飲みものでももってきましょうか」

「いや」とオルソー。「本当にだいじょうぶだから」

　ジャグ機の思念が、今度はそっとわたしに近づいてきた。オルソーには聞こえないように控えめな強さだ。《ティナ、あなたから説得してくれませんか》

《オルソーはまだ修復できていなかったの？》わたしは考えた。

《安定させるほどの時間がなかったのです。オルソーが機外へ出てからあと、わたしの応急処置は徐々に効きめを失ってきています。言語能力と判断力における混乱が、まだわずかですが広がりつつあります。次は運動調節能力に影響が出て、そのあとは内臓機能。最後は死にいたります》

《自分が危険だということを、オルソーは気づいていないの？》わたしは訊いた。

《気づいています。あなたに知らせたくないのです》

「休息をとったらいかがですか」カバツがオルソーにむかって話していた。「そして食事も。二人ともです」

「食事は用意しましょう」ストーンヘッジもいった。

ふいに、オルソーが冷たい声でいった。「カバツ医師、そのクリップ注射器から手を離すんだ」ものすごい勢いで部屋を横切り、あっというまもなく、すわった医師の手から青い医療用クリップ注射器を奪いとった。

カバツは空っぽの手を見て、それからオルソーを見た。「ジャグ戦士は動きがすばやいとは聞いていたが、いやはやこれほどとは」目をぱちくりさせた。「いったいどうしたんだね？」

オルソーは、細長い筒と発射機構からなるクリップ注射器を調べていた。「設定は……ペリタルになっている。ペリタル剤だって？」カバツをにらんだ。「だれを気絶させるつもりだったんですか？」

「そんなつもりは毛頭ありませんよ」カバツはつかのま考えた。「あなたがドッキングしてきたと聞いたときに、注射器の用意をしたんです。用心のためにね。いまそれを無効にしようと思ってとりだしたところだったんですよ」

オルソーの警戒心が強まった。カバツから欺瞞の気配は漂っていなかったが、だからといって嘘をついていないという保証はない。エンパスは相手の感情をとらえる高い能力をもっているが、完全無欠ではなく、いつも正しいとはかぎらない。それでもわたしの感覚では、カバツは真実を述べているように思えた。

ジャグ機が思念を送ってよこした。《カバツがいまいったような理由で予防策をとってくる可能性は、九十八パーセントあるとわたしは見積もっていました》

《わかったわ》わたしは立ちあがって、オルソーのそばへ行った。「あなたはジャグ機へ帰って。わたしはだいじょうぶだから」

オルソーはこちらを見おろした。髪は乱れ、表情は緊張のせいでゆがんでいる。「ティナ――」

わたしはその手をとった。「お願い」

オルソーはわたしにしっかりと腕をまわし、拳を握りしめた。そのとき、ぱきんとなにかが割れる音がした。オルソーの腕が離れ、わたしは退がってどうしたのかと見ると、その手のなかには割れたクリップ注射器があった。細長い筒の部分が手に刺さっている。

オルソーはカバツを見た。「中和剤をくれ」

「中和剤を出すには、その注射器の設定を変えるんです」カバツは答えた。

「じゃあ、新しいクリップを」

カバツは立ちあがった。「それは診療室に――」

「コンソールに……」オルソーの舌がもつれはじめた。「あるいはナノ……そうすれば……すぐに……」

オルソーがうしろむきに倒れかかると、ストーンヘッジはあわてて立ちあがり、オルソーの両腋に手をいれてその身体を受けとめた。しかし重さに耐えかねてよろめき、長椅子に脚をぶつけた――かなり痛い思いをしたはずだ。そしてゆっくりとオルソーの身体を床に横たえた。

「やれやれ」カバツは大の字になったオルソーのところへやってきて、わきにしゃがみ、ベルトから円筒形のものを抜いた。ひらくと反射テープのようになり、カバツはそれをオルソーの首すじにかぶせるようにおいた。表面を絵文字が流れ、小さなホロ映像があらわれた。人体のようすが回転しながら見えている。

わたしはカバツの隣にしゃがんだ。「オルソーはだいじょうぶですか？」

「数時間このまま眠るだろう」カバツはため息をついた。「いまのは本当に無効にしようとしただけなんだ」

「もういいんです」わたしは答えた。「オルソーをジャグ機に運んでもらえますか？」

ストーンヘッジがうしろからいった。「病院へ運ぶんだよ」

「だめよ」わたしは立ちあがり、所長とむきあいながら、もっと背が高ければよかったのにと思った。熊にたちむかう川獺《かわうそ》のような気分だった。「ジャグ機に連れていってください。機がオルソーを修理します」

「修理？」ストーンヘッジは微笑んだ。「奇妙ないいかただな」

「マックス、この子のいうとおりにしましょう」カバツが立ちあがった。「もし生体機械が故障しているのだしたら、船にやらせたほうがましでしょう。わたしは、どこから手をつけていいのかもわからない」

「きみも彼のことをまるで機械のようにいうんだな」とストーンヘッジ。

「ジャグ戦士はそうなんですよ」カバツはいった。「われわれに詳しいことはわからない。王圏宇宙軍は秘密にしていますからね。しかしすくなくとも、こんなに大量の生体機械を身体に埋めこまれた人間なんて初めてだ。とくに両脚です。すべて生体機械ですよ。自前の骨は一本もない」

「わかった」ストーンヘッジはいった。「ドックの技術者に連絡して、ご主人さまが帰ってくることを船に知らせるようにいおう」そこでしばし黙った。「じつはもう知っているのかな」

「まさか」とカバツ。「カイル能力の相互作用は距離がひらくにしたがって減衰します。船はハブにあるんですよ。人間のカイル能力者どうしでも、これだけの距離をおいて交信できるとは思えない。まして船のEI頭脳にできるわけがない」

「セレイ家の人間はただのカイル能力者ではない」ストーンヘッジはいった。「彼はローン系なんだぞ」

わたしはそのやりとりを興味深く見守っていた。連合圏の人々が思っているより、オルソーたちのカイル科学がはるかに進んでいるらしいことを、わたしはそのときはじめて知ったのだ。

「ローン系サイオンでも無理でしょう」とカバツ。「とはいえ、ローン系は謎につつまれていますからね。彼らの一人をホロ写真に撮っただけで、刑務所にぶちこまれるらしい」ちらりとオルソーを見た。「その一人が失神して床にひっくりかえっているわきで、われわれがカイル能力について憶測しあっているのを王圏当局が知ったら、いったいどんな騒ぎになるか」

ストーンヘッジは顔をしかめた。「大騒ぎだろうな。やはり船へ運ぼう」

まもなく四人の医療スタッフがやってきた。床の上に浮遊した担架にオルソーをのせ、カバツといっしょに宿舎から出ていった。

《ティナ》ジャグ機の思考が近づいてきた。《もうひとつやってほしいことがあります》

《なに？》

《オルソーがここに到着したことを、彼らがだれにも知らせないようにしてください。オルソーがまだ生きていることを、外部に洩らしてはいけない》

《オルソーの上官にも知らせてはいけないの？》

《だめです》ジャグ機は考えた。《今回の暗殺者がＩＳＣと連絡している可能性を、わたしは九十九・五パーセントと計算しています。暗殺者が星間通信ネットに高度なアクセスをしている可能性は、九十九・九パーセントです。もしストーンヘッジが超感ないし時空ウェブを使えば、オルソーが生きていることを暗殺者たちに気づかれてしまいます。わたしはこれからお二人を、オルソーの家族が所有する惑星へお連れするつもりです。そこには、まさに

このような非常事態のために用意された安全な通信回線がありますから》
わたしにはそれで安全だとは納得できなかった。《オルソーの家族内に暗殺者の手先がいないともかぎらないでしょう》
《その可能性は、九十九・九九九パーセントありえません》
《どうしてそんなに確信できるの？》
《彼らはローン系ですから》それで説明は充分だといわんばかりだ。
「ミズ・プリボク？」ストーンヘッジがいった。「どうしてわたしの顔をぼんやり見ているんですか？」
「ネットのことを考えていたのよ」わたしは答えた。「オルソーがここにいることを、だれにも教えないでほしいの。オルソーが生きていることをもし暗殺者が知ったら、また殺しにくるかもしれないわ」
ストーンヘッジはうなずいた。「ご心配なく。秘密にしますよ」
《それでいいです》ジャグ機の思念の強さが、まるで安堵をおぼえたように弱まった。《それでは、あなたの花婿を紳士的にする仕事にとりかかりましょう》そして、やや誇張したオルソーのイメージをわたしの精神にアップロードしてきた――髪を逆立て、軍服は縫いめが裂けてぼろぼろの恰好で、あたるをさいわい喧嘩をふっかけるジャグ戦士の姿だ。《あまり見込みがないかもしれませんが、やってみましょう》
わたしは笑いだし、ストーンヘッジからへんな顔をされて黙った。そのあとミン牧師に連れられて、ウェディングドレスを見つくろいにいった。

ミンの住むテラスハウスは、軒やバルコニーから植物が吊られ、壁には飾り金具がはめられていた。寝室にはいると、ベッドカバーから鸚鵡《おうむ》と盆栽の図案が浮かびあがっていた。ピンク色の朝焼けを背景に、緑や青や赤や金色に変化する虹色の鳥がきらめいている。布地がホロ布なので、図案が表面から浮きあがって見えるのだ。壁は三次元ホロ絵画になっていて、中国式の仏塔や、栽培された花が咲き乱れる緑地や、人や動物のかたちに刈りこまれた樹木が映っている。ある絵のなかで風が吹くと、ほかの絵はそれぞれ異なる場面なのに、それらのなかでも次々に風が吹き抜けていった。

ミンはクローゼットのなかを探しはじめた。「友だちの従妹からもらったのがあったんだけど――これだわ」

とりだしたのは、シンプルなドレスだった。膝丈で、白いレース地だ。やはりホロ素材なので、レースのすきまや上で虹色の光がきらめいている。わたしの十五歳式《キンセニェラ》のために母が縫ってくれたドレスを思い出した。

「すてきだわ」わたしはいった。

ミンはにっこりした。「あげるわ。わたしは着ないと思うから」

わたしは贈り物に感激して息をのんだ。「ありがとう」

「式のまえにすこし休んだほうがいいんじゃない？」

「本当は――いくつか訊きたいことがあるのよ」

「どうぞ」ミンはテーブルをしめした。「わたしたちも、もうすこしあなたがたを理解できるような話を聞きたいと思っているのよ」

わたしはいっしょにテーブルについた。「理解って?」

「ローン系の継承者が暗殺者からのがれてきて、幼女と結婚させてくれと頼んでいる。そしてその子は身許を証明するものがどこにもないというのよ。いったいどうなっているのかと思うのが当然でしょう?」

「そうね」オルソーの家族については本人から話を聞いていたが、それが実際にどんなものか、わたしはまだよくわかっていなかった。「オルソーについてもまだ知らないことが多いのよ」

ミンはその絶滅寸前の家系について、大むかしの始まりから語ってくれた。

いまから五千年前、ルビー王朝と呼ばれる星間帝国があった。彼らの使う星間推進エンジンは、レイリコン星の〈消えた海〉の浜辺にのこされたシャトルの残骸から抜き出したものだった。そのシャトルは、レイリコン星に人類を連れてきたあと忽然と消えた謎の種族の、唯一の遺物だった。このルビー帝国は、地球の暦法にしたがえば紀元前三千年頃に短期間栄え、あっけなく滅びた。人類がなしとげたなかでもっとも偉大な——そしてはかない——成功のひとつだった。

彼らはろくに物理学も知らないうちに星間旅行をはじめ、失われた故郷を探した。地球をみつけることはできなかったが、多くの惑星に植民した。そのさい、新世界に植民者を適応させるためと、自分たちの遺伝子プールを拡大させるためという二つの必要にせまられて、遺伝子工学を発達させた。しかし帝国を持続させるには、彼らはあまりに脆弱だった。裏付けとなる科学的知識もなく、急テンポの開発を維持するだけの人口もない。そのため帝国は崩壊し、各地の植民惑星は四千年以上にわたって孤立した。

レイリコン人は必死の思いで、ふたたび星界への道をひらいた。彼らはそのまま種として存立するにはあまりに遺伝子プールが小さく、絶滅しかけていた。そこで散らばった植民地を再発見すれば、その遺伝子が流入して自分たちも生き存《ながら》えるはずだと考えたのだ。しかし実際には、それらの植民地も近親婚をくりかえしたために絶滅するか、生き残っていた場合でも、みずからの意思で遺伝形質を大きく変化させて、失われた帝国の同胞とはちがう人種になっていた——現在まで残る人種的分断の始まりだ。どういうことかというと、カイル遺伝子はしばしば致死的な先天性異常を惹き起こすのだが、それらの植民地の人々は絶滅を避けるために、みずからの遺伝子プールからこのエンパスとしての形質を排除したのだ。

しかしカイル遺伝子が完全に消滅したわけではない。オルソーの両親はローン系サイオンだ。ローン系というのは、遺伝学者ローンにちなんで名づけられたカイル能力者の等級をあらわす。ローンがおこなったプロジェクトは両極端の結果を残した。ローンはルビー王朝に由来するDNAを使って共感能力を強化した人間を生み出し、それがオルソーの家系になった。同時にべつのDNAを使って、苦痛への耐性を強化した人間を生み出し、それが人買い族のアリスト階級になったのだ。

カイル能力者の遺伝子研究が禁止されることになったそもそもの原因は、このアリスト階級にあった。彼らはある意味で逆エンパスといえる。相手の感覚を受信することはできるが、〝受信機〟が正常でなく、苦痛しか感知できないのだ。アリスト階級人に受信できるレベルまで感覚信号を増幅して発信できるのは、エンパスしかいない。そしてアリスト階級人の脳は苦痛への感受性をさげるために、それらの信号を快楽中枢へ送る構造になっているのだ。

「オルソーを殺そうとしたのは、アリスト階級だということ？」わたしは訊いた。

「そうじゃないわ」ミンはいった。「アリスト階級なら、オルソーを生きたまままつかまえようとするはずよ」両手を広げた。「たぶん、彼の結婚を阻止したい人々がいるのよ。だって、オルソーの要求はようするに、スコーリア王圏と地球連合圏とのあいだに条約を結ばせようとしているのにひとしいのよ。ふつうであれば交渉に何年もかかるような条約をね」

「どうしてわたしとオルソーの結婚が、条約なんかとかかわってくるの？」

ミンはにっこりした。「よくある話よ。二つの勢力が同盟関係をもつとき、しばしば政略結婚という手段が使われるでしょう」

しかし、当時のわたしにはよくわからなかった。オルソーの家族が、政府よりも血統のほうを持続的とみなしていることを、まだ理解していなかったからだ。レイリコン人は六千年にわたって自分たちの生殖能力の低さに苦しんできた。そのあいだに帝国は、栄えては滅び、また栄えた。彼らにとっては生殖能力こそが持続的な団結のシンボルなのだ。二世紀前、王圏議会はオルソーの母親と連合圏出身の男の結婚を成立させた。その結婚契約として、図書館を埋めつくすほどの大量の条約文書がかかれた。結婚そのものはのちに破綻したが、条約のほうは、さきのスコーリア対人買い族の戦争で地球が王圏を裏切るまで、効力をもちつづけたのだ。

しかし本当に裏切りだったかどうか。それはどちらの側に立って見るかによる。戦争中、王圏艦隊を指揮していたのは、オルソーの叔母にあたるソースコニー・バルドリアだった。彼女は条約にしたがい、ローン系のなかでもっとも弱いメンバーを地球へ避難させた。ところが戦後、連合圏は彼らを帰還させなかった。帰還によってふたたび星界規模の破壊がはじまるのではないかと恐れたのだ。さらに腹立たしいことに、人買い族はもっとも貴重な捕虜——オルソーの父親——を釈放するかわりに、人買い族の亡き皇帝の息子を引き渡すよう要求した。

「最終的には王圏特殊部隊が、地球に足止めされていたローン系メンバーを解放したわ」ミンはいった。「でもそのために、連合圏とスコーリアはあやうく戦争をはじめそうになった。レイリコン人そのものは絶滅寸前といっても、王圏は繁栄しているし、そもそもその繁栄は、連合圏から移民というかたちで新たな遺伝子が流入しているおかげなのよ。彼らが連合圏に攻めいらない理由は、小さな勢力とはいっても、わたしたちがどちらにつくかによって勢力バランスを一変させるくらいの規模はあるからよ」

わたしはその話の意味するところをのみこもうとした。「オルソーは両親ともにローン系なんでしょう」あたりさわりのない表現を探した。「つまり——近いのよね」

「近親結婚ね」ミンはため息をついた。「わたしは、それがいいとか悪いとかいう立場にないわ。近親婚は、ローン系が次の世代を生み出せる数少ない方法のひとつなのよ」こちらをじっと見た。「あなたは自分のカイル等級を知ってるの？」

「なんのこと？」

「指数による尺度で、人類の九十九パーセントはゼロ級から二級のあいだにはいるわ。三級以上と判定される人、つまりおよそ千人に一人は、エンパスと呼ばれる。六級は百万人に一人で、テレパスと称される。十級は百億人に一人。十一級や十二級になるとこの尺度は成立しなくなってくる。オルソーのようなローン系の超感能力者は、数字ではなく、たんに〝ローン系〟と呼ばれるわ。計量不能なほど等級が高くなってしまうから。またローン系は、絶滅寸前の希少な存在でもあるのよ」

その説明をのみこむには、すこし時間がかかった。「オルソーはわたしをテレパスだといっていたわ。でも彼に会うまでは、それほどたくさん感じとっていたわけじゃないのよ」

ミンはうなずいた。「そういうこともあると聞いているわ。二人以上の能力者が繫がっていると、強い者がほかの相手の能力を引きあげるらしいの。でもオルソーがいなくても、たぶんあなたはかなり高い等級にはいると思う。低くても四級。たぶん五級くらいね――四級か五級……。どんな意味にせよ、自分をこれまで特別な存在と考えたことなどなかった。

ミンが、しばらく休んでといって部屋を出たあと、わたしはベッドカバーの上に横になって、ジャグ機に思念をむけた……。

《なんでしょうか》ジャグ機が考えた。

《オルソーはどんな具合？》わたしは尋ねた。

《眠っています。まだ修復作業中です》

《カイル能力者について知りたいことがあるの》

《わたしのライブラリを使用してください》

《あなたの仕事のじゃまにならない？》
《いいえ。検索は小規模な自動機能です。まったく負担はかかりません》
わたしの脳裏にメニューがあらわれた。

検索
ヘルプ
終了

《検索》わたしは考えた。

目をとじると、脳裏に図書館があらわれた。天井が高く、書架にたくさんの本が詰めこまれている。マルティネリによく似た図書館員が、わたしを肘掛け椅子に案内してくれた。質問をすると、本をとってきてくれたり、むかいの椅子にすわって話してくれる。同時に、説明のために詳細な図を空中に描いてくれた。

カイル遺伝子は数百種類が存在する。これらは対立遺伝子、つまり通常の遺伝子の変化形だ。突然変異型といってもいい。たいていの突然変異とおなじく、この遺伝子も悪影響のほうが大きい。さいわいこれらはほぼ完全に劣性遺伝をするので、両親からおなじ型を受け継がないかぎり、悪影響はほとんどあらわれない。カイル対立遺伝子を一個と、通常の遺伝子を一個もつ子は、正常に育つ。しかしこの対立遺伝子を対《つい》にしてもつと、問題が起きる。貧血症。四肢や内臓の欠損症。肺や心臓の疾患。神経、筋肉、循環器系の発達異常。脳障害…

…。カイル能力者の胎児は、しばしば受胎後数週間で死亡する。なんとか出産をむかえても、子どもをつくる年齢まではめったに生きのびられない。

カイル遺伝子が人間の遺伝子プールのなかで生きのびてきたのは、対にならずに受け継いだ場合に利益があるからだ。これは鎌状赤血球貧血症が消えないのとおなじ理由だ。鎌状赤血球の対立遺伝子を一個と、通常の遺伝子を一個の組み合わせでは、貧血の症状はそれほどあらわれないまま、マラリアへの強い耐性をもつのだ。カイル遺伝子を片方だけもつ人間は、有害な突然変異に苦しめられることはほとんどなく、共感能力がわずかに向上する。この能力は子育てに有利であり、その子どもたちも子育てに適した資質をもちやすく、ほかのグループにくらべて子どもをつくる率が高い。こうして遺伝子プールはバランスがたもたれる。カイル遺伝子は残り、一方で対になったときの悪影響が大きいためにエンパスはめったにあらわれない。

ローン系はこれらのカイル遺伝子をなんらかの組み合わせですべてもち、しかもそのすべてが対になっている。ではなぜ彼らは健康でいられるのか。それには多くの要因がある。遺伝子中の制御配列。DNA中でRNAに翻訳されないイントロンと呼ばれる部位の働き。染色体における遺伝子の配置。存在する対立遺伝子の数……。ある対立遺伝子が単独で存在すると好ましくない形質が発現するが、べつの対立遺伝子がいっしょに存在するとその働きが抑制されることがある。また遺伝子は多面発現性をもち、複数の働きをする。おかげでごくまれに、エンパスが健康な身体で——あるいはオルソーのように、ほぼ健康な身体で——生まれることがある。それでもまだ問題はある。かつて高いカイル等級をもつ人間の死因のトップは、自殺だった。エンパスが超感心理学者の訓練を受ければ、他人の感情の洪水をある程度さえぎることが可能になった現在でも、自殺率の高さは大きな問題として残っている。

ジャグ戦士は防御手段をもっている。共感能力の信号を翻訳するのに必要な神経伝達物質サイアミンに対して、それを抑制する薬を生体機械ウェブが放出できる。いいかえれば、ジャグ戦士は感情をブロックできるのだ。とはいえ、ウェブは一定量までしか薬を放出できない。そうでないとジャグ戦士としての機能に支障をきたすからだ。生体機械をもたないエンパスは、効果はゆるやかになるが、バイオフィードバック法を使ってサイアミンを抑制することにより他人の感情の流入を遮断できる。わたしは幼い頃から、それと気づかずにおなじ方法を身につけていた——感情を人々に跳ね返す鏡を思い浮かべたり、自分の精神をつつむ森や、まばゆい白い光を想像するというやり方だ。

KABとKEBは、どんな人間でももっている。通常の遺伝子はその成長を抑制する酵素をつくるのだ。対になったカイル遺伝子をもつと、その酵素が正常につくられず、結果、KABとKEBが成長しつづける。そうして活性化した受容体《レセプター》は、一般人の数個ではなく、数千、ときには数百万個になる。オルソーのように、KABとKEBに数十億の活性化したレセプターをもつカイル能力者が健康に生まれる確率は、ほとんどありえないくらいに低い。しかし自然は辛抱強いものだ。

人類は三千以上の世界に植民している。そのうち人買い族の支配圏が千五百カ所、スコーリア王圏のおさめる範囲が九百カ所、地球連合圏に属するのが三百カ所。総人口は三兆人だ。カイル能力者をどうやって探せばいいかわかってから何世紀かたったことを考えると、その数字はまさに膨大になる。これだけの人間のなかで、カイル遺伝子を全数そろえ、結婚して健康なサイオンを生み出したのは、たった二例しかない。一人は巨体と金色に輝く肌をもつ男で、その子種によってオルソーの母親と、その妹――オルソーにとっては叔母であると同時に、父方の祖母にもあたる――が生まれた。もう一人はオルソーの母方の祖父だ。オルソーの父方の祖母は、遺伝学者ローンの実験室から生まれた。祖父母はおたがいに異なる遺伝子プールの出身であり、有害な形質を確実に抑制するようにそれぞれのDNAが自然淘汰を受けていたおかげで、健康な子どもたちを生むことができた。

それでもやはり、ローン系は、いつ爆発するかわからない遺伝子の爆弾のようなものだ。そのもっとも深刻な突然変異が、CK複合体だ。これはレイリコン人が星間シャトルの残骸からエンジンを抜きとろうとしたさいに、放射線を浴びたのが原因でできた。オルソーもこのCKをもっている。わたしに説明してくれた図書館員は、オルソーはセックスのせいで助かっているのだと話したが、わたしがにやりとした理由はわからないようだった。それは、性《セックス》染色体という意味だった。男はX染色体とY染色体をもっているために男になる。女はX染色体を二個もっているために女になる。女の場合、それぞれの細胞のなかで完全に活動しているX染色体は一個だけだ。そうでないと遺伝子の活動による効果が倍になってしまうからだ。しかし休眠している側のX染色体でも、ごく少数の遺伝子は発現してしまう――そのなかに、不幸にしてCKもふくまれているのだ。CKはX染色体にのみ存在し、Y染色体にはない。そのため男がこれを対でもつことはない。対にならなければ、CKは無害で、逆にその他の突然変異を抑制する。

しかし対になると、胎児は死ぬ。

CKがほかの突然変異を抑制するため、レイリコン人のうちCK遺伝子を一個だけもつ者は、まったくもたない者にくらべて生存率がはるかに高い。そのため、何度も根絶を試みられたにもかかわらず、この遺伝子の保有者はどんどん広がり、ついにすべてのレイリコン人がもつにいたった。つまり女の子になるべき胎児は二分の一の確率でこのCK遺伝子を対でもつことになり、女児の生存率は急落した。

この仕組みが解明されると、CK遺伝子をもたない女性は、自分たちの接合子、つまり受精卵を使ってクローンをつくろうと試みた。単一細胞の接合子は分化全能性をもつ。つまりすべてのDNAが活性化しており、一人の人間に成長する力をもっている。接合子が分裂して二個になったときも同様で、これを二つに分ければ一卵性双生児になる。二度めの分裂後に分ければ四つ子になり、三度めの分裂後に分ければ八つ子になる。しかし十六人子はできない。接合子の全能性がたもたれるのは三度めの分割までなのだ。

カイルDNAをもつ胎児はこの点でも異なる。カイル遺伝子が増えるほど、接合子は早く全能性を失うのだ。ほとんどのレイリコン人はクローンを試みても双子どまりで、オルソーの家系ではそれすら無理だった。無理にそれらの細胞を成長させようとすると、生まれてきたクローンは共感能力をもっていなかったり、ひどい異常をかかえていたりした。ローン系の双子をつくろうという数回の試みが失敗に終わると、遅まきながら王圏倫理委員会がおもてに出てきて、政府内のあまり良心的でない勢力からローン系を守ろうとしはじめた。

しかしその後、クローン研究は進展をみせた。遺伝学者たちは、全能性を失った細胞中の休眠DNAを〝目覚めさせる〟ことに成功した。いまでは——理論的には——どんな細胞からもクローンをつくれる。受精卵の核をとりだして、かわりに目覚めさせた核をいれてやればいいのだ。ただしDNAを目覚めさせるのは微妙な技術であり、また適切な卵子を選ぶのも困難をともなった。カイル能力者のクローンの場合、卵子の出所はエンパスでなくてはならず、そうでないとクローンは失敗する。再発見された植民地の女性エンパスの協力で、レイリコン人は自分たちのクローンをつくれるようになったが、それでも成功率はあまりに低く、将来の絶滅の恐れは払拭できなかった。

ローン系サイオンの場合は、再活性化させた核が環境の変化に敏感すぎた。どんなクローンも失敗した。倫理委員会とのはげしい議論の末に、ある研究グループがオルソーの叔母からとりだしたDNAを再活性化させ、その母親の卵子にいれた。しかし失敗に終わった。研究グループはさらに、DNAを一片ずつつなぎあわせるようなたいへんな苦労をして、叔母を生み出すもとになった卵子を再構成した。しかしそのクローンも失敗した。いつか科学はその壁を乗り越えられるかもしれないが、いままでのところかんばしい結果は得られていないのだ。

ローン系の子孫を増やすことになぜそこまで固執するのか。それはスコーリア王圏をひとつにたばねる原動力となっている超感ネットを、ローン系サイオンたちが維持しているからだ。生体機械をもっているテレパスならだれでもこのネットにアクセスできるが、これを駆動できるのはローン系サイオンだけなのだ。彼らがいなければ超感ネットは崩壊する。

もしローン系をクローンでつくりだす方法がみつかったとしても、それは部分的な解決にしかならないだろう。超感空間は量子力学の法則にしたがうが、そのなかにはパウリの排他原理もふくまれる——ただしここでは光や物質ではなく、思考にそれが適用される。二個のフェルミ粒子が同時におなじ量子数をとることはできないように、超感ネットに駆動力を供給するリンクに、おなじ精神が同時に二つ存在することはできないのだ。だからおなじ人物のクローンを十人つくっても、なんの役にも立たない。血筋をさかのぼりながらクローンをつくるにしても、一、二世代で行き止まりだ。倫理上の問題もからんでくるし、近親交配が進めば、生まれてくる子どもの類似性も大きくなる。

そしてライブラリは、王圏議会が公表していない恐ろしい事実を教えてくれた。一般には遺伝学者ローンがローン系サイオンをつくりだしたと信じられているが、じつはそうではないのだ。ローンは早い段階から、カイル遺伝子の有害な性質をとりのぞかなければ、多様で強壮なテレパス集団はつくれないと気づいていた。そこで苦痛への耐性を研究しはじめたのだ。脳の苦痛の認知にかかわる遺伝子は、ＫＡＢの成長抑制酵素の生産を阻害する働きももっていた。そのためこの遺伝子の持ち主は、ＫＡＢが大きく、同時に苦痛に弱い傾向があった。

ローンはこの二つの働きを切り離し、ＫＡＢの能力を失わずに、苦痛への耐性を高めることをめざした。まず問題を単純化するために、目的のカイル遺伝子だけをもっている被験者群を探し出した。カイル能力を生み出すその他の生物学的装置の遺伝子はもっていないので、当然ながら彼らはエンパスではない。関係する遺伝子が一個しかないので、テストケースとしては好適に思えた。ローンの研究グループは何年も努力し、その作業は具体例として各段階ごとに倫理委員会のチェックを受けた。

はじめはまだ問題はあきらかでなかった。ローンがつくりだした人間たちは、赤い瞳と輝く黒い髪という奇妙な外見をもっていたが、一部の植民地で試みられた奇怪な遺伝子操作にくらべればまだまともなほうだった。ほぼすべてが期待どおりになった。苦痛への高い耐性と拡大されたKABをかねそなえていた。そのなかで、ひとつだけ予想外の性質がみつかった——彼らのKABは、苦痛が発する信号しか感知しなかったのだ。そして脳は、〝苦痛への耐性をあげよ〟という命令を受けて、その苦痛の信号を、性的昂奮をおぼえる中枢に送りこむようになっていた。

このちょっとした失敗が、宇宙の歴史を変えることになった。

事態を知ったローンは、彼の研究を規制する善意の委員会よりはるかによくその意味を見抜いていた。ローンは、みずからつくりだしたこの新人類を殺すべきだと強く主張したが、倫理委員会はとんでもないとばかりにはねつけた。はげしい議論が戦わされているさなかに、のちにアリスト階級となるこの実験体たちは、ローンを殺害し、その研究記録を盗むか破壊するかして、逃亡した。

人間に苦痛をあたえることにいっさいの躊躇をおぼえない種族は、穏やかな宇宙におけるたいへんな火種となる。彼らが人口数千人に達してアリスト階級と呼ばれるようになると、おたがいを苦しめあうようになって、人口増加は止まった。しかしその数千人は、数十年のうちにきわめて暴力的な帝圏をつくりあげたのだ。

さらに、彼らはローンの研究を継続し、より強力なエンパスをつくろうと試みた。なぜか

——それはエンパスの能力が高ければ高いほど、彼らから送られてくる信号が強くなり、アリスト階級人の受ける快感も大きくなるからだ。そうやって感受性と容貌の美しさを追求したエンパスを生み出し、〝提供者〟と名づけて、食べたり眠ったりするのとおなじくらい根源的な欲望の対象とした。

そうやってついにアリスト階級は究極の目標に到達した。繁殖に適した男女二人のローン系サイオンをつくりだしたのだ。男のほうは、幼いうちに自分の未来に気づき、自殺した。女は、成年に達したのちに逃亡し、そのさいに連れあいの復讐として研究グループのアリスト階級人たちを殺した。また自分の出生にかかわる記録をすべて破壊していった。そのため現在にいたるまで、研究室で誕生まで育てられたローン系サイオンは彼女だけだ。

その女が、オルソーの祖母なのだ。

《ジャグ》わたしは考えた。《ひどい話ね》

《はい》ジャグ機は答えた。

《オルソーの両親は血がとても近いわ。正常に生まれて幸運だったのね》

ジャグ機はしばし沈黙した。《じつは、オルソーは染色体異常をかかえています。Y染色体がひとつ多いのです》

《つまり、XYYなの？》

《はい》

《性染色体を余分にもつと、障害があらわれるんじゃなかったかしら？》いつか子どもを欲しいと考えていたのだ。《生殖不能症とか》

《XYの男性は生殖不能ではありません。また、余分のY染色体を子孫に伝えることもありません》
《平均より身長が高くなる傾向があります》
《ただし……？》
《それだけ？》
ジャグ機は黙った。《一般的には、知能が平均を下まわります》
《オルソーはちがうわ》それどころかロケット科学者なのだ。あるいはロケット技術者か。
《そうです。ほとんどのカイル能力者は、神経構造が増えているために平均以上の知能をもっています》
《ほかに変わったことはあらわれないの？》
ジャグ機はふたたび沈黙した。《刑務所に収容されている人間の男性は、かなり高い確率でXYY遺伝子型をもっています。とりわけ身長六フィート以上のグループではそうです》
自分の宇宙で小耳にはさんだテレビのニュースを思い出した。《つまり、彼らは攻撃的で暴力的なのね》
《そうです》
《それも、オルソーはちがうわ》いってすぐに、そうではないとわかった。ジャグ機が返事をしないので、つづけた。《犯罪をおかすほど暴力的ではないわ》
《そうです。それに、遺伝ですべてが決まるわけではありません。育てられ方、個性、環境。それらすべてが人格形成にかかわってきます》

《なぜわたしにそんな話をするの？》
《あなたの将来像をモデル化するためにいくつものシミュレーションをおこないましたが、それによると以下のような結果が出ています——あなたは本機パイロットの攻撃的性格を容認できないでしょう》
《わたしはオルソーと別れるはずだというのね》
《そうです》
《それはもとのデータがまちがってるのよ》
《あなたについてのデータはたしかに多くありません》ジャグ機は認めた。《そこで、あなたにごく近い表現型をもつガンマ人間型女性に適用されるアルゴリズムから推定した行動パターンを追加しています》
《ようするに、外見からあてずっぽうに判断したということ？》
《大雑把にいえば、そうです》
《わたしに似ているというのはだれ？》
《あなたはレイリコン人に似ています。そこでルビー王朝の女性の行動パターンから推定しました。ただ、このデータを組みこんだシミュレーションモデルは不安定になりがちです。そのなかでもっとも安定するケースは、じつは、データのもとになったレイリコン女性とは逆のパターンをしめし、まったく攻撃性をもたない男性を好むという結果が出ます。しかしあなたはそうではないようです》
わたしは目をぱちくりさせた。《あら、そうなの？》

《あなたの小柄な体格と、攻撃的でない性質に、あなたの生活環境をつくっていたサブカルチャーを考えあわせると、あなたが男性を選ぶ基準は論理性です》
《これでわたしがオルソーと別れたりしないことがわかったでしょう?》
《この新たな情報をわたしのシミュレーションモデルにくわえておきます》その返事には、まるでほっとしたような、奇妙に明るい響きがあった。ジャグ機はいったいどこまでパイロットの身を案じるものなのだろう。

12　星の契り

ミンが扉をあけると、星のパノラマが広がった。ルビー、トパーズ、サファイア、オパール。展望台の戸口に立っているのだ。不透明な壁はわたしたちの背後だけで、あとは部屋全体が偏光二色メッシュガラスで張られている。ここはステーションの車輪の〝下〟に突き出した泡なのだ。部屋の奥にある透明な素材でできた説教壇が、星空を背景にぼんやり浮かんでいる。説教壇の上には漆塗りの箱と、薔薇が一本差された花瓶。その隣には途中でひらいた本があった。本物の本だ。紙と革でできた骨董品だ。ミンの電子ホロ本ではこの儀式に似あわないので、無理を聞いてもらったのだ。

部屋のあちこちにたくさんの人がいて、立ち話をしている。カバツは、ミンとおなじ青いジャンプスーツ姿で、NASAと連合圏の肩章がついている。説教壇のそばにいるストーンヘッジも胸に勲章をつけた軍服姿だ。軍服は星の光を浴びて金色にきらめいている……。

そのとき、その金色のきらめきは星の光ではないことに気づいた。眺めに圧倒され、またオルソー自身がずいぶん見慣れない恰好をしているせいで、ストーンヘッジの隣に立っていることに気づくのに、しばらくかかったのだ。きらめいているのは、オルソーの軍服の金色の布地だった。またホロ素材でもあるため、金色の輝きが浮かびあがって奥行きがあるように感じられる。服のスタイルそのものはシンプルだ。長袖のプルオーバーには胸のところで横に畝模様がはいり、肩幅をよけいに広く見せている。ズボンは両脇の縫いめにそって、やや暗い金色の線が一本ずつはいっている。裾は、鏡のように磨きこまれた膝丈の金色のブーツにたくしこまれている。腰から吊られた剣は、先端が背にむかって反った形状で、金色の鞘におさめられている。

ミンがわたしを連れて部屋の中央へ進みはじめると、オルソーはこちらをむいて、はっと目を見ひらいた。わたしとおなじことを感じているらしい——目がくらんでいるのだ。短期間のうちにいろいろなことが起こりすぎている気がした。ミンはわたしをオルソーのそばへ連れていき、自分は説教壇のむこうに立った。オルソーはまじまじとわたしを見ていたが、ストーンヘッジにつつかれてまばたきし、説教壇のまえに歩み出た。ミンが咳ばらいをして、ようやくわたしたちはおたがいを見るのをやめ、彼女のほうをむいた。

それまでにわたしとミンは何時間もかけて、すこしでも馴染みのある儀式の方法を探していた。ようやくみつけたのは三百五十年以上前のカトリック流の結婚式で、わたしから見ても古臭かった。しかし驚いたことに、ミンはそのミサを読めた。当時は知らなかったのだが、連合圏異宗派間会議はその憲章で、一定規模の宗教団体が手近にない宇宙ステーションや植民地の人々のために、多様な宗教指導者としての役割を果たす宇宙牧師を任命するとさだめているのだ。

わたしたちはオルソーの承認を得るかわりに、儀式の手順をジャグ機に送った。ジャグ機はこれでいいと返事をしてきたが、オルソーはろくに目をとおしてもいないだろう。彼に対するジャグ機の修復作業がつづいているので、精神がまだうとうとしている状態なのだ。

オルソーとわたしはとまどいながら説教壇のまえに立ち、ミンが読む儀式の言葉を聞こうと努力していた。しかし頭に浮かんでくるのは、故郷や、この日をいっしょに迎えたいと思っていた人々、とりわけマヌエルと母の顔だった。

「ティナ？」ミンがいった。

はっとして、儀式の進行が止まっているのに気づいた。「なに？」

ミンはストーンヘッジのほうに首をかしげた。「契約の条項を認められないといってるのよ」

「これは違法だ」ストーンヘッジは、まわりの参列者に聞こえないように小声でいった。「これはティナが選んだやり方なんだ」オルソーがいった。「ジャグ機もこの儀式を認めたんだから、あとはティナの好きにやらせればいい」

ストーンヘッジは顔をしかめてオルソーを見た。「自分の結婚式の内容をちゃんと読んでいないのか？」

「無理ですよ」オルソーはいった。「ジャグ機が目覚めさせてくれないのでね」

「マックス、たしかにこれはティナが選んだのよ」ミンもいった。「むしろ、これ以外のやり方ではいやだと主張したのよ」

「違法なんだ」ストーンヘッジはまたいった。「われわれは法にしたがい、ティナの後見人代理をつとめている。十七歳の娘に生涯契約を結ばせるなんて、認めるわけにはいかない」

「結婚というのは、ふつうは生涯にわたってのものでしょう？」わたしは訊いた。

「きみの年齢でそれはできない」ストーンヘッジは答えた。「最長で十年契約だ。満期になって、きみが希望すれば、更新してさらに十年契約を結ぶことができる。二度めの更新のときには、残り一生をこの男とすごすという決定もできる法定年齢に達しているはずだ」

「本人たちの希望どおりにさせてあげるべきだと思います」ミンはいった。「今回のような場合は法に縛られる必要はありません」

ストーンヘッジの苛立ちがまわりに火花となって散ったが、ミンがもの問いたげな視線をむけると、手をふっていった。「さっさと進めてくれ」

ミンは数行もどって唱えはじめた。「病めるときも健やかなるときも」

「病めるときも健やかなるときも」オルソーは復唱した。

「この命のかぎり」

「この命のかぎり」

「この女に添うことを誓う」

「この女に添うことを誓う」

わたしが誓いの言葉を唱えると、ミンは先へ進んだ。指輪の交換というところになったが、オルソーもわたしもなにももっていない。そこでミンは漆塗りの箱をあけ、金色に輝く、飾りのない指輪をとりだした。わたしがぽかんと口をあけていると、ミンはそれをオルソーに渡した。

オルソーは指輪を見て目をまるくした。「どうすればいいんだい？」

ミンはにっこりした。「こういって——〝この指輪によってわたしは汝と結婚し、誠実《トロース》に汝に誓う《ブライト》〃」

オルソーの顔がコンピュータ・モードのときの無表情になった。「該当する成句はなし」ふつうの表情にもどった。「〃汝の飼い葉桶《トローフ》にひだをつける《プリート》〃というのはどういう意味だい？」

「やれやれ」ストーンヘッジがつぶやいた。「それでも、〃メエメエ鳴く《ブリート》〃といわないだけましかな」ミンがじろりとにらむと、身を守るように手をかざした。

「〃誠実に汝に誓う〃よ」わたしはオルソーに教えた。「つまり結婚を誓って、相手の左手の薬指に指輪をはめるの」

オルソーはわたしの指に指輪をすべりこませた。「この指輪によって汝に真実のひだをつける」

わたしは吹き出しそうになったが、口に手をあててこらえた。ミンはわたしに二個めの指輪をくれた。やわらかな金色をした金属製で、あとで十八金だとわかった。こんな美しい贈り物をもらっていいのだろうかと、わたしは驚き、息をのんだ。

「ありがとう」わたしはいった。

オルソーもうなずいて感謝の気持ちをしめし、目もとに巻き毛がかかった。

わたしは指輪をオルソーの指にはめた。オルソーは手を表、裏と動かし、継ぎめのところでぱたぱたさせながら、金の指輪をじっと見た。それからまたミンはミサを読み、祝福と祈りの言葉がつづいた。ステーションが回転するにつれて、アテナ星が荘厳な女神のように視界を横切っていく。まるで星屑につつまれてふわふわ浮いているようで、まさに夢見心地だった。

ミンが最後の祝福をはじめると、オルソーはもうすぐ終わりだと気づいたらしく、祝福が終わらないうちにわたしの腰に腕をまわし、キスしてきた。わたしは驚いて、つかのまなにもできなかったが、やがてこちらからもキスした。

「もう勝手にやってくれ」ストーンヘッジがいった。

ミンは軽く笑った。「あとは省略しましょう。では花嫁に口づけを」

そのあとはなにもかもぼんやりとして見えた。式の参列者たちをストーンヘッジが紹介してくれた。科学者、行政官、入植者、軍人……。そのあいだも透明な壁のむこうでは星々がめぐっている。輝く行進の壮大さゆえに眠気をおぼえるほどだった。オルソーの軍服から浮かびあがる金色の靄《もや》に、わたしの精神から出る疲労の金色の靄が混じり、まるでめくるめく金色の霧のなかを歩いているようだ。

最後はカバツに救い出され、静かな部屋に連れていかれた。そこはまんなかにコンソールのついたテーブルがあり、壁ぞいにぐるりとベンチのならんだ部屋で、カバツが去ると、わたしたちはならんでベンチにぐったりと腰をおろした。

「やっと終わった」オルソーはいった。「ああいう堅苦しいところでは、なんていえばいいのかすぐわからなくなるんだ」

わたしは笑った。「なにもいわなくていいのよ。みんなあなたに見とれてたから」

オルソーはやさしい声になった。「きみがナンシー・ミンといっしょにはいってきたとき、戸口のむこうに照明があって、きみの身体のまわりで後光をつくっていたんだ」わたしのドレスのレース部分をなでた。「そしてこの輝きかたといったら――この世のものとは思えなかった。天使のようだったよ」

「あなたもそう見えたわ」

「ぼくが天使に？」オルソーは笑った。「いままでいろんな名前で呼ばれたけど、天使というのは初めてだな」

わたしはにっこりした。「英雄のように見えたといいたかったの」

「まさか」

「本当よ」

「もちろん、そのためにこんな道化師めいた恰好をさせられてるんだけどね」自分の服装をしめした。「ＩＳＣはコンピュータ・シミュレーションと心理学者を使って、礼装軍服をデザインしているんだ」

わたしは剣のカーブに指をすべらせた。「これも？」

「じつは、これだけはぼくのなんだ。代々相続されている品物で、祖父母の結婚のときに、アバジ・タカリク会から祖父に贈られた儀式用の剣だ」

わたしははっとした。「アバジ・タカリク？　それはグアテマラの近くにあるマヤの都市よ。二千年前の遺跡があるわ」

「都市だって？」オルソーはぽかんと口をあけた。「ぼくの知っているアバジ会は、六千年前にルビー王朝を警護するために組織された友愛会の名称だ。彼らはいまでもぼくの家系を護ると誓っているんだ」

「親衛隊のようなもの？」

オルソーはうなずいた。「実際にはおもに儀礼的な地位でしかない。ぼくの両親は、衛兵にはジャグ戦士を使っているからね。でもアバジ会はいまでもルビー王朝に忠誠を誓っているんだ」皮肉っぽくつけくわえた。「王朝といっても、ぼくらは五千年前からなにも統治してはいないんだけどね」

「ジャグ機から超感ネットの話を聞いたわ。そのためにあなたの家系が必要なんでしょう」

「超感ネットを駆動するには三人の管轄者が必要で、彼らは〝鍵人《かぎびと》〟とも呼ばれる。ぼくの母が最年長で、議会を担当している。叔父のケルリックが軍の管轄者。彼は王圏艦隊の最高司令官でもある」そこで黙った。「第三の鍵人である祖父は、五十年ほどまえに亡くなった。その地位は父が継ぐはずだった。ところが第三の錠前が人買い族に制圧されてしまったんだ」

「錠前を制圧する？」

オルソーはにっこりした。「実際にはある種の制御基地で、〝錠前所〟とも呼ばれるんだ。ぼくの父はそこにあるウェブの駆動センターに接続するはずだったんだよ。人買い族のなかにローン系サイオンはいないから、彼らは使えないけど、ぼくらにも使わせないようにしているんだ」

しばらくまえにミンが、前回の戦争のあとにおこなわれた捕虜交換で、オルソーの父親が解放されたという話をしていたのだが、このときはまだそのつながりに思いいたらなかった。ようするに捕虜交換の時点で、人買い族の高官はまだ自分たちの制圧している施設が錠前所であることに気づいていなかったのだ。鍵と錠前を両方とも手中にしているともっと早く気づいていたら、彼らはいったいどうしただろうか。捕虜交換の相手が自分たちの未来の皇帝であっても、オルソーの父親の解放を拒否しただろうか。

「べつの錠前所をつくればいいのに」わたしはいった。

「どうやって？」オルソーは両手を広げた。「錠前所をつくりあげている技術は、ぼくらの先祖がレイリコン星の遺跡からまるごと抜き出したものなんだ。星間推進エンジンの仕組みはなんとか解明できたけど、超感技術はまだわからないことだらけなんだよ」

「よくわからないんだけど、なぜそんなに超感ネットが重要なの？」

オルソーは両肘を膝にのせて身をのりだした。「超感ネットがあるおかげで、ぼくらはどんなに離れていてもほぼ瞬時に通信できるんだ。恒星間のメッセージをになうほかの手段といったら、光速で伝わる電磁波か、相対論効果をともなう星間船に載せるしかない。相対論効果がからむと、いったいいつメッセージがとどくのかわからない。反転状態ではもっとひどい。反転中に、ほかの反転している船にむかって信号を送っても、それがとどくのはいつでもありえるんだ。もしかすると発信するまえかもしれないし、宇宙の終焉までとどかないかもしれない」手首を返してソケットを見せてくれた。「超感ネットではそんな心配はいらない。ぼくが頭である考えをかたちづくるやいなや、ネットに接続しているあらゆるテレパスがそれを受けとるんだ。軍事組織においては、そのなかを動く情報の速度が決定的な力をもつ。大柄で動きの鈍い戦士と、小柄で俊敏な戦士のたたかいを想像してごらん。人買い族につかまえられたら、ぼくらはあっというまに叩きつぶされるだろう。でも人買い族は動きが鈍い。だからぼくらは生きのびられるんだ」

「ダビデとゴリアテね」わたしはにっこりした。「少年が巨人をうち負かす話よ」

オルソーはため息をついた。「ぼくらも人買い族をうち負かしたいよ。でも、すでに錠前所を手中におさめた彼らにとって、あと必要なものは鍵人だけだ。そうすれば巨人が俊敏さを身につけることになる。ローン系サイオンは十一人。鍵人になりえる人間が十一人いるわけだ。女性四人、男性七人だ」ふいに、クッキーのはいっている瓶に手をつっこんでいるところをみつかった少年のような、いたずらっぽい顔になった。「ぼくはいちばん年下だから、あまり重要視されていないけどね」

「手を出すと危険な子どもというわけ？」わたしは意味ありげに笑みを浮かべた。「じつはまだわたしと結婚できる年齢に達してないんじゃないの？」

オルソーが笑ったちょうどそのとき、ドアにノックの音がして、カバツの顔がのぞいた。

「セレイ分隊長。マックスが契約の詳細について詰めの作業をしたいといっているんですが」

「すぐ行きますよ」オルソーは答えた。

カバツの顔がひっこむと、わたしは訊いた。「条約の交渉をやるの？」

オルソーは首をふった。「交渉は連合圏議会と王圏議会のあいだで何カ月もかけておこなわれるはずだ。ぼくらと連合圏は数十年前からその機会を探っていた。ローン系の女性四人はすでに全員結婚しているから、あとはローン系の男性と、高いカイル等級をもつ連合圏女性との結婚を成立させられないかと、両者は考えていたんだ」オルソーはすまなさそうな顔をした。「伯父たちにくらべて地位が低いぼくの名前は、あまり真剣にとりあげられなかった。ローン系の結婚が、こんなふうに準備なし、予告なしのないないづくしでおこなわれるとは、だれも予想していなかったはずだよ」

オルソーが強引に結婚を主張したわけが、ようやくわかってきた。ミンのいうとおりにわたしの等級が五級に近ければ、社会的地位が低いとはいえ、オルソーの家系のなかでは存在価値をもつはずだ。オルソーとわたしのあいだに生まれる子どもはカイル能力者になるだろうし、うまくすればテレパス級の能力をもつかもしれない。わたしは異なる遺伝子プールの――それどころか異なる宇宙の出身だから、おたがいのカイル対立遺伝子は充分な差異をもっているはずで、好ましくない形質の発現は最小限にとどまると期待できる。

あとからの話だが、オルソーがわたしにほかの夫をもつなと主張したわけもわかった。まず、王圏法では複婚が許されている。そしてオルソーは継承権序列の最下位におかれているため、カイル能力者の女性と縁組みしてもらえる可能性はとても低い。そこでその序列を一気に飛び越えるとともに、わたしをライバルにとられないように手を打っておきたかったのだ。

「とりあえず、いまは一部の条項を確定しておかなくてはいけないんだ」オルソーはいった。「ぼくはささやかな領地と、財産と、民間人としての肩書きをもっている。それらは、もし――」そこで黙った。「――ぼくに万一のことがあったら、すべてきみのものになる」疲れた表情になった。「家族にこのことを連絡しなくてはいけないけど、そのあいだ、きみをレイリコン星のアバジ会にあずけようと思ってる。彼らならだいじょうぶだ」

「いやよ!」わたしはオルソーを凝視した。「わたしを一人にしないで」

オルソーはわたしの腰に腕をまわした。「きみを危険なめに遭わせたくはないんだ。この結婚契約については、ぼくが家族に連絡するまで秘密にするようストーンヘッジにかけあうつもりだ」そして低い声でつづけた。「もしぼくが殺されたら、彼がこのことを王圏議会と連合圏議会の両方に伝えてくれるはずだ」

「やめて、オルソー。そんなことをいわないで。だれもあなたを殺したりしないわ」

「ぼくもそう願ってるよ」表情がやわらいだ。「とくに、守るべきものがあるいまはね」

オルソーが部屋を出ていったあと、わたしは展望台にもどって星々を眺めた。結婚式の参列者も去り、あと片づけもすんで、ひっそりとしていた。星の光を浴びながら、わたしはオルソーのために祈った。死なせないでくださいと、子どもの頃に教えられたマヤとスペインの伝統がいりまじった神々に祈願した。父なる神よ、神の子よ、聖霊よ。世界をその肩でささえるバシャクメンよ。われらが先祖なるトティルメイレティクよ。月の女神であると同時に聖母マリアでもあるイシュ・チェルよ……。献じるお香はなかったが、展望台にはまだ燃えている白い蠟燭があった。儀式にあまり足を運ばなかった自分を許してくださいと、精霊たちに頼んだ。オルソーの魂を雷で打たないでくださいと祈った。

雷と稲妻。それがわたしにとってのオルソーのイメージだ。そこで、大地の神で、蝸牛《かたつむり》の殻に雷鳴とどろく稲妻の粉をいれているヤーバル・バラミルにも祈った。その精髄は、稲妻の湖を意味するわたしの故郷ナベンチョク村の水たまりや洞窟にも宿っている。さらに洞窟からしみ出て霧となり、あるいは稲妻となるアンヘレティクにも祈った。雷と雨の神であるアンヘルにも祈った。最後はついでに、北欧神話の雷と戦争の神トールにも祈った。ついでにというのもへんだが、いい考えに思えたのだ。

そのあと展望台を出て、緑豊かな緑地のなかを歩いていった。ステーションに太陽光をとどける大きな鏡は、いまは回転して円環体のべつのあたりを照らしており、このあたりは夜だった。天窓から差してくる星明かりは、宝石のように明るく、そしてひややかだった。

13 花嫁誘拐

だれかに肩を揺さぶられ、目をあけると、金色の靄《もや》しか見えなかった。しかしだいにそれがオルソーの姿になった。その背後には、わたしたちの寝室の壁に輝くホロ絵画が見えた。赤と金色に染められた砂漠の風景で、とても心休まる。さきほどわたしが横になると、ひとりでに薄暗くなったのだ。

わたしはまた目をとじながら、目覚めきれない声でいった。「ストーンヘッジの用事はすんだの?」

「とりあえずはね」オルソーはわたしの隣に横になった。「出発まで六時間くらいあるはずだ」

「ううん……」その身体に寄りそった。「そう」

オルソーはわたしのレースのドレスの襟をあわせている紐を引っぱりはじめた。「これならマニュアルがなくても扱えそうだ」

わたしは眠たくてぼんやりしたまま笑った。目がどうしてもあかない。しかたなく、半分眠ったままもたれかかった。オルソーの頬が肩からすべり降り、胸を吸って愛撫しはじめた。まどろみながら官能につつまれた。目を覚まそうとしたが、どうしても焦点があわない。頭に真綿をつめこまれているようだ。そこでまたぼんやりすることにした。べつに考えることはないのだ。

しばらくしてオルソーの手がドレスの下にはいってきて、パンティーを脱がせはじめた。夢の世界に半分ひたったまま、オルソーがなんとか新妻の反応を引き出そうとしているのをぼんやり感じた。

とうとうオルソーは笑いだした。「ティナ、起きろよ！　新婚初夜なんだぞ」

「ううん……」わたしは目をあけようと努力した。「またモードを切り換えたのね」

「ぼくが？」

「アクセントがもとにもどったわ」

「言葉はジャグ機が安定させてくれたと思ってたんだけど、どうやらそうじゃなかったらしい」オルソーはわたしにキスした。

「もしかすると——痛い！」さっと目をひらいた。

オルソーは肘をついて上体を起こした。「どうしたんだい？」

「剣の柄でお腹を突かれたのよ」おかげでぱっちり目があいた。オルソーがまだ礼装軍服姿であることに気づき、笑った。「まだ靴も脱いでないのね」

オルソーはにやりとして起きあがり、プルオーバーを脱いで床に落とした。さらに剣をはずしてその上においた。あらためて横になり、キスしはじめると、心地よい気分がもどったが……なにかおかしい。なにかがなくなっている。あるいは消えている。

しばらくして気づいた。わたしの疲労感がつくりだす金色の靄がないのだ。オルソーの礼装軍服が放つ輝きはまだあるが、それだけだ。わたし自身が自然につくりだす光のショーが消えている。

わたしはキスするのをやめた。「オルソー、外でなにか、どすんという音がしなかった？」

オルソーは顔をあげた。「なんだって？」

「なにか音がしたのよ、外で」

「いいや。べつになにも——」

そのとき、二人ともその音を聞いた。だれかがこの宿舎の玄関をあけたのだ。

オルソーはベッドから跳び降りて、剣をつかんだ。重々しい足音がリビングを横切ってくる。ドレスの裾を下ろしながらベッドから降りたわたしを、オルソーは奥の壁のほうへ軽く押した。「退がってろ」

この部屋の出入り口はひとつしかなく、オルソーはそちらをむいている。剣の鞘を払いながらドアのほうへ移動し、近づいてくる足音を待った——

そのとき、銃をもった手がわたしの背後からぬっとあらわれた。ライフルなどよりも大きな銃で、鏡面仕上げされた金属でできている。グリップ部をわたしの腹におき、銃身が胸のあいだをのびてきて、銃口は顎の下に押しつけられていた。背中に感じる物体は、人間のかたちをしてはいるが、もっと大きく、金属のように硬い。

「オルソー」わたしはささやいた。

こちらをふりむいたオルソーの表情を見て、最悪の事態を覚悟した。

ドアがひらき、四人の巨人がはいってきた。みんな二メートル以上の背丈がある。人間型だが、もっと重く、ロボットに似ている。柔軟に動く鏡面仕上げのボディに、部屋のホロ絵画が映りこんでいる。頭は前後に畝のとおった金属製ヘルメットで、鼻のあるべきところがスクリーンになっている。それぞれ電源パックのついた金属製の腰ベルトを締め、靴底の幅が六インチもありそうなブーツをはいている。三人は、わたしの身体に押しつけられているのとおなじものらしい銃をもっている。

ストーンヘッジが連行されていた。顔には紫色になった殴打痕があり、引き裂かれた服からのぞいた両腕にはおなじような痕がさらにいくつもある。軍服の右の袖はすっかりなくなり、肘の内側に一片の金属テープが貼られていた。

この鏡面仕上げの巨人たちは装甲服を着た傭兵だと、いまは知っているが、当時はひたすら怖いだけでなにもわからなかった。ロボットのような姿なので、一般には戦士《ウォリアー》アンドロイド、あるいは略してウォロイドと呼ばれている。ジャグ戦士のようなスピードや軽快さはもちあわせないかわりに、腕力と要塞なみの装甲が特徴だ。

オルソーは部屋のまんなかにつっ立ち、やわらかい金でできた儀式用の剣を手に、銃をもった鋼鉄製の巨人と相対していた。巨人の銃が一発火を吹けば、鋼鉄の剣五十本を束にしたよりも大きな威力をもつはずだ。オルソーはウォロイドを見て、わたしを見て、またウォロイドを見て、ついに剣を床に放った。

「セレイ卿」部屋のむこう側にいるウォロイドの一人から声がした。こまかな個性をはぎとるフィルターをとおしたような、不気味な声だ。

「彼女に手を出すな」オルソーはいった。

「あんたの妻に興味はないんだ」ウォロイドはいった。「協力すれば、彼女を殺しはしない」

「どうしろというんだ」オルソーは訊いた。

「うしろをむいて、両手を背中へやれ」

オルソーがしたがうと、ウォロイドは装甲の一部のパネルをあけ、先端で光をまたたかせる一本の紐を引き出した。そしてオルソーに近づこうとはせず、ただその紐を床に放った。紐は身をくねらせながらすばやく床を這ってオルソーに近づき、脚から手首へよじ登ると、そこで展開して網になり、両手を縛った。わたしは生きものにちがいないと思った。実際には、この結束網は意識などすこしもたない。ナノボットと、さまざまな表面に自由に貼りついたりすべったりできる粘着性分子からできている。

結束網がしっかり締まると、ウォロイドは近づいていって太い銃の先でオルソーの肩を小突き、前に歩かせた。わたしの顎につきつけられた銃口も引っこみ、ウォロイドがわきへ出てきて腕をつかんだ。こいつだけは歩くとき、どすんどすんという足音はさせず、静かに歩くのだが、そのほかの点ではそっくりおなじだった。ウォロイドはわたしを歩かせ、オルソーとストーンヘッジを引っ立てていくほかのウォロイドのあとをついていった。

さきほどしゃべったウォロイドがリーダー格らしい。さしずめ傭兵隊の隊長か。こいつが歩きながら装甲服のパネルに指をふれると、足音が消えた。それで謎が解けた。こいつらは玄関からはいってくるときに、オルソーをドアに惹きつけるためにわざと足音をたててきたのだ。そのあいだにべつのウォロイドが、おそらく闇市場で流通している、金属を溶かすナノボットを使って、部屋の奥の壁をこっそり切りひらいたのだろう。

外はまだ夜で、円環体の湾曲した空間をすべり降りてくるはずの夜明けの線は、まだ見えなかった。わたしたちは星明かりの下、しんと静まりかえった緑地を歩いていった。なにも動くものはない。ベンチのそばの地面に男女一人ずつが意識を失って倒れていた。木の下では一匹の犬が眠り、ほかには死んだ鼠もころがっていた。

車輪のスポーク部分に着くと、隊長のウォロイドがエレベータのパネルにむかって、ある配列を打ちこんだ。しかし、うんともすんともいわない。もう一度やったが結果はおなじだ。ウォロイドはストーンヘッジのほうをむいた。「組み合わせは？」

ストーンヘッジは口を真一文字に結んで相手をにらんでいるだけだ。

隊長は腕をふりあげて、手の甲でストーンヘッジの顔を張り飛ばし、うしろにいるウォロイドに叩きつけた。「組み合わせはなんだ？」

「知らないな」ストーンヘッジはいった。

隊長はべつのウォロイドに身ぶりをした。それが近づいてくると、ストーンヘッジは身をこわばらせたが、ウォロイドは所長の肘の内側に貼られたテープを調べているだけだ。ウォロイドの指をつつむ素材が、鏡面仕上げされた皮膚のように動いている。しばらくしてウォロイドは立ちあがった。「もう一度やってみてください」

隊長はストーンヘッジを見やった。「組み合わせはなんだ？」

ストーンヘッジは食いしばった歯のあいだから絞り出すようにいった。「三角、四角、4、丸、丸、赤、4、3、8、緑」

隊長がその組み合わせを打ちこむと、ドアはひらいた。狭いエレベータ内に九人全員が乗りこんだあと、ドアがしまり、ハブ部にむかって上昇しはじめた。

のちにわかったことだが、オルソーが初めてエプシラニ・ステーションに連絡をとったとき、ここのウェブに感染していた冬眠ウイルスがそれを知らせるメッセージを外部に発信したらしかった。冬眠ウイルスはオルソーのメッセージを検知するまで目覚めないし、役割を果たしたあとは自己消去する。とはいえ、エプシラニでもほかの場所でも、すべての痕跡を消し去れてはいなかった。冬眠ウイルスは連合圏、スコーリア王圏、それどころか人買い族の帝圏でも、ありとあらゆるネットワークに感染していた。

車輪の内側へ近づくにつれて、体重が軽くなっていった。無重力になったところでドアがひらき、ハブの周囲をめぐる通路に出た。意識を失った植民者たちの身体がただようハブ内部を、除染室のほうへと遊泳していった。

ジャグ機が感じられるようになった。正確には、その存在感だけが伝わってくる。獣が眠っているように不活発な状態だ。そのときようやく、わたしの頭が真綿を詰められたようにぼんやりしているわけがわかった。ウォロイドたちがジャグ機の機能を停止させたために、それと接続しているわたしの脳も影響を受けているのだ。除染室にはいると、そこのコンソールのホロマップに、ステーションの外に停止した大型船からジャグ機のいるドッキングベイにむかって近づいてくる、一機の貨物シャトルが映し出されていた。

ドッキングベイの入り口では二人のウォロイドが待っていた。空中に浮かんでいるのではなく、デッキに足をつけて立っている。こちらのウォロイドたちも磁石式の靴底を床面に固定して立った。オルソーを連行しているウォロイドたちは巨人像のようにそびえ、宙に浮いたオルソーの腕を両側からつかんでいる。わたしの隣のウォロイドも床に足を固定し、こちらの二の腕をつかんでいた。わたしはドレスの裾を押さえてふわふわ浮いていた。

隊長はホロマップをじっと見ていた。「船の収容にはどれくらいかかるんだ？」

「あとほんの数分だと思います」あるウォロイドが、女性の声で答えた。響きが奇妙な気がした。抑揚がなく非人間的なのはおなじだが、なにかのアクセントが感じられるのだ。そのときはスコーリア語だとわからなかったが、彼女が話したときにオルソーがさっと身をこわばらせたのには気づいた。

隊長はわたしのほうを見て訊いた。「おまえはどういう関係なんだ？」

わたしはどきりとして答えた。「関係って？」

「彼女にかまうな」オルソーがいった。

隊長はオルソーのほうをむいた。「あんたたちの結婚契約のファイルがみつからないのはどういうわけだ？」

「ストーンヘッジがなくしたんだろう」オルソーはいった。「ただの追加契約だからな」

「追加？　どういう意味だ」

スコーリア人のウォロイドがかわりに答えた。「婉曲ないいまわしで、この女は妾《めかけ》だといっているんですよ」

隊長はわたしを見た。「妾にしたい気持ちはわかるな」銃口でドレスの襟を押しやり、胸の一部をはだけさせた。「ああ、気持ちはわかるよ」

オルソーはウォロイドたちのあいだでもがいた。「さわるな！」

するとべつのウォロイドが、音声フィルターをとおしても威厳が感じられる声でさえぎった。またその声にも、スコーリア語のアクセントがあった。そのウォロイドはストーンヘッジをしめした。「やれ」

隊長はうなずき、べつのウォロイドに合図した。するとその部下は装甲の一部をあけて、クリップ注射器をとりだした。それを発射されるとき、ストーンヘッジの顔には、これで死ぬのかというような緊張した表情がはしった。そしてがくりと身体の力を失ったが、意識を失っただけだとわたしは気づいて、小さく安堵の息を洩らした。

隊長は、ストーンヘッジを気絶させるように指示したスコーリア人のウォロイドのほうをむいた。「どういうことだ？」

「セレイは嘘をついている」スコーリア人はいった。「妾など、その気になれば何人でももてるのに、いままで一人ももったことはないのだ」

「だれでも欲望はあるさ」隊長はいった。

スコーリア人は奇妙な音をたてたが、どうやらフィルターをとおした笑い声らしかった。

「ああ、たしかにこの男はそうだ。DMAを受験したとき、一連の心理試験でいったん落第になったことがある。セックスの妄想に費やす時間が長すぎて、学業に支障をきたすほどだとわかったからだ。あとで、入学審査委員会が不問に付したがな」

「じゃあなぜ、この女についての説明に疑いをはさむんだ？」

「心理分析レポートと食いちがうからだ。こいつは、自分と対等な地位の女を恋人に選ぶはずだ。妾ではなく、恋人だ。この男が厳格な母系社会の出身であることを忘れるな」

「母系社会だったのは五千年前の話だろう」隊長はいった。

「たしかにそうだが、痕跡は残っている」

隊長の頭がわたしのほうをむいた。「このおびえた小娘が対等な地位だとは、たしかに思えねえな」

オルソーはスコーリア人のウォロイドを凝視している。共感能力がなくても、彼の考えていることは想像がついた――こいつはだれなのか。自分でも知らない秘密記録をどうして知っているのか……。

「隊長」べつのウォロイドがいった。「貨物シャトルがジャグ機を収容しました。われわれも出発できます」

「ぼくの妻はここにおいていけ」オルソーがいった。「ぼくをつかまえたんだから、目的は果たしたはずだ」

「この女を解放しろだって？」隊長はいった。

「おまえたちにとってはなんの役にも立たないし、顔を見られたわけでもないだろう」

「おれの楽しみには使えるな」隊長は答えた。「おまえこそ、こんな小娘にもう用はないはずだ」

オルソーは拳に力をこめた。「彼女にさわると、後悔することになるぞ」

隊長はオルソーのまわりを歩いた。靴底が床に張りついたり離れたりするたびに、かすかに空気の洩れる音がした。「おまえは人を脅せる立場じゃないんだぞ」
「ぼくを誘拐して受けとる報酬で、どんな女でも買えるはずだ」オルソーはいった。「彼女でなくてもいいだろう」
「結婚したのにはそれなりの理由があるはずだな、ローン系の王子よ」
「理由は、見ればわかるだろう」
「さあ、どうかな」隊長は、わたしをつかまえているウォロイドに指示した。「連れていけ」

エプシロン・エリダーニを出ると、すぐに船は反転状態にはいった。だれもわたしたちに話しかけないし、質問しても返事はなかった。オルソーとわたしが話そうとすると、黙れとさえぎられた。ウォロイドどうしもほとんど話さない。仕事の遂行にしか興味はないようだ。

船室はぎゅうぎゅう詰めだった。船の乗組員は九人のウォロイドで、それぞれリクライニングした操縦席にすわり、頭にバイザー付きヘルメットをかぶっている。身体をおおっている殻状装具はジャグ機のものより大柄だ。オルソーはわたしの二列前の席にすわらされ、首から爪先まで結束網でシートに縛りつけられている。わたしは網まで使う必要なしと判断されたらしく、シートに両腕両脚をくくりつけられただけだった。

《ジャグ》わたしは考えた。《目を覚まして》

返事はない。

《オルソー？　聞こえる？》やはり反応はない。頭のなかは真綿が詰められたような感じのままだ。

沈黙と恐怖の旅がつづいた。オルソーは二度ほど身体をねじってわたしのほうを見ようとしたが、二度ともパイロットから制止された。しばらくして、わたしのシートにバイザー付きヘルメットが降りてきた。内部のスクリーンには、またたく光とスクロールする絵文字が映っている。奇妙なシンボルが左右対称の不思議な色のパターンであらわれ、不気味な電子音が遠くや近くで鳴った。甘ったるい霧が顔に吹きつけられ、鼻腔に充満し……眠くなって……。

目が覚めかけて、身動きした。ヘルメットのなかの奇妙なパターン、匂い、音はおなじだ。口にはチューブが差しこまれ、ときどき液体が流れてきている。甘いのか苦いのかもわからないまま、それを飲んだ。

再反転したときにすっかり目が覚め、ヘルメットも引きあげられてほっとした。ウォロイドと船とのあいだの、知らない言葉によるやりとりが聞こえる。すべて言葉と視覚に頼っていて、オルソーとジャグ機のように船と接続している者はいないようだ。船は加速し、しばらく無重力状態になり、また加速した。Gがきつくなったと思うと、ベルが鳴って、がくんがくんと数回の衝撃がくわわった。

ウォロイドたちは身動きし、下船の準備をはじめた。一人がわたしの紐をほどき、装甲から圧搾空気の洩れるような音をたてながら、シートから立たせた。オルソーは船室のまえのほうですでに立ちあがっていた。両手をうしろで縛られ、両側をウォロイドに守られている。ちらりとわたしのほうを見たその顔は、緊張でやつれていた。

船を降りると、そこは黒い平原で、どの方角を見ても何マイルも先まで広がり、果ては金属的な色を呈した霞《かすみ》のなかに消えている。遠くに何棟かの低い建物が見えた。四角く無愛想で、溶岩のようにまっ黒だ。平原のあちこちに、何百フィートも高さのあるクレーンがさまざまな角度でつっ立ち、先端から太い鎖をたらしている。その鎖もふくめ、すべてがじっと静止している。じつはわたしたちは、天井がそのまま空のように見える巨大な構造物のなかにいたのだ。見あげると、とてつもない大きさのドーム屋根が左右からとじられつつある。そのあいだに黒い空が細長くのぞいていたが、やがて音もなく屋根がとざされ、見えなくなった。

重力が低いので、まるで夢のなかで平原を歩いているような感じだった。わたしたちが近づいていく建物は平べったい黒い箱のようなかたちをしている。壁の一部が横に移動して膜があらわれ、膜は中心からひらいて、光がゆらめく穴をあらわした。ゆらめく光を通り抜けるとき、シャボン玉が肌にくっつくような感触があった。

内部はさしずめ、赤い縞のはいった黒大理石製の、よく磨きこまれた箱のなかといったようすだった。テーブル、ベンチ、床、壁、天井。すべてが巨大な一枚岩から削り出されている。ウォロイドたちはオルソーを壁から突き出た岩棚にすわらせ、一人が聞き慣れない言葉で質問した。隊長は両脚を踏ん張って立ち、腕組みをしてそれを聞いている。装甲服に赤い縞のある大理石が映りこんで、まるで石像のようだ。

オルソーは返事をしなかった。そこで隊長は、わたしをつかまえているウォロイドに合図した。すぐにわたしはそちらへ引っぱっていかれ、オルソーをかこんでいるウォロイドのわ

き へ突き出された。

隊長はオルソーにむかっていった。「これで協力しないとはいわないな」

わたしを見たオルソーの顔から無表情な仮面がすべり落ち、苦悩の皺が浮かんだ。「ああ、協力する」

ウォロイドは尋問を再開した。オルソーはおなじ言語で答えたが、短くぶっきらぼうで、顔はまた無表情になった。隊長はその返事を信用できないと思ったらしく、しばらくして、ストーンヘッジを気絶させた医者のウォロイドを手招いた。やってきた医者は装甲の一部をあけて、一枚の金属テープをとりだした。オルソーはウォロイドたちに両手をつかまれ、首をのけぞらせられたときに、つかのま身をこわばらせたが、医者はその金属テープを首に貼りつけただけだった。テープの表面に、スコーリア人の使う絵文字ではなく英語でデータが流れ、人の上半身のホロ映像が次々に浮かびあがった。そのなかのひとつが、複雑なウェブと、その左肩の破損をしめした。

わたしたちのうしろにいるウォロイドがいった。「隊長、連絡がはいってきました。ドッキングし、下船していらっしゃるようです」

隊長はそちらに顔をむけた。「お出迎えに行ってこい」

「わかりました」

わたしは去っていくウォロイドのほうをちらりと見た。いったいどこからの連絡か。

医者が英語でいった。「生体機械ウェブが損傷していますね」そして慎重な手つきで、オルソーの肩に貼られた保護シートをはがし、治りかけの傷口をあらわにした。さらに腰の包帯もはがすと、多元通信機のソケットがあらわれた。医者はそのまわりの皮膚をぐるりとまわすように押し、装甲手袋をした手のなかに多元通信機を出した。

わたしたちの背後のドアがふたたび低い音をたてた。ふりかえると、さきほど出ていったウォロイドが男女二人といっしょにもどってきていた。女のほうは身長七フィート近い筋肉隆々の身体つきで、ベルトには銃を吊り、手には鏡面仕上げされたライフルをもっている。これは衛兵らしい。男も六フィート以上の背丈だが、痩せた身体つきで、銀髪だ。堂々たる雰囲気をただよわせてこちらに近づいてきた。

「やあ、オルソー」男はいった。「また会ったな」

14　神々《ラグナロク》の没落

「ラグナール？」オルソーの顔に希望と懸念のいりまじった表情が浮かんだ。その名前はわたしも聞き覚えがあった。ラグナール・ブラッドマーク提督。オルソーが、先生であり第二の父だといっていた男だ。

ブラッドマークはオルソーを見おろした。「ちょっとした問題が起きているのだよ」

オルソーの顔がまた暗くなり、感情を隠した。「どんな問題ですか？」

「きみは死んだことになっているのだ」

オルソーの無表情な仮面は揺らがなかったが、鈍くなったわたしの共感感覚でもはっきりその反応はわかった。人生の根幹をくつがえされるような裏切りを、いまさとったのだ。しかし口に出してはこういっただけだった。「ぼくは死んでいませんよ」

「そのようだな」ブラッドマークは傭兵隊長のほうをむいた。「おまえのつけた値段は聞いた。了承する。ランデブー座標はそっちの船に送った」

「おれはまだ納得したわけじゃない」隊長はいった。

「おまえたちの希望どおりの手段を試みたではないか」ブラッドマークはオルソーをしめした。「その結果がこのざまだ。こいつはまだ生きていて、連合圏とスコーリアの交渉はつづいている」

「どういうことですか？」オルソーが訊いた。「連合圏との外交関係を再構築するのが、なにかまずいんですか？」

ブラッドマークはちらりとそちらを見た。「とても残念だよ、オルソー。わたしはわたしなりに、きみを大切に思っているのだ」

オルソーの鎧に、かすかな困惑のほころびがあらわれた。「じゃあ、なぜ？　なぜこんなことを？」

ブラッドマークは答えた。「わたしをふくめて一部の人々は、まとまりあるこの社会――われわれの生活と自由そのものが、いまにも死に絶えんとしている不安定な家族の気まぐれに縛られていることを、容認しがたいと考えているのだ」わずかに間をおいて、つづけた。「そしてわれわれの一部は、べつの選択肢を探している」

オルソーは身をこわばらせた。「どんな選択肢を？」

提督は背中で手を組み、オルソーに背をむけて歩きだした。「四百五十年だ」くるりとむきなおった。「ずいぶん長い戦争だ」

「人買い族とは、戦わなければ征服されるだけです」オルソーはいった。

「たぶんな」

「だったら、連合圏との同盟関係は当然でしょう」

「もうそのやり方は試みた」ブラッドマークはオルソーのまえで歩きはじめた。「きみの母上がのこした両政府への置き土産――それが破綻した結婚と、欠陥だらけの条約というわけだ」遠くの壁を見つめた。「美しい母上がな」オルソーのほうをむいた。「そしてわれわれが連合圏の力を必要としたとき、どうだった？　彼らは裏切った。われわれの貴重な宝であるきみたち家族を、人質にとったのだ」手をもちあげ、親指とひとさし指をふれあいそうなところまで近づけた。「紙一重だったのだぞ、オルソー。あとほんのすこしで、人買い族との戦争が終わった直後に、同盟相手と戦争をはじめかねない情況だった」

「ぼくの家族を〝貴重な宝〟とまでいうのなら、なぜぼくを殺すんだ？」

「殺すとはいっていないさ。貴重な宝は、やはり莫大な富をもたらすだけの価値をもっている。しかしいまは、もっと重要な問題がある。今回の謎めいた結婚契約だ」ブラッドマークはわたしのほうに手をふった。「このかわいらしい――こういっては差し障りがあるかもしれないが――子どもとの結婚。そしてわたしの理解がまちがっていなければ、地球出身者との結婚は、なにが目的なのだ？」

オルソーは身をこわばらせた。「ただの追加契約だ」

ブラッドマークは鼻を鳴らした。「オルソー・セレイ。きみのベッドにいつでも身を投げ出す用意のある最高の美女が門前列をなしているのに、きみは目もくれなかったではないか。さらには、きみはいつでも女性を対等のパートナーとして見ていた。なのに突然、妾をもつ気になるというのは、とても信じられないな」

オルソーは肩をすくめた。「信じたくなければ信じなくてもかまわないさ」

「なぜ契約文書がみつからないのだ？」

「知らない。ストーンヘッジがファイル処理をしくじったんだろう」

「薬を使ってもらいたいか？」とブラッドマーク。

「無駄ですよ。なにも知らないんだから」

「お言葉ですが――」傭兵の医者が口をはさんだ。「セレイの生体機械ウェブは、自白剤に対して解毒薬を放出するかもしれません。もし解毒薬がなくても、特定の情報を忘れたり記憶ちがいを起こさせる特殊な神経伝達物質を放出するでしょう」

ブラッドマークは低い声で応じた。「生体機械ウェブについてわたしに講釈する気か、傭兵。セレイ分隊長の体内に埋めこまれたウェブはその最初期型からわたしが設計しているのだぞ」

フィルターをとおしていても、医者のかしこまった口調はわかった。「失礼しました」

ブラッドマークは隊長のほうをむいた。「この女についてどういうことがわかっているのだ？」

「べつになにも」隊長は答えた。「地球から来たとは思えない。人相、網膜パターン、音声サイン、指紋、脳スキャンデータのどれをとっても、この女に一致する記録はないんですよ」

「ではどこから来たのだ？」

「たぶん、辺境世界のどこかでしょう。住民データを完備していないような」

「カイル等級は？」ブラッドマークは訊いた。

「ほとんどゼロですよ」隊長は答えた。「ここまでの飛行中にスキャンしてみましたが、エンパスらしい気配はこれっぽっちもない。せいぜい二級でしょう」

エンパスらしい気配はない? わたしはちらりとオルソーを見たが、ちょうどその顔に疑念の表情が浮かび、すぐに消えるところだった。

「まちがいないのか?」ブラッドマークは訊いた。「船載のスキャナーはカイル試験用にはできていないが」

医者がいった。「研究室の装置ほど精密ではありませんが、もし彼女が顕著なカイル能力をもっていれば、それなりの反応をしめすはずです」

ブラッドマークはうなずき、隊長にむきなおった。「おまえとしてはどう思っているのだ?」

「最初は、追加契約というのは嘘だと思いましたよ」隊長は答えた。「しかしカイル試験をしてからは、やはりそうなのかなという気がしてます」

提督はべつのウォロイドのほうをむいた。「きみの判断は?」

「おなじです」オルソーの軍隊記録をよく知っていたスコーリア人の声だ。「この女に価値があるとすれば、それは――見てのとおりでしょう」

ブラッドマークはわたしのところに近づいた。「ずいぶん静かにしているが、なにもいいたいことはないのかね?」

「オルソーといっしょにいたいだけです」わたしは答えた。

ブラッドマークは低い声でいった。「きみの希望はよく憶えておこう。きみはきっと後悔するはずだ」

「なぜだ?」オルソーが訊いた。ブラッドマークが答えないとみると、もう一度いった。

「おい、ラグナール。訊かれたら返事をしろ」

ゆっくりとふりむいたラグナールは、硬い表情をしていた。「何十年ものあいだ、わたしはきみの家族に仕えてきた。つねに一歩退がり、いわれるままにしてきた。しかしじつは道徳的にも、知的にも、心理的にも、感情的にも、肉体的にも、わたしはきみより上なのだ。いいや、オルソー、わたしは今後二度と、きみに訊かれても〝返事〟はしないぞ」

「ぼくをそんなふうに見ていたのかい？」オルソーはまじまじと相手を見ていた。「なんてことだ。子どもの頃からあなたを尊敬していたのに」

ブラッドマークの硬い態度がすこしやわらいだ。「対象者がきみであることを、心から残念に思っているよ。ほかのローン系のメンバーよりもきみのほうが——許容度が高いからだ」

「友情を偽装するなんて、そんなことはできなかったはずだ」オルソーはいった。「ぼくらの家族はテレパスなんだから、すぐわかる」

「わたしはそうではない」

「テレパスではない、と？」

「そうだ」

オルソーはまばたきした。「それはあなたにとっては負いめなのか？」

「わたしにとって？」ブラッドマークは乾いた笑いを洩らした。「いいや。きみにとってだ。きみたち家族にとってだ」苦々しい声になった。「自分たちをすぐれていると思っているのだろうが、そうではないんだ」

オルソーはまだ信じられないという顔をしていた。「ありえないよ」

「ありえない？」

「そうだ。あなたのそういう気持ちを、ぼくらが気づかないわけがない」

「ああ、お父上は疑っていらしたようだ。本気で疑ってはいないにせよ、わたしのことをあまり気にいってはいらっしゃらなかった。オルソー、お父上が口をひらくたびに口答えをするのではなく、もっと耳を傾けるべきだったのだ」

オルソーは深呼吸した。「あなたがそんな気持ちをもっていたなんて、信じられない。気づいたはずなのに」

ブラッドマークは肩をすくめた。「生体機械の専門家が自分のウェブにどんな仮面をかぶせられるか、知ったらきっと驚くだろう。偽装くらいはお手のものなのだ」オルソーのほうをじっと見た。「きみを誇りに思っているよ。これまで設計したシステムのなかでも最高のできばえだ。たしかに生体機械はおおきな犠牲をしいるものだ。外科手術、部品が正常に成長しない危険、何年もかかる訓練期間、拒否反応の恐れ、秘密情報取り扱い許可の取得……。人間性そのものも犠牲にされる。控えめにいっても法外な要求だ。しかしそれだけの価値はある。われわれは優秀な種族だよ。きみが八歳の誕生日をまえにして初めて一歩あるいたあの日——それは、きみにつぎこんだ労力が報われることをわたしが確信した日でもあった。あの日わたしの頰をつたったのは、ご両親のそれにすこしもひけをとらない、本物の涙だった」

「やめろ」オルソーはいった。

「しかし、スコーリア王圏がきみを修復するためにいったいどれだけの資金をつぎこんだか、考えてみたことがあるかね？」ブラッドマークはオルソーに歩みよった。「人間におきかえてみればどうか。たとえば、惑星ファーショアではどうか。知っているだろうが、わたしの生まれ故郷だ。自然環境のきびしいところで、人口の半分はつねに飢えている。三十億人もの人が住んでいるのに」硬い口調になった。「きみの生まれた世界でのジュース一杯分の値段で、ファーショア星ではひと家族が何日も暮らせる。きみを一人の人間の身体につくりあげるまでにかかった経費では――ファーショア星の全人口を一年間養えるだろう」

オルソーはじっと相手を見ていた。「そんな金があるならファーショア星を養えということかい？」

「きみの家族に惑星を養う責任があるなどと主張するつもりはない。ただ議会が、惑星いっぱいの飢えた住人よりも、見るもおぞましいほど変形した一人の赤ん坊のほうを重要視したことが、残念でならないといっているのだ」

わきから傭兵隊長がいった。「〝見るもおぞましいほど変形した〟ってのは、どういう意味ですか？　先方には健康なジャグ戦士を送りとどけると約束してあるんですぜ」

「送りとどけるって、どこへだ？」オルソーが訊いた。

ブラッドマークは隊長のほうをむいた。「この男は健康そのものだ。わたしが保証する」

「もし問題があるのなら、この場で話をつけておきたいんですがね」隊長はいった。

「オルソーの肉体は、一人の人間をつくりあげる人間科学の観点からはこれ以上ないくらい完璧にできている」

「人間科学？」隊長は訊いた。「そいつはどういう意味ですか？」

「ラグナール、やめろ」オルソーはいった。

ブラッドマークは、彫刻家が自分の作品を眺めるときのような視線でオルソーを見やり、ふたたび隊長に目をもどした。「この顔は生まれつきのものだ。かわいい子どもだった。驚嘆すべきローン系の脳もそのままだ。しかし、この子がもっているのはそれだけだった」不快そうな声を発した。「この子の両親ほど血が近く、先天性異常を起こしやすい人間たちが、そもそも子をなすことなど許されないのだ。ローン系だからというだけだ。彼らを増やすことは火急の課題とされているからな」

「彼のどこが異常だったんですか？」隊長は訊いた。

「やめろよ」オルソーは後ろ手に縛られたまま立ちあがった。しかし両脇のウォロイドに乱暴に二の腕をつかまれ、無理やりすわらされた。

「両脚は生まれつきなかった」ブラッドマークはいった。「左腕と左手はひどく変形し、右腕も肘から先がなかった。腎臓は片側だけで、欠損があった。肺も片側の一部分だけ。心臓も肝臓も欠損があった。骨格もかなりの部分がなかった。脾臓はなかった。消化器系もろくになかったが、胃だけはあった。彼を見るといまでもありありと思い出す。右半身がそっくりなかったのだ」顔をしかめた。「胸の悪くなる眺めだった」

「驚いたな」隊長はオルソーをしめした。「それがこんなふうに？」

ブラッドマークはうなずいた。「まだ未熟児の状態で子宮からとりだした。人工的な環境において、われわれがじかに手助けしたほうが、生存の可能性が高かったからだ。遺伝子を分析して、その——異常がなければどんな姿になっていたはずかを調べ、それにしたがって身体を再構成していった。全身がそろうまでに十年かかり、その身体とともに適切に成長する生体機械を組みあげるのに、さらに十年かかった」

オルソーはもうなにもいわず、ただじっとブラッドマークを見ていた。まるで腹を蹴飛ばされたようなショックの表情を浮かべている。

「気にいらねえな」隊長がいった。

わきから傭兵の医者がいった。「セレイ分隊長は健康ですよ。たしかに見たこともないほど大規模な生体機械をもってはいます。子どもにこれだけの手術をすることはめったにない——それしか生存の望みがない場合だけでしょう。しかしジャグ戦士はみんなウェブをもっていますから、生体機械の塊を送ろうとしていることにかわりはありません」オルソーに近づき、まるで高価な機械をあつかうように、その肩を指さした。「心配なのはウェブの損傷です」多元通信機が収納されているソケットをしめした。「これも、武器機能をもたない代替品にしなくてはなりません。抜いたままだとソケットがだめになってしまう」提督のほうにヘルメットを傾けた。「これらの問題は先方の強い不快感をかうことになりかねません」

ブラッドマークはうなずき、隊長にむかっていった。「契約条件をごまかすつもりかと疑われないように、再交渉を申し出よう」

「おい、契約って、いったいなんのことだ?」オルソーがいった。

わたしはオルソーを見て、なんのことかはわかっているらしいと感じた。しかしわたしには具体的にわからなかった。はっきりわかるのは、ブラッドマークがその問いに答えたくないらしいことだった。かなり長い沈黙のあとに、ようやく提督はオルソーのほうをむき、答えた。

「われわれはきみを、クリクス・イカルに売るつもりなのだ」

はじめオルソーは金縛りにあったように、ただじっと相手を見ていた。そしてゆっくりと腰をおろした。

「クリクス・イカルって、だれ？」わたしは訊いた。

オルソーはわたしのほうを見た。「ユーブ人の貿易相だ」

「ユーブ人て？」わたしはまた訊いた。

「別名を人買い族ともいうな」ブラッドマークが答えた。

わたしはどきりとした。「まさか、オルソーをその連中に引き渡すっていうの？」

「ただでやるわけじゃないわ」オルソーのわきにいる女傭兵の一人が、ヘルメットをわたしのほうにむけた。「売買よ。連合圏全体の一年分の総生産をしのぐ巨額の財貨と引き換えにね」

オルソーの金縛りがようやく解けてきたようだ。「ラグナール、いったいなぜ？」

ブラッドマークはオルソーのわきに腰をおろし、さらに静かな声でいった――まるでそうやって裏切りの全貌をあきらかにすれば、自分の罪をおおい隠している防御の幕を払い落として楽になれるとでもいうように。「連合圏の偽の過激派グループが、現在きみを誘拐したと声明を出している。この売買が終わったら、ユーブ圏内閣はきみの身柄を買ったことを、そのいきさつとともに発表するだろう。連合圏はもちろん彼らの行動を非難する。謝罪と、自分たちの関与を否定するコメントが次から次へと出てくるだろうが、もはや取り返しはつかない」

オルソーはじっと相手を見た。「そんなことになったら、スコーリアと連合圏のあいだに同盟関係を築こうという希望は、完全に絶たれてしまう」

「そうだろうな」

「ラグナール、あなたは戦争をはじめようとしているんだぞ」

「いや、わたしは戦争を終わらせようとしているのだ」

「どうやって？　人買い族は第三の錠前所を手中におさめているんだ」オルソーは大きく息を吸った。「彼らはぼくを鍵人として使うこともできる。そうなったら最後、彼らにたいするスコーリア王圏の優位性はなくなる」

「優位性？」ブラッドマークは鼻を鳴らした。「われわれは四百五十年間も交戦状態のなかで暮らしてきた。本格的な戦争がはじまるたびに、何十億もの人命が失われてきたのだ」

「人買い族に征服されたほうがましだっていうのかい？」

「われわれに有利な条件をつけられるよう、調整している」提督はため息をついた。「きみの家族は壊れているのだよ、オルソー。ほんのひと握りの人間たちが王圏防衛というとてつもない重責をになわされるとどうなるか、わたしは間近に見てきた。たとえきみたちが非の打ちどころのない完璧な人間の集まりだったとしても、この重荷には耐えられないだろう。このまま長い血みどろの戦争をつづけるべきなのか。いいや、損失の少ないうちに手を引くべきだ。退却を命じるべきなのはとうにわかっていた」

「なぜそんなふうに思うんだ？」オルソーは訊いた。「ぼくらは五世紀にわたってネットに奉仕し、おかげでネットは成長し、強化されてきた。弱まってはいない。それに連合圏の協力がくわわれば、第三の錠前所を奪回するチャンスだってあるんだ」

「たしかにネットは成長してきた」ブラッドマークは答えた。「しかし大きくなることと強くなることは別問題だ。三人の鍵人がいたときでさえ、それを駆動し、維持するのはたいへんな大仕事だった。きみの母上と叔父上しかいなくなったいま、二人は命をすりへらしながらネットをささえている。このままいつまでつづけられると思うのかね？　超感ネットは崩壊するだろう。今日や明日というわけではないが、近いうちに」

オルソーは背中で縛られた拳を握った。「ようするに、勝ち馬に乗りたいんだな」ブラッドマークが答えないのをみて、オルソーはつづけた。「あなたはばかだ。人買い族が〝条件〟なんか尊重するものか。やつらは王圏と連合圏を支配下におさめたいだけなんだ」

「〝支配〟というのは、相対的な言葉だ。ユーブ協約圏における被統治者の多くは快適な暮らしを営んでいる」ブラッドマークは立ちあがった。「王圏が協約圏に組みこまれれば、われわれのうち選ばれた人間にはもっと――名誉ある地位があたえられるだろう。よりよい選択肢と、それを選びとる自由が手にはいるのだ」

わたしはブラッドマークのいいたいことがわかった。オルソーの母親こそが、なかでも最高の〝選択肢〟なのだ。オルソーは事態に近すぎる位置にいるせいで、そこまで気づいていたとは思えないが、ブラッドマークの言葉のほかの意味は理解していた。

「それはようするに、人々を支配する自由ということだろう」提督が答えずにいると、オルソーはつづけた。「あなたが考えているような選択肢は、王圏市民のだれも望んでいないんだ。それがわからないのかい？」

「もう決まったことだ」ブラッドマークは穏やかな口調になった。「いまさら知っても詮ないかもしれないが——きみのジャグ機は地球に近づいて再反転したときに爆発する予定だった。そして現在きみを誘拐したと主張しているグループは、もともとその爆破行為について犯行声明を出すはずだったのだ。クリクス・イカルとの今回の売買契約は、予備の計画として準備しておいたのだが、実際にはこちらのほうがより効果があるだろう。また控えめにいっても、より儲かるはずだな」そこでしばし黙った。「ただ、きみを人買い族の手に渡さずにすむという点では、まえの計画のほうが好ましかった」

「慰めのつもりでいってるのかい？」オルソーは訊いた。

ブラッドマークはため息をついた。「オルソー、こんなことをするのは、きみの家族のべつのだれかにしたかったよ。しかし残念ながら、ローン系のなかでもっとも警備が手薄なのはきみだったのだ」

オルソーは顔をそむけただけだった。ブラッドマークはしばらくじっとそれを見ていたが、やがてきびすを返して傭兵隊長のほうへもどっていった。

「イカルの代理人に連絡しろ。セレイ分隊長の損傷について話し、取り引き内容を再交渉するんだ。損傷は比較的軽微だから、契約変更はそれなりに小さな部分にとどめる」

「彼らがうんといわなかったらどうしますか？」隊長がいった。

「うんというさ」ブラッドマークは答えた。「オルソーを欲しいのだから。とはいえ、慎重にやれ。不快感をもたれては困る」

「わかりました」

「それから、女は殺せ」ブラッドマークはいった。「いろいろ見すぎているからな」

「やめろ！」オルソーは立ちあがった。「彼女は逃げたりしない」

「交渉がまとまったら、わたしの船に連絡しろ」ブラッドマークは隊長にいった。

「はい」

ブラッドマークは、衛兵の待つエアロックのほうへ歩きだした。わたしはいまの台詞の意味が頭にはいってこないまま、吐き気をおぼえながらその背中を凝視していた。

「ラグナール！」オルソーの落ち着きはどこかにけし飛んでいた。「冗談じゃない、彼女にそんなことをしないでくれ」

ブラッドマークはエアロックのなかで立ち止まったが、ふりむこうとはせず、しばらくして隊長のほうをちらりと見た。「わたしたちがもどってくるまで、女といっしょにいさせてやれ」

そして出ていった。

わたしは目をとじた。自分の心臓の鼓動しかわからなかった。装甲手袋が肘にさわるのを感じて、目をあけると、傭兵の一人がわたしを前へとうながしていた。壁のなかで一枚の石板がむこう側へひらき、石づくりの廊下があらわれた。

わたしとオルソーはその大理石の迷路を連れていかれた。行き着いたところは、継ぎめがなくて磨きあげた箱の内部のように見える、がらんとした一室だった。ウォロイドたちが、オルソーの手のとどかない廊下へ出たあと、隊長だけが戸口に残った。黒地に赤い縞のはいった壁の模様が装甲に映っている。隊長が自分の言語でなにかいうと、オルソーの手首を縛っている網に光がはしり、最初の紐の姿にもどって、さっとオルソーから離れた。そしてすばやく床を這いもどって、装甲の一部をあけて待っている隊長を這いのぼり、その収納場所におさまった。

「出発まで何時間かある」隊長はいった。「それまで夫婦としてすごしな」廊下へ退がると、壁はとじた。

オルソーは手首をさすりながらしばらく立ちつくし、なめらかな壁面を見つめていた。そしてわたしを抱きよせた。「ああ、ティナ。ごめん。きみを巻きこんでしまって」

わたしはオルソーの腰に腕をまわし、顔をその胸にうずめた。オルソーの額がわたしの頭に近づいてくると、精神が押しひらかれるのを感じた。

《ティナ?》

《もっと大きく》わたしは考えた。《よく聞こえないわ》

《この部屋は監視されているはずだ》オルソーの考えは弱まった。《……さとられてはいけない……知っているのはストーンヘッジだけで……条約も……きみのカイル等級のことは、ぼくもいったいどういうことだか……》

《ジャグ機よ》わたしは叫ぶように考えた。《ジャグ機がわたしになにかしたのよ》

オルソーはわたしの顔を上むかせた。顔を見つめあっているのに、なんの思念も感じとれない。オルソーはわたしにキスして、さらにおたがいの頭を近づけた。《……愛してる《イ・ヨ・テ・アモ》よ、

アクシュティナ》

「わたしもよ」声に出してささやいた。《テ・アモ。愛してるわ》

オルソーは声をつまらせた。「死が二人を分かつまで」

15 シリンダー・ステーション

わたしたちのとじこめられた場所は文字どおり、〝出口のない四角い空間〟だった。すくなくともわたしたちに出口はみつけられなかった。そこで壁を背にしてしゃがみ、おたがいに腕をまわして、がらんとした空間内部をぼんやり眺めた。

しばらくしてわたしはいった。「ブラッドマークの話は、ひどかったわね」

オルソーは大きく息を吸った。「ああ」

「あの――あなたの身体をつくりなおしたという話は……」

「本当だよ。あれはむしろ控えめな表現だったくらいだ」

「信じられないわ。あなたはこんなに美しいのに」

オルソーが答えるまでに、かすかな間があった。「子どもの頃に――ぼくの身体が醜かった頃に身についた感覚は、いまでも残っているんだ」そこでためらった。「気になるかい？」

わたしは見あげた。「いいえ」

オルソーはわたしの頰に手をふれた。「ぼくの遺伝子は変わっていない。もしおなじ対立遺伝子をもった女性とのあいだに子どもをつくったら、その子はぼくとおなじような姿で――

――あるいはもっとひどい姿で――生まれてくるだろう。ぼくは脳が完全だったぶんだけましなんだ」

「だから、そういう遺伝子をもたない相手が必要なのね」

オルソーは声をつまらせた。「きみのようにね」

わたしはその胸に頭をのせた。「死にたくないわ」

「ああ、神よ。ティナ、ぼくがきみのかわりになれるならどんなにいいか」

「あなたにも死んでほしくないのよ」

「ぼくもきみには死んでほしくない」

それから二人とも黙りこんだ。いうべき言葉がなく、ぼんやりと視線をさまよわせた。しばらくして、オルソーの身体が震えているのに気づいた。見あげると、その頬を涙がつたっていた。「オルソー――」わたしは濡れた頬にふれた。

オルソーは小声でいった。「ぼくはラグナールを、父親のように慕っていたんだ」

「ひどい話よね」さっきからおなじことばかりいっている気がする。いってもむなしいのに。あれだけ祈ったのに、なにも効果はなかったようだ。たしかに、オルソーは死に直面してはいない。もうすぐ死ぬのはわたしのほうだ。オルソーは、死ぬよりもっとひどいことをされたのだ。

「あなたは神を信じてるの？」わたしは訊いた。

「信じてるよ」オルソーはわたしの髪をなでながら、頬とおなじように湿った声で答えた。「神というより、〝神々〟だね。ついでにいうと、そのなかの最高神は女神なんだ」

「じゃあなぜ、"女神よ"といわないの?」

「スコーリア語の慣用句を英語流に翻訳しただけさ。逐語訳すると、"ぼくに気づくかもしれない天の聖霊たちのために"という意味になる。この場合の"聖霊"に性の区別はないんだ」

「あなたの女神に祈れないの?」

オルソーはわたしの頭に頬をのせた。「やってみたけど、聞いてくれない。そもそも存在しないのかもね。イシャ・ケリアは死にゆく人々が絶望的に思い描く神話にすぎないのかもしれない」

「イシュ・チェル?」

「イシャ・ケリアだよ」

「イシャ・チェルは、マヤの月の女神よ」

「レイリコン星に月はない。先祖が地球からもちこんだと思われる伝承のなかにあるだけだ。イシャ・ケリアがあらわしているのは豊穣性、火、夜、生命だ」

 生命……。女神は聞く耳をもたないとオルソーが考えるのも無理はない。

 しばらくしてわたしたちはうとうとしはじめ、夢うつつのあいだをさまよった。ふいに話し声に気づいて目をあけると、鏡面仕上げの装甲服が部屋のなかへ続々とはいってきているところだった。戸口にはブラッドマーク提督が立っている。

 オルソーとわたしが立ちあがると、ブラッドマークは話した。「イカルの代理人と連絡をとった」

オルソーは身をこわばらせた。「それで?」

ブラッドマークはわたしのほうをさした。「イカルはこの女も欲しいそうだ」

「だめだ!」オルソーはわたしを引きよせた。「そもそもエンパスじゃないんだぞ。テストしたはずだろう」

「ホロ映像を送ったのだ」ブラッドマークは肩をすくめた。「商品運送中の損傷に対する補償として、二人ともよこせといっている」

「ラグナール、それはやめてくれ。彼女は解放してやってくれ」

ブラッドマークは、ウォロイドの林を抜けるように歩み出てきた。「このやり方なら女の命は助かるではないか。顔を見る機会もあるかもしれない」そばの傭兵に目配せした。「男を縛れ」

彼らは、たとえオルソーがおとなしくしているようなときでも、腕が自由になっているのに部屋にはいってくるべきではなかったのだ。オルソーは手近のウォロイドにつかみかかった——まるでその装甲に映る金色のしみにしか見えないほどすばやい動きだった。オルソーはウォロイドの腕をつかんでふりまわし、隣の二人に叩きつけた。ウォロイドたちはもつれあってひっくり返り、磨きこまれた石壁のあいだに装甲の耳ざわりな金属音を響かせた。

オルソーはブラッドマークのほうに突進した。

二人は目にも止まらぬ速さで動いた。戦う二台の人間機械のようだ。オルソーの突進の勢いに、低い重力環境もくわわって、二人は宙に浮いたまま壁に吹っ飛んでいった。ブラッドマークは身体をひねってオルソーの体勢を崩そうとしたが、オルソーは逆にその勢いを利用して相手をふりまわした。二人は組みあったまま、ウォロイドの一人にぶつかった。しかしウォロイドの反応よりオルソーのほうがすばやく、つかまるまえに押しやって離れた。オルソーとブラッドマークは磨かれた床の上でせわしなく足を動かして取っ組みあい、相手を投げ飛ばそうと手をつくした。

ウォロイドたちはフィルターをとおした奇妙な声で叫び、三人が武器をかざした——太いグリップのついたチューブ状のものだ。しかし撃たなかった。オルソーとブラッドマークががっちり組みあい、あまりにもすばやく動きまわっているので、撃てないのだ。壁にぶつかっては跳ね返りながら戦う二人は、さながら夜の波間に映る月の光だ。暗い砂浜に打ち寄せる水面を、黒と銀色の模様が揺れ動くようだ。わたしのそばをかすめ飛んでいくときに、二人の核融合炉が発する熱を感じるほどだった。

ふいに二人はよろめき、オルソーが上、ブラッドマークが下になって床に倒れた。つかのま、その姿が静止した。オルソーがブラッドマークの首に両手をあて、絞めている——

そのとき、圧搾空気の吹き出す発射音が響き、胸を打たれたオルソーはのけぞってブラッドマークから離れた。すぐさま四人のウォロイドがそのオルソーを壁に突き飛ばし、両手両足を押さえた。オルソーは悪態をつきながらもがいたが、四人もの人間要塞に押さえつけられていてはどうしようもなかった。

ブラッドマークは喉もとをさすりながら立ちあがった。「損傷が増えたのではないだろうな？」

医者がクリップ注射器を抜いてオルソーに近づいた。もがくオルソーの頭をウォロイドの一人がつかみ、のけぞらせた。

「気絶させるな」ブラッドマークがいった。

医者はヘルメットをブラッドマークのほうへ向けた。「そのほうが扱いやすくなりますが」

「イカルの代理人は、商品の反応速度を遅くするように求めていた」ブラッドマークはいった。「抵抗するたびに気絶させなくてはならないのでは、イカルにとっても不都合だからな。共感能力を減退させることなく反射神経だけを抑える神経抑制剤が必要だ。その処置のさいに体内に麻酔剤がはいっていたら、影響があるだろう」

「わかりました」医者はクリップ注射器をもどした。べつのウォロイドがオルソーの首をのけぞらせて押さえているあいだに、医者がそこに金属テープを貼りつけると、回転するホロ映像が浮かんだ。「肩の周辺であらたに数本の光ファイバー線が切れています。しかし損傷としては軽微なので、ランデブー時刻までには自己修復するでしょう」

「いいだろう」ブラッドマークはいった。「今度はちゃんと拘束しろ」

オルソーの手首が縛られると、わたしたちはふたたび廊下を引っ立てられていった。オルソーには四人のウォロイドがつき、両側から一人ずつが二の腕をつかんでいる。わたしの横についたウォロイドは一人だけで、装甲服がときおり圧搾空気の音をたてる以外はなにもしゃべらなかった。装甲服を脱いだときの彼らは、どうなのだろう。ふつうの家族や友人をもち、ふつうの人生を送る男女なのだろうか。想像できなかった。

建物を出て、鏡のようにまったいらな平原を歩きはじめた。重力が低いせいで、夢のなかにいるような緩慢な歩き方しかできない。そのうち光の雰囲気が変わりはじめた。星明かりのようなやわらかな光になってきた。見あげると、はるか頭上でドーム屋根がひらきかけており、星の散らばる黒い空がのぞいていた。まるで宝石のように、地球で見る星より鮮明な色をしている。それどころか、ジャグ機のホロマップに映っているのとおなじくらいに明るい。つまり、真空に近い宇宙空間の眺めだ。

「待って！」わたしは立ち止まり、胸の鼓動をおさえた。「もどらなくちゃ。建物のなかへ。空気が抜けていくわ」

横にいるウォロイドがわたしの腕をつかみ、歩くようにうながした。まえではオルソーがふりかえろうとしたが、ウォロイドに引っぱられてよろめいた。

ブラッドマークが歩調をゆるめて、わたしの隣へやってきた。「空気ならたっぷりある」

わたしは頭上のドーム屋根を指さした。「でも、あそこにはないわ」

「カーテンをとおして見るような光のまたたきがわからないかね？」

目をこらすと、はるか上のほうにシャボンの泡のように光をにじませているものがあった。

「あれはなに？」

「膜だ」ブラッドマークは答えた。「あれが空気をとじこめている」

のちに学んだところでは、この分子エアロックは、生物の細胞膜を形成している燐脂質二重層を改良したものだった。膜の内部にはナノボットが存在し、それぞれ酵素とピコチップをもっている。この酵素に電位をあたえると、変形して膜内のレセプター分子に結合し、膜の透過性を変える。その設定のひとつでは各種の気体——とくに空気と水蒸気をとおさなくなる。人間が通り抜けようとすると、この境界面と人間の身体は一体化し、通り抜けたあとは、交差結合したその構造とピコチップの記憶によって自然にもとの形状にもどる。

ブラッドマークは静かに話した。「あえていっておくが、きみがオルソーといっしょに行けるようになって、わたしはよろこんでいるのだ。きみたちが会えるようにイカルがはからってくれれば、オルソーもすこしは心休まるだろう」

わたしは拳を握りしめた。「よくそんなことがいえるわね」

「より大きな害悪を避けるためには、残酷に思えることをやらなくてはならないときもあるものだよ」

「あなたにそんなことを決める権利があるの？」

ブラッドマークの口調がこわばった。「わたしたちを何世紀もの戦争に巻きこむ権利が、だれかにあるというのかね？」

「オルソーがあなたをどれだけ慕っていたか、わからないの？」わたしは殴りつけてやりたくなった。「彼が自分の息子だったら、こんな仕打ちをする？」

「わたしの息子は死んだ」ブラッドマークは、思い出にふけるようにぼんやりと答えた。「十歳だった。オルソーがまともな生活を送りはじめた年齢とちょうどおなじくらいだ。わたしの第一妻と息子が住んでいる町の近くの基地に、ユーブ圏の特命を受けた機動部隊が侵入したのだ。人買い族はほんの数時間で離脱する予定だったのだが、発見され、銃撃戦になった。わたしの息子が遊んでいた公園のそばでな。そしてわが軍の兵士に誤射された」感情を失った声だった。「事故だよ。悲劇的な事故だ」

わたしはそっといった。「そしていま、その事故の代償として、オルソーを生け贄にしようというの?」

ブラッドマークは身をこわばらせた。「息子とオルソーはなんの関係もない」

列の先頭では、ウォロイドたちが船のそばに着いていた。オルソーを乗船させようとしているところへ、わたしたちも近づいた。隊長がブラッドマークにむかっていった。「結果は、ニュース放送でわかりますよ」

「それでいい」ブラッドマークは答えた。

「あなたは来ないの?」わたしは尋ねた。

「もちろん、行かない」ブラッドマークはいった。「交換がおこなわれる頃、わたしは議会に出席しているはずだ。そのあとはオルソーの両親との晩餐に招かれている」そこで黙った。「おそらく、その席でニュースが流れてくるだろう。驚き、嘆き悲しむ両親を慰めるために精いっぱいの努力するつもりだ」

わたしは歯ぎしりした。「あなたは最低よ」

「きみにどう思われようと、わたしは人民のために最善のことをやるだけだ」

わたしはウォロイドに引っぱられて、船に乗った。ふりかえったとき、ブラッドマークは衛兵とともに平原にぽつんと立っていた。両手をうしろで組み、黒い風景のなかで銀髪だけを輝かせていた。

わたしとオルソーはふたたび座席にすわらされ、どちらもバイザー付きヘルメットをかぶせられた。オルソーのほうのようすはわからないが、たぶん生体機械抑制剤を吸入させられているにちがいない。わたしのほうでは顔のまえに霧が吹き出し、すぐに眠りに引きずりこまれた。

なにかに唇をつつかれて目を覚ました。瞼をあけると、一人のウォロイドが頭のわきの装置から突き出したチューブをわたしの口に差しこんでいるところだった。バイザーは押しあげられ、ウォロイドはわたしのまえの空中に漂っている。

「飲みなさい」女の声でいった。「さあ、ただの水よ」

口をあけると、チューブがかちんと固定され、冷たくておいしい液体が喉に流れこんできた。わきのほうからだれかが知らない言語で尋ね、ウォロイドは答えた。

「それほどひどい脱水症状ではないわ。ひどかったら、警報が鳴ったはずよ」

飲みおえて口をひらくと、チューブは装置のほうへ引きもどされた。ウォロイドはわたしのまえで浮遊しながらじっと見ている。よほど暇なのか。いや、商品が傷ものにならないように気をつけているのだろう。ひからびた品物を配達するわけにはいかないのだ。フリーズドライにされた、インスタントのティナか。笑おうとしたが、出てきた声はすすり泣きだった。

「いったいどうしたんだ？」わきのだれかが訊いた。

「知るもんですか」わたしを見ているウォロイドは答えた。「生体モニターはなんの異状もしめしていないわ」

さきほどの声がまたいった。「泣いてるじゃないか、ばか」

さらにべつのだれかがつぶやいた。「まったく因果な商売だよな」

わたしの正面の女傭兵は鼻を鳴らした。「報酬を受けとる段になったら、そんな不平はいわないくせに。わたしたちは星界でも指折りの金持ちになるのよ。そのへんの惑星政府なんかめじゃないくらいの財産が手にはいるんだから」

同意する声が口々に広がったところで、パイロットがいった。「接近再反転するぞ。転移準備」

船室内を動きまわるもの音が聞こえ、傭兵たちはそれぞれの座席についた。わたしの座席でも殻状装具がとじて、前方にホロマップがあらわれた。星々はとぎれとぎれに青色偏移し、一点に集まっている。画面の下では立体的な絵文字が流れていく。このとき初めて、スコーリアの文字は三次元構造になっているらしいことに気づいた。おもな情報は二次元で表現されるが、あとの一次元でその他の微妙で複雑なニュアンスがつけくわえられているのだ。

再反転はなめらかに終了した。星々が赤方偏移してふつうの状態にもどると、ホロマップの隅に小さな棒のようなものがあらわれた。しだいにそれは大きくなり、回転する宇宙ステーションであることがわかってきた。あとから知ったことだが、ここはたんに〝円筒形《シリンダー》〟と通称されていた。エプシラニ・ステーションの円環体を横に延長したような、内壁と外壁をもつ円筒が最外周をなしている。そしてハブのかわりに、回転しないチューブ状の構造物が内部の空洞をつらぬき、その両端は卵形にふくらんでいる。チューブの表面には縦溝がはいっていた。両端のふくらみのつけ根を、巨大な推進装置群がとりまいている。

シリンダー・ステーションの姿がホロマップの全景を埋めつくすほど大きくなった。無数の光の点がきらめいていて、まるで金、銀、緑、青、紫などのネックレスのようだ。固定しているものもあれば動いているものもあり、多くは縦溝のあるチューブぞいに浮かんでいる。しだいにホロマップにステーションの全体像が映らないほどになり、さらに近づくうちに、細部の構造が見えてきた。クレーンや尖塔や塔が立っている。もっと近づくと、それらの構造のなかにさらに複雑な構造があらわれた。まるで倍率をあげるたびにおなじパターンが浮かびあがってくるフラクタル図形のようだ。チューブの先端にあるふくらみの部分がホロマップいっぱいに広がるようになると、今度は光の点の細部が見えてきた――

〝光の点〟だと思ったものは、じつは船であることに気づいて、わたしは愕然とした。それも巨大な船だ。船体が複数に分かれ、小塔やアンテナ群によって針鼠《はりねずみ》のように全身をおおわれている。ようやくわたしはこのステーションの巨大さを実感した。エプシラニより何千倍も大きいのだ。前方の卵形のふくらみがひらきはじめた。まるで鋭くとがった花弁をもつ巨大な花のようだ。その花弁の下を通過するときに、この蕾はわたしたちくらいの船を何百隻も収容できる大きさであることがわかった。

通話音声のなかに新しい声があらわれた。これまでとはまた異なる言語で、耳ざわりな発音をともなっている。ホロマップの映像が、シリンダー・ステーションの外の視点に切り換わり、ひらいた蕾のなかにいるわたしたちの船が見えるようになった。まるで食虫植物の蠅《はえ》地獄《じごく》にとらえられた虫のようだ。蕾の内壁からロボットアームがあらわれ、この傭兵船の全長よりも長く伸びてきた。その先端で骸骨のような指がひらき、同時に傭兵船の貨物室ドアが横にひらいた。音を伝える空気がないので、不気味なほど無音のなかですべてが進んでいく。貨物室のなかにはいった指がつかみだしてきたのは――ジャグ機だった。蕾の内壁で大きなドアが迫りあがり、ロボットアームはつかまえた星間戦闘機をそのなかにいれた。ドアがしまると、蕾の内壁にはなめらかな表面しか残らなかった。

オルソーが、いま目が覚めたばかりのような不明瞭な声でなにかいった。パイロットはそれに対して、ジャグ機はイカルのもとへ移されたというようなことを答えた。

船は蕾のつけ根にあるドッキング通路にはいり、そのとたんにホロマップは消えた。なにか大きなものでつかまれたような振動が船体に伝わり、それがおさまったとき、だれかがいった。「固定完了だ」

身動きすると、ほどけたわたしの巻き毛が漂ってきて顔にかかった。右隣にすわっていた女ウォロイドが座席から抜け出し、磁気ブーツを床につけて立つと、わたしの身体を座席からほどいた。わたしは引き起こされ、腕を引っぱっていかれた。痺れていた手足には、ちくちくする刺激とともに感覚がもどってきた。

船室のまえのほうでは数人のウォロイドがオルソーを左右から押さえ、もう一人が手を背中で縛っていた。わたしのほうをふりむいたオルソーの顔は、疲労でやつれていた。感覚の鈍ったわたしの脳でも、その恐怖をかすかに感じとれた。

下船してはいったのは広い部屋で、そこで除染処置を受けたあと、広い区画に漂い出た。浮動式のキャットウォークや、細長い赤い金属板を直角に交差させて組んだデッキがある。除染室のまえから一本のレールが奥へ伸び、レールの上には二台の移動車両が停まっていた。ブロンズ性の弾丸のような移動車両で、先端は船と反対方向をむいている。

傭兵たちはふた手に分かれ、オルソーは先頭の移動車両に、わたしはうしろの移動車両に乗せられた。車内はなんの装飾もなく、継ぎめのないのっぺりとした金属の表面のなかに、四人分の座席とウェブ用コンソールがあるだけ。前列の座席に傭兵が二人、後列にはわたしといっしょに一人の傭兵がすわった。低い回転音がしはじめ、穏やかな加速で背中が座席に押しつけられた。

この移動がどれくらいつづいたかは、よくわからない。二十分か、一時間か。永遠につづくようにさえ思えた。わたしはコートが欲しいと思いながら、座席のなかで震えていた。寒い寒いとそればかり思っていたおかげで、この先になにが待ちうけているかについては考えずにすんだ。

移動車両はようやく速度を落とし、がちゃんという金属音とともに停まった。ドアがひらき、女が車内をのぞきこんだ。角張った大きな身体で、顎が突き出し、肩幅は広く、まるで牡牛のように強そうだ。灰色の髪をうしろで一本にたばね、残った髪がひと房ふた房、顔にかかっている。茶色のジャンプスーツに記章のたぐいはなく、身分証などもつけていない。

その背後には、車が三台はいる車庫くらいの広い空間があった。天井は高く、レールとは直角方向にコンソールが何列もならんでいる。車から降りようとして、重力があるのに気づいた。地球とおなじくらいだろう。床はタイル張りだ。菱形の黒い金属製のタイルで、ふちが銀色だ。外がのぞける窓はなく、壁と天井は、日が暮れて涼しくなった直後の空のような濃い青色だ。ここはなにかの管制センターらしかった。殻状装具に身体をおおわれたオペレータたちのまえで、コンソール上の光がまたたき、ホロマップに映し出された装置類やシリンダー・ステーションの三次元映像が回転し、絵文字が流れている。

コンソールのあいだを動きまわる人々は、青や灰色の軍服姿の者もいたが、多くはわたしたちの案内役らしい大柄な女とおなじ茶色のジャンプスーツを着ていた。もう一台の移動車両から、オルソーが三人の傭兵とともに降りてくると、人買い族の女はわたしたちを連れて管制センターのあいだを通り抜けていった。わたしたちは全員の注目を浴びた――正確には、その視線はオルソーに集まっていた。あとで知ったことだが、ユーブ圏の貿易相クリクス・イカルは、みずからの大成功を公言してはばからなかったようだ。なにしろ、だれもが切望する聖杯を手にいれたのだ。超感ネットの鍵人であると同時に究極の提供者でもある、ローン系の王子をつかまえたのだから。

管制センターの奥では一人の男が待ちかまえていた。ユーブ圏海軍将校の軍服で、袖に赤いモールのついた青のチュニック、両脇に青いストライプのはいった灰色のズボン、黒のブーツといういでたちだ。左肩に、赤い輪のなかから飛び出そうとする黒いピューマの記章があった。前足の爪を伸ばし、歯をむいたその獣をちらりと見たオルソーは、顔をしかめてすぐにそっぽをむいた。

将校がなにごとか命じると、壁の一部が楕円形のゆらめく光に変わった。これも分子膜のエアロックの一種だった。不透明で硬化しているときは強固な障壁として働き、シャボン玉のような薄い膜になっているときは、空気の損失を最小限にとどめながら人の出入りを許すのだ。わたしたちがそのゆらめく光を通り抜けると――そこは森のなかの空き地だった。

さしわたし数ヤードほどの、エメラルド色の光に充ちた空間で、周囲の木々から伸びた枝は頭上の高いところであわさっている。遠く鳥のさえずりが聞こえる。葉叢《はむら》からは、けばけばしい鬼百合に似た紫色の花がたれさがり、床はふかふかとした緑の絨毯で、足にからみつくほど毛脚が長い——絨毯だ。森のなかで。

ふりかえると、背後にあったはずの楕円形の出入り口はなく、一面が森の風景になっていた。木々のあいだに大きな岩のようなものがいくつかあったが、近づいてよく見ると、それは管制オペレータ用のシートと殻状装具だった。ここはホロ絵画による見せかけの森なのだ。エプシラニ・ステーションのミンの部屋にあった絵を、ずっと精巧にしたようなものだ。

海軍将校はじっとオルソーを見ていた。しかしオルソーがちらりとそちらに目をやると、人買い族はうつむいた。畏怖の念をおぼえたのか、威圧感を受けたのか。おそらく両方だろう。髪は灰色で瞳は青いので、ふつうの人間らしかった。目尻と額には年齢による皺が刻まれている。

空き地の反対側で木々が消え、べつの楕円形の出入り口があらわれた。はいってきたのは男二人、女一人の合計三人で、背後ではふたたび出入り口が消えて森になった。女と、男のうち一方は、茶色の髪と青い瞳をしている。しかし二人めの男の髪の色は、黒に近いほど濃く、瞳は赤錆色だった。あとで知ったところでは、この男は人買い族の奴隷階級のなかでは最上位の階層にあたる、〝雑役長〟と呼ばれる連中の一人だった。おそらくアリスト階級人が自分の所有する提供者とのあいだにもうけた非嫡出子だろう。

オルソーがこの赤錆色の瞳をした男をじっと見ると、男は気後れするどころか、魅入られたようにオルソーを見つめた。そしてふいにわれに返り、海軍将校となにごとか話しあった。

そのあとわたしのところへやってきて、耳ざわりなユーブ語でなにかいった。

わたしは深呼吸して答えた。「言葉がわからないわ」

男は、わたしの腕をつかんでいる傭兵に目をやり、おなじ言葉をくりかえした。ウォロイドはわたしのほうにヘルメットを傾けた。「この方はアゼズ大尉だ。おまえの身許を調べていらっしゃる。名前をいえ」

わたしはアゼズを見あげた。「ティナよ」

「テイニャ……」アゼズはうなずいた。そして強力な磁石に引きもどされるようにオルソーのところへもどり、ふたたび見つめはじめた。

実際には、この部屋にいる全員がオルソーに見とれていた。しかしオルソー自身はそれに気づいたそぶりもみせず、傭兵たちに両脇をはさまれ、無表情のまま立っている。アゼズがユーブ語で話しかけると、オルソーはその唇に似あわない耳ざわりな音節をともなうおなじ言語で答えた。

そのあとアゼズは、木々のあいだを通り抜けた。まるで幻の森をとおっているようで不気味だったが、よくよく見ると、ホロ映像のあいだに隠されたコンソールがぼんやりとわかった。アゼズはそのまえで腰を低くして、また初めて聞く言語で話していた。歌うような優雅な発音をともなうそれは、じつは人買い族の支配階級であるアリスト階級の言語、ハイトン語だった。しばらくしてアゼズは空き地にもどってきて、ある座席をオルソーにしめした。楽にしろと勧めているらしい。しかしオルソーは首をふっただけだった。こめかみからは玉のような汗が流れていた。

わたしたちは待った。ずいぶん長く待たされた。人買い族や傭兵たちがときおりなにかいったが、そのほかは立って待ちつづけるだけだった。

ついに部屋のむこう側でふたたび楕円形があらわれ、今度は男女二人が出てきた。オルソーとわたしをのぞいて、部屋の全員がそちらにお辞儀した。わたしはどうすればいいかわからずにじっとしていたし、オルソーはもとよりこの二人にお辞儀をするつもりなどないようだった。

二人を見ているうちに、わたしは鳥肌が立ってきたが、このときはまだなぜかわからなかった。どんな容貌でも、どんな体格でも、どれだけの寿命でも手にはいることからくる、ある種独特の完璧さをそなえていた。オルソーの宇宙の水準からしても背は高い。女は脚が長く、身体の曲線にもめりはりがあり、淫らなほど美しかった。男は肩幅が広く、柳腰で、不自然なほどにハンサムな顔だちだ。しかしもっとも印象が強いのは、その色あいだった。黒い髪は水晶のようにきめらき、瞳は赤いルビーのように輝いている。

女はオルソーのそばに近づき、この宝物が欲しくてたまらないのだが、盗んだら殺されるので手を出せないとでもいうような目つきで眺めた。ハイトン語でなにか話しかけたが、低く響く声だった。上品な発音なのだが、脅しているように聞こえる。まるでビロード張りの地獄の寝室へいざなっているようだ。男のほうは戸口に立ったまま、そのやりとりを超然として眺めている。オルソーの顔に不快そうな表情がはしると、男はかすかに笑みを浮かべた。

女は連れあいのほうにむきなおり、お辞儀をした。男は悠然と、自信たっぷりのようすで歩み出てきた。一挙手一投足に尊大さがうかがえる。部屋にいるわたしたち以外のみんながこうべを垂れているが、見むきもしない。男とオルソーはむかいあい、がっちりと視線を固定しあった。なにかの儀式、あるいは優劣争いをしているようだ。二人の外見がその印象をいっそう強めた。背丈や体格はほぼおなじで、片方は金色、もう片方は赤と黒。まるで超自然的な二つの存在がにらみあっているようだ。こんな対決をするにはオルソーは不利な条件をもっていた——囚人であり、服装は乱れ、うしろ手に縛られている——が、それでも人買い族の男からすぐに圧倒されることはなかった。

女がうやうやしい口調でなにかいった。その言葉の最後に、〝クリクス・イカル〟という名前があった。

そうか。この男がクリクス・イカルなのだ。ユーブ圏貿易相にして、わたしたちを買ったやつだ。

オルソーとイカルはにらみあい、無言の戦いを演じている。しかしどこかへんだ。オルソーがしだいに、しだいに落ちていく……。

床が迫りあがってきて、わたしの身体を叩いた。早口の言葉を聞きながら、床が動いたわけではないと気づいた。わたしが倒れたのだ。オルソーがユーブ語でなにかいっている。あわてた強い調子だ。顔をあげて見ると、オルソーは数人の傭兵に押さえられながら、わたしのほうへ近づこうともがいている。顔には初めて恐怖の表情が浮かんでいた。

イカルがわたしのまえにしゃがんだ。その赤い瞳を見ていると、身の毛のよだつ落下の感覚が甦ってきて、わたしは身震いした。しかしありがたいことに、わたしのカイル能力を抑制しているなにかがその感覚も封じこめてくれた。わたしは起きあがり、震える手で髪をかきあげた。

「おまえは英語を話すそうだな」イカルはいった。

わたしは目をとじた。理解できる言葉を聞いた安堵感で背筋に震えがはしるほどだった。

「こちらを見ろ」イカルはいった。

目をあけると、ちょうどその完璧すぎる顔に不機嫌そうな表情がはしるところだった。イカルは立ちあがった。

「ショック状態だな」

イカルがハイトン語でそういうと、人々は、つねに機嫌をとっていなくてはならない人物を怒らせてしまった恐怖に震える声で答えた。オルソーは空き地のむこう側でウォロイドたちに押さえられたまま、ひきつった顔でこちらを見ている。

灰色の髪の女が近づいてきて、わたしの手をとって立たせた。べつの人買い族の女が耳ざわりな言語でなにかいうと、わたしは隣にいたウォロイドに腕をつかまれ、もときた出入口のほうへ引っぱられはじめた。

「いやよ！」わたしは手をふりほどこうとした。オルソーから引き離されようとしているのだ。この混乱した恐ろしい世界で唯一のよりどころから。

オルソーも身をもがき、傭兵たちの手からのがれようと抵抗している。「放せ！」

ホロ映像の木立のなかに楕円形の光があらわれ、傭兵の手でそちらへ引っぱっていかれた。わたしはもがき、オルソーの名前を叫んだ。背後で抵抗するもの音が聞こえた。

「連れていくな！」オルソーの叫び声がした。

ウォロイドの手は容赦なく、わたしの踵はふかふかの絨毯の上を引きずられた。そして楕円形を通り抜け、森の空き地はとざされた。外に出されたわたしと、クリクス・イカルのもとにとどめられたオルソーのどちらにも、悪夢が待っていた。

16　苦痛の王

かつて、わたしには夢があった。何世紀もまえのLAにいた頃のもので、本当に単純だった。カリフォルニア州立大学ロサンジェルス校にはいって、会計学の学士号をとりたい。銃ではなく本をかかえて歩く友だちがほしい。それがわたしの夢だった。望んでいたのはたったそれだけだった。

なのに、わたしには想像を絶する未来が待ちうけていた。

部屋は薄暗くなっていた。ベッドに横になったわたしは、部屋のなかを灰色の髪の女が歩きまわっているのをぼんやりと意識した。

しばらくたってから、わたしは肘をついて起きあがった。薬を飲まされたように頭がぐらぐらして、すべてがぼやけて見えた。部屋は円形で、青い絨毯が敷かれ、壁ではさまざまな色が渦を巻いていた。ドレスはいつのまにか脱がされ、毛布をかけられていた。濃紺の毛布で、まだ夢のなかにいるように柔らかい。すこし離れたところで、人買い族の女がリクライニングチェアにもたれて居眠りしていた。

ベッドのそばに黒いテーブルがあり、水差しがおかれていた。繊細な花のかたちをしていて、花弁のすぼまった先が注ぎ口になっている。側面についた水滴が流れ、テーブル面まで落ちると、すっと消えた。わきには花のかたちのカップがあった。そのカップに手をのばそうとしたが、腕が震えてどうにもならない。なにかするにはまだ薬の影響が強すぎるようなので、あきらめてまたベッドに倒れた。

女があらわれてかがみこみ、わたしの頰、さらに額に手をのせた。にこりともしないが、その手つきはやさしく、看護婦のようだった。カップにすこし水をついで渡してくれたので、わたしはごくごくと飲んだ。

からになったカップを返した。「オルソーはどこ？」

女は首をふった。そしてしばらくしてわたしの腕を引っぱった。強い調子なので、わたしは目がまわってふらふらするのをこらえてベッドから降りた。壁ぎわに連れていかれ、女がなにかいうと、そこに八角形の出入り口があらわれた。やはりシャボン玉のような膜が張っていて、わたしたちはそれを通り抜けた。むこう側は部屋のほとんどが浴槽になっていて、湯気がたちこめていた。室内のあらゆる面は繊細なモザイク模様をなすタイル張りで、金、紫、緑などが渦巻いている。女の手を借りて、香りのよい浴槽にゆっくりとはいった。あまりにもふらふらするので、膝上くらいの深さの湯のなかにしゃがみ、わきによりかかった。

女はいったんいなくなったが、しばらくして大小二つのボウルを手にもどってきた。そして浴槽のわきにしゃがみ、わたしをつついて起こすと、透明なパステル色の小さな玉をひとつかみよこした。わたしはじっとその玉を見ながら、ぽとぽとと湯のなかに落としていった。頭がぼうっとしているので、それらがどうなったかなど、ろくに注意していなかった。その小さな玉をさらにふたつかみもらったが、おなじことのくりかえしなので、女は苛立った声をあげ、服を脱ぎ捨ててわたしのわきにはいってきた。ぼやけたわたしの頭に、とてもシュールな眺めが飛びこんできた。女には臍が二つあったのだ。臍の緒が二本あったらしい。先天性異常なのかもしれないが、すくなくともイカルは、あえて修復してやるほどのことではないと思ったらしい。

女はボウルのひとつから玉をひとつかみとると、ぎゅっと握りつぶした。手をひらくと、パステル色の石鹸の泡があらわれた。甘い匂いが漂ってきて、お湯の香りと混じりあった。女はわたしを頭から爪先まできれいにし、髪を洗った。大きいほうのボウルにはいっていた玉は、体毛を除去するクリームになった。女はそれを使い、わたしの髪と眉毛と睫毛を残して、全身のあらゆる体毛をとりのぞいた。そのときは奇妙なことをやるものだと思ったが、考えてみれば、もしわたしのもとの時代から三百年前の女が、脚や腋の毛を剃るわたしたちの習慣を見たら、きっとおなじように奇妙に感じただろう。

女はわたしを連れ、浴槽の奥へむかって湯のなかを歩いていった。近づくにつれて、湯気のむこうから噴水が見えてきた。女はその下の台座にわたしを立たせた。すぐにお湯が落ちてきて、髪が身体にぴったりと張りついた。泡が洗い流されると、ふたたび女に案内されて浴槽の反対側へもどり、湯からあがった。波打つ海草のようなモザイク模様がある壁のわきに立つと、その形状のなかに隠された配管から温風が吹き出し、眠気を誘うほどやさしく肌を乾かしていった。そのあと女が服を着せてくれて、寝室へもどった。

わたしのドレスはいつのまにか洗濯されていて、ギリシア神話に出てくる神々の食べものアンブロシアとはこんな匂いだろうかと思うほど、甘美な芳香につつまれていた。わたしは女に礼をいおうとしたが、言葉がつうじないし、わたしの身ぶり手ぶりにも興味をしめしてもらえなかった。女は壁ぎわのコンソールに近づいて、だれかを呼び出しはじめた。しかたなく、わたしはまたベッドに横になって、うとうとしながら耳ざわりな女の話し声を聞いた。しばらくして起こされ、今度はいっしょに部屋から出て、断面が八角形になった廊下を歩いていった。ブロンズ色の細長い金属板を直角に交差させて編まれた床板が、素足にひんやりする。一定の間隔で八角形の金色に輝くアーチがあらわれた。どこかに窓か、出入り口か、とにかく〝外〟が見えるところがないか探した。木でも家でも動物でもいいから、この荒れ狂う異質さの海でよりどころになるような見慣れたものを見たかった。ロサンジェルスの暮らしはひどく遠く、他人の記憶のように思えた。

しかし窓はなかった。そのうち廊下はつきあたりになった。女がなにごとかいうと、例のゆらめく光が、今度は八角形の戸口のかたちになってあらわれた。女はわたしを連れてそこを通り、小さな部屋を抜けて次の戸口もくぐった。奥の部屋は広かった。手前の部屋は無駄なのではないかと思ったが、考えてみればわたしがはいった浴槽のほうがよほど贅沢だ。女はわたしに石鹸とおなじ働きをするナノボットをスプレーで吹きつけるだけでもよかったはずだ。そうすれば汚れの分子は脂質ミセルのなかにとじこめられ、回収される。

この部屋は、壁も床も家具も美術品も、すべてがブロンズ色、銅色、琥珀色に輝く八角形のデザインで統一されていた。中央にはテーブルと、背もたれのない長椅子がある。そのうしろには二本の柱が立っていて、ブロンズ色の布を吊っている。薄いその布は風の流れでかすかに揺れていた。

長椅子には、クリクス・イカルがすわっていた。

女はお辞儀をして退室したが、イカルは見むきもしなかった。二人きりになると、英語で話しかけてきた。「すわれ」

テーブルの反対側にある一人掛けの椅子にすわろうとすると、イカルは首をふった。わたしはわけがわからずに立ちつくしたが、やがてなにを求められているかわかった。歯ぎしりしながらテーブルをまわり、長椅子のイカルの隣に腰をおろした。薄織物のブロンズ色の布が顔をなで、また離れていった。

イカルはわたしの顎をつまみ、顔を上むかせた。「なかなかのものだ」

「わたしの夫はどこ?」わたしは訊いた。

イカルはわたしの両肩をつかみ、右をむかせ、さらに左をむかせた。「ホロ写真の印象とはずいぶんちがうな。レイリコン人そっくりだ。鼻がやや小さいが。この外見は本物か?」

「本物って?」

「顔をいじっていないかと訊いているんだ」

「いいえ」この男から手をふれられるのはとてもいやだった。

しかしイカルはそうではないらしい。肩の手を胸へさげて、服の上から乳首にふれた。

「やめて!」わたしはその手を払いのけた。

イカルをぶつなど、とんでもないことだ。三大星間文明圏でもっとも有力な人物の一人を、あろうことかわたしはぶったのだ。しかしイカルは笑っただけで、長椅子の奥へ身体をずらすと、わたしの腰に手をかけ、横へ引き倒した。わたしはうつぶせに倒れ、黒髪が銅色の長椅子の上に放射状に広がった。あわてて膝をついて逃げようとしたが、まだ笑っているイカルに引きもどされ、あおむけにひっくり返された。

「おまえは結婚初夜の途中で誘拐されたようだな」イカルはいった。「ここでじっくり初夜を楽しむというのはどうだ？」

「いやよ！」わたしはころがって逃げようとした。

するとイカルはわたしの上に手をかざした。「動くな」

わたしははっとしてその手を見つめ、凍りついた。

イカルは宙にむかっていった。「ダリウス、応答しろ」

「ご用でしょうか」声が答えた。ジャグ機と似ているが、もっと耳ざわりな発音だ。

「第五ラボ区画の刺激サイクル開始」

「開始しました」

なにも起きない。なんの変化もないが、ただイカルが目をとじ、口を半びらきにして、視覚でも聴覚でもほとんど感じとれないなにかに意識を集中させているようすだった。低い声を洩らしながら息を吐いた。どこか聞き覚えのある声。

ジャンキーだ。表情もそうだ。粉末コカインをやっている中毒者の顔だ。恐怖のさなかで、かすかな希望が頭をもたげた。たっぷり吸入してラリってくれれば、わたしの存在を忘れてくれるかもしれない。

しかしそうは問屋がおろさなかった。

あれから長い年月がたったが、この夜に受けた傷が癒えるのになぜこんなに長い時間がかかったのか、わたしはずっと考えつづけてきた。恐怖、混乱、苦痛——原因はどれでもありそうだ。あるいはイカルが肉体的絶頂に達したあとも、長いこと横たわったまま恍惚としたうめき声を洩らしていたからかもしれない。まるで彼だけが別の次元でセックスをしているかのようで、わたしは有形の世界へもどるときのための手がかりにされているようだった。そのあいだイカルがどこでなにをしているのか、わたしには見当もつかなかった。

しばらくたって、イカルはいった。「ダリウス、応答しろ」

「ご用でしょうか」

「第五ラボ区画の刺激サイクルを停止」

「停止しました」

イカルは息をついて目をとじると、たちまち眠りこんだ。わたしがもうすこしぶざまでない姿勢になろうと、そろそろと身体を動かしていると、その目がぱっちりとあき、わたしの上に手をかざした。「動くな」

わたしは凍りついた。イカルはしばらくじっと見ていたが、やがて満足したらしく、もとの姿勢にもどって眠りはじめた。

そこでわたしはベッドの上にかかった薄い布を見あげ、隣の寝息を聞きながら、じっと動かないようにした。恐怖や怒りや孤独とはべつに、自分のなにかが奪いとられたことを知った。同時におそろしく退屈でもあった。

そのあと目を覚ますと、わたしは灰色の髪の女といっしょにもとの部屋にもどされていた。それからしばらくのことはあまり憶えていない。また薬を飲まされていて、泣いたり、オルソーに会いたいと頼んだりした。看護婦らしい女は、傷の手当てをし、なにか慰めらしい言葉をかけてくれ、そのうちわたしはふたたび眠った。そのあとは目が覚めるたびに水と薬を飲まされて、眠りに引きもどされた。

そうやってあるとき目が覚めると、ほぼふつうの状態にもどっていた。この数日間は、熱に浮かされて悪夢をみていたような感じだった。看護婦はリクライニングチェアに横になり、その上の空中に投影されたホロ映像に見いっていた。冒険物のドラマらしく、奇妙な動物にまたがった登場人物たちが、耳ざわりな人買い族の言語でしゃべっていた。

わたしが起きあがると、看護婦はホロを消し、わたしになにか質問した。わたしは両手を広げるしかなかった。いつまでたっても会話はこの調子だ。看護婦はコンソールでだれかを呼び出して話した。そしてわたしにドレスを着せ、いっしょに部屋を出て、またしても八角形の断面の廊下を歩いていった。

しかし今度の行き先は、司令センターだった。しかもかなり広い。何百人もの人々がコンソールで作業をしたり、忙しそうにその列のあいだを歩いたり、管制席で殻状装具につつまれてすわったりしている。人間の声と機械音声の両方がとびかっている。装置類が何列にもならび、あちこちでホロマップが回転しながら、シリンダー・ステーションや、そのまわりの無数の船や星々を映し出している。推進装置から色鮮やかな噴射炎を吐きながら飛んでいく船が見える。その奥のすこし上を見ると、喧噪からやや離れた台座があり、三つの管制席がならんでいた。そのうち二つの席はだれもいない。

もう一つの席に、イカルがすわっていた。

看護婦はわたしをそこへ連れていき、お辞儀をして退がった。イカルは管制席のひとつをしめした。「今日はだいぶ最適化されているようだな」

わたしはその椅子によじ登るようにすわった。〝最適化されている〟とは、どういう意味なのか。もちろん、いまのわたしにはわかる。コンピュータ・ウェブが人間の経験のなかで大きな比重をしめるようになったこの宇宙では、それを使わない原始的な生活がどんなものか、想像しにくくなっているのはたしかだ。とにかくそのときのわたしは、そういわれても返事のしようがなかった。

イカルはにやりとして、すわりなおし、目をとじた。またあの恍惚とした表情を浮かべている。「オルソーはおまえに会わせろとずっといっていたぞ」

わたしは跳びあがりそうになった。「どうしてるの？」

「Z宙域のCMC基地に移送する予定だ。そこに錠前所があるからな」

「会えないの？」

イカルは答えなかった。しばらく無視されたあと、わたしは歯ぎしりしながらすわりなおし、眼下の喧噪に目をやった。

ややあって、イカルはいった。「おまえの結婚は追加契約だそうだな」

わたしはちらりと隣を見た。「そうよ」

「よろしい」

それまでわたしは、さまざまな出来事の連続に圧倒されて、全体の情況をよく理解していなかったのだが、それがようやくのみこめてきた。王圏と人買い族のあいだでは、いままさに戦争が勃発しようとしているのだ。原因は、人買い族が錠前所と鍵人を両方手にいれたからだ。ゴリアテが敏捷さを手にいれたわけだ。それどころか、オルソー誘拐のニュースが伝われば、王圏と連合圏とのあいだのもろい同盟関係もたちまち崩壊するだろう。王圏から見ればこれは事実上、二度めの裏切りであり、両圏の関係においてはとりかえしのつかない傷になるはずだ。

しかし——両圏の条約は、じつはすでに存在している。エプシラニ・ステーションのウェブに隠されたわたしたちの結婚契約だ。呰にはいった亀裂を修復できる接着剤だ。

当時は、わたしたちの結婚がいかに強力な象徴的意味をもつかまでは理解していなかった。わたしは新しいカイル能力者の血統をローン系に、つまりある意味ではスコーリア王圏全体にもたらす存在なのだ。地球から王圏への贈り物であり、連合圏の過去の〝裏切り〟は帳消しにされる。わたしの若さもまた、象徴的な意味で強い要素だった。オルソーの種族であるレイリコン人は、年老い、疲弊し、死にかけている。彼らにとっても、スコーリア王圏の全市民にとっても、活力の象徴は政治より大きな意味をもっている。つまりわたしとオルソーの契約は、条約より大きな意味をもっているのだ。また二つの文明圏のあいだに横たわる深い傷も、それによって癒されるはずだ。ただしそうなるには、まずストーンヘッジが契約文書を正しい人々の手に渡さなくてはならない。

イカルはけだるそうにいった。「歯槽骨炎というものを知っているか、ティナ」

わたしはちらりと隣を見た。「いいえ」

「たとえば奥歯が抜けると、歯槽骨炎が起きる。歯茎にあいた穴のなかで神経が露出するのだ」

「痛そう」

「痛いぞ」イカルはすこし黙って、つづけた。「それとおなじ状態を模擬的に全身に起こすことができる。特殊な網で全身をおおうと、そのなかに組みこまれた探針が体内にはいって神経とつながる。スイッチをいれれば、すべての探針が歯槽骨炎とおなじ効果を惹き起こすわけだ」

わたしは身動きも、話すこともできず、まじまじと相手を見た。機嫌をそこねるようなことをしたら、本気でわたしをそういうふうにするつもりなのだろうか。

しばらくたってから、イカルは訊いた。「わたしがどれくらいの数の人間を所有しているか、わかるか？」

「いいえ」

「あててみろ」

こんな会話はうんざりだった。「百人かしら」

イカルは笑った。「百人か。おもしろい」

「一万人？」

「ちがう」

「わからないわ」

「およそ一千億人だ」

いったいどうすれば一千億人もの人間を所有できるのか。いったいそれをどうしようというのか。

「ダリウスに目録を調べさせないと正確な数字は出てこないが、所有している惑星は百三個だ。それぞれの人口にはもちろん大きな差があるが、平均十億人くらいとみていいだろう」

わたしのほうを見た。「彼らはほとんどの場合、平穏な生活をしている。そこが重要なのだ。人民は快適に暮らせさえすれば、めったに反乱など起こさないものだ」

「それでも反乱が起きたら？」

「鎮圧する」

わたしは深呼吸した。「どうしてそんな話を？」

「おまえの夫の文明圏、スコーリア王圏とくらべてみろ」イカルは鼻を鳴らした。「やつらは自分たちの家系、ルビー王朝にちなんでそう名づけているのだ。聞いているか？　おまえの夫のフルネームは、オルソー・ビアン・セレイ・カイア・スコーリアだ」硬い口調になった。「われわれはやつらより強いのだ、ティナ。時の流れで各勢力があるべき姿に落ち着けば、覇権を握るのはわれわれだ。それをよく憶えておけ」

わたしには返事のしようがなかった。しばらくわたしを見つめていたあと、イカルはもとの姿勢にもどって目をとじ、またあの気持ちよさそうな表情を浮かべた。わたしは黙ってじっとすわっていた。

しばらくして、わたしは司令センター内の人々のようすをぼんやり眺めはじめた。彼らはちらちらとわたしを見ては、すぐに目をそらす。表情を見れば、その考えはすぐにわかった。本当はコンソール上に立ちあがってこう叫びたいのだ――〝そこにいるのが自分ではなく、きみであってよかった〟と。

彼らのほとんどはシリンダー・ステーションの運用にたずさわっているようだ。ステーションは反転するために加速しているところらしい。ジャグ機なら数秒でできることを、何週間もかけてやっている。いくつかのコンソールでは技術者たちがステーションの設計にたずさわっている。イカルの支配下に新しい居住区を建設するのだろう。ひとつは長いチューブの両端に蓋をしたような形状で、最初は安定しているように見えたが、しだいに回転が乱れはじめ、最後は縦にとんぼ返りをはじめた。

「いいか」イカルがいった。「わたしはどこの法においても合法的に、おまえとオルソーを一生所有できるのだ」わたしがそちらを見ると、イカルは目をあけた。「だから、逃げようなどと考えるだけ無駄だ」

「奴隷所有は王圏でも連合圏でも非合法よ」だれからもそんなことは聞いていないが、そうに決まっているとわたしは思った。

イカルはにやりとした。「かもしれない。しかしパリ条約では、おまえたちの政府はわれわれの所有物を返還しなくてはならないと決められているのだぞ。今回の買い物は正式に処理され、記録され、すべての書類が整っている。一方で――そう、たとえばローン系の王子の失踪、あるいは他圏の所有物の返還拒否などは、敵対行為とみなされる」

連合圏や王圏が、脱走した奴隷を人買い族に返すなどという協定に署名したとは、わたしにはとうてい信じられなかった。「どんな条約？」

「おまえは本当に頭が鈍いんだな」イカルは笑った。「たしかに妾にはぴったりだ。エキゾチックで、息をのむほどの美人で、犯罪的なほど若く、頭のなかは空っぽだ」

わたしは歯ぎしりした。どれほどの美人で、どれほどの権力者で、遺伝子的に改良されていようと、この男は本質的にナグの同類だ。イカルはやりたい放題にできる宇宙に住んでいるというだけのちがいだ。

「オルソーに会わせてやってもいいぞ」イカルはいった。「どうだ？」

わたしは椅子から跳びあがりそうになった。「ええ」

「よかろう。ダリウス、第五ラボ区画の刺激サイクルを一時停止しろ」

「一時停止しました」ダリウスが答えた。

イカルは立ちあがった。「ついてこい」

八角形の廊下に出て、わずか数ヤードのところで立ち止まった。出入り口がひらき、その
ゆらめく膜を通り抜けると、壁ぞいにも部屋のまんなかにも機材がぎっしりと詰めこまれた、
実験室のようなところだった。しかしわたしの目には、そんなものははいってこなかった。

オルソーしか見えなかった。

「やめて」足もとの世界ががらがらと崩れていくような気がした。「ああ、お願い、やめ
て」

床から五フィートほどの空中に浮いた枠のなかに、オルソーは吊られていた。服は脱がさ
れ、首から爪先まで網につつまれている。天井を凝視したまま、喉の粘膜が切れているのか

と思えるひどい声であえいでいた。全身から汗がしたたり、床に落ちたところで消えていった。

わたしたちにも気づかないようだ。わたしとイカルがはいってきたときのもの音さえかき消すほど、呼吸音が荒いのだ。イカルがコンソール上のあるパネルスイッチにふれると、オルソーを吊っている枠がゆっくりと回転し、頭がもちあがってまっすぐこちらをむく恰好になった。

「イカル、やめろ」オルソーはしわがれた声でいった。「こんな姿を彼女に見られたくない」

貿易相は枠に近づいてにやりとした。「プレゼントをもってきてやったぞ」

オルソーはあえぎ、顔から汗が流れた。「やめてくれ」

「会いたがっていたではないか。その口でいっていたくせに」

「こんなかたちでじゃない」

わたしは部屋がぐるぐるまわりはじめるような気がした。歯槽骨炎……。イカルが恍惚とした表情で楽しんでいたのは……苦痛という快楽を提供されていたのだ。この男を杭で突き殺してやりたくなった。ふりむいて、その胸を拳で打ちかかった。

「オルソーにこんなことをしていたのね――ずっと！　ちくしょう！」

わたしの腕は簡単につかまえられた。イカルの顔にもはや笑みはなく、乱暴にわたしをオルソーのほうにむかせた。「よく見ろ、お偉い王子よ。おまえのものが、いまはわたしのものだ」歯ぎしりしているような声だ。「五百年間にわたっておまえの家系はわれわれを嘲ってきたな。しかしこれで終わりだ」

オルソーはしゃがれ声で答えた。「ぼくらはなにもしていないぞ。おまえたちのだれに対しても」

「なにもしていない？　そもそもおまえたちは、われわれの用に供するために生み出された下等な種族なのだ。アリスト階級のために快楽を提供するのが本来の仕事であるくせに、スコーリア〝王圏〟などとふざけたものを築いて」わたしの視野が乱れるほど強く揺さぶられた。「生命力あふれる娘をこうして探してきたわけだな。すくなくともおまえにとっては新しい始まりの象徴だ。かわいらしい姿だ。さあ、よく見ろ、提供者。この娘の色香をわたしが吸い尽くし、使い捨てるところを見せてやる」

オルソーが悪態をつき、枠のなかで身体をゆさぶり、怒りで歯をむいた。

イカルの表情がまた変わった――情交を期待するようなうっとりした顔だ。低い声でいった。「ダリウス、刺激サイクルを再開しろ」

オルソーの口が、〝やめろ〟といいそうに動いたが、声にはならず、かわりに全身が硬直した。

そして悲鳴をあげた。

世界が渦巻く悲鳴に変わった。オルソーの悲鳴だ。わたしはよろよろと枠に近づき、手をのばそうとしたが、イカルに引きもどされた。そのまま両腕をつかまれ、ベンチ椅子に乗せられて、あおむけに押し倒された。ドレスの結び紐をほどかれながら、わたしの頭のなかにはオルソーの悲鳴が充満し、鳴り響いていた。イカルはまるでこの世で最高のドラッグを射ったようなようすで、もはや地上に降りてこられないほどハイになっていた。オルソーが悲鳴をあげるたびに、快感にうめき声をもらすのだ。

《ジャァァァグ！》オルソーの苦しみとわたし自身の恐怖に後押しされた心の叫びが、精神をすっぽりとおおった真綿の層を切り裂いた。《助けて！》

《緊急覚醒プロセス、作動》ジャグ機が考えた。

17　稲妻の復讐

わたしの精神は一気に目覚めた。すべてが甦った。感情も、感覚も――

同時にわたしは落下しはじめた。イカルの精神のなかで同情心のあるべき空洞に突っこみ、そこへ吸いこまれていく悪臭芬々《ふんぷん》たる下水のような渦巻きのなかでもみくちゃにされた。

オルソーの脳のニューロンはひとつのメッセージをくりかえし発していた――苦痛だ。その信号はKEBによって増幅され、外へ送られると、イカルの異常なKABによって受信され、視床を経由して脳の快楽中枢に送りこまれる……。二人は身の毛のよだつような関係で結びつけられていた。カイル能力者とアリスト階級人、エンパスと反エンパス、提供者とサディスト。

ところがいま、イカルはわたしを凝視していた。その顔は悦楽のあまりにゆがんでいる。

「なんということだ！　おまえもこいつらの一人だったのか！」

しかしその大声もろくに聞こえなかった。ラボ区画のなかが騒音に充ちみちていたからだ。オルソーの悲鳴、警報、混乱したわたしの頭がつくりだすその他の音。狂ったカーニバルのようにそこらじゅうで光が点滅し、計器板でも壁でも、赤や黄色のランプがまたたいている。どれがわたしの精神がつくりだしたものでどれが現実なのか、その区別すらつかなくなっていた。

「ダリウス！」イカルは叫んだ。「刺激サイクル停止！」

オルソーの悲鳴がやんで、あえぎ声だけになった。しかしラボ内のかん高く無秩序な騒音はやまなかった。イカルは手首のリストバンドにむかってなにか叫び、それにだれかが応答していたが、いきなりその声が途切れた。イカルはしばし呆然とリストバンドを見つめていた。言葉が理解できないわたしでも、それなりに察しはついた。このシリンダー・ステーションでなにかたいへんな事態が起きているのだ。

「おまえがやったのだな！」イカルはわたしにむかって叫んだが、その声も警報音にかき消されそうだった。わたしをベンチ椅子から引っぱりおろすと、コンソールのほうへ引きずっていった。実験用の流しからなにかのチューブを引き抜き、それを使ってわたしの両手首をコンソールのループ状になった把手に縛りつけた。「あとでひどいめに遭わせてやるからな」腕をあげて、オルソーが吊られている枠を指さし、ラボ中で点滅する赤い警告灯に照らされた不気味な顔でいった。「あれで何時間も苦しめてやる」

そして八角形の戸口を通り抜けて出ていった。戸口はすぐに硬化して壁になり、わたしとオルソーはラボ区画にとじこめられた。

「ティナ」オルソーのしゃがれた叫び声が、騒音のむこうからかすかに聞こえた。「ここからおろしてくれ」

わたしは手首のチューブを引っぱった。「コンソールに縛られてるのよ」

オルソーの思考が、苦痛のこだまとともにやってきた。《きみはジャグ機と繋がってるの

かい？》

《ええ！》

《ジャグ機は暴走してるんだ。相対論的速度での戦闘で使うべき兵器を、宇宙ステーション内で発射している。早く止めないと、ステーション全体が吹き飛ぶぞ》

わたしにはジャグ機の怒りが感じられた。人間の怒りとはまったくちがう、冷たい怒りだ。

《ジャグ！》わたしは考えた。《やめて！　わたしたちまで殺してしまうわ。パイロットを殺してもいいの？》

わたしの脳裏に格子空間があらわれた。ジャグ機がじかにわたしの視神経にアクセスしたため、ラボの眺めの上にいきなり金色に輝く格子が映し出された。

《オルソーといっしょに帰ってきてください》ジャグ機は考えた。

《オルソーはまだイカルの機械に縛られているのよ》わたしは考えた。

《ステーションのウェブ・システムを探査中です》

シリンダー・ステーションのウェブに侵入するなど、とうてい無理だと思った。外部からの攻撃に耐えるようにシステムが設計されていることくらい、わたしでもわかる。しかしジャグ機を甘く見てはいけなかった。怒りが予想外の能力を引き出し、ジャグ機は薄い繊維を手で引きちぎるように、ウェブ・システムに突入していった。

オルソーの身体を固定している網がゆるみはじめた。枠から身体がはずれると、脚から床に降り立ち、よろけて支柱につかまった。つかのまわたしを見つめていたが、すぐによろよろと壁のほうへ歩き、ロッカーをあけて服を引っぱり出した。制服の一部である金色のズボンとブーツだ。それを着るあいだも、警告灯は明滅し、警報ははげしく、せわしなく鳴りつづけている。

ようやくわたしのところへ来て、手首のチューブをほどきはじめた。そのあいだずっと、「ティナ、ティナ」と、くりかえしつぶやいていた。チューブがほどけると、オルソーはコンソールわきにがっくりと膝をついた。

わたしはその横にしゃがんだ。《ジャグ機にもどらなくちゃいけないのよ》

《もう自力では動けないんだ》オルソーは考えた。《しかたがない。身体の制御を体内ウェブに渡すよ》

《だめよ！　身体がぼろぼろになってしまうわ。ジャグ機がそういって――》

《ティナ、それしか方法はないんだ。油圧系がこの身体を動かしてくれる。ぼくに意識があるかぎり、停まることはない》わたしの顔にふれた。《きみの目には非人間的に映るようになるだろうけど、心配しないで》

《信じてるわ》

オルソーはわたしにキスした。そして変化した。顔が無表情になった。《戦闘モードに切り換え》冷たく、金属的な思考が響いた。

オルソーは立ちあがり、よく整備された機械のように非現実的ななめらかさで動きはじめた。ジャグ機が投影している格子はわたしの視野に固定されていて、わたしが隣で立ちあがると、いっしょに動いた。しかしこの格子環境の操作方法はなにもわからなかった。

《操作権をこちらに移せ》オルソーが考えた。

《操作権を移すと、神経の損傷が悪化します》ジャグ機が考えた。
《安全制限、解除》
《操作権を移します》
格子の操作者がオルソーに切り換えられると、わたしの視野に映る格子はやや暗くなり、半透明の影のようになった。オルソーはわたしの腕をつかみ、ドアのところに走った。しかしわたしたちに対してはひらかない。格子のあいだにデータが流れはじめた。ジャグ機のよこす大量の情報が、ラボの眺めに二重写しされた非現実的な映像として見えた。蛍光色にひかる虫の群れが、暗緑色や暗赤色のすじをひきながらぶんぶん飛びまわっている。その脚は剃刀のように鋭い円盤で、身体の下側で回転している。虫の群れはいっせいに飛び出し、ラボ内のウェブに襲いかかった。新しいデータが次々に流れてくるなか、ウェブはずたずたに切り裂かれていった。
戸口がふたたびあらわれた。わたしたちがそこをくぐり抜けると、視界から格子が消え、シリンダー・ステーションの半透明の見取り図に変わった。一本の筒の内側に細長いチューブがとおり、そこから放射状のスポーク部が出ている。それらがすべて酸性液で洗われたようにぼろぼろになっている。見取り図のなかには無数の廊下が描かれており、わたしたちの移動にあわせて動いていた。二つの光点がわたしたちで、まばゆい赤い点がジャグ機のいる位置をしめしている。五十キロほど離れた、円環体の内壁側のベイだ。
その赤い点から、筒の反対側へむかって一本の光線が伸び、壁を切り裂いた。酸で溶けたような傷がまたひとつ増えた。

《消滅砲で防衛プラットホームVDT2を破壊》ジャグ機が考えた。

見取り図にしたがってわたしたちは廊下を走っていった。アーチの下をくぐるたびに、そこは赤くひかって警報が鳴りはじめた。一度ならず、見取り図でしか見えないガスの雲も走り抜けた。オルソーもわたしも数秒間意識を失い、オルソーの生体機械ウェブも機能が低下した。もっと長く吸うと一時的に停止したりするのだろうが、運動機能を加速されているおかげで、そこまでいたらずにきれいな空気のところに抜け出せた。わたしたちが気を失っているあいだは、生体機械がわたしを腰のところで抱きかかえ、運んでくれた。

いきなり、障壁に突っこんだ。透明な伸縮素材でできた壁のようなものに跳ね返されて、わたしたちは細長い金属片で編まれた床にひっくり返った。アーチのあいだでかすかにゆらめく光に、二人とも気づかなかったのだ。どうやら分子エアロックは、人間を通さないような性質にもできるらしい。

あわてて立ちあがると、膜のむこうの脇道から一台のロボットが出てきた。すかすかの骨組みに装置類をとりつけた、金属とセラミックの骸骨だ。わたしたちはもときた道を引き返そうとふりむいたが——こちらへ駆け足でむかってくる三人のウォロイドが見えた。鏡面仕上げされた装甲にアーチのまがまがしい赤い光を反射させている。

《シリンダー・ステーション保安ウェブに侵入成功》ジャグ機が考えた。《膜の変性開始》

とたんにウォロイドたちは障壁膜に突っこみ、跳ね返されて、うるさい金属音とともに折り重なって倒れた。オルソーはウォロイドたちとわたしのあいだに立ち、わたしを廊下の壁に押しつけた。そして行く手をさえぎる障壁膜のほうをふりむくと、骸骨ロボットがちょうどそれを停止させ、車輪でころがりながらこちらへ近づいてくるところだった。オルソーはロボットの胸に鋭い蹴りをいれ、装置の筐体《きょうたい》をつぶしてセラミックとガラスの破片を散乱させた。背後の廊下ではウォロイドたちが立ちあがっていた。二人が手で膜を押し、もう一人が壁のパネルを操作している。

わたしのわきの壁に、ふいに八角形の出入り口がひらいた。そしてイカルの子飼いの軍人らしい赤毛の男が出てきた。奴隷あがりの海軍将校で、上司の命令に服従し、その上司がイカルの命令に服従しているかぎりは、いまの高い地位にとどまれるのだ。男は、傭兵たちが使っていた鏡面仕上げの銃とよく似た大きなレーザー小銃をもっていた。

軍人はオルソーにむかってなにか叫ぶと――銃口をわたしにむけた。そのとたん、オルソーの脚が蹴りあげられた。おそろしいほどの優雅さで下半身がのび、ブーツがレーザー小銃を男の手からはじき飛ばした。小銃は壁にぶつかり、頭をかかえたわたしの肩口に落ちてきた。反射的に手を出すと、ちょうど銃身をつかめた。

骸骨ロボットが腕をのばし、親指の先に針を飛び出させた。オルソーがそちらにむきなおったのを見て、軍人はわたしに跳びかかってきた。考えるまもなく、わたしは銃口を相手にむけ、銃床から突き出たいちばん大きな黒いボタンを押した。

まばゆい白い光がほとばしり、思わず目をつぶった。だれかがわたしの手からレーザー小銃を奪いとり、腰に手をまわして、抱きかかえるように走りはじめた。

目が見えるようになってみると、それはオルソーだった。その腕のなかで身をよじって、背後をふりかえった。廊下のまんなかに融けて煙をあげる装甲服の塊があり、うしろの壁には、ふちがぎざぎざの大穴があいていた。穴は奥のいくつかの部屋まで貫通している。あの男は影もかたちもなかった。

「ああ、どうしよう」走りながら、何度もそうつぶやいた。人殺しをしてしまったのだ。

オルソーはレーザー小銃を肩にかつぎ、反対の手をわたしの腰にまわしている。あまり速く引っぱられるのでついていけないくらいだ。保安アーチの下をくぐりぬけるたびに警報が作動し、廊下はどんどんまっ赤に染まっていった。ときどきオルソーは八角形の廊下の先へむかってレーザーを発射し、障壁膜を吹き飛ばした。

前方の脇道から、レーザー小銃をもった二人のウォロイドが走り出てきた。オルソーを生きたままつかまえたいらしく、わたしたちの左右に威嚇射撃してくる。しかしオルソーにそんなためらいはなく、増強された速度で走りながら彼らの装甲にむかってレーザーを撃った。倒れた彼らのわきを走り抜けながら、その装甲服のなかに残った人体の惨状を見て、わたしは吐きそうになった。

《B消滅砲に切り換え》ジャグ機が考えた。わたしたちといっしょに移動する半透明の見取り図の上で、赤い光点から光線が飛び出し、細長いチューブを切り裂いた。すぐに数字が蜂のように飛びかい、データが流れた。光線があらわしているのは、電気的に中和された反陽子のビームだ。命中した場所では陽子が消滅し、それにともなう高エネルギーの放射線とパイ中間子のシャワーによって、破壊的な連鎖反応が起きる。

ジャグ機は居住区画を避け、防衛システムだけを狙っていた。ドッキングベイから出ようとしないのには、それなりの理由がある。ここにいれば、イカルの兵士たちがジャグ機を攻撃しようとすると、必然的にみずからのステーションにむかって撃つはめになるからだ。それに、そもそも彼らはジャグ機を破壊したくはないはずだ。ジャグ機とオルソーには王圏軍事技術の粋が集まっているのだから。

《移動車両を使ってこちらへ来てください》ジャグ機が考えた。

オルソーは体内ウェブに身体を制御されて走っていた。半透明の見取り図の上で移動車両通路が青くひかって表示され、わたしたちはその一本へ近づいていく二つの光点としてあらわされた。

突然、見取り図のなかで紫色の閃光がはしった。それが消えてみると、ステーションを内壁から外壁までつらぬき、ぎざぎざの切り口を四方へ広げた大穴があいていた。

これでは、穴の反対側の地点へ行くには何百キロも迂回しなくてはならない。流れてきたデータによると、このエリアの移動車両通路も爆発によって破壊されたことがわかった。わたしたちの退路を断とうと、イカルが反撃してきたのだ。これによってかなりの数の人々が巻き添えを食い、ステーションも大きく破壊されたはずであることを考えると、よほどの決意をもって貴重な所有物をとりもどしにかかっているようだ。

わたしたちは直角に交差する通路に曲がって、移動車両通路へむかいはじめた。つきあたりには、一台の砲弾型の移動車両が静かにプラットホームわきに駐まっていた。通路とプラットホームは複合ガラス材の壁によってへだてられており、オルソーはその数百ヤード手前で胸をあえがせながら立ち止まった。

《ジャグ、この車でおまえのいる位置へ行けるのか？》

《行けません》ジャグ機は考えた。《爆発によって先の磁気レールが破壊されています》

オルソーは悪態をついた。《ぼくらが行けるところまで、おまえも移動してこい》

《推進装置、点火》

見取り図の上で、赤い光点が円筒内の空洞に出て移動しはじめた。とたんに内壁の反対側からミサイルが飛んできて、ジャグ機に命中した。しかしなにごともなかったように光点は移動をつづけている。

《量子安定化、解除》ジャグ機は考えた。

《そのままでだいじょうぶか？》オルソーは訊いた。

《エラーが増えてきています。ドッキングベイにとどまっているほうが安全だったはずです》見取り図上で、わたしたちのいる位置から数千ヤード離れたエリアが緑色で強調表示された。《436D区画へ移動してください》

いきなり、なにかの力に押されてわたしはオルソーからもぎ離され、壁ぎわへ放り出された。オルソーはその場でくるりとまわっている。どちらも撃たれたわけではない。吹き飛ばされたのはレーザー小銃だ。オルソーの手からもぎとられ、粉々になって飛び散っていた。オルソーは回転のはずみを利用して、そのまま撃たれた方向にむきなおった。前方の複合ガラス材の壁のそばでこちらの通路に口をあけている小さな通路だ。

そこに、クリクス・イカルが立っていた。

冷静に考えてみれば、そのときおかしいと思うべきだった。生きた兵士でも機械のロボットでもさしむけられるユーブ圏貿易相が、なぜわざわざ危険を冒して現場に出てきたのか。

そのときは、イカルとオルソーの優劣争いに決着がついていないからだろうと思った。奴隷になったくせに服従しない囚人に対して、どちらが優位者かをはっきりさせてやろうというわけだ。たしかにそういう要素もあったかもしれないが、それだけではなかった。

オルソーの顔が怒りでゆがんだ。イカルが麻酔剤のチューブ銃をかまえると、目にも止まらぬ速さでそちらへ突進しはじめた。相手の反応を上まわるには距離が離れすぎていたが、オルソーの体内ウェブはそのことも計算にいれていた。イカルがチューブ銃を発射した瞬間、オルソーはわきへ跳び退き、細長い金属板で編まれた床で一回転するとすぐに立ちあがった。

そのとき、わたしの背後で発射音が響き、イカルの数ヤード手前までせまっていたオルソーは空気の塊に押されて壁に叩きつけられた。貿易相は怒鳴り声をあげた。言葉がわからなくても、その意味は察しがついた。貴重な所有物に傷をつけたくないのだ。

わたしたちが来た方向をふりかえると、ほんの十ヤードほどむこうに一人の兵士がいた。さらにむこうからは鏡面の装甲をひからせた四人のウォロイドが小走りにやってくる。軍人は銃をかまえているが、わたしの背後を見つめたままためらっている。またふりむくと、イカルとオルソーに動きがあった。跳びかかろうとするオルソーの手前で、イカルが壁のパネルスイッチに手を叩きつけた。

ゆらめく光のカーテンが天井から落ちてきた。人間を通過させない性質の膜らしく、オルソーの身体の上にかかるとそのまま固化し、手足をからめとる恰好になった。しかしオルソーには突進してきた勢いがあるため、イカルは体当たりをくって突き倒された。オルソーの手はすぐに膜を突き破り、潜水艦の潜望鏡のようにむこう側へ伸びた。イカルがあわてて立ちあがろうとする頃には、オルソーは膜を引き裂いて脱出しており、その腕をつかんでぐるりと引きまわすと、兵士と近づいてくるウォロイドにむかって貿易相を盾のようにした。イカルの首をうしろから腕で締めつけ、ユーブ語で脅し文句らしい言葉を叫んだ。

イカルは、敵対関係にある男からそんなふうに喉もとを締めあげられているのだから、もっとおびえた表情を浮かべてもよさそうなものだった。なのに落ち着きはらっていることが、わたしには兵士や近づいてくるウォロイドよりも不気味に思えた。

「ティナ、逃げろ！」オルソーがささやいた。「移動車両に乗れ」

わたしは移動車両にむかって走りだした。通路とプラットホームをへだてている複合ガラス材の壁に、背後のようすがすべて映っていた。兵士はオルソーに銃をむけているが、イカルを人質にとられているせいで撃てずにいる。ところがオルソーはイカルを突き飛ばし、貿易相がよろめいて膝をついているあいだに、わたしのあとを追って走りはじめた。わたしは移動車両のわきにたどりついてふりかえった。オルソーとほかの人買い族とのあいだをさえぎる位置にイカルがいたのは、ほんの数秒だったが、増強されたスピードで走るオルソーにとっては充分だった。すぐにわたしのところへたどり着いて、移動車両のパネルに手を叩きつけると、ドアがひらいた。車内へ駆けこみ、オルソーがなにか叫んだとたん、ドアがしまりきらないうちに移動車両は急発進した。

レール上を飛ぶように走っていく――ジャグ機とのランデブー予定地点とは逆方向に。

「どうしてイカルを放したの？」わたしは息を切らせながら訊いた。「最高の価値をもつ人質になったのに」

いた。罠だったんだ」イカルの首を締めていた腕をかかげてみせた。「あいつの皮膚には、ぼくのDNAを指標として働く麻酔剤がたっぷり塗られていた。やつの身体についているぶんには働かないが、ぼくの皮膚につくと活動しはじめる」

「でも効かなかったみたいね」わたしはいった。「気を失ってはいないんだから」

「まだね。大量に付着させられるまえに気づいて離れたけど、そのうち影響が出てくるだろう」

警報が鳴った。オルソーは大股にコンソールに近づき、画面を見た。「爆発で磁気レールが切断されたあたりに近づいているんだ。降りるしかないな」

《そちらの新しい情況に対応して移動しました》ジャグ機が考えた。《ドッキングベイ412Qへむかってください》

半透明の見取り図が変化し、爆発による破壊がおよんだあたりがクローズアップされた。その一角に、緑色にひかる四角い場所があった。

《そんなところまでは行けない》オルソーが考えた。《もっと近くへ来い》

《その危険は冒せません》ジャグ機は考えた。《もう一発直撃を受けたら耐えきれません。いまいる場所が好都合なのです。この区域の保安システムは完全にダウンしていますし、そちらの位置にも近い。オルソー、あなたはあと五分後には機能不全が広がって動けなくなると考えられます。六分後には麻酔剤の効果が広がって意識を失うでしょう》

操作機器のほうでビープ音が鳴り、移動車両は停止してドアがひらいた。

車外へ出ると、そこは大混乱のさなかだった。住人たちがプラットホームに殺到し、われがちに車両に乗りこもうとしているのだ。スピーカーからは、指示となだめる言葉が交互に流されている。制服を着た兵士たちが避難する人々を整理しようと、喧噪に負けない大声で叫んでいる。

一人の兵士が人ごみをかきわけながらわたしたちのそばへ来て、オルソーにむかって鋭い声でなにかいった。一瞬、わたしはつかまるのかと思って緊張したが、威嚇的に聞こえたのは彼らの言語特有の耳ざわりな発音のせいだとすぐにわかった。わたしたちがだれなのかに気づいてはいないようだ。兵士はわたしたちにむかって車内にもどれと手をふり、オルソーが首をふるといぶかしげな顔をしたが、それっきりだった。混乱のなかでいつまでも一人にかまってはいられないのだ。

プラットホームから出るのはまさに格闘だった。押しよせる人間の波と戦わなくてはならない。外の八角形の廊下にはもっとたくさんの人がひしめいていた。群衆はパニック寸前というようすだが、その一線は越えなかった。むしろ何度もこなした避難訓練どおりに動いているようすだ。兵士たちは一段高くなった台の上に立ち、行く方向を指示したり、スピーカーから流れるなだめる言葉を、そのままくりかえしたりしている。わたしたちは八角形のアーチのほうへむかって、人の流れとは逆に進んでいった。視界に映る見取り図にはジャグ機のいるドッキングベイまでの経路が表示されている。遠くはないのだが、たどり着くにはぎゅうぎゅう詰めの人ごみをかき分けていくしかなかった。

《あと四分以内にこちらへ来てください》ジャグ機が考えた。

わたしたちはアーチの下をくぐった――とたんに、かん高い警報が鳴りはじめ、アーチがあのまっ赤な色に変わった。オルソーは悪態をつき、わたしの腕をつかんで走ろうとした。どうにかこうにか前進したが、次のアーチをまだくぐり終えてもいないうちに、その警報も鳴りはじめた。騒音に騒音が重なっている。周囲の人々が浮き足立ち、パニックが爆発寸前になった。

一人の兵士がユーブ語でなにか叫びながらこちらへ近づこうとしはじめた。数ヤードむこうの通路の交差点からもべつの兵士があらわれた。群衆はあせり、わたしたちをとりかこんだままプラットホームのほうへ動きはじめた。こちらにとってはせっかく前進した分がふいになった。わたしはオルソーに抱きかかえられていなかったら、倒れて踏みつぶされていただろう。兵士たちは渦巻く人ごみをかき分けながらこの付近に集まってきていた。

《あと三分》ジャグ機は考えた。

スピーカーからは群衆を落ち着かせようとする声が流れつづけていたが、ふいにその実体のない声が変わり、不当な扱いを受けた者が忠実な仲間に助けを求めるような、計算ずくのはっきりした口調になった。耳ざわりな発音のなかに、聞き覚えのある名前がまじった――

〝オルソー・ビアン・セレイ・カイア・スコーリア〟

わたしは身をこわばらせた。《オルソー、なにをいってるの？》

オルソーの顔は青ざめている。《ぼくの人相についてだ》

一人の女が叫び声をあげ、わたしたちを指さした。またkだれかが悲鳴をあげ、それが次々と広がっていった。群衆が波のように動きだし、わたしたちは壁に押しつけられた。今度は踏みつぶされるのではなく、壁と人ごみのあいだで押しつぶされるのではないかと怖くなった。

ふいに波が退き、わたしたちのまわりに半円形の空間ができた。群衆は人垣をつくってわたしたちを見つめている。とらえられたローン系の世継ぎを見たいという気持ちが、パニック寸前の動揺さえ抑えこんでいるのだ。

しかしその静寂はつかのまで、群衆はふたたびプラットホームのほうへ動きはじめた。足をもつれさせた痩せた女が、わたしたちのまわりの空間によろめき出てきた。女はオルソーが本物かどうかたしかめるように、その胸に手をふれたが、すぐに人ごみに巻きこまれ、遠ざかっていった。

《あと二分です》ジャグ機が考えた。

さらに多くの人々がわたしたちのまえに押しよせてきた。しかしだれもわたしたちを助けようとはしない。だれひとりとして。魔除けの札かなにかのようにオルソーに手をふれたがるだけで、助けてはくれない。オルソーは彼らを押しのけようとしたが、動きがしだいにぎこちなくなってきている。しかし、たとえ生体機械が正常なときでも、この人波は押し返せないだろう。なにしろ何百人もの人が廊下を埋め、あとからあとからやってくるのだ。

そのとき、横一列にならんだ四人のウォロイドが群衆といっしょにこちらへやってくるのが見えた。通路をふさぐ鏡面装甲の動く壁のようだ。ジャグ機へ近づくためにオルソーとわたしが進まなくてはならない方向から来ている。

《あと一分です》ジャグ機が考えた。

《ジャグ、行けないのよ！》わたしは考えた。《通れないわ》

いきなり、ものすごい速度でわたしの視点が吸いあげられた。廊下の上からその場のようすを俯瞰している。壁に押しつけられたオルソーとわたし、そしてそのまえを動いていく人の波が見えた。わたしは気絶しているようだ。オルソーはそのわたしをなんとか抱きあげようとしているが、自分も立っているのがやっとらしい。

奇妙な機械的な思考が精神に流れこんできた。人間は壊れやすい筐体にはいっている……パイロットとその連れあい……傷つきやすく、脆弱……すぐに設定を乱される……修復に手間がかかる……不安定……感情的……。

しかし、かけがえがない……。

《ジャグ？》わたしは考えた。《あなたなの？》

《あなたの頭脳をわたしのウェブ上ではしらせているのです》ジャグ機は答えた。《いま、あなたの視点は廊下の天井の監視装置内にはいっています》

下ではウォロイドの列がわたしたちのそばまで来ていた。彼らが人の波に対する壁となり、おかげでわたしたちは荒海から隔離された湾にはいったように、もみくちゃにされずにすむようになった。オルソーは腰を落として膝をつき、その上にわたしの身体をのせて両腕をまわした。そして上体をわたしの上に倒し、がっくりとうなだれた。移動車両のプラットホームのほうからは兵士たちが密集隊形をとって廊下に出てきたが、まるで粘性のある海に乗り出した船のようになかなかまえに進まないようすだ。彼らはわたしたちのほうを指さし、人の洪水のなかでゆっくり前進してきた。廊下ではオルソーもわたしも意識を失い、床でぐったりとなっている。
《どうしてわたしにはこれが見えるの?》わたしは訊いた。
《地球であなたと最初につながったときから、あなたの脳細胞の配置を調べ、その機能と発火パターンをわたしのシミュレーション・モードのひとつで再構成してきたのです。いまは、あなたの脳のKEBを経由してあなたの意識をシミュレータに取りこんだところです》
《なんのために?》
《これからあなたをオルソーのウェブに転送します。体内ウェブは意識のある精神から指示を受ける必要があるからです。あなたは人間で、わたし自身をロードしてしまうと、オルソーの脳の損傷を悪化させてしまいます。わたし自身、すでにオルソーの一部になっています。また彼の脳活動の神経パターンと共感的共鳴性をもっています》
《あとのほうの話がよくわからないんだけど》わたしは考えた。
《あなたがたの人格は互換性があるということです》そして、つづけた。《転送を開始します》
ふいに、廊下に膝をついてしゃがんでいる自分に気づいた。自分自身の身体とオルソーの大きな腕に気づいて、頭が混乱した。オルソーの腕——いまはわたしの腕——に抱きかかえられているのが、わたし自身の身体なのだ。目をとじ、黒い髪が床にこぼれている。オルソーの金色の瞬膜をとおして、すべてが見えた。わたし/ティナのぐったりした身体を抱いて立ちあがると、ウォロイドたちがヘルメットをこちらに動かした。わたしが立ちあがったことへの驚きが、火花となって宙に散った。

《ティナ》ジャグ機が考えた。《これからその廊下をレーザーで切断します》
《だめよ！　パニックが起きるわ。踏みつぶされてしまう》
《たしかにパニックは起きるでしょう》ジャグ機は考えた。《しかし踏みつぶされる心配はありません。あなたがたもこちらもシリンダーの内壁に充分近いところにいるので、レーザーを使えばそれを破ることができます。そうすると空気が洩れますが、あなたがたのいる廊下では人々が窒息するほどではなく、しかし脱出のきっかけになるくらいの混乱は起きるはずです》
《そうであることを祈るわ、ジャグ》
レーザーのビームは見えなかったが、悲鳴は聞こえた。人間と警報の両方の悲鳴だ。わたしたちの背後で人々がパニックを起こして奥へと殺到しはじめ、すぐに騒ぎはわたしたちのまわりにもおよんだ。群衆は人間の津波のようにまえへまえへと押しよせた。ふいにまばゆい光がはしり、わたしは目をつぶった。瞼をあけると、わたしたちをとりかこんでいた四人のウォロイドのうち三人が、床もろとも融けて一体化していた。融けた装甲が床で鏡のプールをつくり、早くも固化しかけている。わたしは息をのみ、吐き気をこらえた。生き残ったウォロイドも片方の腕が融けてなくなり、うしろへよろめき、殺到する群衆に巻きこまれて、押し流されていった。わたしたちが踏みつぶされないのは、ひとえに融けたウォロイドの残骸が人の波に対する防波堤になっているからだ。
《逃げてください》ジャグ機が考えた。《こちらへ》
ウォロイドたちを襲ったレーザーの一撃によって、壁にぎざぎざの大穴があいていた。わたし／ティナの身体を抱いてそこをくぐり、小さな廊下に出た。
《ジャグ、あなたにはあとどんな武器が残ってるの？》
《レーザーと消滅砲は使いはたしました。衝撃弾は迎撃され、小型ミサイルも撃ちつくしました。タウ・ミサイル四発がありますが、ステーション内で発射するわけにはいきません。あとは自力でこちらへ来てください》
わたしは走った。腕にかかえた自分の身体は軽かった。重さなどないかのようだ。オルソーの体力はすさまじい。これが彼にとってはあたりまえなのか。
以前よりはっきり見えるようになったステーションの見取り図では、ジャグ機の居場所までの経路が青で強調表示されている。《これにそって》わたしが考えると、生体機械ウェブが身体の制御を引き継ぎ、脚を動かした。こちらの廊下の人影は少ないが、みんな反対方向へ走り、なかにはマスクを顔に押しつけている人もいる。わたしたちは脇道を縫いながら経路をたどっていき——八角形の部屋に出た。ほかに七方向からの通路が集まる交差点だ。八番めの壁に両開きの大きなドアがあり、太字で４１２Ｑと表示されている。
《ジャグ！》わたしはドアにむかって走った。《来たわよ！　あけて！》
《だめです》ジャグ機が考えた。
わたしは思わず笑いだし、自分ではなくオルソーの声にすこしびっくりした。《やっと来たのよ。ドアをあけて》
《だめです。ステーション側にこの区域の制御権を奪われてしまいました》
わたしは笑うのをやめた。《なんですって？》

《わたしはステーションのウェブから追い出されたのです》

《じゃあ、どうやってこのドアをあけろっていうの？》

《爆発物か、レーザーで》

《でも、あなたはもうなにも使えないんでしょう？》

《そのとおりです》その思考は沈んだ調子だった。

交差する通路から一人の男が飛び出してきて――ぎょっとして足を止めた。その感情が破城槌のように強烈に感じられた。オルソーの人相に気づいたのだ。男は手首のリストバンドを叩き、それにむかってなにごとかしゃべった。言葉はわたしには理解できないし、翻訳する方法もわからない。

《ジャグ》わたしは考えた。《どうにかしてドッキングベイにはいらなくちゃいけないのよ》

《こちらはステーションの通信プロトコルに侵入しようと試みています》

男のリストバンドからべつの声が返ってきた。冷たく耳ざわりな発音で、なにか質問をしているか、命令しているようだ。

《ジャグ！　イカルのところへ連れもどされるわけにはいかないわ。どんなめに遭わされるかわかってるでしょう。ドアをあけて！》

《できません》そして、静かにつづけた。《タウ・ミサイルが四発残っています》

希望がめばえた。《それを使えば？》

《ティナ、タウ・ミサイル一発でステーションの半分が吹き飛ぶはずです》

つかのまその意味がのみこめなかったが、しだいにわかるようになった。ジャグ機が示唆しているのは自殺、そして復讐という手段なのだ。

そこへ一人の女が走りこんできた。麻酔銃をもった人買い族の兵士だ。女は男にむかってうなずくと、リストバンドになにごとか話し、視線をこちらに固定した。わたしは八角形の部屋の反対側で両足を広げて立ち、ぐったりとしたわたし／ティナの身体を腕に抱いている。

《このシリンダー・ステーションを破壊すれば、人買い族はとらえたはずのジャグ機もジャグ戦士も失うことになります》ジャグ機は考えた。《鍵人を失い、クリクス・イカルは死ぬわけです》そこで黙った。《しかしその場合、ルビー王朝と遺伝的な近親性をもたない、この世でただ一人と思われるローン系の女性を殺してしまうことになります》

《死ぬのはいやだし、死なせたくもないわ》

ジャグ機の思考は冷静だった。《あなたがた二人が生きのびていれば、将来いつか脱出できる可能性はあります。そしてティナ、あなたが生きていれば、オルソーの血族を滅びさせずにすむかもしれないという希望も生きつづけます》

人買い族の男女はわたしたちをじっと見ている。脱走者を取り押さえる栄誉はもう手にはいったも同然だと思って、応援を待っているらしい。動物園から逃げ出した美しい獣を袋小路に追いつめ、放りこむための檻の到着を待っているわけだ。

《ティナ》ジャグ機が考えた。《あなたが決めてください》

《できないわ》自分が震えているように感じた。もちろんこの身体――オルソーの身体は、石のように静止しているのだが。オルソーも死なせたくない。《わたしは死にたくない。で

も、ジャグ、イカルの提供者にされるのは――死ぬよりいやだわ》
《決断するのはあなたです》
《できないのよ》
そのとき、わたしは頭がおかしくなった。そうとしかいいようがない。理性を失ったのだ。危機的情況におちいると、人間の肉体は通常では考えられないような能力を発揮することがある。落盤しかかった坑道の天井を坑夫一人がささえたり、わが子の上にのしかかったトラックを母親がもちあげたり、登山者が体重の何倍もある大岩を受けとめたりする。わたしはオルソーの生体機械ウェブに、その設計限界値を上まわる仕事をさせた。
くるりとふりかえり、脚を腰より高くふりあげて、ブーツの底でドアを蹴りはじめたのだ。何度も何度も、骨も砕けよという力で、高速で回転するハンマードリルのように目にも止まらぬ早さで、蹴って、蹴って、蹴りまくった。衝撃がオルソーの全身を揺さぶり、骨を震わせた。ウェブ内の時計によれば、わずか一秒以下の行動だった。
銃声が聞こえ、胸に命中し、麻酔剤が血流にながれこむのがわかった。しかしそんなものは関係ない。オルソーはすでに意識を失っている。この身体はいま生体機械だけで動いているのだ。わたしはドアを蹴りつづけた――そしてかん高い金属のきしみ音とともにドアがへこみ、両側からあわさった鋸歯状の部分がはずれて、むこう側へ大きく曲がった。わたしの脚は勢いあまってその開口部に太腿までつっこみ、オルソーの軍服が裂けた。加速された動きのまま開口部のむこうへわたし／ティナの身体を押しこみ、自分もそこへもぐりこんだ。
麻酔弾がさらにわき腹や脚に撃ちこまれ、背後で叫び声があがったが、こちらは加速された状態にあるため、銃声も叫びも奇妙にゆがんで聞こえた。

そしてドッキングベイにはいった。ほとんどの船は縦溝のある中心のチューブにドッキングするようになっており、円環体の側にあるここは小規模な設備だった。ジャグ機はすでにエアロックをあけていた。ドッキングベイの外部扉もひらいている――ひらいているではないか。つまり真空中に駆けこもうとしているのだ。

声に出して悪態をついたあと、そのひらいたドアのあいだに分子エアロックのゆらめく光に気づいた。ジャグ機に駆けより、わたし／ティナの身体をなかへ押しこみ、自分も飛びこんで機内の床にころがった。背後でエアロックがさっとしまった。

《ダウンロードしてください》

ジャグ機が考えた。エンジンの振動が床を震わせる。

《ダウンロードを》

わたしはオルソーの身体にはいったまま、顔をあげた。

《ティナ、オルソーのウェブから出てください！》ジャグ機が考えた。

《ダウンロード》わたしは考えた。

すると、もとの身体にもどった。ジャグ機がドッキングベイの外へと加速しているため、床の上をずるずるとすべっている。機室の隔壁から太い機械アームが伸びて、今度は意識を失っているオルソーの身体をつかんだ。わたしの身体にも金属がふれ、さらに暖かい膜につつまれた。べつのアームによって床からもちあげられたのだ。憶えのある甘ったるい霧が顔に吹きつけられる。

《タウ・ミサイル用意》ジャグ機が考えた。

《ジャグ、待って！》わたしは意識を失うまいと抵抗した。《ステーションには何百万人もの人が住んでるのよ！》

《発射準備完了》

《だめよ……》叫びたかったが、蛾が翅を折りたたむように眠気につつみこまれた。

意識が遠ざかる寸前に、ジャグ機の思考がかすかに感じられた。《タウ・ミサイル発射》

暖かい暗闇……。

ゆっくりとわたしは音に気づきはじめた。飛行中のジャグ機の騒音だ。

《ジャグ？》わたしは考えた。

《なんでしょうか》

《ここはどこ？》

《反転して飛行中です》

《オルソーの具合は？》

《修復を試みています》

《治るんでしょう？》

沈黙のあと、ジャグ機は答えた。《また機能できるようになるでしょう》

《でも……？》

《オルソーのウェブはプログラムしなおさなくてはなりません。損傷した記憶ファイルの再構成も必要です。一部の記憶は失われたままになるでしょう。構成部品も修理しなくてはなりません。いちから成長させなくてはならないものもあります。手術が必要です》悲しみの感覚がつたわってきた。そうとしか表現できないものを感じたのだ。《感情面での治療も必要です。それはわたしにはできません》

《忘れさせるわけにはいかないの？》

《それには記憶のかなり多くの部分を消さなくてはなりません。イカルの記憶だけではすまないのです》穏やかな調子になった。《オルソーの人格の一部を消そうとしても、うまくいきませんよ、ティナ。健康にもどるには、治療するしかないのです》

《オルソーを苦しめたくないだけなのよ》

ジャグ機の答えにはやさしさがあった。《わたしもです。あなたも苦しめたくない》

《ジャグ――》

《眠ってください、ティナ》霧が顔にかかった。

《ちょっと待って》眠気に抵抗した。《シリンダー・ステーションから脱出するときに、わたしがローン系だというようなことをいったけど、あれはどういう意味だったの？》

《オルソーは、あなたと出会ったときからそうではないかと考えていました》

《地球であなたは、わたしのカイル等級はわからないといったはずよ》

《わたしがいったのは、数値を決定できないということです。ローン系のカイル等級は高すぎて測れないのです》

《なぜオルソーはそのことをわたしにいわなかったの？》

《今回オルソーがおかれたような情況に、もしあなたがおちいったら、知っていることを隠すことはできないだろうと懸念したのです》
《それはたしかにそうだわ》
《エプシラニ・ステーションでは、あなたのカイル中枢をわたしのEIに接続していました》ジャグ機は考えた。《だから傭兵隊がわたしを停止したとき、あなたのカイル野の活動も減衰したのです》
《オルソーもそうやって守るべきだったんじゃないの?》
《両方はできません。わたしの処理能力ではたりなくなるのです》苦悩をともなう思考がやってきた。《選択が必要でした》
《そこでなぜわたしを?》
《あなたのほうがその処置をより必要としていたからです。それにオルソーがだれかは、傭兵たちはすでに知っていました》
《ジャグ——》
《ティナ、眠ってください》
霧が顔のまえに漂った。《ジャグ、待って。タウ・ミサイルは……》
《おやすみなさい》
わたしは眠った。

18　アバジ・タカリク会

レイリコン星の空は地平線の上が赤く輝き、細くたなびく雲は鮮やかなピンク色に染まっていた。それが頭上では穏やかな灰色になり、反対側の地平線では黒く沈んでいる。わたしはオルソーと二人きりで砂漠のまんなかに立っていた。赤く低い丘があらゆる方角に、目のとどくかぎりつづいている。はるかかなたには、怒れる空に突き出した骸骨の手のような岩山が見える。地平線が地球よりも近く、重力も弱い。火星の風景はきっとこんなだろうとわたしは思ったのだが、実際には、レイリコン星は地球の隣人よりも黒っぽい赤色で、もっと複雑な生態系をもっている。大気は酸素分圧が高く、濃密で、昼の空は薄い青に見える。

オルソーはまだ礼装軍服のズボンとブーツをはいて、黒いニットのプルオーバーを着ていた。わたしはフライトジャケットを貸してもらっていたが、ドレスの腰まですっぽりおおわれるほど丈が長かった。略装軍服とおなじ断熱素材で、ウェブシステムまで内蔵している。

わたしたちは空を見あげていた。ジャグ機の噴射煙である遠い火花も、もう見えなくなっていた。「パイロットなしで帰れるかしら」わたしは訊いた。

「わからない」オルソーは答えた。

わたしはオルソーを慰めたかった。その苦悩の表情を消してあげたかった。しかしジャグ機によって目覚めさせられてしばらくあとから、オルソーはずっとよそよそしく、ふさぎこんでいた。

「ジャグ機のいうとおりよ」わたしはいった。「ここにいるほうが安全だわ。あなたもわたしも」

「あれにはパイロットが必要なんだ」ジャグ機が機体単独で飛んでいくと最初に告げたときから、オルソーはその決断を納得できずにいるようだ。

低い轟《とどろ》きがようやくわたしの意識にのぼってきた。気づきはじめたときは地面から伝わってくるように感じ、しだいに大きくなるのがわかった。そのとき記憶に甦ってきたのは、まだチアパス州に住んでいたずっとむかしのある朝、地震に襲われ、大地に地割れがはしったときのことだった。揺れがおさまってみると、伯父と伯母は亡くなり、家は倒壊し、羊は死に、農作物はだめになっていたのだ。

轟きが大きくなり、砂漠を震わせ、埃が舞いあがりはじめた。まるで地中で雷が鳴っているようだ。わたしはオルソーのそばに寄ったが、その腕にふれると、オルソーは身をこわばらせた。しかたなく、わたしは手をおろした。オルソーはわたしのほうを見むきもせず、地平線を凝視していた。

深紅色に染まった空を背景に、彼らは姿をあらわした。まるで燃える地平線が映し出した幻のように、世界をめぐる曲線のむこうからやってくる。何百という数の動物にまたがった乗り手の大集団が、夕焼け空から続々と出てきた。

「来ないで……」わたしはつぶやいた。「これ以上来ないで」

「あれは味方だ」オルソーはいった。「アバジ会だ」

「あなたの家系に古代からつかえる親衛隊？」

オルソーは乗り手たちを見つめたまま、うなずいた。蹴立てる砂埃が雲のように巻きあがっている。

「本当に親衛隊なら、ジャグ機がわたしたちをのせて着陸したときに、最初からここで待っていればよさそうなものなのに」わたしはいった。

オルソーはまだ乗り手たちのほうを見ている。「アバジ・タカリク会は地上にも、軌道上にも、惑星間空間にも防衛システムをもち、コントロールしている。植民された宇宙で最大規模の防衛網なんだ」振動する地面から立ちのぼった埃が、オルソーの足もとで渦を巻いた。「ぼくらが惑星上のどこにいても関係ない。星系内にはいったときからすでに彼らに守られているんだ」乗り手たちをしめした。「これは儀式なんだよ」

近づくにつれ、密集した影からしだいに動物にまたがった背の高い姿が見わけられるようになってきた。乗り手は頭のうしろに長い布きれをなびかせている。

彼らのまたがっている動物は、距離があるうちはティラノサウルス・レックスに似ているように見えたが、近づくにつれて違いもわかってきた。体高九フィートほどの身体を前傾させ、太いうしろ脚で地面を猛烈に蹴っている。鱗におおわれた前脚はティラノサウルスより長く、ときどき地面につけて四つ足で駆けることもある。前脚を地面にすって、跳ねるように走るわけだ。薄れゆく夕日が投げる屈折した光のおかげで、その皮は金色や青やガラスのような緑にきらめいていた。

乗り手たちは長身痩軀で、身の丈七フィート以上あるだろう。顔は目もとを残してスカーフでおおい、自分たちが蹴立てる砂埃から守っている。背中に黒いマントをなびかせ、その下からは金色や赤や緑や紫などの色鮮やかな服がのぞいている。暮れなずむ赤い空の下から続々とあらわれ、わたしたちを踏みつぶそうとするかのように迫ってくる。

そして、全隊列がいっせいに停止した。先頭はわたしたちから五十ヤードも離れていない。突然訪れた静寂のなかで、風がわたしたちの髪を乱し、肌をなぶっていった。恐竜たちのなかには姿勢を変えたり、鼻を鳴らしたりするものもいたが、静けさを破るのはそれだけだ。地平線でだれかが叫んだら聞こえそうなくらいだった。

一人の乗り手が地上に跳び降りた。顔からスカーフをはぎとると、それは首のうしろに長くのびてはためいた。男は大股にこちらへ近づいてくる。わたしはその容貌に目を奪われた。身体つき、鉤鼻、顔の線、黒い瞳。この男にくらべれば、むしろわたしのほうが鼻が小ぶりであるぶん、マヤ族らしくないといえそうなくらいだった。数千年の時と宇宙の広がりにへだてられながらも、血のつながりをはっきりと感じた。同類相知る、だ。

男はオルソーのまえで立ち止まった。背丈はオルソーよりずっと高い。男は膝をつき、こうべを垂れた。オルソーはその肩に手をふれ、イオティック語で話しかけた。意味はかなりの部分がわかる。発音は古代の儀式を思わせた。

男は立ちあがって答えた。低く、よく響く声で、力強い発音だ。儀式でうたっているような調子でもある。意味がよくわからないのは、それがイオティック語の方言かなにかであるせいかと思ったのだが、じつはわたしにとってオルソーの言葉が聞きとりやすいのは、たんにわたしたちの脳の波長があっているからにすぎなかった。とにかくこのとき話を聞いてわかったのは、この男がウザンと呼ばれていることだけだった。あとで知ったところでは、〝ウザン〟はアバジ会のリーダーを意味する肩書きだった。個人名があるとしても、それはいわなかった。

ウザンは腰に吊った剣を鞘から抜いた。先端が背にむかって反った長い刀身をもち、かたちとしてはオルソーが礼装軍服といっしょに身につけたものとよく似ていた。しかしこちらの刀身は、成長させた金属ダイヤモンド結晶製だ。ナノボットが原子を一個ずつ組み合わせ、鋭利な刃先をつくっている。ウザンはそれを頭上にふりあげ、衰えた日差しのなかでぎらりとひからせた。

そしてオルソーにむかってふりおろした。

わたしが抗議の声をあげるまもなく、剣はオルソーの足からほんの一インチ右側の地面を叩き、砂を舞いあげた。オルソーは微動だにしない。ウザンがふたたび剣をふりあげ、わたしはひゅんと頬をかすめる風を感じた。わたしは文字どおり凍りつき、心臓だけが胸のなかではげしく鳴っていた。剣の先はオルソーの足とわたしの足のあいだの地面に刺さり、わたしの顔の高さまで砂を飛び散らせた。

ウザンは背後の戦士たちのほうをむき、剣をふりあげた。すると彼らもいっせいに剣をかかげた。何百本という刀身が天を突く。ウザンが剣をおろすと、アバジ会もぴったりタイミングをあわせてそれぞれの剣をおさめた。どうしてこんなに正確に動きをあわせられるのだろう。

オルソーがわたしの肘に手をそえてうながし、わたしたちはウザンとともにまえへ歩きだした。影が濃くなって、まわりがよく見えなくなっている。つつみこむような闇のなかから一人の男が、乗り手のいない恐竜を引いてあらわれた。見あげるほど大きなこの騎乗用動物は、前脚の爪がわたしの肘から先ほども長く、これが短剣であれば人間など簡単に切り刻んでしまえそうだった。

オルソーが慣れたようすでそのわき腹に手をすべらせると、恐竜は駱駝《らくだ》のように前脚とうしろ脚を折りたたんで地面にしゃがんだ。砂と麝香《じゃこう》のような匂いが漂い、吐息は檸檬《れもん》のようにつんとする。すぐそばに頭部が近づいたので、顔をおおう鱗も見えた。ふちが緑色の青いプリズム結晶を思わせ、夕焼けの切れはしをとじこめたようにきらめいている。大きな金色の瞳はこちらを見ていた。

首の背部にそって骨質の隆起があり、腰のところにはそれとは直角に左右の臀部をつなぐようなかたちでおなじ隆起がある。ちょうど鞍のようだ。オルソーは首の隆起をつかみ、身軽にそこにまたがった。するとすぐに恐竜は身体を起こし、オルソーのいる位置はぐんぐんあがって、ついに見あげるほど高くなった。オルソーがウザンになにかいい、アバジ会のリーダーはお辞儀をした。そしてわたしのほうをむき、膝をついてこうべを垂れた。

わたしはまっ赤になってオルソーのほうを見たが、恐竜にまたがったままなんの助言もしてくれない。そこでさきほどオルソーがしたように、ウザンの肩に手をふれた。するとウザンは立ちあがり、わずかに前かがみになった。わたしはまたオルソーを見たが、黙ってこちらを見ているだけ。暗くて表情すらわからなかった。

そのときふいに、ウザンは実際には乗り手たちのほうに身体を傾けているのだとわかった。わたしがそちらへ一歩踏み出すと、ウザンはお辞儀をした。まるで問いかけへの答えを聞いたかのようだった。当時はわからなかったが、実際にそうだったのだ。お乗りくださいという申し出を、わたしは承諾したわけだ。ウザンが乗ってきた恐竜のほうへいっしょに行くと、恐竜は足を折りたたんで地面にしゃがんだ。しだいに冷えていく空気のなか、鼻面から白い息を立ち昇らせている。

ウザンはわたしの腰に両手をあて、その背中にもちあげた。わたしはあわてて首の隆起にしがみついた。背後にはウザンがまたがった。とたんに、地面がぐんぐん遠ざかり、闇のなかに沈んだ。恐竜が立ちあがったのだ。わたしはずるずるとうしろへすべりはじめた。ウザンとぶつかっていっしょにころげ落ちてしまう――と思ったが、恐竜の腰のところを横にはしっている隆起にささえられた。

ウザンがなにかいうと、隊列はいっせいにむきを変えた。オルソーはおなじ列の、何頭かおいたわきのほうにいる。その気分を解読しようと試みた――わたしの反応をみるときの好奇心……落ち着きぶりへの賞賛……いっしょにとらえられ、脱出してきたことについての、もっと深く暗い感情……。わたしを一人ではなく、だれかといっしょに恐竜に乗らせたのは、慣れないうちは危険だからだということもわかった。しかしそれがオルソーとではなく、ほかのだれかであるところが不可解だった。

そして隊列は動きだした。恐竜は弾むような足並みで、馬よりはるかに速い。オルソーは身体を前傾させ、唇を軽くひらいて乗っている。疾走による高揚感が溶接機の火花のようにはじけている。わたしは巻きあげられる砂塵を避けようと、フライトジャケットのフードをかぶったが、スカーフなしでは砂を吸いこむのを防げないと気づいた。しかし口のなかに砂ははいってきていない。顔にさわろうとすると、フード前面に張られた分子膜に指先がさえぎられた。ジャケットのウェブが防護手段が必要だと判断し、実行したのだ。

薄暮はまもなく闇に制圧され、大地はまっ暗になった。ふと、ナベンチョク村の夜を思い出した。地平線にいたるまで都市の明かりはまったくなく、夜のしじまを破る都会の騒音もない。星明かりの下を走っていくあいだ、この恐竜はどうして地面につまずかずにすむのだろうと不思議に思った。じつは彼らの目の可視領域は赤外線方向に広がっており、日没からそれほど時間がたたず、地面に暖かさが残っている砂漠なら、けしてまっ暗ではないのだ。

都市に到着したことは、市内にはいってはじめて気づいた。どの建物も闇と静寂のなかに沈んでいた。恐竜たちは速度をゆるめ、高層ビルの森を縫いながら進んでいった――壊れた高層ビルだ。ここは廃市だった。

乗り手たちは五人ずつくらいのグループに分かれ、ビルやピラミッドや通りぞいで歩哨に立ちはじめた。わたしたちはある尖塔の下で止まった。高さ四十フィートほど、基部の直径は十五フィートほどだ。ウザンが跳び降りると、地面から砂埃があがった。わたしは恐竜の首の突起にしがみつき、むこう側の脚をずるずるとこちらへすべらせてきた。つかのま宙ぶらりんの姿勢になったあと、思いきって手を放した。

足が地面に着くのと同時に、背後からウザンの腕に抱きとめられた。さきほどの敬虔なまでに控えめな態度とはずいぶん異なり、胸のあたりまで腕を大きくまわした抱きとめ方だ。わたしはさっと身をもぎ離し、見えない石につまずいた。よろけたところを、またしてもなれなれしい手につかまれた。わたしは怒って、拳を握って腕を引き、わき腹に肘鉄を食わせてやろうとかまえた――

そのとき、相手がウザンではないことに気づいた。オルソーが身体をささえてくれているのだ。その腕のなかでむきなおり、見あげた。オルソーはにっこりした――結婚した夜以来、初めてみせてくれる笑顔だ。

ウザンは四角い戸口から尖塔のなかへ案内してくれた。内部は空洞だった。天井はだんだん狭まり、三十フィートほど頭上であわさっている。反対側の壁には下から一本の亀裂がはいり、上で大きな穴になって、そこから差しこむ星明かりが室内を銀色に照らしている。ウザンは儀式めいた口調でなにかいい、オルソーはおなじ歌うような抑揚で答えた。低く響く声に、音楽のような調べがまじった。そのときは本当になにか節をつけて歌っているのかと思ったのだが、イオティック語をレイリコン人どうしが正しく話すと、こういう美しいやりとりになるのだった。

ほとんどすべてのスコーリア人はその血統をレイリコン星に発しているが、四千年間に起きた遺伝形質の自然な変遷や、みずからおこなった遺伝子組み換えなどで、べつの種族といっていいくらいに変化している。オルソーに流れる純粋なレイリコン人の血は八分の三だ。母親が半分、父親が四分の一の血をもっていたからだ。もとの種族の遺伝的成り立ちをこれだけ濃厚に引き継いでいるのは、アバジ会をのぞけば、オルソーの家族だけだった。

オルソーとウザンは話を終え、アバジ会の戦士はわたしたちに一礼して、マントをなびかせながら出ていった。二人きりになると、オルソーは腕組みして立ち、わたしを見つめた。その身体は星明かりで銀色に染まっている。「ここまで、きみのふるまいは立派だったよ」

わたしはどう答えていいのかわからず、うなずいただけだった。オルソーとのあいだにひらいた感情的距離を意識していた。

オルソーは壁ぎわに行き、突き出した棚の下にしゃがんで銀色の毛布を二枚引っぱり出した。そして、かつては室内を二つに分けていたらしい仕切り壁の残骸のほうを頭でしめした。「その裏で眠れば、亀裂からはいってくる砂をすこしはよけられるはずだ」

わたしは尖塔のなかを見まわした。アバジ会がその王子と新妻を案内するのにふさわしい場所とは、あまり思えなかった。彼らは高度な科学技術をもっていると、オルソーはいっていたはずなのに。「わたしたちが泊まれる部屋はここしかないの？」

オルソーはちらりとこちらを見た。「彼らにとって充分な部屋は、ぼくらにとっても充分なはずだ」

「じゃあ、アバジ会もみんなこんなところに住んでいるの？　この廃墟に？」

「この季節はね」

「都市を再建できないの？」

オルソーはもどってきて、仕切り壁のこちら側に毛布を敷いた。「なんのために？」

「壊れかけているわ」

「アバジ会は六千年前からここに住んでいる。自分たちの死をまえにして、わざわざこの場所に手をくわえたりしないよ」

オルソーは、いままでとはちがってリラックスしたようすで毛布の上にすわった。そして手をさしのべたので、わたしはそこへ行って隣に胡座《あぐら》をかいた。今度はわたしの腕が膝にふれても、身をこわばらせたりはしなかった。

「今夜の出来事は、ぼくがむかしから夢みていたことなんだ」

「砂漠のなかをあの恐竜に乗って走るのが？」

「あれは、ただ走っただけじゃないんだ」そこでしばし黙った。「五千年前、アバジ会は全員女だった。さっきの男たちとおなじくらい長身で、力が強く、荒々しかった。ルビー王朝の女王がどこかの植民地の夫を連れて帰ると、アバジ会は、今夜ぼくを迎えたようなやり方で女王を迎えたんだ。そして女王が、自分の不在のあいだに所有財産が失われていないかどうか確認しにいっているあいだ、夫を護衛した」

「夫が女王についていきたいといったら？」

「夫は意見をいう立場にない。当時の男性にはなんの権利もなかったんだよ」オルソーは鼻を鳴らした。「ぼくの先祖は野蛮人なんだ」

「なんだか――変わってるわね」

オルソーは笑った。「きみは興味をもったようだね」

わたしはにっこりした。「女王の夫はそのあとどうなるの？」

「アバジ会は彼をイズ・ヤシュランに連れてくる。この都市だ。夫はウザンといっしょに乗せられる」

「さっきのわたしのように？」

「本当は、きみはウザンのうしろに乗らなくてはいけないんだ。でもきみはルジクからころげ落ちそうな気がしたから、まえに乗せてやってくれと頼んだんだよ」

「ルジクって？」

「あの動物だ」

「とにかく、あなたの夢はその男女の立場をいれかえて、ルビー王朝の王として后《きさき》を連れ帰ることだったのね」

笑ってそうだと答えてくれると思ったのに、オルソーは暗闇をじっと見つめているだけだった。沈黙のあと、やっと話しだした。「その王朝の女王たちは星間帝国の統治者だった。夫を連れ帰ることは、人々の命と領土が引きつづきたもたれるという証《あかし》だったんだ」そこで間をおいた。「そんな夢を実現できたんだから、すばらしい夜だというべきなんだろうな」

その意味が理解できた。オルソーはあのとき、イカルにすべてを奪われたのだ。身体の自由だけでなく、精神の自由さえも。

「わたしといっしょに——そのルジクに乗らなかったのは、わたしのことを恥ずかしいと思っているからかと心配したのよ」

「きみのことを恥ずかしいと？　なぜぼくがそんなふうに思うんだい？」

「なぜって——あいつのせいよ」イカルの名前は口にするのもいやだった。「わたしが、手をふれられたから」

オルソーはわたしの肩に腕をまわした。「ぼくの世界では、イカルの奴隷にされたことを恥じるべきなのはぼくだよ。きみじゃない」

わたしはその胸に頭をもたれた。「あなたはなにも恥じることなんかないわ」

オルソーはため息をついて、小声でやさしい言葉をつぶやいた。それは、そうつぶやくことで気持ちが休まるという以上の意味はなかった。しばらくして、オルソーはいった。「あのときの傭兵の一人には、だいたい見当がついているんだ」

わたしは顔をあげた。「どんなふうに?」

「ぼくの軍隊内の記録を知っていた男は、装甲服のフィルターをとおした声でも聞き覚えがあった。ぼくの生体機械ウェブがそのデータを処理しているところだ」また黙った。「ティナ──ジャグ機がぼくを目覚めさせたとき、機体の兵器システムを点検したんだ。タウ・ミサイルはすべてなくなっていた」

「シリンダー・ステーションで発射していたわ」

「タウ・ミサイルがどんなものか、知ってるかい?」わたしが首をふると、オルソーはいった。「あれには反転エンジンが搭載されている。星間船に使うエンジンなんだ。相対論的速度を出し、莫大な運動エネルギーを標的にぶつける。タウ・ミサイルを四発も使ったら、シリンダー・ステーションなど跡形もなくなる」

わたしは息をのんだ。「イカルの軍に撃ち落とされたかもしれないわ」

「一部はありえる。でも四発すべてとは考えられない。あんな至近距離から、光速に近いスピードで飛んでいくんだぞ」オルソーは髪をかきあげた。「ティナ、ジャグ機のＥＩがあれほど深刻な機能低下を起こしているとは気づかなかったよ。理性をまったく失っていたんだ」

「ジャグ機は正気だったわ」

「そうは思えない」

「イカルがあなたを傷つけたから、ジャグ機はイカルをやっつけたのよ」その氷のように冷たい怒りを思い出した。「イカルだけじゃない。だれもわたしたちを助けてくれなかったでしょう。ジャグ機の発する怒りなんてものを、あのとき初めて感じたわ。人間の感情とはまったくちがうのね」

オルソーの信じられないという気持ちがつたわってきた。「戦闘機がぼくのために復讐したっていうのかい?」

「あなたを愛してるのよ」

オルソートはまじまじとわたしを見た。「なんだって?」

「ジャグ機はあなたを愛してるのよ」

「戦闘機に愛などない」

「あなたの戦闘機にはあるわ」

「ありえない」

「なぜ? あなたは人間以上の人間でしょう。ジャグ機が機械以上の機械であってはいけないの?」

オルソーはしばらく黙りこんだあと、答えた。「そのことはもうすこし考えてみるよ」

そのあとは、夜の音に耳をすましてすごした。どこからか音楽的な虫の音が聞こえてくる。指先ほどの小さなシンバルを叩いているような音だ。ときどき尖塔のまわりで護衛についているアバジ会士の話し声や、靴が地面をこする音が聞こえた。この護衛は儀礼的なものにすぎない。星界をまたにかける人々の技術力で守られた惑星にいるのだから、剣をもった衛兵など本来必要はない。しかしわたしは、心強く感じた。本当にひさしぶりに安全なところにいる気がした……。

ふいに、腕をかすめる布地の感触に、わたしは目を覚ました。わたしは毛布の上に横になり、身体の上にはもう一枚の毛布がかかっていた。隣にはオルソーがあおむけになって眠っている。そのオルソーがぴくりとし、ニットのプルオーバーがまたわたしの腕をこすった。

いきなり、がばっとオルソーが起きあがった。瞬膜が星明かりを浴びて輝いている。悲鳴をあげる寸前のように口をあけている。しかし、悲鳴は出てこなかった。わたしも起きあがったが、手は出さなかった。あまり早く悪夢から目覚めさせようとすると、拡張された反射神経がどんな反応をするかわからないと思ったのだ。そこで、小さく声だけをかけた。

「もう終わったのよ。ここにいるのよ。わたしといっしょに」

オルソーはようやく押しころした息を吐きだし、瞬膜がひらいて、わたしを見た。

「だいじょうぶよ」わたしは両腕をまわし、髪をなでた。「だいじょうぶよ」

オルソーはわたしを抱きよせた。「ああ、ティナ――こんな――こんな――」

なにもいうべきことがみつからないので、あまり意味をなさない言葉をかけつづけた。震えがおさまると、オルソーはまた横になり、わたしを抱きしめた。そして小声でいった。

「あの世というものが本当にあればいいと思うよ。そこでクリクス・イカルは永遠に死者の霊に苦しめられればいいんだ。生きているあいだに提供者たちにしたことを、そのままやり返されればいいんだ」

わたしはその胸に頭をおいた。「もう終わったのよ。もうイカルに苦しめられることはないのよ」

オルソーは横をむき、肘をついてわたしを見おろした。「きみはまるで砂漠に降る雨だね。甘くやさしい。イカルがきみを妾だと信じたことを、神に感謝するよ」

その妾うんぬんという話は、オルソーのでっちあげにちがいないとは思っていても、少々不愉快だった。「本当に追加契約じゃないんでしょう？」

オルソーはにやりとした。「本当だといったら？」

「オルソー！」

わたしの頬に指先をふれた。「ローン系契約だ。きみはぼくの家族の完全な一員になり、王家の継承権者になる。いままでは無価値かもしれないけどね」皮肉っぽくいった。「ぼくらがローン系の女性を探し出すのは、統計的にみて不可能だと思われていた。結局べつの宇宙へ行くはめになったけど、それでもぼくは探し出せたんだ」また横になってわたしを抱き、耳もとでささやいた。「儀式の後半をまだ話していなかったね。ルビー王朝の女王が星界から夫を連れ帰ったあとのことを」

わたしの身体はオルソーの吐息にくすぐられて、じんわりと熱くなってきていた。「そのあとどうなるの？」

「所有財産を確認した女王は、夜通し恐竜を駆けさせてこの都市にもどり、夫のもとへ行く。そしてようやく、結婚初夜を迎えるんだ」わたしの耳を咬んだ。「ぼくが夢みていたのは、ベッドのなかでうとうとしながら帰りを待っていてくれる妻だ。ぼくがイズ・ヤシュランにもどってくると、すぐにベッドに引きずりこんでくれるんだ」

わたしは指先をその唇にはわせた。「もう待ちくたびれてるわよ」

その夜、死にかけた恒星のまわりをめぐる死にかけた惑星上の古代の廃市で、死にかけた種族に新しい息吹をふきこむことになる結婚の初夜を、わたしたちはようやく迎えた。

19　飛行神の館

夜明けが訪れたが、日の出はまだだ。空は明るくなっているのに砂漠はまだ影のなかに沈んでいるという、不思議などっちつかずの時間だ。わたしはオルソーと身体を重ねて横たわっていた。横むきになったわたしをオルソーがうしろから抱き、腰に腕をまわして眠っている。外からは朝のもの音が聞こえてきた。静かな話し声、忍びやかな足音、剣が鞘のなかで鳴る音。料理のいい匂いとお香の匂いが、尖塔のなかまで漂ってきていた。夜明けなのに、まだあの不思議な虫の音が聞こえている。戸口を見ると、アバジ会士たちがそこにマントを吊し、宝石の埋めこまれた留め金をあおり止めとして裾につけていた。風が吹くとその留め金どうしがぶつかって音楽的な音をたてる。それが昨夜聞いた虫の音の正体だったのだ。

外で、だれかがなにかいった。衛兵の話し声より大きいが、それでも大声というわけではない。わたしたちに声をかけたのか、衛兵にむかっていったのか、よくわからなかった。オルソーの鼻先がわたしの髪のなかでもぞもぞと動いた。「んん……？」うしろをむくと、オルソーの目はあいていた。「なにかいったかい？」

「わたしじゃないわ。外のだれかよ」

オルソーがすこし大きな声で、イオティック語で問いかけると、外から返事があった。

「ああ」オルソーはにっこりした。「カカオを飲みたいかと訊いてるんだ」

「チョコレートを？　本当に？」

「チョコレートって、なんだい？」オルソーは肘をついて身体を起こした。

「LAで飲ませてあげたでしょう」

「あれはおいしかった。でも、あれはカカオじゃないよ」

「あなたの先祖は言葉もいっしょに伝えたはずよ。チョコレート飲料はカカオ豆を原料としていて、古代マヤの王族が好んだわ。そのための特製のポットだってつくられた。王族が使った有名なカカオ杯が遺物として残っているのよ」

「じゃあ、ぼくらのカカオも試してもらおうか」

オルソーは毛布をわたしたちの上にかけて、外のアバジ会士に声をかけた。すると一人がはいってきて、ひざまずき、ポットと二つのカップを床においた。ポットには赤い釉《うわぐすり》がかかり、淡緑青色の絵文字が描かれていた。見覚えのない文字がほとんどだったが、それはしかたない。わたしもマヤの絵文字はあまり知らないのだ。しかしひとつだけわかるものがあった。落下防止の突起がついた蓋に描かれた絵文字だ。〝カ〟と発音する櫛。おなじく〝カ〟と発音する魚。その下には〝ワ〟と発音するシンボル。カ－カ－ワ……カカオだ。

アバジ会士はオルソーになにか質問し、オルソーはそれに答えた。アバジ会士は立ちあがり、お辞儀をして、戸口のカーテンを揺らして出ていった。

「なんていったの？」

「立会人が必要かと訊かれたんだ」

オルソーは毛布の上に横たわる自分たちをしめした。「これだよ。結婚の完成である床入りを見とどける立会人だ」

「なんの立会人？」

「なんですって？」わたしはまっ赤になった。「そんな立会人なんて、絶対に必要ないわ」

「いい考えだと思うけどな」

「冗談でしょう。見物させるっていうの？」

オルソーはにやりとした。「何千年もまえは、政治的理由からその必要があると考えられれば、アバジ会士は実際にその目で行為の現場を見とどけたんだよ」

「オルソー！」

笑った。「現在は、ぼくらがこうやっていっしょにいるところを見るだけさ。しかるべきことをしたというぼくらの言葉を、そのまま信用するよ」

「でも、いったいなんのために？」

「条約発効の証拠になるからだよ」オルソーはカカオのポットをもちあげた。「昨日、ウェブをチェックするようにアバジ会に指示したんだ。ストーンヘッジはぼくらの結婚はおおやけになっていた」苦王圏議会に送信していたようだ。何日かまえからぼくらの契約を自力で苦しい口調でつづけた。「誘拐されたときの情況についてもね。答えにくい質問に答えなくてはいけなくなる」

「わたしたちが結婚初夜の床入りをしたかどうかに、そんなに大きな意味があるの？」

「法的にはなにもない」黒っぽい液体を片方のカップにつぎ、わたしのまえにおいた。「でも象徴的には、たいへんな意味をもつ」

わたしはカカオをひと口すすった。おいしい。コーヒーにラズベリー味とシナモンの香りをくわえたようだ。「彼らは孤独を感じないのかしら」

「アバジ会のことかい？」

「ええ。妻をほしがらないの？」

「なかにはそういう者もいる」オルソーは自分のカップにもついだ。「その場合はレイリコン星を去る。しかしほとんどはそうならない。彼らは全員クローンなんだ。原型となる遺伝物質はこういう生活に適していると考えられた男たちからとられている。女なしで生きるすべを身につけているんじゃないかな」首をふった。「ぼくには想像もできないけどね」

「女をクローンとしてつくることはできなかったの？」

「女はすでにいなかったんだ。だからこそクローン技術を発達させたんだよ。彼らが保存していた遺伝物質をもとに、遺伝学者ローンはぼくの祖母をつくりだしたんだ」カカオをひと口飲んだ。「しかし健康なクローンはなかなか生まれないんだよ」

「ジャグ機もそういっていたわ」

オルソーはわたしを見た。「アバジ会の遺伝学者にきみのDNAを分析させてやってくれないか。彼らがもつなかでも最高の部類にはいる遺伝学研究施設があるんだ。ここの地下にね」

わたしはもうひと口飲んだ。「いいわよ」この古代都市の廃墟の地下に最先端の研究施設があるなんて、とても想像がつかない。

オルソーはすこし大きな声で、イオティック語でなにかいった。外の衛兵が答え、尖塔から遠ざかる足音が聞こえた。

わたしたちがカカオを飲みおえる頃、いくつもの足音が近づいてきた。わたしは毛布にもぐりこんで背中をオルソーに押しつけ、オルソーは肘をついて身体を起こした。ウザンが五人のアバジ会士を連れ、マントをはためかせてはいってきた。全員がわたしたちのまえにひざまずき、ウザンが話した。すると、オルソーはわたしの頬にキスした——愛情からというより儀式めいたしぐさだ。アバジ会士が見あげるような女戦士で、わたしはアマゾネス族の女王で、オルソーはわたしの男妾《おとこめかけ》だと想像しようとしてみたが、あまりにも奇妙なイメージでしっくりこなかった。

ウザンと四人のアバジ会士はマントをひるがえして出ていった。戸口のカーテンがひらいたときに、朝焼けに染まった空と、地平線から昇った太陽の大きな輪郭がちらりと見えた。カーテンがもとの位置にもどると、五人めのアバジ会士とわたしたちだけになった。

「この男が遺伝学者だ」オルソーはいった。「きみの皮膚のサンプルを採取する」

わたしがそちらを見ると、アバジ会士は目をそらした。ベルトからチューブ銃をはずして、二本のへらをとりだした。どちらもわたしの小指よりちいさい。その一本を使ってわたしの腕をこすり、ベルトから吊ったガラスの小瓶にいれた。

「口もだ」オルソーがいった。

わたしが口をあけると、アバジ会士は二本めのへらで頬の内側をこすり、またべつの小瓶にいれた。そしてすべてを黒い小袋にしまってベルトから吊り、立ちあがってお辞儀をし、出ていった。歩いていったあとには砂埃が残った。

「どうして彼らはあんなふうなの？」わたしは訊いた。「動作がとてもすばやいし、おたがいの考えていることがわかるように一糸乱れず行動するわ」

「アバジ会士はエンパスなんだよ。クローンであることで、その結びつきはいっそう強くなっている」オルソーは横になり、手を毛布のなかへ、わたしの胸へやって、にやりとした。

「ぼくらが成立させたこの条約の発効を、念をいれてもう一度確認しておいたほうがいいかもしれないぞ」

わたしは笑って腕をまわした。「念をいれてね」


イズ・ヤシュラン。魔法の都市だ。

朝焼けの光のなかに出て、初めてわたしはこの廃市の全貌を見ることができた。まず尖塔のそばにあったピラミッドに登った。階段があまりにも急なので、前かがみにならなくても上の段にさわれるくらいだった。ピラミッドのてっぺんは地上からみてビルの三階ほどの高さで、平坦になっていた。わたしはそこで、風にドレスをなびかせながら、ゆっくりと回転して三百六十度の眺めを堪能した。

半マイルほど先に砂漠から立ちあがった崖があり、そのむこうから空へむかって階段状に高くなっていく山がある。その崖の下で、宮殿の廃墟が日差しを浴びていた。建物は四階建てで、横の長さは高さの三倍ほどある。正面には間隔をおいて九つの戸口があるが、どれも扉はなかった。まんなかに鏡を立てて写したかのように左右対称だ。屋根の残っているところは傾斜のきついアーチ形で、重なりあった平たい石材で葺《ふ》かれている。階段、壁、屋根の一部、両端の塔といったおもなところは、色褪せた壁画でおおわれていた。

イズ・ヤシュラン市街は崖下の砂漠に広がっていた。広い通りのあいだに家や、広場や、マヤ族の蒸し風呂に似たものがある。大きくひらいた獣の口が出入り口になっている建物は、たぶん寺院だろう。古代マヤの都市のそれとよく似た球技場も見かけた。急な階段をもつピラミッドはそこらじゅうにあった。見慣れない建物もある――かなりの高さがある細い尖塔がいくつも立ち、その上部が橋でつながれているのだ。橋は重なりあった石組みでできていた。両側に八角形の柱がならんだ砂利道が市内を縫うようにはしっている。市中心部から離れるにしたがって建物はしだいに小さく、散在するようになる。これらは郊外住宅地らしい。

「すごいわ」わたしは回転するのをやめた。「どうしてこんな美しい場所を崩れるにまかせているの？」

「もうほとんどだれも住んでいないからね」オルソーはいった。「アバジ会だけだし、彼らも一年をとおして住んでいるわけじゃない」

「でも、なにか方法はあるでしょう。ロボットやナノマシンをいれるとか、他世界から住人を連れてくるとか」

「彼らはそういうことを望んでいないんだ」オルソーはわたしを見た。「最後のアバジ会士が死んだら、イズ・ヤシュランの所有権はぼくの家族に帰属するけど、なにも手をくわえないという彼らの希望を尊重していくだろう」

「ゆっくりと砂漠に消えていくわけ？」そう考えると、胸が痛んだ。「なぜなの、オルソー？」

彼は市街をしめした。「ここはレイリコン星なんだ。星とおなじように、この都市も死への道をたどっている。アバジ会も自分たちの死を受けいれている」

「死にたがっているのなら、あんなふうに生きのびるための努力をしたりしないはずよ」

「死にたがっているわけじゃない。ぼくの家族も、スコーリア王圏も、それどころか人買い族だって、みんな必死に生きてきたんだ」オルソーは両手を広げた。「彼らは未知の種族によってここへ連れてこられた。なんの選択肢もあたえられずにね。だから自分たちの生命力が黄昏《たそがれ》をむかえているいま、人間にせよ機械にせよ、侵入者に支配されるのは二度とごめんだと思っているんだよ。六千年間生きてきたようにして死にたい。自分たちのやり方でね」

「わかるような気がするわ」わたしは市街を見た。「ここはマヤの遺跡にそっくり。これを見た地球人はいないの？」

「いるけど、多くはない。レイリコン星は、選ばれた少数の訪問者以外に門戸をひらいていないんだ。なかでもイズ・ヤシュランは聖地だからね」

「写真が地球に送られたことは？」

「ない。そんなことをしたら神聖冒瀆罪だよ」

「マヤ族についての記録はあるはずよ」わたしはいった。「人類学者はきっと、なにがなんでもわたしたちを研究したがるわ。すくなくともわたしの宇宙ではそうだった。それらの資料がすべて消えてしまったはずはないでしょう」

「六千年前にマヤ族は存在していなかったはずだ」

「あなたたちの先祖は、歴史が何千年かずれたべつの宇宙から連れてこられたのかもしれないわ」もうすこしそれを考えてみた。「マヤ族の王国はほとんどが西暦九百年頃に崩壊したのよ。それはわたしたちの祖先が連れ去られたからかもしれない」身震いした。「もしかしたらそんなふうに、ある宇宙の種族をべつの宇宙に連れてきておきざりにするということが、さまざまな宇宙のあいだでくりかえしおこなわれているのかもしれないわね」

オルソーはじっとわたしを見た。「いったいなんのために？　ぼくらが生きのびられるかどうか試すため？　それともぼくらがすでに強くもっていたカイル形質を、さらに濃縮するため？」

「そうかもしれないわね」それがいちばんありそうな考えだった。

「だとしたら、失敗したわけだ」

「あなたの家族は生きのびているわ」

「かろうじてね」しかしその表情がやわらいだ。「でも、たぶんこれからは……」

手をさしのべられて、わたしはそちらへ行った。しっかりと抱きあうと、風に乱されたわたしの髪がどちらの身体にも巻きついた。

しばらくして階段へもどると、その途中に二人のアバジ会士が控えていた。こちらの目にははいらないが、呼べば聞こえるところで待っていたらしい。二人はまるで人間の転落防止網のように、すこし先を降りていった。オルソーに連れられ、市街をぬけて崖のほうへ行った。高さ数千フィートのあばただらけの壁面を、ジグザグの階段が折り返しながら登っていく。かつて階段には手すりがあったのかもしれないが、いまはなくなっていた。崖のはるか上のほうに洞窟の入り口がいくつかあり、それぞれ壁面が獣の頭部のかたちに彫られている。壁面のジグザグ階段を見ていると、ビー玉がころがり落ちる玩具を思い出した。フレームのなかに雨樋のようなものがジグザグに何本もとりつけられていて、いちばん上からビー玉を落とすと、ころがっていって次の樋に落ち、ころがっていってまた次の樋に落ち、という具合にいちばん下までくりかえすのだ。

「きみが先に登って」オルソーはいった。「ぼくはあとからついていく。もしきみが足をすべらせたら危ないからね」

琥珀色に輝くやさしい感情がわたしたちのまわりに漂った。琥珀色は愛と希望の色だ。わたしはてのひらを丸くしてその輝く霧をすくってみた。そして、片手を壁面につきながら階段を登りはじめた。

強い風が吹きつけ、それも高くなるにつれて強くなった。うしろからついてくる二人のアバジ会士は、長い脚で楽に登ってくる。一度ふりかえってみたが、目眩がしたので、それからあとは階段だけを見て、かたわらの絶壁のことは考えないようにした。

しかし最初の折り返しのところで、誘惑に抗しきれず、市街を見おろした。朝日を浴びてブロンズ色に輝く街なみが、何マイルもかなたまで広がっている。時間が止まっているような謎めいた都市だ。古代の戦士たちがこの場所にこだわるわけもわかるような気がした。

次の階段に足を踏み出しながら、わたしは訊いた。「どこまで登るの?」

うしろからオルソーが答えた。「イザム・ナ・ケツァの館までだ」

「イザム・ナ・ケツァ……? なんだかイツァムナとケツァルによく似た名前ね」

「それはだれだい？」

「イツァムナは、知恵と知識をあらわすマヤの神よ」わたしは地面からの高さを忘れようと話しつづけた。「ケツァルは鳥の名前。派手な鳥で、緑と赤と白と黄色の羽と、長い尾羽をもっているの。王族と戦士がそれを身につけたわ——もちろん、羽をね。土地によっては、ケツァルを殺すと死刑にされたのよ。神のククルカンを怒らせるから。トルテカ族の神、ケツァルコアトルも怒らせるわ。実際にはどちらもおなじ神で、羽で着飾った蛇の姿をしていて、大地を支配しているの。でもククルカンはときどき風の神に姿を変えることもあるわ」

「イザム・ナ・ケツァは、レイリコン星の飛行神だ」オルソーはいった。

風が強くなり、バランスをとるのがしだいにたいへんになってきた。次の踊り場に着くと、オルソーといっしょに市街を眺めた。イズ・ヤシュランははるか眼下だ。赤みがかった金色の尖塔のてっぺんに黒い鳥が舞い降り、鳥のような声で鳴いた。その声は遠く砂漠のかなたへ吸いこまれていった。

わたしたちは次の階段を登りはじめた。わたしは崖側をむいて、両手でつかまるところを探しながら登った。階段が急になったわけではないが、高さを感じて、なにかつかまるところがほしいのだ。風がかん高い音をたてながら崖に吹きつけ、髪の先が目にはいった。うしろからはアバジ会士が着実な足どりでついてきていた。下から見たら、わたしたちはきっと垂直の壁にはいりついた四つの小さな点に見えるだろう。

そのとき、手が空を切り、わたしは落ちた——

と思うと、すぐに片方の膝が地面についた。オルソーもわたしの脚につまずき、四つん這

いる。

わたしたちは洞穴の入り口にいた。文字どおり、〝口〟だ。崖の岩盤が、大きな口をあけて吠える獣の頭のかたちに彫られているのだ。口には太い石の牙がならんでいる。

オルソーとわたしは外にむきなおり、獣の下顎から脚をたらすような恰好ですわった。砂漠のかなたでは砂丘が地平線までつらなり、青磁のような澄んだ色の空には雲の切れはしが浮かんでいる。遠くでつむじ風が赤い砂を巻きあげていた。

アバジ会士二人があらわれ、首をかがめて牙の下をくぐり、獣の口のなかにはいった。マントが風に巻きあげられて、金糸で刺繡された色鮮やかな服がちらりとのぞいたが、すぐに隠された。足を踏みはずしたりもせず、きちんとわたしたちにお辞儀をした。たいしたものだ。わたしたちのぶざまなはいり方を見られたのでなければいいが。

オルソーとわたしが立ちあがると、アバジ会士の一人が壁に近づき、そこの鉤状の突起から、乾燥した小枝を紐でたばねたようなものをとった。そして宝石がはめこまれたベルトからチューブ銃を抜いた。ぱっと火花が飛んだと思うと、その松明《たいまつ》の先に火がついた。黄色い光に、ブロンズ色の太陽の光がまじって、洞窟のなかはむかしの写真を見るように古色蒼然とした雰囲気になった。

四角いトンネルが崖の奥へ数ヤードはいったあと、直角に左へ曲がっている。奥の壁は、黒や赤や茶色の絵の具で描かれた絵文字で埋めつくされていた。絵の具はまだ新しいように見える。あとで知ったことだが、寺院はイズ・ヤシュランのなかでもアバジ会士が念入りに手入れをおこなっている場所のひとつだったのだ。

アバジ会士たちはトンネルのほうへわたしたちを案内したが、曲がり角のところでオルソーに松明を渡し、二人同時にお辞儀をして、入り口へ退がった。そして砂漠のほうをむき、巨大な牙にかこまれた空を背景にして立つふたつの瘦せた影になった。洞窟の入り口を吹き抜ける風が、かん高く孤独な音をたてた。

オルソーはわたしの手をとって、曲がり角の先のトンネルへはいっていった。ふりかえると曲がり角の壁面には日差しがはいっているが、進むにつれてわたしたちの周囲は暗闇におおわれていった。数百ヤード先でふたたびトンネルは直角に曲がって崖の奥へはいっていき、そこから先、わたしたちの道を照らすのは松明の光だけになった。また、空気もひんやりしてきて、砂漠の暑さとは別世界だ。壁はやはり絵文字におおわれている。松明の火がちらちら揺れ動くために、絵文字も踊っているかのようだった。

「ここだ」オルソーが松明をかかげた。見ると、わたしたちの足もとから階段がくだり、その下はひとつの部屋になっていた。松明の光がとどく範囲より先は闇に沈んでいる。空気は重くよどんで、古代の匂いがする。

わたしたちはいっしょに階段を降りた。くだりきったところでオルソーは、石壁をつかむようなかたちに彫られた猛禽類の鉤爪に、松明をさしこんだ。そしてその隣の鉤爪にさされた松明をとって、最初の松明から火を移し、反対の壁の鉤爪にさした。それをくりかえしていって、最終的に部屋は六本の松明でぼんやり照らされるかたちになった。

イザム・ナ・ケツァの館を初めて見たときの印象は、いまもありありと憶えている。魔法の感覚が息づき、古代の王国や伝統の記憶が蒸留されたエキスとなってこの寺院にしみこんでいるようだった。すべての壁が線の太い帯状装飾でかざられ、染料で塗られている。青は空のように青く、赤は砂漠のように赤い。薄暗い明かりのなかなのに、どの色も鮮やかだった。影はじっと動かず、松明がはぜたり、わたしたちが空気をかき乱したりしたときにだけ、かすかにまたたいた。壁に埋めこまれた宝石は松明の光を浴びてきらきらと輝いていた。

部屋の中央にはベンチがあり、翼のある動物が何体か彫られていた。一体は四角い面構えの獣で、耳の上から螺旋状の角がはえていた。脚は左右三本ずつ、合計六本あり、尻尾も螺旋状になっている。背中から翼がはえ、大きく広がった羽がついている。もう一体は、耳から房状の毛がはえた女だった——というより、女なのは腰から上だけで、胴体はチーター、尻尾は鳥の羽になっていた。頭上に槍をかかげもち、胸を高く突き出し、飛行中のように翼を広げている。石を彫ったものであるにもかかわらず、その髪は風になびいて動いてるように見えた。壁のまえにはいくつもの石像が立っていた。どれも翼を広げた獣で、首をのけぞらせ、空にむかって吠えている。石の姿に変わった飛ぶものたちだ。

わたしたちから見て右手には、石像はなかった。そのかわり、壁全体に、高さ九フィートもある人の顔が彫られていた。単純な同心円で描かれた目はやさしい印象がある。鼻は鉤状に壁から飛び出し、口は四角い歯がならぶ長方形で表現されている。顎の先が床と平行に突き出し、長さ六フィート、幅一フィートの棚となって、石の円柱でささえられている。口から飛び出した歯がちょうどその肘掛けのような恰好になっている。床から顎までは何段かの階段がついている。

オルソーはわたしを見ていた。「どう思う？」

「美しいわ」わたしは答えた。「そして荒々しい」

「砂漠のようにね」

「そう、砂漠のように」

寺院のまんなかにあるベンチに連れていかれ、いっしょに腰をおろした。脚にあたる彫刻はなめらかだ。

「これらはどれくらい古いの？」わたしは訊いた。

「五千年以上前のものだ」オルソーは翼のある石像をしめした。「イザム・ナは飛行と超越の神だ。人間を苦しめる病を超越している。また、滋養をあたえる神でもある。アバジ会士は戦いのあと、癒しを求めてここへ来るんだ。肉体的な怪我だけでなく、精神への手ひどい傷をなおしてもらうためにね」

わたしは彫刻をなでた。「このふたつは？」

「どちらも女神ないし神につかえる精霊だ」翼をもつ女をしめした。「これは〝チャク〟だ。

その発音に、わたしははっとした。その名前の前半を完璧な声門破裂音で発音し、最後の〝ク〟も声門音化させたからだ。スコーリア王圏内の言語に声門音をともなう発音はほとんど出てこないが、イオティック語とユーブ語にはきわめて多い。わたしの母語であるマヤーツォツィル語よりも多いくらいだ。そのため人買い族の言葉は耳ざわりに聞こえるのだ。ただ、レイリコン人は音楽的な話し方をするので、声門音も心地よく聞こえてしまう。それはイオティック語の修得がむずかしい原因でもあった。きちんと話そうとすると、音楽的な発声ができる声帯が不可欠なのだ。

「〝チャク〟はどんな精霊なの？」わたしは訊いた。

「豊穣の女神イシャ・ケリアにつかえている」オルソーはいった。「稲妻の斧をふるって、砂漠に雨をもたらすんだ。また戦争の神でもある」

「マヤにもチャクという名の神がいて、雨と戦争をつかさどっているのよ」螺旋状の角をもつ獣の彫刻に手をやった。「こっちは？」

「アズ・ブロムという名の精霊で、イザムにつかえている。やはりマヤにいるのかい？」

「いいえ。でもマヤの言葉でジャガーのことを、〝バラム〟というのよ」オルソーを見あげた。「それから、マヤにも精霊はいるわ。動物の姿をしていて、なかでもジャガーはいちばん力が強いの」

「ブロムも大きな力をもった精霊だ」

わたしはじっとオルソーを見た。「あなたにとっては、神話ではないんでしょう？　現実なんでしょう？」

しばらく沈黙したあと、オルソーは答えた。「ぼくのなかのジャグ戦士の部分は、これは神話だと思っている。でも、もっと深い、論理を超えたところでは――たんなる神話ではないはずだとも思っている」

「でも、わたしとの結婚式をカトリックの流儀でおこなうことに反対しなかったわ」

オルソーはやさしい口調になった。「きみの精神性は、きみ自身と不可分なんだ。ぼくらがそれぞれのやり方で信仰を表明することは、おたがいが共有するものにとってプラスでこそれあれ、けしてマイナスではない——ぼくはそう思っているよ」わたしの髪に手をさしいれ、先端まですべらせていった。「きみの儀式にしたがってきみと結婚したから、今度はぼくの儀式にしたがってぼくと結婚してくれないか」

「ここで？」

「そうだ」寺院のなかをしめした。「ぼくの先祖たちは遺伝子に隠された病を治せなかった。最初は自分たちがなぜ滅びかけているのか理解できなかったくらいだ。だから豊穣の女神イシャ・ケリアと治療の神イザム・ナ・ケツァへの捧げものとして、この儀式をつくりだした。新婚の夫婦はここへ来て豊穣を乞い願うんだ」

わたしはその手をとった。「じゃあ、わたしたちもそうしたほうがいいわ」

オルソーはイオティック語でなにか唱えはじめた。その低い声は波のように壁にぶつかり、またこちらへもどってきた。オルソーが唱える声がやんだあとも、わたしの皮膚はぴりぴりとして、まるで自分が溢れんばかりに水をたたえた樽になったような気がした。オルソーはわたしの手を放して、ドレスの襟足に指先をふれた。するとそこがひらき、合わせめにそってオルソーが指を下へすべらせていくにしたがい、ドレスの前がはだけた。

ドレスを脱がされたわたしは、オルソーのまえでもまだ恥じらいを感じ、目をそらせた。ようやく顔をあげられるようになると、オルソーはわたしの髪にふれた。そして立ちあがり、奥の壁の一部がアーチ状にくぼんだ壁龕《へきがん》に歩いていった。火打ち石を打ちつけたと思うと、壁龕のなかがぼんやりあかるくなった。ブロンズ色のランプに火がともったのだ。オルソーは寺院のなかを反対側へ歩いていき、階段の手前の松明をひとつずつ消していった。おかげで明かりは壁龕のランプだけになり、寺院のなかはぼんやりとして温かい、陰影豊かな蜂蜜色の光に支配された。

ようやくオルソーはベンチにもどってきた。わたしは足が床にとどかないベンチにすわって待っていた。オルソーはいくつかのものを壁龕からもってきていた。エメラルドやルビーをいくつもとおしたネックレス、二つのブレスレット、そして小瓶だ。小瓶とブレスレットは床の上におき、ネックレスをわたしの首にかけた。いちばん大きなルビーをわたしの胸のあいだにおいたあと、指先をすべらせてわたしの乳首にさわった。乳首はすぐに硬くなった。オルソーはベンチのまえにある石の張り出し棚に膝をついて頭をこちらとおなじ高さにし、わたしを抱擁した。わたしも腕をまわし、ついでに脚もその腰に巻きつけた。

しばらくして、今度は青と緑の宝石がはめこまれたブレスレットのひとつをとりあげた。つなぎめをはずしてわたしの手をとり、はじめからしている金属の輪のブレスレットのすぐ下に、この宝石のブレスレットをはめた。

わたしはオルソーの袖を引きあげて、リストバンドをのぞかせた。「これでおそろいね」オルソーはもうしわけなさそうな顔をした。「本当は、女が男の手首にリストバンドをはめるんだ。でも昨夜、アバジ会に頼んで、きみのためにもっと上品なブレスレットを用意させたんだよ」オルソーはもうひとつのブレスレットをとって、反対の手首につけた。そして背中に手をやって、わたしが巻きつけた脚をはずし、わたしの身体のまえで折り曲げさせた。膝を肩にあて、足をベンチにつけた恰好になった。そしてオルソーはかがみこんで、太腿の内側にキスした。

「ちょっと、これはなに」わたしはいった。

オルソーは顔をあげ、薄目をあけて微笑んだ。「ここはぼくの脚色だよ」

わたしは相手のセーターを引っぱった。「だったら、あなたも脱いで」

オルソーはベンチのまえに立って服を脱いだ。ここ数日間でいちばんリラックスしたようすだ。そしてベンチにすわると、わたしをその膝の上に抱きあげた。わたしは右肩をその胸に押しつけるかたちになった。オルソーは小瓶を手にとった。金色と赤と濃紺が渦巻くように釉《うわぐすり》がかけられ、蓋は鳥の羽のかたちをしている。オルソーがそれをあけると、香りが広がった。甘く、ぴりりとして、香辛料か夜咲きの花を思わせる。

オルソーはその小瓶から油を手にたらし、わたしの上半身に塗りはじめた。わたしは腰にまわした腕でささえられ、その肩に頭をのせていた。ジャスミンと蜂蜜の香りが空気を充たしている。オルソーが手を下にやって、絹のようにやさしく指をすべりこませると、わたしの頭から金色の輝きが飛び出した。精神のなかでも、肉眼でも見えた。やわらかく美しい輝きだ。まるでわたしたちを暗闇のなかにとじこめようとした――そして失敗した――イカルの、いまだにこびりついて離れない魂の汚穢《おわい》を、こうやっていっしょに聖油を塗ることで拭い去ろうとしているかのようだ。

しばらくして、オルソーはいった。「きみにここで、ケリアの誓いを唱えてほしいんだ」

わたしは顔をあげた。「どんな誓いなの？」

オルソーはイオティック語でそれを唱えはじめた。するとわたしの頭のなかで、それらの言葉はルビー色の暗い流れとなって、油とお香の匂いと混じりあった。悲しげな笛の調べも聞こえてきた。まるで千年の眠りから呼び覚まされた精霊の遠い声のようだ。わたしはゆっくり、つっかえながらも、その詠唱の文句をくりかえしていった。オルソーはイオティック語でつづけ、わたしはできるだけ発音をまねてくりかえすのだ。

ふいに、オルソーが英語でいった。「こちらへ来なさい、夫よ」

「それはわたしがいうの？」オルソーがうなずいたので、わたしはいった。「こちらへ来なさい、夫よ」

「ケリアがわたしたちに暖かく燃える燠火《おきび》をくださいますように」

「ケリアがわたしたちに暖かく燃える燠火をくださいますように」

「新しい――」そこでオルソーが黙り、顔を無表情にした。「新しい石板に祝福あれ」

「石板って？」

「英語で思いつく、いちばん近い翻訳なんだ。石板を消去するとか、ファイルをまっさらにしてやりなおすというような意味なんだけど」

「黒板ね。黒板を消して、過去を清算する……」

「そうだ。それが赤ん坊の魂なんだ。きれいに消した黒板――白紙にもどった状態、だね」

オルソーはわたしのネックレスにふれた。「イシャ・ケリアは先祖の霊から解放された魂をとりあげて、きれいにし、みがきあげ、祝福して、生まれてくる赤ん坊にいれるんだ」

「すてきね」

オルソーは穏やかな声でいった。「新しい黒板に祝福あれ」

「新しい黒板に祝福あれ」

「夜の空が降りてきますように」

「夜の空が暗いルビー色のマントのようにわたしたちをつつみますように」

「夜の空が暗いルビー色のマントのようにわたしたちをつつみますように」

「夜の空がその精霊を運んできますように」

「夜の空がその精霊を運んできますように」

オルソーは立ちあがり、わたしを抱きあげて、壁に彫られた顔のほうへ歩きはじめた。

「ルビー家の戦士はそうやって夫を運んだの？」

オルソーは笑った。「いいや。夫は重すぎるからね。立って歩いたさ」わたしをじっと見た。「不愉快かい？」

まるで、夫がロマンチックな孤島で蠟燭をともした晩餐を用意してくれたことを、不愉快に思うかと訊くようなものだ。「そんなわけないでしょう」

オルソーは慎重な口調でいった。「王圏には、さまざまな男女間の約束事をふくんだ多様な文化が存在しているんだ。もちろん、法的には男女は平等だ」そこですこし黙った。「しかしそういいながらも、大多数の文化においては、男が所有物だった時代の痕跡がまだ残っている。だから、こういう男女の役割をいれかえた行為を不快に思う女性が、ときどきいるんだよ」

わたしはその頰にふれた。「わたしはなんとも思わないわ」

オルソーはわたしをイザム・ナの顎にすわらせた。壁を背中にし、口から飛び出た歯に両肘をかけた。腿の下にふれる石の棚はひんやりとして、うっすら砂がつもっていた。オルソーは階段をのぼってベンチをまたいですわり、ちょうどわたしたちはむかいあう恰好になった。壁龕からお香が漂い、失われた王国の匂いを運んでくる。まるで古代の精霊がまだイズ・ヤシュランの都市を訪れていた時代を切りとってきたかのようだ。

オルソーは目尻に小皺をよせたやさしい表情になった。むかいあったまま、わたしをもちあげて膝にのせた。わたしはその肩に頭をのせ、両脚を腰に巻きつけた。オルソーはそのまゆっくりと身体を前後に揺すった。まるで彼もまた遠い笛の調べが聞こえているかのようだ。いや、たぶん聞こえていたのだろう。わたしたちはとても近く、精神がおたがいのなかはいりこんだようになっていたのだから。

オルソーはわたしの両手をおたがいのあいだに引っぱってきて、てのひらがそれぞれ外をむくようにした。そうやってブレスレットを押しつけると、かちりと音がして固定された。そのまま手首をもちあげ、外をむいた手のあいだにわたしの顔がくるようにした。

「イザム・ナの翼だ」

そして顔を近づけ、片方のひとさし指を吸った。驚くほどの快感がはしった。わたしは指をしゃぶられながら、オルソーの巻き毛に顔をうずめ、その匂いを吸った。しばらくしてオルソーはブレスレットの何カ所かを押し、かちりという音とともに手首は離れた。わたしはその手をオルソーの首にまわし、抱きしめた。

わたしたちはゆっくりと時間をかけて愛しあった。オルソーは主導権を握らず、おたがいの精神リンクをつうじてわたしの高まりに自分のそれを同調させた。わたしの頭のなかでつくりだされる音楽と芳香がいりまじり、金色の光の川となった。いっしょに頂点に達したとき、光の川は飛び散って虹色の霧になった。

しだいに笛の調べは遠ざかり、霧は薄らいで、ふたたび頭のなかの金色の光にもどった。オルソーの肩から顔をあげてみると、オルソーは目をとじ、深い息をしていた。わたしはその髪をくわえ、猫のように首をふった。「よかったわ」

オルソーは目をあけた。「ぼくもだ」

「でもなぜ？」わたしは石の張り出し棚にふれた。儀式的にせよなんにせよ、愛しあうには奇妙な場所に思えたのだ。

「これは豊穣性を象徴するものだと考えられているんだ」オルソーはあくびをした。「たぶん、ここで愛しあうときに自然にとる体位が、女の子を妊娠する確率を高めるということからきているんじゃないかな」

自分の姓を受け継ぐ男の子が欲しいのではないのかと訊きそうになって、オルソーが母親の姓を受け継いでいることを思い出した。「忘れてしまいがちだけど、わたしたちにはずいぶんちがったところがあるのね」

オルソーは微笑んだ。「だからこそ人生はおもしろいのさ」目をこすって、つけくわえた。「でも、これ以上ここにいたら、床にひっくり返って寝こんでしまいそうだよ」

わたしは笑った。「それはやめて」

オルソーは鈍いブロンズ色の靄《もや》のような満足感を漂わせながら、階段を降りた。わたしも階段を降りようとすると、オルソーに抱きあげられ、ベンチへ運ばれた。

わたしはときどき、女どうしがいい男を求めて戦うルビー帝国の時代に生きていたら、どんなだっただろうかと想像することがある。見あげるような体軀をしたアバジ会の戦士が相手では、わたしはとうていかなわなかっただろう。またオルソーがアバジ会の女王と無理やり結婚させられるところも、なかなか想像できなかった。オルソーは攻撃的な性格をしているとはいえ、わたしとおなじように、彼を手にいれたいと思う女は何人もいただろう。アバジ会の目からみてオルソーの性格にどんな〝欠点〟があろうと、その肉体美と性的魅力が補って余りあるからだ。オルソーは獲物であり、支配すべきお宝であり、その他あらゆる性差別的な形容をされる対象だろう。絶対にわたしの手にはいったはずはない。

「いまの時代でよかったわ」わたしは服を着ながらいった。「五千年前でなくて」

「ぼくもだよ」オルソーはブーツをはきながら、ドレスの合わせめで苦労しているわたしを見て、襟足にある小さな輪をしめした。「これがセンサーになっているんだ。押すと、合わせめの分子構造が変化して、小さな鉤状になるんだよ」

わたしがいくらがんばってもわかるはずがない。オルソーの宇宙に来ていちばん苦労させられたのは、そういうところだった。星間旅行や星界に広がるコンピュータ・ウェブといった大きなちがいではなく、服の着かたのようなささいなことでつまずくのだ。

アバジ会士二人は、やはり洞窟の入り口で待っていた。オルソーは笑顔でうなずきかけた。何世紀ものあいだだれもやらなかった儀式をやりに来たこの王家の末裔のことを、彼らはどう思っているのだろうか。わたしにはなんの感情も読みとれなかった。全員がエンパスである彼らは、感情を遮断するすべを心得ているのだ。

しかしお辞儀しながら、一人がわたしのブレスレットに目をとめて、その顔に奇妙な表情をよぎらせた。そのときはたしかに気分のほとばしりを感じた。驚きと、なにかよくわからないものがまじった気持ちだった。あとで聞いたところでは、オルソーもやはり感じていた。アバジ会士自身もよくわからないなにかを失ったという、奇妙な孤独感を二人から感じたという。

アバジ会士の一人がオルソーになにか話しはじめ、オルソーの不安感が無色の熱波のように波打ちはじめた。話が終わると、オルソーはわたしのほうをむいた。「ウザンが、王圏宇《IS》宙《C》軍の船一隻に許可を出して着陸させたらしい。しかし緊迫した情況なので、アバジ会は乗員の下船を許していない。どうやらＩＳＣはぼくらが自由意思に反してここにいると思っているらしい」

「自由意思に反して？　なぜ？」

オルソーはため息をついた。「こんな出来事は前例がないからだよ。ぼくは失踪し、姿をあらわし、誘拐され、売り飛ばされた。ぼくらの結婚のニュースが流れ、それがローン系契約であり、つまりきみがローン系サイオンであることも知れわたった。さらにぼくらはシリンダー・ステーションを破壊し、ユーブ圏の政治的に重要な人物を殺した……」渋い面をした。「人買い族はいま頃、犯罪者を引き渡せ、パリ条約を尊重しろと王圏議会に声高に要求しているはずだ。もちろん、議会は拒否するだろう。王圏は、人買い族がぼくらの身柄をふたたび拘束しようとするなら戦争だと脅すだろうし、人買い族は人買い族で、ぼくらの身柄が引き渡されなければ戦争だと脅すだろう。連合圏は、条約の詳細がまだつめられていないから、どうしていいかわからないはずだ」両手を広げた。「大騒ぎだよ。でもようするに、ぼくらの身柄を最初に手にいれた者が勝ちというわけだ」

わたしは息をのんだ。「ブラッドマーク提督はどこにいるの？　彼の裏切りを知っているのはわたしたちだけで、そのことを提督はよくわかっているわけでしょう」

「その点についてはよくわからない。アバジ会は他世界にメッセージを送れなくなっているんだ。通信が遮断されているんだよ」ため息をついた。「どうやら三者それぞれの軍使が星系内への進入を要請してきたらしい。王圏と、人買い族と、連合圏だ。アバジ会は、そのうち単独で、ＩＳＣ艦船で、正しいセキュリティ暗号を出している一隻だけに進入を許可した」市街を見おろした。「ようすを見にいったほうがよさそうだな」

崖の階段をくだるのは、登ってくるより楽だった。おもに風がおさまっているからだが、わたしにとっては地面に近づいているという心理的な理由もあった。下まで降りて市街を歩いているうちに、地平線のあたりに赤い埃の雲があがっているのに気づいた。見晴らしを求めてピラミッドに登ると、埃の雲のあいだから、恐竜に乗って砂漠を駆けてくる戦士たちが見えてきた。

「セントパーバルから来たんだな」オルソーはいった。「そういう港町があるんだ」

黒ずくめでマントの下から銀色の服をちらちらとのぞかせる乗り手たちが、数百人規模で近づいてきた。市境の手前で速度を落とし、市街ではルジクたちが勝手に進むのにまかせた。

「なんだって？」オルソーがいった。

わたしは見あげた。「なにもいってないわよ」

「いや……それはわかってるんだ」さっときびすを返して、ピラミッド頂上の端へ大股に歩き、階段を降りはじめた。姿が見えなくなってすぐに、護衛のアバジ会士たちの抗議する声が聞こえた。わたしが階段のところまで行って下を見ると、二人はオルソーを押しとどめようとしていた。しかしオルソーがなにか命令すると、二人は不本意そうに腕をおろした。オルソーは急いで階段をくだり、最後の三段は跳び越して地面に降りて、乗り手たちのほうへ走っていった。

わたしはアバジ会士たちのあいだまで階段をくだると、市街を走っていくオルソーを見つめた。ほかにもアバジ会士が出てきて制止しようとしたが、おなじように不首尾に終わった。オルソーは、先頭の乗り手をまったく無視してとおりすぎた。彼らはルジクを止めて向きを変え、オルソーのうしろ姿を見ている。すると、群れの中ほどにいる一人の乗り手がルジクを止めた。その男はアバジ会士ではなかった。いい体格をしてはいるが、アバジ会士ほど長身ではない。それに服装もふつうで、黒いズボンと白いプルオーバーという恰好だ。わたしはつかのま頭がくらくらした——まるで鏡にうつった似姿を見ているかのようだったからだ。ルジクから降りてくるのもオルソーなら、そこへ駆けよっていくのもオルソー。おなじ人間が二人いる……。

男はオルソーのほうへ走りより、二人は道のまんなかでおたがいをひっくり返さんばかりの勢いで抱きあった。二人ならぶと、ちがうところもわかってきた。男は数インチ背が低く、髪がやや長くて肩までとどいている。抱きあった二人が離れた頃、わたしは隣のアバジ会士からなにごとか話しかけられた。見あげると、アバジ会士は階段をしめした。問いかけだったのだ。わたしはうなずいた。

わたしたちは地上に降りてイズ・ヤシュラン市街を歩いていった。オルソーともう一人の男のところへ近づいていくと、男の顔にひかる涙が見えてきた。笑いながら泣いていた。男はもう一度オルソーを抱きしめ、しばらくじっとそうしていた。

わたしたちがオルソーのそばに近づくと、わたしについてきたアバジ会士の一人がなにか話しかけた。オルソーはさっとふりむき、笑顔でわたしの腰に手をまわし、引きよせた。それがあまりに勢いよかったので、わたしは鼻先をオルソーの胸にぶつけ、もごもご抗議の声をあげるはめになった。

「ちょっと」わたしはいった。「だいじょうぶかい？」

オルソーは笑った。

「まあなんとか」鼻先をこすった。

男はやさしい表情でわたしを見ていた。菫色《すみれ》の瞳と日に輝く紫色の髪がオルソーによく似ていて、わたしははっとした。しかし肌に金属的な光沢はない。オルソーは、音楽的な声質をよくいかした異なる言語で男に話しかけた。男もおなじ言葉で答えたが、その声はもっと音楽的で、芸術的ですらあった。

オルソーはそれに対してふたたび答え、その最後を、〝アクシュティナ・サンティス・プリボク・カイア・スコーリア〟と締めくくった。そしてわたしにむかっていった。「ティナ、ぼくの父、エルドリン・ジャラク・バルドリア・カイア・スコーリアだ」

男はわたしの両手を自分の両手ではさむようにもち、話しかけた。アバジ会の女戦士の話をオルソーから聞いていたので、わたしに不満をもたれるのではと心配になった。当時はまだ、わたしがいかにオルソーの母親に似ているか、知らなかったのだ。カイル遺伝子はかならずしも長身という形質をともなってはいないが、純粋なレイリコン人のあいだでは黒い髪と黒っぽい肌をかならずそなえているのだ。

オルソーはいった。「父は、自分のことをエルドリンと呼んでほしいといっている。それが通称なんだ。ぼくがオルソー、きみがティナと呼ばれるようにね」にっこりした。「新しい娘に会えてうれしいといっているよ」

わたしはぎこちなく微笑んだ。「お会いできて光栄ですと、伝えて」その言葉を口にするのは、不思議な感じがした。そしてすばらしい気持ちだった。

とうとうわたしは父親をもったのだ。

20　ルビー王朝の機械

わたしたちはエルドリンとオルソーそれぞれの衛兵たちにともなわれて、セントパーバルにむかった。オルソーはわたしを乗せようかといってくれたが、その頃にはわたしも、彼がルジクを速く走らせるのを心から愛していることに気づいていた。わたしを乗せたら、ふり落としてしまうのではないかと始終心配していなくてはならないだろう。そこで彼の父親のほうに乗せてもらうことにした。よく知りあういい機会になるだろうという期待もあった。しかし共通の言葉をもたず、また前後にならんですわっている関係で、あまりそういう機会はなかった。またエルドリンはとてもきまじめで、虹色の恐竜で砂漠を疾駆したいという息子のような情熱はもちあわせていなかった。

それでも、エルドリンのすぐそばにいるおかげでその精神がかなり感じとれた。とりわけ大きかったのが、オルソーが無事に脱出したことへの安堵と、息子のしあわせな結婚を知っての満足感だった。しかしその下に隠れた気分は、もうすこし複雑だった。政治的陰謀への懸念と、今回の誘拐事件への連合圏のかかわりに対する怒りがあった。エルドリンの精神はオルソーのそれと驚くほど似ていたが、ちがいもあり、もっと洗練されていた。子どもの頃

そのときは、相手からたいへんな心遣いを受けているという意識はなかった。

からカイル能力者として訓練を受けているエルドリンは、みずからの感情に手綱をかけ、防護するすべを心得ている。生まれつき気まぐれなところがあるオルソーとは、自制のレベルが異なるのだ。しかしその日のエルドリンは障壁をゆるめ、わたしが彼とその家族について多くのことがらを吸収できるようにしてくれていた。

エルドリンの容貌は、その生まれ故郷であるライシュリオル星ではごく一般的なものだ。こぢんまりしているが厳重に警備されているこの惑星は、ルビー帝国時代に農業植民星として開拓された。紫外線量が少ない環境に適応させるために、ルビー王朝の遺伝学者たちは彼らの皮膚のメラニン色素を減らし、色白な人々にした。オルソーの金属的な肌がわたしからはずいぶん奇妙に見えるように、彼らにとってもその白い肌はふつうではなかった。瞳と髪の色がこうなったのは予想外の、しかし無害な副作用だった。

ルビー帝国は本質的な理解をともなわない技術をその基盤としていたため、生まれたばかりの植民星がその後数千年にわたる孤立のあいだに技術力を喪失したのは、驚くにはあたらなかった。ライシュリオル植民星は蒸気機関以前の段階まで逆もどりした。レイリコン星の先祖とおなじ程度の生殖能力しかもたなかった彼らは、ほとんど消え去る寸前だった。数千年のあいだ女性の人口比率は減りつづけ、男性を所有物とする法はしだいに捨て去られていった。人口が増えはじめたのは、彼らの遺伝子プールからカイル形質がなくなり、よりバランスのとれた状態になってからだった。

とはいえ、カイル対立遺伝子は完全に消え失せたわけではなく、エルドリシの父親はローン系テレパスだった。しかし彼はきわめてめずらしい存在で、だからこそルビー王朝の一員であるエルドリンの母親は、わざわざ他世界からやってきて彼と結婚したのだ。彼女はライシュリオル星の手つかずの自然を愛し、そこに住んだ。そのためエルドリンは農村育ちになった。家庭教師が教えようとする物理学、数学、政治学、文学などには興味がなく、幼い頃はもっぱら狩猟や剣術や弓術に熱中した。困った両親は息子を他世界へ出すことにし、十六歳のときに王圏私立学校へ入学させた。エルドリンは王圏の過剰な文化に強く反発し、自分の戦士としての伎倆よりも、肉体美やすばらしい歌声を評価する人々に困惑と怒りをおぼえた。

対照的に、オルソーの母親はルビー帝国の伝統にどっぷりつかって育っていた。現在の王圏の文化はおおむねバランスがとれているが、オルソーがいうように、かつての母系社会の痕跡もとどめている。オルソーがとくにそう意識するのは、母親が王圏でもっとも保守的な家系——すなわちルビー王朝の女王たちに直接つながる血筋の出身であるからだ。彼女は現代女性だが、受け継いできたものは血のなかに流れている。オルソーがなぜこのように男っぽさと、ルビー家の息子としての要素を複雑にあわせもっているかは、このような両親のちがいから説明できる。

エルドリンはすでに、オルソーとわたしが出会ったいきさつを知っていた。ジャグ機は、王圏宇宙軍をとりまく陰謀の渦中にはいるのを避け、ライシュリオル星へ行って、エルドリンの兄弟の一人が所有する農場に着陸したのだ。兄弟は、まさにこのような非常事態にそなえて保安対策のとられたウェブ回線を使って、オルソーの両親に連絡した。レイリコン星への軍勢派遣を指示したのは、ほかならぬエルドリンだった。彼はそのために自分の腹心や、オルソーに忠実な軍人たちを集めた。そのなかにはもちろん――

なんてこと……。

わたしはルジクの背中で身体をねじって、エルドリンのほうをむいた。「止めて！」

エルドリンはなだめるような笑顔を浮かべただけだった。この動物に乗っているのが急に不安になったのかと思ったらしい。

「怖がってなんかいないわ。とにかく、止めて！」

わたしはまえをむいて、ルジクの首の突起を拳で叩いたが、動物はなにも反応しない。わたしの存在など、首のまわりを飛ぶ虫のようなものなのだろう。数人のアバジ会士がこちらを見ている。昨夜は落ち着いて乗っていたわたしが、いま頃パニックを起こしていることに対する驚きが、火花のようにひらめいていた。わたしは精神のドアをノックされるような圧力を感じた。許可なく立ち入るわけにはいかないという敬意からそうしているようだが、わたしのほうはどうすれば立ち入り許可を出せるのかがわからなかった。エルドリンの思念も感じたが、やはり招きいれる方法がわからなかった。

わたしは群れのなかでオルソーを探した。しかし、ルジクを走らせるのに熱中してずっと先を行っている。わたしは気持ちを集中させたが、その精神のドアはとざされていた。カイル能力者の集団といっしょにいるときは、自動的にそうするのが礼儀であり、また自分を守るためでもあるのだ。また距離もはなれすぎていて、近くにいるときは可能な密接な接続もできない。

そのとき、乗り手の一人が声をあげた。遅れて、わたしも気づいた。クローム色の尖塔群のそびえる都市が砂漠のむこうから立ちあがってきたのだ。廃市ではない。現代的な大都市だ。金属とセラミックと複合ガラス材が、ブロンズ色の日差しを浴びて輝いている。セントパーバル——その宇宙港に着いたのだ。

「だめよ!」わたしは叫んだ。

エルドリンが額をわたしの後頭部に押しあてた。精神の圧力が高まるのを感じた。わたしは頭のなかに、傭兵隊につかまって最初に連れていかれた大理石の部屋を思い浮かべた。オルソーはうしろ手に縛られて椅子にすわり、そのまえにラグナール・ブラッドマークが仁王立ちして、顔を怒りにゆがめ、おまえたち一家には今後いっさい服従しないといっている……。

エルドリンは喉になにかつまらせたような声をたて、イオティック語で叫んだ。エルドリンの衛兵としてついてきたルジクの群れが、いっせいに停止した。すこし遅れてオルソーとその衛兵も止まり、こちらにむきなおった。エルドリンはルジクの首の突起でピアニストのように指を動かした。すると、恐竜はふたたび動きだした——セントパーバルではなく、もときた砂漠のほうへ。

アバジ会士たちはそれぞれのルジクのわきで、ほっそりとした彫像のように立っていた。地平線には金色がかった赤い太陽が大きくふくらんでかかっている。まわりを見ると、巨大な砂のさざ波のような砂丘がどこまでもつづいている。わたしは、水など何世紀も流れたことのない噴水わきのベンチに、オルソーとその父親といっしょに腰かけていた。すこし離れたところにはピラミッドがひとつあって、砂漠の風景にアクセントをくわえている。その側面は傾いた日差しを浴びて赤く染まっていた。

エルドリンはイオティック語で話し、ときどきオルソーの通訳を待つために間をおいた。「わたしはラグナールにすべてを話した」エルドリンはいった。「ISCの艦隊はラグナールが編成した。いまは星系の外で、進入許可をまっている。ラグナールからは船にとどまるようにいわれたのだが……」

エルドリンはオルソーの肩にふれてなにかいったが、オルソーは通訳しなかった。しかしその気持ちはよくわかった。息子の無事をその目で確かめたかったのだ。

「ラグナールはうまく立ちまわった」エルドリンはつづけた。「わたしたち両親には、ISCとアバジ会の両方に裏切り者がいる可能性があると話した。だからこれからの行動について自分の関与は口外しないように、そうでないと陰謀者たちを利することになってしまうからと、わたしたちに助言した。だからラグナールが船に乗っていることを、アバジ会には話さなかった」首をふった。「あの男を信用していたのだ、オルソー」

「あなたがたが疑いをもつような余地はなかったはずだ」オルソーははじめイオティック語で、そのあと英語でいった。「ぼくらがあいつの魂胆を知ったときには、ジャグ機はすでに傭兵隊の手で停止させられていた。そしてここまで運ばれてくるあいだ、ぼくは意識不明だったし、ティナも短時間目覚めさせられただけだった」首をふった。「ティナとぼくがこうしてのこのことラグナールの船に乗りこんでいったら、あいつはぼくらをどこかにおきざりにし、人買い族に攻撃させただろう。正体をあばかれるまえに口封じをしたにちがいない」

父親のほうを見た。「これであなたも知るところとなったから、おなじように狙われるはずだ」

エルドリンから鮮烈な感情が流れてきた。五十年前の記憶に端を発するもので、何度もくりかえされた感情だが、いまでも鮮明だ。恐怖、怒り、嫌悪……。ミン牧師から聞いた話を思い出した――オルソーの父親は前回の戦争で人買い族の捕虜にされたのだった。

しかしエルドリンがいったのはこれだけだった。「ラグナールにはなにもできないだろう。ここでこうしてかなりの人数が知ってしまったわけだ。ラグナールの息のかかった部下が乗り組んでいるのはせいぜいあの一隻で、艦隊すべてを掌握しているはずはない。あの一隻だって掌握しきれていないかもしれない」

「だからこそ恐れるべきなんだよ」オルソーはいった。「相手は追いつめられているんだから」

「なにも手出しはできないはずだ」エルドリンはいった。

「できないって？」そしてオルソーは鋭い口調で話した。そのあと自分の言葉をこう通訳した。「父さん、あなたはあくまですぐれた吟遊詩人であって、軍事戦略についてはぼくのほうが専門家だ」しかしエルドリンは身を硬くした。そしてわたしには、オルソーが本当にいった意味が伝わってきた――〝父さん、田舎歌手ごときが現代軍事戦略について聞いたふうな口をきかないでほしいね。なにも知らないくせに〟

オルソーの父親に対する態度のとげとげしい一面を見たのは、このときが最初だった。オルソーが父親の知性についてあからさまに軽蔑的になるのは、ラグナール・ブラッドマークが植えつけ、育てた悪い遺産だということが、いまではわかっている。ブラッドマークがオルソーを操って両親との関係に亀裂を生じるようにしむけたことが理解できてから、両者の傷は徐々に癒えていった。むしろ、一家の〝親友〟による長年の画策を受けてきたにもかかわらず、親子の愛情が死に絶えはしなかったというのは、家族の絆の強さを証明するものだ。

「人買い族がぼくらを奪い返す情況くらい、あいつは百とおりでも演出できるさ」オルソーはいった。

「それだけでは充分ではない」エルドリンはいった。「アバジ会もすでにあの男の罪を知っている」

オルソーは顔をゆがめた。「人買い族が星系の防衛網を突破して、この惑星に砲撃したら、真相を語るべき証人は一人も残らないよ」

「強行突破は無理だ」エルドリンは答えた。「それに、レイリコン星を破壊するようなばかなまねはすまい。それ以上の挑発的戦争行為はない」

「なんらかの援軍がなければ、たしかに防衛網の突破はできないだろうね。しかし援軍はいる。ISCの提督さ。それに、父さん、戦争行為をやっているのはレイリコン星のほうなんだよ。アバジ会はぼくらをISCに引き渡すことをこばんでいるんだから」

二人のやりとりを聞きながら、もしわたしたちがクリクス・イカルの手からのがれられなかったら、いったいどうなっていただろうとわたしは考えた。わたしがローン系であることに気づいたら、イカルはわたしたちがどこで出会ったかをオルソーから無理やり聞き出すだろう。わたしの宇宙にある孤立無援の地球は、イカルにとっては収穫されるのを待っているよく熟れた果実に映るはずだ。わたしたちが人買い族に奪い返されたら、わたしの宇宙がたいへんなことになるのだと、初めてわかった。

気がつくとオルソーとエルドリンが黙りこみ、わたしを見つめていた。そのときようやく、わたしは自分の感情を広く放送していたようなものなのだと気づいた。

エルドリンが穏やかにいい、オルソーが通訳した。「わたしも人買い族につかまったことがあるのだ。きみの恐怖はよくわかる」

わたしはいった。「でもあなたは解放されたわ」

「捕虜交換だったのだ」エルドリンはいった。「わたしと、アリスト階級の若者とのね。その少年はジェイブリオル・コックス三世。すなわち現ユーブ皇帝だ。なぜ彼があんなかたちでの交換を望んだのか、いまだに理解できないが」

わたしには、理解できないというのが理解できなかった。ユーブ人は交換を望むに決まっているではないか。自分たちにもどってくるもののほうが価値が高いのだから。エルドリンはローン系の一人だとはいえ、皇帝とはおよそ比較にならない。もちろんそのときユーブ人は、自軍が錠前所を占領していることに気づいていなかったのだから。

エルドリンはじっとわたしを見た。「ジェイブリオル二世に息子がいたとは、まったく知られていなかった。息子は地球に隠され、なんと高校に通っていたのだ。父親の死後、この少年はデロス星へ行った――スコーリア王圏とユーブ圏の両方の大使館がおかれている、連合圏の惑星だ。少年はまっすぐユーブ大使館へ行き、自分を捕虜交換の材料にしてほしいと申し出た。彼らは遺伝子検査で少年の身許を確認し、その日のうちにわたしはデロス星へ連れていかれた」両手を広げた。「なぜ交換など求めたのか。少年は自由の身だったのに。まっすぐユーブ圏へ行って、ここは自分の領土だと宣言すればよかったのに」

オルソーは肩をすくめた。「裏取り引きがあったのさ。連合圏がただでコックスを引き渡したりするわけがない」

エルドリンは眉をひそめた。「わたしは現場にいたのだ、オルソー。あの捕虜交換は連合圏が画策したものではなかった。少年がみずから望んだのだ」

「連合圏側はそうはいってないけどね」

「そのときの責任者だった士官が保身をはかったのだ」エルドリンは鼻を鳴らした。「目のまえで自分の関知しない捕虜交換がおこなわれたなどと、素直に認められると思うか。自分の手柄のように主張したにきまっている」

オルソーの背後、つまりイズ・ヤシュランの方角の砂漠から、ひとすじの砂埃があがりはじめた。「だれか来るわ」わたしはいった。

赤い砂埃はだんだん近づき、一人の乗り手の姿になった。アバジ会士の列までたどりつくと、男はルジクから跳び降り、数人のアバジ会士に案内されて噴水に近づいてきた。わたしたち三人は立ちあがった。伝令はオルソーの父親のまえにひざまずいた。エルドリンがその肩にふれると、アバジ会士は立って、深い敬意をこめた口調で話しはじめた――オルソーは本来、こういう敬意を父親にみせるべきなのだ。エルドリンはうなずき、わたしのほうを頭でしめした。

アバジ会士はわたしのまえにひざまずいた。わたしがエルドリンのしぐさをまねて肩に手をふれると、アバジ会士は立って、わたしにむかって話した。わたしはちらりとオルソーのほうを見た。

「遺伝子検査が終わったんだよ」オルソーはいった。「この男はその結果を知らせにきたんだ」

胸がどきんとした。「どうだったといってるの？」

オルソーがアバジ会士とやりとりしているあいだに、エルドリンの信じられないという驚きの気分が、きらめく雲となって広がった。ようやくオルソーはわたしの手をとって話しだした。

「きみはレイリコン人だ。純粋な血統だよ。きみのお父さんもマヤ族だったにちがいない。きみの先祖こそがぼくらの種族の起源なんだ」そこで間をおいた。「いや、きみの先祖がではなく、異なる時間線の宇宙に住むマヤ族かもしれない。だとすれば、ぼくらの先祖がなかなかみつけられない理由も説明がつく。ぼくらは六千年前の地球に住んでいた人々を探していたのだけど、アバジ会の推定によると、進化の道すじにおいてきみのＤＮＡがレイリコン星の最初の植民者のそれと枝分かれしたのは、わずか千年ほどまえだというんだ」深呼吸した。「そして、ティナ――きみはＣＫ複合遺伝子をもっていない」

「それは、いいことなんでしょう？」わたしは訊いた。

オルソーはわたしの手を握りしめた。「奇跡的だよ」

エルドリンがなにかいい、オルソーはうなずいた。しばらくしてわたしは訊いた。「なんていったの？」

「ラグナールがレイリコン人を皆殺しにしたら、マヤ族の存在も無意味になるかもしれない、ということさ」

エルドリンはつづけた。「人買い族がまた戦争を起こしたがるとは思えない。それよりは、パリ条約にのっとってきみたち二人の身柄をとりもどそうとするだろう。これがふつうの人間なら、ジェイブリオル・コックスはそこまでこだわりはしないだろうが、きみたち二人は鍵人になる能力をもっている。とりわけオルソーとわたしはその訓練を受けている。そのためにこそわれわれは存在しているのだからね。だから彼らは、なんとしてもきみたちの身柄をとりもどそうと狙っているはずだ」

ウザンがエルドリンになにか話しかけた。エルドリンはしばらく耳を傾けたあと、息子のほうに身ぶりをした。オルソーは首をふっただけだった。わたしは理解できなくていらいらした。

「今度はなんなの？」

オルソーはわたしのほうをむいた。「ウザンは、ぼくらの神経パターンをシミュレーション機械にコピーして、ネットに送ったらどうかと提案しているんだ。そうすれば、もしぼくらが殺されても、ネットのなかで生きのびられる。将来、ローン系サイオンのクローンをつくることが可能になったら、新しい肉体をつくってそこに神経パターンを転送できる、というわけだ」

「なんだか気味悪いわ」

オルソーはやさしい口調でいった。「そもそも、そんなにうまくはいかないよ。最高の神経シミュレーションでも、オリジナルの精神よりは劣化するんだ」

「でも、ジャグ機はおなじことをわたしの精神でやったわよ」

オルソーはうなずいた。「記録を見た。あれはいいシミュレーションだった。しかもきみの意識を、カイル能力を使って転送しさえした。でもそれも、きみの精神の貧弱な代用品でしかないんだよ。また、もとの脳にダウンロードしたときには、それなりに劣化していた」

　わたしはオルソーの手にある縦の継ぎめを指でさすった。「もしクローン技術が確立しても、あなたの場合はうまくいかないんじゃないの？　もしうまくいっても、また……」

「そう」オルソーはそっとわたしの手を離した。「この身体は一からつくりなおさなくてはいけない」

　エルドリンがなにかいったが、オルソーは通訳しなかった。しかしその意味は酌みとれた。息子にあの辛い少年時代をくりかえさせたくないのだ。オルソーが父親にむける顔は、愛情がこもってやさしかった。ブラッドマークは二人の絆を傷つけたかもしれないが、切断することはできなかったのだ。

「ラグナールはぼくらが電子光学《EO》ウェブにアクセスできないよう遮断している」オルソーはいった。「だから星間船経由でEOメールを送ることもできない。また宇宙港にはV級の巡航戦艦が着陸している。セントパーバルから攻撃すれば、この地域一帯を破壊できる。宇宙からなら、惑星全体を焦土にできる。おたがいに手詰まりの情況だよ。ラグナールの艦隊は惑星から出る通信をすべて遮断しているし、アバジ会は彼らが防衛システム内にはいるのを遮断している」

「超感ネットは使えないの？」わたしは訊いた。

オルソーは首をふった。「ラグナールの秘密工作員とはいっしょに仕事をしたことがある。高いカイル等級をもつテレパスが、息のかかったテレパス通信士として働いているんだ。彼らが協力して超感ネットの通信を妨害しているとなると、それは電子光学ウェブで、電子ケーブルや光学ケーブルを切断されたのとおなじことなんだよ」

「おまえ自身がデータを送るケーブルになればいい」エルドリンがいった。「ウェブの生きた構成要素になれば、もうシステムから切り離されるとか、そういうレベルの心配はしなくてよくなる。たんにどこかへ移動すればいいだけなのだから」

オルソーは苛立たしげな声をあげた。「父さん、いったいなにをいってるんだい」

「精神だけでなく、身体ごと超感ネットにはいればといってるんじゃないかしら」わたしはいった。「そうすれば好きなところへ行けるわ」

「ばかばかしい」とオルソー。

わたしは赤くなった。「ちょっと考えただけよ」

オルソーが通訳すると、エルドリンはにっこりした。わたしが冗談をいったと思ったのだろう。そんなふうに聞こえたのか、よくわからないので愛想笑いをしたのか。

エルドリンはウザンに話しかけた。アバジ会のリーダーはかなり長い返事をし、最後はなにか問いかけた。その意味はだいたい想像がついた——〝どのようになさりたいのですか？〟

エルドリンは話した。そのとおりにやってくれといっているようだ。

オルソーは怒ったようすで首をふった――〝だめだ〟

「オルソー？」わたしは訊いた。「どういうことなの？」

オルソーはわたしの手を握ってベンチにいっしょにすわった。「父は、ぼくの母がかつて精神も肉体もいっしょにネットを通じて転送したことがあるといっているんだ。ウザンも、すくなくともローン系サイオンには可能だといっている。母の名を冠した方程式にからむ原理なんだよ」顔をしかめた。「二人ともどうかしてるんだ。母はなにか父の理解できないやり方でネットを使ったんだろうけど、それを父はおかしなふうに解釈しているだけだよ」

「お父さんは誤解しているの？　でも、ウザンもお父さんに同意しているんでしょう？」

「よくわからないよ」オルソーはためらいながら説明した。「たしかに方程式としては成り立つ。でもそれは数学上のことで、物理的プロセスの話じゃないんだ」

「どんな仕組みなの？」

「量子論はわかる？」わたしが首をふると、オルソーはいった。「すべてが波動関数で書かれているからね。ぼくも学校では苦労したし、あやうく落第になるところだったよ」

実際のオルソーは、口でいうよりよく理解していた。なにしろ遺伝子がちがう。オルソーの母親は、その時代における数学的天才の一人と目される人物なのだ。オルソーは、波動と粒子の二重性について説明してくれた。物質は、あるときは粒子としてふるまい、あるときは波動としてふるまう。巨視的な物体は、その波長が計測不能なほど小さいので波動としてのふるまいはみせないが、それでも人間は、空間に広がっていく波束――つまり多数の波が重なりあってできたものなのだ。

「波束は座標によってその位置を求めることができる」オルソーはいった。「きみのすわっている位置を記述するには、三つの数字が必要だ。地面からの距離、ぼくからの距離、噴水からの距離。これがきみの座標になる。どんな点でも三つの数字をもっている。ようするに、相互に直角な三つのベクトルがあれば、空間における一点を特定できるということだ」やや間をおいた。「そこで、〝位置〟を特定するのに無限数のベクトルが必要な空間があると考えてみてくれないか」

「そんな場所があるの？」

オルソーはうなずいた。「数学的にはね。地球の数学者にちなんで、ヒルベルト空間と呼ばれている。その〝ベクトル〟は、波動関数なんだ」

わけがわからない。「それがなんの役に立つの？」

オルソーは鼻を鳴らした。「量子論の授業をとらされた工学部の学生を苦しめるためさ」

わたしが笑うと、オルソーはまるめた両手をあわせて、ひとつの宇宙をとじこめたようなしぐさをした。「波動関数は、一種の積み木だと考えればいい。そしてそれは、位置や時間やエネルギーといった物理量に依存している。いいかえれば、ヒルベルト空間はこの宇宙を構成する積み木でつくられている。数学としては何世紀もまえから知られているんだよ。カリフォルニア工科大学のきみの友だちも勉強したはずだ」

「でも、それだけじゃないんでしょう？」

「その積み木が依存するのが物理量ではなく、思考だとしたら？」

わたしは目をぱちくりさせた。「その宇宙における位置は、本人がどう考えるかに依存するということ？」

「そのとおりだ」

「なんだかずいぶんへんな話ね」

オルソーは笑った。「だからぼくは、理論より技術のほうが好きなのさ。母はこっちが好きだったけどね」

「お母さんが発見した方程式というのはどんなものなの？」

「数学でいう変換はわかる？」わたしが首をふると、オルソーは説明した。「変換というのは、関数をある空間からべつの空間へ移すものだ。フーリエ変換ではエネルギー関数を時間によるものに変える。逆変換をすればエネルギー関数にもどる。エネルギー空間と時空間とのあいだを行き来できるわけだ。この世界の子どもたちは学校でフーリエ変換とラプラス変換を習う。そしてずっとのちに、セレイ変換を勉強する」

最初の二つの変換はジョシュアとの話のなかで名前を聞いたことがあった。「セレイ変換って？」

「この宇宙から超感空間へ移す変換だ。母は十代の頃にこれを発見したんだ」オルソーはため息をついた。「アバジ会は、人体を構成する波動関数を超感空間に変換し、べつのノードへ送ることができると主張している。逆変換は自力でやらなくてはいけない。通信は遮断されていて、相手にこちらのことを知らせられないわけだからね」首をふった。「とんでもない話さ。人間の身体を関数にするなんてことができるのか？　ネットのなかでその情報が劣化したらどうするんだ？　逆変換できなかったら？　むこう側で、あるいはこちら側と両方で、一部分しか変換できなかったら？　半透明の人間になったりするのか？　身体の一部がなくなるのか？　想像もつかないよ」

「オルソー、地球であなたから聞いた話もかなりとんでもなかったわよ。あなたの宇宙からわたしの宇宙へ来るときに通った――なんていったかしら――そう、リーマン面の分岐線という話よ」

「あれは筋がとおっている」

わたしはにっこりした。「あなたにとってはそうかもしれないけど、わたしにはそうは思えなかったわ」

砂漠のなかに立っている一人のアバジ会士が叫び声をあげた。ふりかえると、また新たな赤い砂埃がこちらへ近づいてきていた。今度はセントパーバルのほうからだ。砂埃のなかからしだいに四人のアバジ会士の姿があらわれた。彼らは護衛されて、まずウザンのところへ行って話しあい、次にオルソーとエルドリンのところへ来た。

オルソーが通訳した。「ラグナールはアバジ会に対して、ぼくらの引き渡しをこばむのは反逆罪とみなすと通告した。一時間の猶予のうちにぼくらを引き渡さなければ、惑星上の各地を破壊しはじめるといっている」

わたしは緊張した。「アバジ会はわたしたちを見捨てるかしら？」

「だいじょうぶ」オルソーはアバジ会士たちのほうを眺めた。ルジクにまたがっている者、世話をしている者、ただそのわきに立っている者などさまざまだ。「六千年にわたる忠誠は、一度脅されたくらいで消えたりしないよ」

「べつの宇宙港から船に乗って脱出するというわけにはいかないの？」わたしは訊いた。

「ジャグ機がぼくらをここへ降ろしたのは、セントパーバルがこの惑星で唯一機能している宇宙港だからなんだ」オルソーは肩をすくめた。「まあ、宇宙港を使わなくても離陸はできるよ。ただし、ラグナールは脱出しようとする船をみつけしだい撃ち落とすだろう。なにしろ最新兵器満載のV級巡航戦艦を擁しているんだから」

「どちらのほうがありそうだと思う？　脱出を試みてつかまったり、撃ち落とされたりするか……それとも超感ネットを使って失敗するか……」

オルソーは顔をしかめた。「どちらも自殺行為だね」

「でも、なにか手を打たなくてはいけないわ」わたしはオルソーの両手を握りしめた。「あなたのお父さんによれば、超感ネットを使う方法は以前成功したことがあるんでしょう？アバジ会の船がブラッドマークの使うような戦艦を出し抜いた前例があるの？」

「ない」

「だったら、成功したことのある方法を試すべきじゃないの？」

「成功したことがあるなんて、だれもいってないだろう」

「でも、あなたのお父さんが——」

オルソーは苛立たしげな声をあげた。「父はなにもわからないくせに、そんなことをいってるだけなんだ」

「お父さんに対する自分の見方が、ブラッドマークによって毒されているかもしれないと考えたことは、一度もないの？」わたしは穏やかな口調で訊いた。「あなたはまさにブラッドマークの思いどおりの反応をしているのよ」

オルソーはわたしを凝視した。その感情は精神の障壁をとおしてすら感じられるほど強烈だった。否定、恥辱、怒り、罪悪感……。それらすべての下には、苦痛があった。ブラッドマークの裏切りによる苦痛と、エルドリンとの関係の傷からくる苦痛だ。とげとげしい反応をしていながらも、オルソーは心の底から父親を愛しているのだ。

オルソーは立ちあがり、父親になにか話しかけた。エルドリンはうなずいて、いっしょに噴水の反対側まで歩いていった。二人は静かに話しあった。オルソーはしばしばエルドリンをまともに見ることができず、視線を落とした。頰にひとしずくの涙がこぼれると、すぐにぬぐった。エルドリンはそんな彼をやさしく見守っていた。そこにはわが子を健康体につくりかえるために苦労した長い年月や、家庭への侵入者によっておたがいの関係を毒された年月によっても消えることのない、深い愛情がこめられていた。

ようやく二人はもどってきた。オルソーはいった。「超感ネットを試してみよう」

ティクアルは、砂漠に孤絶してそびえ立つ高さ数百フィートのピラミッドだ。沈む夕日がそこにブロンズ色の輝きをあたえ、暗くなりかけた砂漠にのびる影をきわだたせている。わたしがはっとしたのは、その名前が地球のティカル——壮大な寺院がつらなり、伝説的な多くの王朝のふるさとであるマヤ最大の都市遺跡と、よく似ていたからだ。

今回のわたしはオルソーのルジクに乗せてもらった。隣にはエルドリンが寄り添い、まわりをアバジ会にとりかこまれて、ゆっくりとした歩調でティクアルへ近づいていった。ピラミッドの周囲には市街などなく、三角形のテラコッタ煉瓦をぴったりあわせて張った前庭があるだけだった。その上を風が吹くと、巻きあげられた砂が赤い埃の翼のように降りてきた。

ピラミッドの数百ヤード手前に、夕日を浴びて建つアーチがあった。左右の柱は高さ三メートルほどの細長い石材で、その上に長い一枚物の笠石《かさいし》がのせられている。アバジ会はそこを二騎ずつならんでくぐっていった。近づくにつれて、その柱は彫像であることがわかってきた。どちらも筋骨隆々とした女戦士で、両手を頭上にかかげて笠石をささえ、アバジ会の剣を腰に佩《は》いした以外は一糸まとわぬ姿だ。しかし恥じらいなど微塵もなく、凛然《りんぜん》と顔をあげ、胸を張り、ブロンズ色の光のなかで誇らしげな表情を輝かせている。

アーチのわきには人の背丈ほどの彫像がひとつあった。あの謎めいた精霊だ。力強い胴体はクーガーに似ているが、もっと長い。頭部は人間のそれで、鼻は鷲鼻、瞼は厚ぼったく、永遠に半目をあけた官能的な表情で砂漠を見つめている。耳のあるべきところからは豊かな髪と螺旋形の角がはえている。

わたしたちはアーチをくぐり、前庭を渡ってピラミッドに近づいた。入り口は、轟然と吠えるルジクの口になっていた。実際には、ルジクが吠えるところなどみたことがない。それでもこの高さ十フィート以上の入り口は印象的だった。

遠目に見るティクァルは、マヤのピラミッドとよく似ていた。角錐形の底部の上に、雛壇式になった側面が立ちあがり、正面には急傾斜の階段がついている。頂上には聖堂があり、その上は天高くそびえて風通しのいい石のアーチ屋根だ。しかし近づくにつれて、ピラミッド下部で大口をあけたルジクの骨太な造形から、赤、金、黄色の煉瓦を使った繊細なアーチ屋根まで、こまかなちがいも見てとれるようになってきた。しかしそれらの差異は、むしろ全体の不気味なまでの相似性をきわだたせていた。

わたしたちはルジクから降りた。まわりのアバジ会士たちも跳び降りた。前庭は風のおかげで掃き清められていたが、小石でざらざらしているのを靴底に感じた。傾いた日差しのなかでブロンズ色に輝くオルソーの髪も、風にそよいでいた。エルドリンはそのわきに立ち、腕組みをしてピラミッドを見あげた。

ウザンと十人のアバジ会士たちが、わたしたちを大口をあけた獣の口の奥へ案内した。入り口は夕日とべつの方角をむいているので、闇のなかへはいっていく恰好になった。アバジ会士たちが壁の鉤爪から松明をとり、ひとつ、ふたつと火がついていった。おかげでぼんやり黄色い光につつまれたが、わたしたちの近辺から先を照らすほどの明るさはもたなかった。断面が長方形になったトンネルを通ってピラミッドの奥へはいっていった。壁の彫刻はふいにあらわれて、背後の闇に消えていく。ふいに広い場所らしいところへ出たが、弱々しい松明の光でははっきりわからなかった。その松明をアバジ会士たちは消してしまい、わたしたちは寒けのする暗黒につつまれた。

ふいに、ピラミッドのなかに光が充ちた。

巨大な空間が目のまえにあった。広く、高く、傾斜した壁は、外から見たピラミッドとおなじくらいの高さの一点でまじわっている。セラミックと貴金属でできた巨大な発電機がうなっていた。クリスタル製の円柱が何本も、数百フィートの高さにそびえ立ち、内部で光が螺旋運動をしている。片隅には鏡と壁の迷路のようなものが光を反射している。ほかの機械は巨大な時計を思わせる精密な構造だった。金色と銅色の歯車、ガラスの連結棒、磨かれた黒檀の部材……。べつのところはむかしの不気味な潜水艦の内部のようで、ケーブル類は光ファイバーで編まれていた。

超感技術は、その設計も開発も現代科学に拠っていない。すべてルビー帝国伝来のものだ。このティクァルと三カ所の超感ネット錠前所だけが、いまも機能するわずかなカイル機械なのだ。オルソーの家族はその動かし方をかろうじて推理しているにすぎない。

エルドリンはまわりの装置群に対して驚愕の表情だが、オルソーは見慣れているらしく、顔色ひとつ変えなかった。アバジ会に案内されていった台座の上には、透明な蓋がかぶさった金色の箱が三つあった。棺のように見える。アバジ会士たちは中央の箱のまえで立ち止まると、まわれ右をした。黒いマントに身をつつんだ彼らの影が、まわりの機械の磨かれた表面に映りこんでいる。

オルソーは父親のほうを見た。「ぼくがやるよ」エルドリンが反論すると、オルソーはいった。「父さん、これが論理的な選択なんだ。あなたとティナはローン系にとってかけがえのない存在だし、アバジ会士は必要とされるだけのカイル等級をもっていない」

二人は十分近くいい争った。オルソーは最初のいくつかのやりとりからあとは通訳してくれなくなったが、エルドリンが息子に生死の危険を負うような行為をやらせまいとしているのはあきらかだった。最後はオルソーが苛立ちの声をあげ、あきらめたように両手を広げた。

エルドリンが箱のほうへ歩きはじめたとき、オルソーがウザンのほうに目配せをした。アバジ会のリーダーはかすかに身動きしただけに見えたが、ふいにエルドリンはがっくりと膝をつき、前のめりに倒れた。オルソーはその身体を受けとめ、台座のわきのベンチにそっと横たえた。

「なにをしたの？」わたしは訊いた。

「なにも」オルソーは答えたが、気まずそうな顔をしている。

「じゃあ、ウザンになにをしろと命じたの？」

「軽い麻酔剤だ。すぐに目を覚ますよ」オルソーはわたしの肩に手をかけた。「ティナ、父は正真正銘の第三の鍵人なんだ。生涯にわたってその訓練を受けてきている。その点、ぼくなら代替可能な人間なんだよ」

「だめよ。わたしにやらせて」

穏やかにオルソーはいった。「きみは奇跡の存在なんだ。もっとも代替がきかないんだ。それに、きみのことをだれも知らないじゃないか。きみの話などだれも信用しないだろう。そもそも超感空間の経験がない」

わたしは深呼吸した。オルソーのいうとおりだった。「お願いだから、気をつけてね」

オルソーはわたしの両手を握ったあと、台座のほうへ歩いていった。階段をのぼっていくうしろ姿を見ながら、わたしはシナカンテコ族の祈りを口で唱え、オルソーにも伝わるように頭のなかにもその言葉を思い浮かべた。

父なる聖バシャクメンよ
主なる聖バシャクメンよ

神聖な同音と
神聖な和音をもって
その息子らと
その子らの
卑しき背中のうしろに
卑しき脇腹のかたわらに
神々しく立ちたまえ
神々しく屹立したまえ
愚のために彼らを見捨てたもうな
愚のために彼らを捨て置きたもうな

オルソーはやさしい顔でわたしのほうを見た。二人のアバジ会士が箱のわきのクランクをまわすと、長く使われなかった蝶番の悲鳴とともに、蓋にかかっていたブロンズの金具がはずれた。二人は箱の蓋をあけ、オルソーはなかにはいってあおむけに横になった。アバジ会士たちは繊細な模様が型押しされた革のストラップで、オルソーの両脚、胸、両方の腿、両腕を固定した。はじめはなぜだろうと思ったのだが、作業をしている一人の精神障壁が弱まって、その記憶がちらりとのぞいた。むかし、アバジ会士の一人がこの箱を実験したとき、パニックを起こして手足をばたつかせた。そして消える寸前に、腕をふりまわしたせいで蓋があいてしまったのだ。おかげで身体が転送されたあとに、腕だけが残った……。

わたしは震えあがった。オルソーは表面的には落ち着いていたが、内面の葛藤はこちらの精神にも伝わってきた。棺のような箱の形態の象徴するところに苛立っている部分もあるが、それ以上に、この準備の手順がイカルの装置の枠に縛りつけられたときのことを思い出させるからだった。そんな恐怖や、もともと強くもっている疑念にもかかわらず、あえて作業をつづけさせたところに、オルソーの勇気をはっきり見てとることができた。

アバジ会士たちは蓋をしめ、クランクをまわして金具を固定した。半透明の蓋ごしに見ると、オルソーは落ち着いた顔をしていたが、棺のまわりにはその閉所への恐怖が灰色の靄のようにたちこめていた。さっさとしてと、わたしは考えた。早くやってしまってほしい。

ウザンが真鍮色に輝く金属の柱のほうをむき、あるレバーを引いた。はじめは、なにも起きないではないか、やはりこの古代の機械は壊れてしまっているのかと思ったが、しばらくして蓋が不透明になっているのに気づいた。浜辺にころがった月長石のようだ。内部で光がまたたいた。白や青色のきらめきが蓋のすぐ内側ではしっている。もはやオルソーの姿は見えず、その閉所への恐怖だけがわたしには皮膚を汚す煤《すす》のように感じられた。

ふいに、オルソーの存在感がなくなった。

ウザンがレバーをもとの位置に押しあげた。箱の蓋はふたたび半透明になり——内部はからっぽになっていた。

エルドリンとわたしはベンチにすわっていた。二人のアバジ会士がコンソールにはりついて、惑星上のべつの拠点との通信を監視している。そのほかの永遠のボディガードたちは、わたしたちの個人的な空間をじゃましない程度の距離はあけながらも、すぐそばで護衛についている。

エルドリンは、オルソーが消えてから数分後に目を覚ました。そのあとは口数少なく、ならんだ棺を見つめるだけだった。怒りと、息子への懸念が感じられた。もし話をすることができたら、いつ果てるともしれないこの待ちの時間ももうすこし耐えやすかっただろうが、いかんせん、エルドリンとのあいだには共通言語がなかった。そもそもなにを待っているのかさえ、さだかではなかった。オルソーはISC艦隊の一隻にたどり着けたのだろうか。わたしたちにしてみれば、姿が消えた瞬間に死んだと考えたほうが妥当な気さえした。

ふいに五人のアバジ会士が大股にこのピラミッド内の空洞にはいってきて、ウザンに近づいた。彼らのリーダーへの報告を聞いて、エルドリンが身をこわばらせた。

「どうしたの?」わたしは訊いた。

エルドリンはイオティック語でなにかいって、途中でやめ、わたしの顔を見た。わたしが首をふると、今度は目をそらして集中しはじめた。わたしの頭のなかに言葉が浮かびはじめたが、理解できない言語だった。ウザンがちらりとわたしたちのほうを見て、アバジ会士らと協議をつづけた。エルドリンの切迫した感覚で空気が息苦しいほどになった。頭のなかにひとつの映像が浮かんだ。外からはいってきたイメージで、どうやらエルドリンがわたしの頭のなかで映画を上映しようとしているような奇妙な感じで、脳に侵入を受けているような感じで、はじめは追い出したい衝動にかられたが、それをこらえて、映像をはっきりさせようと集中した。

最初にあらわれたのは、ラグナール・ブラッドマークの顔だ。そしてレイリコン星の日時計のイメージ。またブラッドマーク。日時計が爆発する。軍服姿の人々に命令をするブラッドマーク。赤い惑星から離陸する一隻の船。宇宙にあるこの船がこの惑星にむかって砲撃する。最後のイメージは、地獄の業火のなかで死んでいくアバジ会士たちだった。

わかった。ブラッドマークがいっていた時間切れが迫ってきたのだ。アバジ会がわたしたちを引き渡さなければ、惑星にむかって砲撃してくるのだ。

《なんとかのがれる方法があるはずよ》わたしは考えたが、しかしアバジ会にとって活路はあるのか。わたしたちがどんな手を打とうと、ブラッドマークは自分の裏切りについて知っているアバジ会を皆殺しにし、記録が残っているかもしれない場所をすべて破壊するだろう。

わたしはエルドリンに映像を伝えるために、王圏の軍人の姿を思い浮かべようとした。わたしはジャグ戦士しか知らないので、それをもとにするしかなく、あとはエルドリンが理解してくれるよう期待するだけだった。オルソーがジャグ戦士に話しかけているさま。そしてジャグ戦士がブラッドマークをうしろ手に縛っているさまを思い浮かべた。

エルドリンは両手を広げて、〝わからない〟という身ぶりをした。青い靄――悲しみの色が彼から流れ出した。なるほど。息子はすでに死んでいるのではないかと恐れているのだ。

エルドリンはべつの映像を見せた。彼とわたしがならんで立ち、ブラッドマークとむかいあっている。そこにべつの男もいた。つややかな黒髪と赤い瞳の男。〝ジェイブリオル・コックス三世〟と、エルドリンは考えた。ブラッドマークが人買い族の皇帝にわたしたちを引き渡す場面なのだ。

たしかに不安になる映像だが、それよりも奇妙なものを感じた。この皇帝の顔になんとなく見覚えがあるような気がするのだ。どこがどうとはいえないが……。わたしが首をふると、映像ははじけ飛んだ。

つづいてエルドリンは、見覚えのないアリスト階級人を思い浮かべた。その映像は奔流のような感情をともなっていた。恐怖、怒り、恥辱、憎悪。エルドリンはこのアリスト階級人を知っているのだ。焼けるような強い感情でこの男を憎んでいるのだ。エルドリンは身を震わせ、映像は消えた。彼が自分をとらえた人買い族について〝話した〟のは、わたしの知るかぎりこのときが最初で最後だった。その意味するところはよくわかった。もう一度人買い族につかまるくらいなら死んだほうがましといいたいのだ。

《いいえ》わたしは考えた。そして、怒り狂ったジャグ戦士がブラッドマークをうしろ手に縛り、裁判にかけ、処刑するところを思い浮かべた。

エルドリンは首をふって、人買い族の船がレイリコン星にむかって砲撃するところを見せた。なるほど、ブラッドマークはレイリコン星の防衛網突破を人買い族にやらせるつもりなのだ。自分で手を汚したり、責めを負うつもりはないというわけだ。

しかしその筋書きには無理がある。わたしたちを手にいれないままレイリコン星を破壊しても、人買い族にはなんの益もない。無意味な戦争に突入しかねない。いくら協力者がいるといっても、防衛網を突破するのはそれほど容易ではないし、ＩＳＣの軍勢が攻めてくるまえにすばやく侵入してすばやく脱出しなくてはならない。わたしたちがあらかじめ降伏しているのでなければ、身柄の拘束には時間がかかるだろう。だからわたしたちは、とにかく降伏だけはしてはいけないのだ。

エルドリンはじっとわたしを見ながら、新しい映像を送ってきた。オルソーの母親だ。エルドリンの思念をとおして見る彼女は、暖かく、か弱かった。しかし実際には、見かけの繊細さの内側に筋金入りの人物が隠されているのだ。ディーアンナ・セレイは、政界の裏の裏まで知り抜いた権謀術数家として、王圏権力の中枢を歩いてきた。光り輝くような美貌と比類なき権力の持ち主でありながら、家族に対してはやさしく愛情こまやかで、圧倒的なまでの知性をそなえている——ラグナール・ブラッドマークが彼女を狙うのは当然といえた。

エルドリンはその映像にべつの人物をつけくわえた。ブラッドマークだ。ディーアンナの首をのけぞらせ、そこにおおいかぶさるようにして、喉もとにナイフを突きつけている。映像が切り換わって、エルドリンとわたしがブラッドマークに降伏する場面。また切り換わって、今度は夫と息子を失ったディーアンナがブラッドマークから慰められている場面になった。

なるほど。ブラッドマークの最後通牒には、オルソーが読みとった内容以上に、エルドリンしか気づかないような微妙なニュアンスがふくまれていたらしい。つまり、わたしたちが降伏しなければ、オルソーの母親がブラッドマークの復讐の対象になるのだ。エルドリンはそれをナイフで表現したが、ブラッドマークのもちいる手段はもっと巧妙であるはずだ。

わたしは、ブラッドマークがディーアンナを脅している映像を変形し、彼女が提督をまるめて嚙み砕き、吐き捨てるところを思い描いた。

エルドリンは皮肉っぽい笑みを浮かべたが、すぐに両手を広げた。ブラッドマークが脅し文句のとおりにやるかどうかはわからない。しかしひとつだけはっきりしているのは、わたしたちがレイリコン星で死ねば、ディーアンナは打ちのめされるということだ。そして彼女はまだ提督を信用している。エルドリンはべつの可能性をしめした。泣き伏すディーアンナを慰めるブラッドマーク。彼女の顔をあげさせ、キスする……。エルドリンはこのイメージを引き裂いた。

ウザンが近づいてきて話しかけた。エルドリンはうなずき、わたしのほうを見て、まず宇宙港の方角を指さし、さらに空を指さした。つづいて二つの場面を送ってよこした。わたしたちがブラッドマークの船に乗るところ。そしてわたしたちがレイリコン星で死ぬところ。そのあと、首をかしげてみせた——問いだ。決断のときが迫っているのだ。降伏するか、ここで死ぬか。

わたしは首をふった。考えがあったのだ。頭がおかしくなったと思われるかもしれないが、その二つの選択肢よりはましだ。わたしは立ちあがって台座のほうへ行き、棺のひとつに手をおいて、エルドリンを見た。エルドリンはウザンのわきに立って、こちらを見ている。わたしは、アバジ会がブラッドマークに、もうすぐわたしたちを引き渡すといって時間稼ぎをする場面を思い浮かべた。つづいて、エルドリンとわたしが棺にはいる場面を頭に描いた。もしどちらか一人が生きのびてISCに警告できれば、やっただけの価値はある。オルソーはどうやら失敗したようだが、わたしたちがおなじ道をたどったとしても、ブラッドマークの手に落ちて死ぬのと結果的には変わりない。

エルドリンは、棺にはいったわたしの姿、レバーを引くウザン、空っぽの棺と映像を送ってきたあと、首をかしげた——問いだ。そしてその答えとして両手を広げ、〃わからない〃という身ぶりをした。つまり、わたしがいったん超感空間にはいったら、どうやって逆変換をして通常空間へもどればいいかわからないだろう、というのだ。

《それでも望みはあるわ》と、わたしはエルドリンにむかって考えた。そして自分で棺のクランクをつかみ、蓋の金具をひらこうとした。しかしアバジ会士がまわしていたようすとはちがって、ひどく重かった。

アバジ会士の一人がかわって蓋をあけてくれた。わたしは意を決して棺のなかにはいり、横になった。柔らかい素材で内張りがされているが、蓋があいていても閉所への恐怖を感じた。アバジ会士らにストラップをかけられながら、抵抗したくなる衝動を必死にこらえた。気持ちをそらすために顔をあげた——すると、べつの棺にはいろうとするエルドリンが見えた。こちらを見てうなずいている。そして横になって姿は見えなくなった。

蓋がとじられたとたん、パニックに襲われた。ストラップに縛られたままもがきながら、蓋が曇っていくのを見た。奇妙な感覚に襲われた。身体が拡散し、薄まっていく。

雲散霧消していく……。

実体ある宇宙とのつながりを失う寸前に見たものは、蓋の上からのぞきこむオルソーの顔だった。声はなく、口だけが動いていた——〃ティナ、やめろ！　もどってこい！〃

21 積分

青色光の海。ゆらめいている。

ベッセル関数。

わたしはベッセル関数だ。

球形ベッセル関数だ。円形の丘。そしてそれをめぐる同心円状の輪の連なりだ。

湖に石を落とすと、波紋がいく重にもできる。

臭覚――甘い、酸っぱい、薔薇、硫黄、尿、蜂蜜。丘の上の羊。火薬。腿の内側についたオルソーの精液。夜明けに焼くトルティーヤ。

聴覚――澄んだ金属音、耳ざわりな金属音。低い轟きが反響しながら消えていく。叫び声が重なる。歌が聞こえる。大きな歌声、やさしい歌声、うるさい歌声。どれも消えていく。

触覚――皮膚が濡れている。

いや、皮膚がない。

ひりひりする炎。胸をつつむ手。ざらざらした樹皮。頬をなぶる風。足の裏にあたる草。

味覚――蜂蜜、辛子《からし》、塩、丁子《クローブ》、豆、玉蜀黍、日差しのように甘い玉蜀黍の実……。

乱れる。

湖に波。べつの波だ。

波紋が広がり、干渉し、広がっていく。

わたしは二つのベッセル関数だ。和だ。

対称性を失っていく。

無限和だ。波紋は交差し、消え、広がっていく。

どこまでも……どこまでも……。

《ティナ？》

わたしはその思念にはっとした。《エルドリン？》

べつのベッセル関数があらわれる。紫色で、ちらちらひかっている。しっかりまとまっている。彼はこの場所を知っている。身体でではないが、精神で、何度も訪れている……。

《ティィィナ……》

わたしは広がっていく。

広がっていく。

星々のかなたまで広がっていく……。

ひとつの考えが何万も……

何兆も……

無限に……

わたしは……だれ……。

光の渦。

細長く、すじをひき、渦を巻き、集まっていく。

まわる、まわる。

意識に接する光のすじ。

さまざまな色が凝固して帯になる。

さまざまな匂いは薄らぎ、機械の無機質な匂いだけが残る。

背中にしっかりとした宇宙がある。

頭上に宇宙が弧を描いて広がっている。金属かプラスチックか、よくわからない。

まわる、まわる。

わたしは椅子にすわっていた。研究室のなかだ。頭上におおいかぶさる装置類のなかで、光がまたたいている。

椅子はまわっている。回転している。研究室のようすに目をこらした。まわる視界のなかに装置のパネルがあらわれ、去っていった。ウェブ・コンソールがあった。何人かの人がいる。装置にむかっている。意識を集中させると、椅子の回転は遅くなった。頭がぼんやりすると、回転は速くなった。

まわる、まわる。

研究室がゆっくりと視界を動いていく。ディスプレーパネル、操作機器、コンソール。ある壁の上半分はガラスになっていた。そのむこうに何人もの人が立っている。こちらを見ているのだ。椅子の回転によって彼らの姿が視界をとおりすぎていく。

またガラスがあらわれた。オルソーがいて、こちらを見ている。

次の周でも、やはりいた。

三周め——五周めだろうか——には、オルソーが二人になっていた。さらに何周かするうちに、それはオルソーとエルドリンであることに気づいた。

もう何周したのかもわからなくなった。オルソーはあいかわらずそこにいて、立っていたり、椅子にすわって眠っていたり、なにか読んでいたりした。

何人もの人がオルソーといっしょにわたしのようすを見にきていた。エルドリンはわかったが、ほかは知らない人々だった。ただ、黒い髪と緑の瞳の女性は見覚えがあるような気がした。

まわる、まわる。


椅子の回転がしだいに遅くなり、ほとんど動かなくなった。わたしは唇をしめらせ、なにか話そうとした。機械的な動きでチューブが口にさしこまれ、冷たい水が喉に流れこんだ。椅子の肘掛けにのせた両腕には、いろいろな薬剤パッチが貼られていた。

わたしは片方の腕をもちあげようとしたが、ほとんど動かず、なめらかな表面に皮膚がこすれた。

スコーリア語の声がした。椅子の回転につれて視界に顔があらわれた。女だ。彼女は肘掛けをつかみ、椅子の回転を止めた。

「声は聞こえる？」スコーリア訛りのある英語でいった。

わたしは話そうとしたが、しわがれ声が洩れただけだった。

「いいのよ」女はいった。「無理しないで、休んで」

「出……たの……？　ネットから……？」

「完全にではないわ」女はいった。「わたしたちは八十五パーセントまで逆変換したわ。あなたはあまりにも薄く広がっていたので、超感空間の全領域において積分しなくてはならなかったのよ」

まわる、まわる。


目をあけると、すぐそばにだれかの膝が見えた。しだいに自分がベッドに腹ばいに寝かされているのがわかってきた。上には柔らかい毛布とシーツがかけられている。いびき声が聞こえ、膝がぴくりと動いた。見あげると、エルドリンが椅子にすわったまま眠っている。腕組みをし、脚を大きく広げた恰好だ。そのむこうではだれかが寝台で大の字になり、やはり眠っている。

「エルドリン？」わたしは声をかけた。

しかし眠ったままだ。わたしは肘をついて身体を起こそうとしたが、目眩に襲われ、またベッドに倒れ伏した。目をとじる寸前、エルドリンの背後で動くものが見えた気がした。

額に手があてられた。「ティナ？」オルソーだ。

わたしは目をあけ、その顔を見あげた。「あら……」わたしはささやいた。

オルソーの目が奇妙だ。濡れて水がたまっている。彼はわたしの手を強く握った。「やあ」

「一分遅かったんだ」オルソーはいった。「あと一分まにあわなかった」わたしが目覚めた寝室の長椅子に、オルソーはすわっていた。ここは惑星パルトニアにオルソーの両親が所有している家だ。「きみが消えたとき、ぼくはすべてを失ったと覚悟したよ」

わたしは渡されたジャンプスーツの前を留めようとしていた。身体にぴったりしたラベンダー色の服だ。「あなたは失敗したにちがいないと思ったのよ」隣に腰をおろした。「あなたのほうは消えてからあと、どんなふうだったの？」

「不気味だったよ」首をふった。「ぼくは波束になっていた。円形の開口部による回折パターンとよく似ているけど、それが多次元になっているんだ。ネットは格子でできた山や谷の連なりに見えた。たぶん、超感ネットのユーザーの思考がつくりだした電位差があういうかたちに見えるんだろう」

「わたしは湖だと思ったわ」わたしはいった。「どんどん広がっていったの」

「無理もないよ。生まれたときからネットを使っているといっていいぼくでさえ、方向を見定めるのに苦労したくらいなんだから」

「どうやって抜け出したの？」

声に驚嘆の響きがまじった。「ネットにテレパスが接続すると、それが小さな穴として〝見える〟ことに、ようやく気づいたんだ。最初にみつけた二つの穴は、超感空間ではすぐそばにならんでいたけど、時空間ではそれぞれ五十光年も離れたコンソールに繫がっていた。そうやって探すうちに、ラグナールが率いてきたＩＳＣ艦隊の一隻、アセンブラー号のだれもいないコンソールの席につながった超感電話《サイフォン》をみつけた」顔をしかめた。「時空間へもどるには、身体の波動関数をもう一度変更して、その椅子のなかに局在化しなくてはならない。なんとかやれたけど、あんな経験は二度とごめんだね」そしてにやりとした。「でもそれなりの価値はあったよ。どこからともなくぼくが姿をあらわしたときの、乗組員たちの驚いた顔といったらなかったね」

わたしはにっこりした。「乗組員たちはどうしたの？」

「ぼくを艦長のところへ連れていった。モーリサ・メトルドーンだ」オルソーは眉をひそめた。「彼女と面識があってよかったよ。そのときのぼくは、筋道だった話などほとんどできない状態だったからね。でもなんとかいいたいことを理解してもらえて、モーリサはすぐに行動を起こした」

わたしは息をつめて訊いた。「それで、ブラッドマークは？」

「逃げられたよ」小声でいった。「ぼくのなかのある部分は死んでほしかったと思い、べつの部分は逃げてくれてよかったと思っているんだ」

わたしはオルソーの手をとった。「長年心にいだいてきた愛情は、スイッチを切るように簡単に捨て去れるものじゃないわ」

オルソーの子どもの頃の記憶がわたしの精神にも押しよせてきた。笑いながらオルソーへボールを放るラグナール・ブラッドマーク。その場面が、ぱちんと明かりを消すようにきえた。オルソーはまだボールをもっているかのように両手を見つめている。

わたしは慰めたかったが、オルソーがそのことにふれたがらないのはわかっていた。その後の年月に、オルソーはラグナールについてすこしは話してくれたが、たいていは心の奥深くにしまっていた。夜中に天井をじっと見つめているオルソーに、ときどき気づくことがあった。そんなときのオルソーはわたしを抱きよせ、髪に顔をうずめた。無言のうちに慰めを求めていた。

ラグナール・ブラッドマークはすべてを失った。故郷も、地位も、富も。しかし自由の身であり、わたしたちにとっては恐ろしい存在でありつづけた。しかしわたしから見ると、オルソーの失ったもののほうが大きいように思えた。人の信頼にこんなふうに応えるという法があるだろうか。ラグナールは強欲ゆえにオルソーの愛情と尊敬を無にした。そして自分はすべてをなくした。この世のどこかでその皮肉に苦しめばいいのだと、わたしは思った。

そのときわたしがいったのは、これだけだった。「もとどおりのあなたにもどれる？　ジャグ機はあなたにかなりの修理が必要だといっていたけど」

「メトルドーン艦長の手で連れ帰られて以来、さまざまな治療を受けているよ」暗い調子になった。「完全な身体にもどるまでにはしばらく時間がかかるだろうという話だ」やさしい表情になった。「医者たちはきみのことも心配しているんだよ、ティナ」

「わたしを？　どこが悪いっていうの？」

「きみをセラピストに診せたほうがいいんじゃないかというんだ」すこし黙った。「イカルのことだけではなく、きみはぼくと会うまえから地獄のような環境にいたからね」

わたしの生活はそんなに悲惨に見えたのだろうか。そんな話を他人にしたくはない――すくなくとも当時はそう感じていた。たぶん、だからこそ、わたしにはオルソーの気分がいつもよく理解できたのだろう。内向的になるようなひどい経験をしているという点で、わたしたちは似たものどうしだったのだ。

「あれから、地球のきみの住んでいた世紀について資料を読んだんだ」オルソーはいった。「今度のことがきみにとってどんな経験なのかを理解したくてね。当時の言葉に、こういうものがある」静かにいった。「〝治療者《ヒーラー》よ、自分自身を治せ〟だ」わたしの手を握りしめた。「きみのためにできることを教えてくれ」

わたしはためらった。「学校へ行きたいわ。たぶん、なにもかもいちから覚えなくてはいけないかもしれないけど、勉強をしたいの」それからすこし黙って、いった。「わたしの先祖がどうなったかも知りたいわ」

「基礎的な学力がつくまで家庭教師に来させるよ、ケリダ。それから好きな学校へ行けばいい」わたしの手を引いて立たせた。「そのまえに、きみに会わせたい人がいるんだ。マヤ族についてのきみの疑問にも答えてくれるかもしれない」

しばらくしてから、オルソーから〝ケリダ〟と呼ばれたことに気づいた。スペイン語で、愛しい人という意味だ。とてもあらたまった、愛情のこもった呼びかけだ。わたしはオルソーの手を引きよせ、指の節にキスした。

わたしは家のなかを案内されていった。どこもかしこも軽く、ふわふわしていた。壁はホロ絵画で彩られ、床には雲のような絨毯が敷きつめられている。戸口のアーチ、壁のなかのアーチ構造、そして丸天井が、優雅で広々とした空間をつくっている。最後に広い屋根付きの中庭に出た。なかには木が生い茂り、羽毛のような枝が空気の流れのなかでそよいでいる。あらゆるところに花が咲き乱れている。薔薇色をした釣り鐘状の花がこうべをたれ、苔は青い星をちりばめたようで、蔓植物に咲いた緑色の花はわたしたちの歩いていく方向へ首をふった。木々のあいだではさまざまな鳥が飛んでいる。鸚鵡《おうむ》は赤、金、緑の羽をはやしている。奥に一人の女性が立っていて、かたわらに滝のある山の岩屋を眺めていた。

オルソーはそちらへわたしを連れていった。「母さん？」

彼女はこちらをむいた。じかに会ったときの印象はホロ写真より強烈だった。顔だちは非の打ちどころがなく、非現実的なほど古典的な美しさをたたえていた。生体造形術による部分もあるが、ほとんどはもって生まれた美だ。鮮やかな緑色の瞳にははっとさせられる。髪に灰色のものがまじり、目尻にかすかな皺があるが、息子とそれほど年齢差があるようには見えない。しかしその存在自体が年輪を感じさせる。ディーアンナ・セレイが生まれたのは二世紀以上むかしなのだ。

英語でわたしに話しかけた。「こんにちは。ディーアと呼んで」

わたしはうなずきながら、不体裁なことをしでかすまいと緊張していた。「こんにちは」

ベンチに腰かけるようにうながされているあいだに、オルソーは中庭のべつのところへ行ってしまった——わたしをこの新しい義母と二人きりにするつもりなのだと気づいて、わたしはパニックを起こしそうになった。青白い色がディーアのまわりで渦を巻いている。彼女の感情がわたしの精神にはそう見えるのだ。いまはそれが、ただのカイル能力者にはとうてい不可能で、ローン系でもむずかしいほど巧みに制御された色の渦だということがわかっている。しかし当時はただ、相手の気分をほんのかすかにしか感じられないと思っただけだった。彼女がわたしに見せることにした礼儀正しい好奇心だけで、あとはなにもなかった。

わたしは深呼吸した。「オルソーをしあわせにするために最善をつくしたいと思います」最初の台詞としてはこれが安全に思えたのだ。

ディーアはひややかにこちらを見ていた。「あなたとわたしの息子の結婚契約は――興味深いものだったわ」

わたしの記憶では、〝契約〟はほんの数行だった。二人の名前、日付、オルソーの職業欄はジャグ戦士、わたしのはウェイトレス、オルソーの両親の名前、わたしの母の名前、オルソーが配属されている基地の名称、わたしのロサンジェルスでの住所。そのロサンジェルスがべつの宇宙にあるというこみいった事情は、とりあえず無視した。

「興味深い、というのは？」わたしは訊いた。

「オルソーがストーンヘッジ所長と協議して作成した条項のことよ」

わたしはオルソーがいっていたことを思い出そうとした。「たしか、ささやかな土地がわたしのものになるようにしたいと――もし……もしオルソーになにかあったときのために。それから、なにかありふれた肩書きも」

ディーアは膝に両手をおいて、顔色ひとつ変えずにすわっていた。「オルソーは自分の全所有物にかかわるいっさいの権限をあなたにあたえているわ。すべてよ」すこし小声になった。「息子はあなたにとてつもない富と権力をあたえたのよ、アクシュティナ・プリボク。かわりにあなたは息子になにをあたえるの?」

わたしは息をのんだ。どうやらオルソーの肩書きは、本人がいっていたほど〝ありふれ〟てはいなかったようだ。その母親からこんなふうに問われるのは当然だろう。しかしどう答えればいいのかわからなかった。その後のつきあいでわたしはディーアを愛するようになったが、いまでも面前に出るとまごついてしまう。その日はすっかり返事に窮してしまった。

しかしはっきりわかったのは、ディーアが息子を愛していることだ。白い光が空中できらめきながら、小さな旋律のように軽快に動いている。ディーアの視線がわたしの背後へいき、表情がやさしくなった。ふりかえると、オルソーが中庭を歩きながら、鸚鵡にむかってにやにやしているところだった。鸚鵡は怒って木の枝の上からにらみつけている。オルソーは笑ったが、鸚鵡は笑われたことに腹をたてたようにキーキーと鳴いた。オルソーは母親のまわりにただよう色や調べにはっきり気づいてはいないようだが、これまでになく心の平安を得ているように感じられた。

わたしはディーアにむきなおった。彼女はわたしに視線をもどしたが、表情は読みとれない。わたしはオルソーをありのままに愛しているのであり、なにかをくれるからではないことを伝えたかった。だからこういった。「会ったばかりのときは、オルソーのことはなにも知りませんでした」わたしはにっこりした。「本当は、そのとき変人じゃないかと思ったくらいです」そういったとたん、死にそうなほど後悔した。軽い冗談のつもりだったのだが、床にパン生地を落としたような大失敗だった。ディーアの顔は冷静なままだった。「オルソーの地位をどんなふうに理解しているの？」

今度はもうすこし慎重に答えた。「ご一家はルビー王朝の末裔だと」

ディーアはうなずいた。「あなたがたの学者なら、わたしの肩書きを君主《ファラオ》と訳すでしょう。しかしいまの時代においてこの肩書きは名義上のものにすぎないわ。実際の政治をおこなっているのは、二十六の有力な惑星政府の評議会議長によって構成される王圏議会よ。ルビー王朝に実権はないわ」

それからの年月のあいだに、実情がそれほど単純ではないことをわたしは学んだ。多くの人々は、ローン系サイオンがスコーリア王圏を裏であやつっていると信じている。なかにはローン系はある種の囚人であり、不遜な議会がみずからの目的のために利用しているだけだと考えている人々もいる。しかしこれだけはわたしにもはっきりわかる──ディーアンナ・セレイは余人のおよばぬ伎倆と力量でもって超感ネットを制御しているのだ。そしてオルソーの宇宙においては、あらゆる力の流れがこの進化しつづけるウェブに結びついている。ウェブはそれ自体で完結した存在であり、星界どころか時空を超え、人知を超えた次元にまで広がっているのだ。

しかしその日ディーアがいったのは、これだけだった。「オルソーはわたしの唯一生存している子ども。つまり、わたしの継承者よ」

わたしはどう答えていいのかわからなかった。わたしの経歴──あるいはなんの経歴もないことを考えれば、不安に思われるのは当然だった。

「ジャグ機の記録をみたわ」ディーアはいって、わたしを驚かせることをした。わたしの手を握ったのだ。「息子はむら気で、理解しがたくて、矛盾だらけという程度の形容ではたりないくらいの人間よ。それでもあなたは息子を心から理解しているようだし、それどころかありのままに愛しているようね」

「はい、そのとおりです」

「オルソーが女をみる基準はとてもうるさいわ」皮肉っぽくいった。「そんな女はこの世に存在しないといいたくなるくらい。そんな息子があなたを選んだのだから、それに値するのよ」

「……でも？」

「オルソーは歴史をくりかえそうとしているわ。わたしの歴史を。わたしのそれは、あまりうまくいかなかった」ため息をついた。「わたしの前夫は、あなたとはちがって政治にたけていた。ウィリアム・セス・ロックワースは連合圏海軍の高級将校で、地球の名家の出だった。強力なカイル能力をもっていたけれど、ローン系ではなかった。当時はローン系男性などどこを探してもいなかったのよ」そこでしばし黙った。「議会がその結婚と条約をまとめたとき、彼らはある〝ささいな〟条項についてセスに説明しなかった。わたしが一人以上の夫をもてるという点よ。それを知ったとき、セスは納得しなかったわ」

わたしはブラッドマークが彼女を手にいれようとして果たせなかったことを思い出した。

「でも、あなたにそのつもりはなかったのでしょう？」

「事態はそれほど単純ではないのよ。ローン系がしだいに男性の子孫を生みはじめると、議会はわたしが彼らとのあいだに子どもをつくることを求めたわ。セスとわたしがあのまま結婚をつづけていたとしても、議会はべつにローン系男性をわたしにあてがい、子どもを生ませようとしたはずよ」

わたしはまじまじと相手を見た。「そんなひどいことを」

ディーアはため息をついた。「あなたはまだ若いわ。純真すぎるのよ。ときには耐えがたいほど複雑怪奇なわたしたちの生き方に、なじんでもらわなくてはいけない」

足もとで奈落が口をあけるような気がした。「オルソーとわたしには乗り越えられないとおっしゃりたいのですか？」

ディーアはしばらく沈黙したあと、答えた。「あなたの経歴について資料を読んだだけなら、そう答えたでしょうね」そしてやさしい表情になった。「でもあなたたちがおたがいに愛しあっているようすを見て──その最初の懸念は悲観的すぎると思うようになったわ」無言の笑いが光のシャワーとなって飛び散った。「だって、あなたは息子を〝変人〟だと思っているあいだも、きちんとした接し方をしてくれたでしょう」

わたしは顔をしかめた。「失礼ないい方をしてごめんなさい」

ディーアはわたしの手をしっかりと握った。「あなたもオルソーも、このあなたが選んだような、男女の役割を入れ換えた関係に満足しているようね。でもどちらの役割を選ぶにせよ、あなたがたは異なる文化の出身であり、妥協し、適応し、相手を満足させていかなくてはならないのよ。それができさえすれば、夫婦はとてもしあわせになれるわ」

オルソーからそれに似た話は聞かされていたが、わたしにはこれが男女の役割を入れ換えた関係だという実感はなかった。オルソーはいかにも威圧的な外見だが、わたしに対してはいつも柔軟な態度で、こちらとのちがいに適応しようとしていたし、わたしも相手に適応しようと心がけてきた。

「わたしたちを誘拐した傭兵隊については、なにかわかりましたか？」わたしは訊いた。

「一人は逮捕したわ。何年もまえにオルソーの上官だった男よ。オルソーは話し方から見当がついたといっていたわね」

「残りの連中も逮捕できますか？」

ディーアはじっとわたしを見つめた。「できるわ」

その視線を浴びていると、背筋が冷たくなってきた。傭兵たちはディーアンナ・セレイの息子に対する罪の償いをさせられるだろう。ブラッドマークについては、その思惑どおりになったときにあの男が彼女をどうするつもりだったか、知っているのだろうかとわたしは思った。

ディーアの気分が醸《かも》し出す穏やかな色の光が、ふいに四散した。「わたしにも……盲点があるのよ」

そういっただけだが、内面の反応は強く、堅い精神の守りにもかかわらずわたしはその一部を感じとった。ディーアはラグナール・ブラッドマークを愛していたのだ。ラグナールが望んだかたちではなく、友人としてだが。その裏切りによる傷は深く、完全に癒えることはないだろう。

「残念です」わたしはいった。

ディーアはただ首をふってその話題を終わらせただけだった。

「これからどうなりますか？」わたしは訊いた。

「政府間で——つまり王圏とユーブ圏と連合圏のあいだで、脅し文句の応酬があるでしょう。激烈な演説もあるでしょう。でも身構えとはべつに冷静さをたもっていれば、戦争は回避できると思うわ」すこし黙った。「原状回復の要求があるでしょうし、そうしなくてはいけないわね」

「原状回復というと？」

わたしのほうを見た。「イカル貿易相の防衛システムは、ジャグ機の発射したタウ・ミサイルのうち二発を破壊し、三発めは不発だった。でも四発めは命中したわ」静かにいった。「クリクス・イカルは死に、シリンダー・ステーションの三分の一は破壊された。民間人居住区は直撃をまぬがれ、軍事機能部分だけが吹き飛ばされた。死者数は数十万人よ」

わたしはまっすぐ相手を見た。「わたしはジャグ機を止めようとしたんです。でもいうことを聞かなかった」

「ええ、わかってるわ。あなたが反対したようすはファイルに残っている」首をふった。「どうしてああいうことになったのか、まだよく解明できていないのよ。オルソーとジャグ機のEIリンクはこれまでになく——技術的に考えられる以上のレベルまで進化していた。ジャグ機の頭脳は新型モデルだし、オルソーはふつうのジャグ戦士以上に大規模な生体機械をもっている。さらにはローン系でもある。そういった条件が組みあわされて、高度な共生関係が生まれていたようね」

「ジャグ機はオルソーを愛しています」わたしはいった。

「ええ、そのようね」

「破壊なさるのですか？」

「そうするしかないわ。植民ステーションをミサイル攻撃するような王圏戦闘機を、そのままにしておくわけにはいかない」

それはたしかにそうだった。その後ジャグ機は、物理的に破壊されはしなかったが、その頭脳には全面的な改修がほどこされた。オルソーのもとへ実戦配備機としてもどされたのは数年後だ。現在、ISCはすべてのジャグ機について理性をたもっているかどうかの検査を定期的におこなっている。オルソーのジャグ機は毎回それをパスしている。しかし、じつはそれはうわべだけ正気にみせかけているのであって、もしまたオルソーが傷つけられるようなことがあったら、あのときとおなじ執拗さでもって敵に復讐しようとするのではないかと、わたしはひそかに思っていた。もちろん、本当にそうだという証拠はないのだが。

それから、わたしがローン系の遺伝形質をもっていることをジャグ機から知らされたあと、王圏議会は一九八七年以降の中央アメリカの歴史を調査したことを、ディーアから聞かされた。それによると、まず二十一世紀後半に起きたウイルス兵器戦争で地球の人口の四分の一が死んだ。国連がなんとか和平を成立させたときには、地球はすっかり疲弊していた。人々は平和をよろこび、それを失うことを極度に恐れた。そのおかげで、十六世紀にスペイン人に土地を奪われて以来、その回復を求めて戦ってきたマヤ族は、ついにメキシコ、グァテマラ、ベリーズ、エルサルバドル、ホンジュラスと合意して、先祖伝来の土地の大部分をとりもどした。

二一九二年に成立した孤立法によって、マヤ独立国は鎖国の道を選び、ちょうどアバジ会がレイリコン星における孤立を選んだように、地球の国際政治と縁を切った。地球のほかの地域から見ると、彼らは存在しなくなったも同然だった。ミン牧師やその他の人々がマヤ族は絶滅したと誤解していたのも、そのせいだ。このマヤ独立国の鎖国を解かせたのはスコーリア王圏政府であり、それはひとえにアバジ会の存在ゆえだった。アバジ会の先祖がどこの宇宙から来たのか、なぜそこへ連れてこられたのかは、いまも謎のままだ。

「それでも、先祖の身許が判明したことは、アバジ会にとって大きな意義があるわ」ディーアは穏やかにいった。「エルドリンやわたし、オルソー、そしてすべてのローン系も、おなじように感じている。わたしたちは失われた同胞をみつけたのよ」

「あなたがたの血族……わたしの血族……」なんとか理解しようとした。「血族というより、ただおなじ民族というだけでは？」

「あなたにとっても、ティナ、やはり血族よ。あなたの子孫は連合圏中に広がっているわ」

「わたしの子孫？」

ディーアはわたしをじっと見た。「オルソーから聞いていないの？」

「なんのことでしょうか？」

「カリフォルニア工科大学の学生についてジャグ機のファイルを調べたときに、オルソーはわかったはずよ。わたしたちも確認したわ。この宇宙のヘザー・ジェームズは、予備知識なしに反転推進機関を発明した。この宇宙では一九八七年にオルソーがあらわれたという記録はないのよ」そこでしばし黙った。「もしかすると、そちらの宇宙ではラグナールが裏切らなかったり、オルソーがラグナールの思惑どおりに殺されていたりするのかもしれないわね」つらそうな声になった。「そもそも、この世に生まれていなかったかも。エルドリンとわたしから息子につたえられた数々の遺伝的障害からすると、べつの宇宙ではオルソーが生を受けなかった可能性も充分にあるわ。とにかく、この宇宙の一九八七年にオルソーはやってこなかった。あなたはホアキン・ロハスという男と結婚した。彼はローン系ではなかったので、あなたの子孫もそうではない。でもその子孫はいまや何百人もいるのよ」

わたしはジェイクと結婚したのか。それはそれで納得できる。でもオルソーと出会ったいまは、彼なしの人生など考えられない。

ディーアはわたしの背後をちらりと見た。ふりかえると、数ヤード離れたところでオルソーが父親となにか話していた。そして近づいてくると、警戒するように母親のほうを見た。

「それで?」

「そんな顔をしないで」ディーアはいった。「あなたの花嫁をいじめているわけではないのよ」

オルソーは鼻を鳴らした。「どうだか」

ディーアはやさしい顔になった。「いい女性を選んだわね、オルソー」

オルソーはにっこりして、わたしに手をさしのべた。

「歓迎《ビエンベニド》するよ、アクシュティナ。ようこそ、わが家へ」

恋するサイボーグたち

SF&ファンタジイ評論家
小谷真理

本書は、一九九六年に刊行されたキャサリン・アサロ作 *Catch the Lightning* の全訳であり、〈スコーリア戦記〉の第二巻めにあたる。

第一巻では、はるかな未来、宇宙をまたにかけるスコーリア王圏の姫ソズ、ことソースコニーが、中立を保つ惑星デロスに駐留中、あきらかに敵対している大国ユーブ帝圏の支配階級の若者に出会う。のちにソズと電撃的な恋愛状態に入るこの若者、ソズの子供といってもおかしくない年頃の青年で、しかもユーブを制する皇帝の跡継ぎ息子ジェイブリオルだった。こうして銀河の二大帝国の跡継ぎ同士の恋愛を中心に、宇宙をまたにかけた華麗なスペース・オペラが展開する。本書は、この前巻に登場したソズの従弟で甥にあたるオルソーの冒険談になっている。とはいえ、著者も説明するように、各巻とも基本的には独立しているため、単独で読んでもおもしろい。

しかも、前作の主な舞台は遠い未来の遠い宇宙だったが、今度はなんと一九八七年の地球は、アメリカ連合国カリフォルニア州ロサンジェルスが舞台。主人公はなにも知らない弱冠十七才のチカーナ（メキシコ系アメリカ人、実はマヤ族）の少女ティナ。たまたま彼女はバイトの帰りに妙な男をひろってしまい（これが未来人オルソーだ）、彼と電撃的な恋に陥り、そのまま花嫁として未来世界へ連れ出される。つまり、本書は現実と非常に近い地点から話を始めて、主人公と共に未来の宇宙世界という非常に奇妙な世界に読者をひきあわせてくれるため、けっこうわかりやすい。

まあそれにしても一、二巻ともに基調が熱烈ロマンスというのが魅力的だ。〈レンズマン〉シリーズなどを思い出して、笑みがこぼれてしまうファンも多いのではないか。けれども、そういう華やかなロマンスの裏側に、実は興味深い科学考証が隠されているというところが、この筆者ならではの持ち味と言えようか。

たとえば、第一巻『飛翔せよ、閃光の虚空《そら》へ！』の主人公ソズは、当初酒場でジェイブリオルから声をかけられたとき、なぜ彼が声をかけてきたのかがわからなかった。従って謎の若者に押さえがたい興味（恋心か？）を覚えつつ、サイボーグ戦士であるところのソズは、若者の行為に関する情報評価なんかをまわりくどくやったりする。なぜならソズの属するスコーリアとジェイブリオルの属するユーブは敵対しており、それが単に政治的な事情というよりも、もっと人種的な特徴に根ざした権力関係が双方の種族に内面化されているためだ。だから、ソズは、明らかなる人種的特徴を備えたジェイブリオルが、単に自分をナンパしただけだとは、とうてい信じられなかったのである！

ああ、ソズよ、それが「ひとめぼれ」の症状なのよ～などと気の短いロマンス読者はここで思ったりしてしまうわけなのだが、やがてふたりの恋は単なる偶然の産物でもなんでもなく、実際には発達した遺伝子工学のために強制進化させられた未来人たちの身体論が深く関わっていることが明らかになっていく。

未来のサイボーグたちの恋はけっこうたいへんだ。「ひとめぼれ」という電撃愛の裏側に隠された精密な科学考証は、現実社会の人間たちとはずれているサイボーグの恋愛が実に異文化であることをも説得力豊かに物語ってやまない。つまり、現実の人間と超未来のサイボーグの恋をもっとドラマティックに科学的な言語で展開してくれるのが、本書と言えるかもしれない。

本書の主人公の少女ティナもまた、言ってることもやってることも人相風体とにかく奇妙な男オルソーに対して、警戒するどころか、親しみを覚えてしまう。前巻よりもさらにくわしく、二人の恋愛の背景に種族特有のある生体メカニズムが関与しているあたりが説明されていくのだが、今回けっこう感動的なのは、ハードな科学的専門用語を駆使したセリフが、なぜか愛を語りあう内容になっていることである。ハードSFの言語をロマンスの言語に変換するこのくだり、ヒトすなわちこれを愛の翻訳といふ、という感じすら漂っている。うーむ、アップロードにそういう意味があったとは！　いやそれよりも「きみはすでにぼくのシステムにアクセスしている……きみの存在は今後ともぼくのコード体系を書き替え、記憶領域に侵入し、機能を変化させ続けるだろう」などという、奇妙で情熱的でクソマジメな恋愛告白が、かつてのSFにあったろうか？

さて、ハードな知性とリリカルなロマンスが矛盾することなく同居する本シリーズの著者については、第一巻でSFレビュアーの冬樹蛉氏による達意の解説によって、物理学者でバレエの先生でSF作家という経歴と共に紹介されているので、ここではキャサリン・アサロの人となりと本書をめぐるコンテクストについて少々ふれておくことにしよう。

わたしがキャサリン・アサロを知ったのは、一九九六年にウィスコンシン州マディソンで開催された地方SF大会ウィスコン（WISCON20）であった。この大会、サーコン（ser-con シリアス＆コンストラクティヴの略……パネルや講演を基本とするおまじめ系大会のこと、ゲームやコスプレが当然という遊び系とは若干ファンのポリシーが異なっている）の一種だが、約二十年にわたって、アメリカのSFファンの間ではフェミニスト中心の地方大会として知られている。九六年は、その二十周年記念大会とあって、世界中から主だったフェミニストSFファンが集結するという珍しい展開を迎えていた。絶対的に女性多数の大会で、ユートピアSFからやおい系まで、パネル企画は目白押し、歴代のゲスト・オブ・オナーが全員招待されてとにかく可能な限り出席するというだけあって、昨年亡くなられたジュディス・メリルをはじめアーシュラ・K・ル・グィンなどの大御所から、パット・マーフィー、カレン・ジョイ・ファウラー、エイミー・トムスンなど若手作家まで、ジャーナリズム系からアカデミズム系までが集結し、なかなか常日頃視ることのできない貴重なディスカッションを繰り広げていた。

フェミニストというと、日本ではメディアによって構築された「ヒステリックでコントロール不能のオバサンたち」などという素朴なイメージにたよってしまうことが多く、勢い一面的な凶暴イメージのみがいまだに流通していて、まあ既存のイメージになんでもあてはめてそれでよしとする非論理的な慣習が根強いのも事実である。実はウィスコンについて「フェミニストの巣窟」だと事前に脅されたわたしもまた、自らを棚に上げ知らず知らずのうちにその手の病に冒されていたらしい。実際に出かけてみると、女性決起集会に参加したどの女性もあまりにクールで知的でかっこよくて、痺れてしまった。この手のイメージと実態とのギャップはSF大会と似たりよったりである。この物語にたとえて言うなら、女性陣にはソースコニーのように肩で風を切って歩くような感じは確かにあるが、感情的に暴走してホテルの時空間がゆがんだとか、オトコがタイムマシンに入れられて恐竜世界に丸腰でとばされたとか、男二人が監禁されてやおいを強要されたとか、そういう話は全くない。なので、渡米する前〈SFマガジン〉の編集子（実は今の編集長）から「なにが起こっても、絶対正確に報告するように」と重々念をおされ「包み隠さずすべてを明らかにする」と誓った手前、こちらもついプログラムブックをみながら、（既存の社会的偏見に照らし合わせてそれに該当するような、つまり世間的に期待されているような）「凶暴そうなのはないかな〜」などと確認してしまうほどで、そのときふと目に付いたのが「ハードSFとは女性差別の婉曲表現か？」という過激なタイトルであった。おお、これこそ、世間のもとめる凶暴な内容がレポートできるのではなかろうかと愚考しさっそく見物に行ったのである。

プログラムに紹介されているパネリストは、司会のパメラ・サージェントほか、〈ヴォルコシガン〉シリーズでは我が国でもよく知られているロイス・マクマスター・ビジョルド、ナンシー・クレス、ティミー・デュシャンといったそうそうたるメンツ。着席して発言者をチェックしていると、向かって右端に小柄な美人が座っていた。新顔だ。どうも、飛び入り参加のパネリストらしい。日本のファンタジー作家・神月真由璃さんを彷彿とさせる美貌で

「あれ〜、神月さんも参加していたっけ？」などと思ったが、もちろん、なわけはない。

パネル自体は、バトルというほどでもなかったが、とりあえずハードSFについて常日頃から発言の多い三人組として名高い、グレゴリイ・ベンフォード、グレッグ・ベア、ジョン・ケッセルの主張を吟味するというところから始まった。

科学はもともと女性の得意とするところではないという社会的な前提はそこここに根強く、この社会的に構築された性的役割による単なる偏見は、偏見それ自体を打ち破る可能性を持った科学的志向を重要視するハードSF界においてすら内面化され、むしろ偏見を増強しかねない危険性すらあるという。このようなパネリストサイドの共通見解が出てきたところで、次に女性のハードSF作家はいないという一般仮説の検証に進んだ瞬間、とつぜんパネリストのひとりナンシー・クレスが「なにいってんのよ、キャサリン・アサロがいるじゃない」とその飛び入り参加のパネリストを指しながら、実名をあげて反証し、「彼女の『飛翔せよ、閃光の虚空《そら》へ！』を読んだことある？　とにかくすごいのよッ」と興奮気味にのたまったのであった。クレスによれば、キャサリン・アサロはロバート・L・フォワード博士のように、物理学者ですぐれたSF作家だというのだ。こうしてクレスの突然の剣幕にびっくりした聴衆（わたしを含めて）には、そこでアサロという新人作家の名前とはにかんだような表情と第一巻のタイトルが、深く深く刻まれることになったのであった。

その後、九七年にはテキサス州サンアントニオで開催された世界SF大会でナノテクに関するパネルが開かれ、そこにもアサロは登場していた。反転理論とバイオテクを満載するSFによって一気に人気を獲得した彼女は新時代の代表的ハードSF作家として堂々とコメントしていた。このパネルは、ハードSF作家として活躍するジョン・クレーマー博士を師と仰ぐ女性ハードSF作家三人組（キャスリーン・アン・グーナン、リンダ・ナガタ、そしてキャサリン・アサロ）が博士と揃い踏みした珍しい内容で、ナノテクノロジーという新しい主題をどのようにSFに取り入れていくかが真剣に議論され、この三作家がそれぞれ別個の方角を模索している様子が窺われた。ナノテクの物語学はキャスリーン・アン・グーナンにハードコア系の、リンダ・ナガタにファンタジー系の、そしてキャサリン・アサロにはスペース・オペラの約束事の問い直しというフロンティアを与えているようだ。

その意味で本書は、遺伝子工学を駆使して人工的に構築された未来の種族という問題を扱いつつ、男性性や女性性、あるいは人種やセクシュアリティなどの生物学的な準拠枠を問い直しているような気がしてならない。社会における男女の性差が、生物学的な違いのみに還元されがちな現況（これを本質主義というのだが）をにらみながら、未来のサイボーグ工学とロマンスを探究している本書は、その点でも実に興味深い科学論を展開していると思う。ハードSFやスペオペ・ファンのみなさんは、どう思われたのだろうか？　本書を読んだら、ぜひ感想を聞かせて欲しい。

訳者略歴　1964年生，1987年東京都立大学人文学部英米文学科卒，英米文学翻訳家　訳書『大暴風』バーンズ，『タイム・シップ』バクスター，『極微機械ボーア・メイカー』ナガタ（以上早川書房刊）他多数

HM=Hayakawa Mystery
SF=Science Fiction
JA=Japanese Author
NV=Novel
NF=Nonfiction
FT=Fantasy

スコーリア戦史

稲妻《いなづま》よ、聖《せい》なる星《ほし》をめざせ！

〈SF1305〉

二〇〇〇年三月二十日　印刷
二〇〇〇年三月三十一日　発行
（定価はカバーに表示してあります）

著者　キャサリン・アサロ
訳者　中《なか》原《はら》尚《なお》哉《や》
発行者　早川浩
発行所　株式会社　早川書房
郵便番号　一〇一 - 〇〇四六
東京都千代田区神田多町二ノ二
電話　〇三-三二五二-三一一一（大代表）
振替　〇〇一六〇-三-四七七九九

乱丁・落丁本は小社制作部宛お送り下さい。
送料小社負担にてお取りかえいたします。

印刷・星野精版印刷株式会社　製本・株式会社川島製本所
Printed and bound in Japan
ISBN4-15-011305-X C0197